BASTEI
LÜBBE

Von Vicky Hartman ist bei Bastei Lübbe Taschenbücher lieferbar:

15679 Der Tote von Domburg

Über den Autorin:

Vicky Hartman ist das Pseudonym einer bekannten niederländischen Autorin. Sie studierte Jura und Kriminologie an der Universität Amsterdam und ist eine große Liebhaberin der Bücher von Patricia Highsmith und Henning Mankell. MORD IN ZEELAND ist nach DER TOTE VON DOMBURG der zweite Roman der Reihe um die niederländische Kommissarin Laurien Minnaar.

Vicky Hartman

Mord in Zeeland
Ein Fall für Kommissarin Laurien Minnaar

Kriminalroman

Aus dem Niederländischen von
Axel Plantiko

BASTEI LÜBBE

BASTEI LÜBBE TASCHENBUCH
Band 15854

1. Auflage: Mai 2008

Vollständige Taschenbuchausgabe

Bastei Lübbe Taschenbücher in der Verlagsgruppe Lübbe

Deutsche Erstausgabe

Titel der Originalausgabe: »Zeeuws Meisje«
Originalverlag: Gianotten, Amsterdam

Textredaktion: Andrea Kalbe
Titelillustration: getty-images/Frans Lemmens
Umschlaggestaltung: Bille Weidenbach
Satz: hanseatenSatz-bremen, Bremen
Druck und Verarbeitung: GGP Media GmbH, Pößneck
Printed in Germany
ISBN 978-3-404-15854-6

1

Die Frau lag mit dem Gesicht zur Tür im Bett. Bis auf einen Slip war sie nackt. Sie hatte eine gerade, schmale Nase und eine hohe Stirn. Wären ihre weit geöffneten Augen nicht so verschleiert gewesen, hätte man glauben können, sie sei in das Buch vertieft. Die rechte Seite hielt sie am oberen Rand fest, am Mittelfinger trug sie einen brillantenbesetzten Ring.

»Sie ist immer noch genauso hübsch.«

Pier schaute Laurien an. »Du kennst sie?«

»Oberflächlich. Ein paar Jahre war sie mit Warre in einer Klasse. Ich habe damals an demselben Kunstgeschichte-Kurs teilgenommen wie ihre Mutter. Als Carla nach Amsterdam zog, habe ich sie aus den Augen verloren. Belle wohnte weiter bei ihrem Vater.«

Lauriens Blick glitt von Detail zu Detail.

»Wie alt ist unsere Belle denn?«

»Mein Sohn ist dreiundzwanzig, dann muss sie vierundzwanzig sein.« Laurien beugte sich nach vorn, um sich das Gesicht genauer anzuschauen. »Sie ähnelt ihrer Mutter. Die gleiche Form von Augen und Mund.«

»Selbstmord?«, fragte Pier gedämpft.

»Hätte sie dann so ruhig gelegen und gelesen?« Auch Laurien sprach leise. »Sie muss ganz plötzlich gestorben sein.«

Mit äußerster Konzentration registrierte sie alles. Die Plüschtiere auf einem Stuhl in der Ecke, die Pastellbilder über ihrem Bett, den cremefarbenen Teppich. Auf einem langen Tisch standen Fotos von Belle, Belle und noch einmal Belle.

Pier tippte gegen einen Rahmen. »Armes Zeeland-Mädchen.«

Laurien hockte sich neben Belle. Das Blut war zu dem Ohr gewandert, auf dem sie lag. Sie berührte die Füße und stieß Pier an. »Die

Leichenstarre muss unmittelbar eingetreten sein. Sonst wäre ihr das Buch aus der Hand geglitten.«

Sie hatte neben vielen Toten gestanden, zunächst als einfache Kriminalbeamtin in der Abteilung Schwerverbrechen, später als Chefin der Abteilung. Dennoch war keine Ermittlung wie die andere.

»Könnte es sich um kataleptische Totenstarre handeln?«, fragte Pier.

»Sieht danach aus«, sagte Laurien nach einer Weile. Sie machte sich Notizen. »Das hieße, dass sie während des Geschlechtsakts starb oder an einer Vergiftung gestorben ist.« Noch immer schaute sie sich konzentriert um. »Ein Liebesspiel mit dem Buch in der Hand ist wohl eher unwahrscheinlich. Gift?«

»Sieh mal, sie hat ihre Beine angezogen, als ob sie Krämpfe hatte«, sagte Pier.

»Wir müssen abwarten, was die Leichenbeschauerin dazu sagt.«

Durch die geschlossenen Fenster drangen Geräusche. Der Sonntag erwachte langsam zum Leben. Segelboote wurden für eine Fahrt auf dem Veerse Meer vorbereitet.

»Wen erwartest du denn als Leichenbeschauerin?«

»Sturm.« Sie nieste. Bei diesem miserablen Sommer konnte eine Erkältung ja nicht ausbleiben.

»Riech mal«, sagte Pier.

»Ich habe Schnupfen.« Dennoch schnüffelte sie an Belles Mund. »Könnte das Aceton sein?«

»Nein. Den Geruch kenne ich. Das riecht nach etwas Bitterem.«

»In dem Alter ist der Tod bitter. Aber du hast recht, hier riecht es seltsam.«

Laurien rief Alex, den diensthabenden Polizisten.

»Ist Belles Vater im Haus?«

»Ja. Ihr Verlobter ebenfalls. Ihre Mutter nicht, die wohnt gerade bei einer Freundin in der Oudestraat.«

Alex ging ihnen ins Wohnzimmer voraus. Ein Mann erhob sich mühsam aus seinem Sessel. Laurien gab ihm die Hand.

»Laurien Minnaar, Kriminalpolizei. Dies ist mein Kollege Pier Dingemanse. Mein aufrichtiges Beileid zum Verlust Ihrer Tochter.«

»Wisse … Bart Wisse.«

»Auch mein Beileid«, sagte Pier.

»Wir untersuchen den Tod Ihrer Tochter.« Sie hob ihre Stimme, als müsse sie sich einem Tauben gegenüber verständlich machen.

»Hat der Hausarzt sich an Sie gewendet? Er war nicht bereit, einen natürlichen Tod festzustellen, obwohl ich ihn darauf hinwies, dass Belle an Diabetes litt.«

Er ließ sich wieder in seinen Sessel fallen, und Laurien setzte sich ihm gegenüber.

»Wer hat sie gefunden?«

»Michel Buker, ihr Freund.«

»Wann hat er Sie informiert?«

»Darauf habe ich nicht geachtet. Ich hatte den Wecker auf halb neun gestellt, und der hatte noch nicht geklingelt.«

»Befanden sich zu dem Zeitpunkt noch andere Menschen im Haus?«

»Die Putzfrau.«

»Am Sonntag?«

Er sah aschfahl aus. »Ja. Heute sollte hier mit ein paar Familienmitgliedern und Freunden die Verlobung von Belle und Michel gefeiert werden.«

Er stellte sich ans Fenster und starrte auf das Veerse Meer hinaus. Sie wartete, bis er sich umdrehte.

»Worum ging es eben?«

»Die Putzfrau.«

»Die Leute vom Catering sind für elf Uhr bestellt, und vorher sollte sie noch das Haus in Ordnung bringen. Sie kommt alleine rein, ich brauche ihretwegen nicht aufzustehen. Sie kennt den Code der Alarmanlage.«

»Schlief der Freund bei Ihrer Tochter«, fragte Pier.

»Das nehme ich doch an, schließlich war sie nicht mehr vierzehn.« Er rieb sich mit einem Taschentuch über die Augen.

»Ist er in der Nähe?«

»Wer?«

»Belles Freund.«

»Sie meinen Michel Buker. Er ist draußen.« Wisse seufzte tief. »Michel glaubte, Belle hätte gestern Abend nicht mehr an ihre Medikamente gedacht, weil sie zu viel getrunken hatte. Meine Tochter ist zuckerkrank, Alkohol war nicht gut für sie. Ich begleitete Michel. Sie lag ganz normal da, ich habe sie oft so gesehen.« Ein vages Lächeln. »Als ob sie mir jeden Moment einen außergewöhnlichen Satz vorlesen wollte. Etwas Komisches oder vielleicht auch etwas Poetisches. Nur ihre Augen ... Auch ihre Bewegungslosigkeit ... So war sie gewöhnlich nicht, das bestimmt nicht. Ich spürte, dass sie erkaltet war. Ich weiß nicht mehr, wie ich aus dem Zimmer gekommen bin.« Wisse rang die Hände.

»Haben Sie schon mit Ihrer Ex-Frau gesprochen?«

»Noch nicht. Was soll ich ihr denn sagen? Es gibt keine Worte dafür. Würde es Ihnen etwas ausmachen, sie zu informieren?«

»Natürlich nicht.«

»Danke! Ich kann ihr nicht unter die Augen treten«, sagte er heftig. »Ihr Kind ist in meinem Haus gestorben.«

»Wir reden später noch einmal mit Ihnen. Ich wünsche Ihnen viel Kraft!«

Er antwortete nicht.

Laurien wartete in der Küche auf Pier. Er erklärte Klaas und Willem vom Technischen Dienst, in welches Schlafzimmer sie gehen sollten. Sie hörte ihre leisen Stimmen.

Zusammen verließen sie das Haus. Unter einer alten Kastanie saß ein Mann mit beginnender Glatze, etwa Mitte fünfzig. Pier und Laurien schauten sich an.

»War ein dritter Mann im Haus?«, fragte Pier.

»Nicht, dass ich wüsste.«

Laurien ging auf den Mann zu. Er saß unter einem Regenschirm im Nieselregen. Es dauerte eine ganze Weile, bis er ihr Hüsteln bemerkte.

»Sind Sie Herr Buker?«

»So ist es.«

»Unser Beileid!«

Er zuckte mit den Achseln. »Kommen Sie vom Catering? Wir brauchen Sie nicht mehr. Meine Leute regeln das morgen mit Ihnen.«

»Minnaar, Kriminalpolizei.« Sie zeigte Ihren Ausweis.

»Kriminalpolizei?« Er trocknete seine Augen.

»Wenn der Hausarzt im Totenschein keine natürliche Todesursache angibt, wird automatisch die Kriminalpolizei eingeschaltet.« Sie drehte sich um und trat einen Schritt zur Seite, um Pier Platz zu machen. »Mein Kollege, Dingemanse.« Buker wartete, bis auch Pier seinen Ausweis gezeigt hatte.

»War Belle Wisse Ihre Verlobte?«

»Seit gestern.« Er rieb sich die Augen.

»Haben Sie sie gefunden?«, fragte Pier.

»Ja.« Er trug einen seidenen Sommeranzug, aus der Brusttasche ragte ein Einstecktuch hervor.

»Wie spät war es, als Sie ihren Tod bemerkten?«

»Acht Uhr siebzehn. Sie lag total steif neben mir.«

»Und Sie wussten gleich, dass sie tot war?«

»Zunächst nicht. Wer denkt denn auch an so etwas? Ich hielt es für einen Scherz. Solche Sachen hatte sie immer drauf, doch das hier war neu für mich.«

»Seit wann hatten Sie eine Beziehung mit ihr?«

»Seit ein paar Monaten. Aber ich habe sie schon angebetet, als sie noch als kleiner Naseweis den Kindergarten besuchte.«

»Damals kannten Sie Belle bereits?«

»Ihr Vater ist der Chef von Wisse-Chemie in Vlissingen. Seit 1980 arbeite ich für ihn. Zunächst im Labor als Forscher und seit Kurzem als Mitglied der Firmenleitung. Anfang 2005 feierte ich mein Jubiläum nach fünfundzwanzig Jahren Betriebszugehörigkeit, und so lange wohne ich auch schon in Gapinge.« Er seufzte schwer.

Laurien nickte. »Und die ganze Zeit über gingen Sie bei der Familie Wisse ein und aus.«

»Das nicht. Ab und zu sah ich Belle im Betrieb.«

»Ein paar Jährchen trennen Sie beide«, sagte Pier.

»Zweiunddreißig Jahre, aber das merken ... merkten wir nicht.«

»Belle wohnte noch bei ihrem Vater?«

»Nein. Sie studiert an der Filmhochschule in Amsterdam. Dort wohnt sie auch. Wir sehen uns nur an den Wochenenden. Mein Bauernhof steht in Gapinge, nicht weit von hier entfernt.«

»Wir kennen uns auf Walcheren aus«, sagte Pier. »Heute Nacht haben Sie in Veere geschlafen?«

»Weil wir gestern Abend mit ihrem Vater auswärts essen gegangen sind. Heute feiern wir unsere Verlobung.« Er stockte und trocknete sich die Augen. »Hätten wir sie gefeiert.«

»Wann sind Sie zu Bett gegangen?«

»Ich weiß es nicht mehr genau, es dürfte so gegen zwei Uhr gewesen sein. Wir hatten viel getrunken.«

»Ist Ihnen an Belle irgendetwas Außergewöhnliches aufgefallen?«

Er zögerte. »Nicht wirklich. Ihr war schlecht, und sie war ganz bleich. Ich dachte, das käme vom Alkohol. Sonst trank Belle nur selten. Beim Essen nahm sie Wein zu sich, das war nichts Ungewöhnliches, aber als wir nach Hause kamen, schenkte sie sich mehrere Gläser Portwein ein. Der bekam ihr nicht, ich ging jedoch davon aus, dass es ihr nach ein paar Stunden Schlaf wieder besser gehen würde.«

»Wann wachten Sie auf?«

»Acht Uhr vierzehn. Aber spielt das eine Rolle? Um zwanzig nach acht rief Wisse den Hausarzt an.« Ergriffen und dennoch aufgeregt schaute er Laurien an.

»Herr Buker, ich verstehe durchaus, dass es für Sie ein Schock gewesen sein muss, Ihre Freundin plötzlich leblos neben sich im Bett liegen zu sehen. Dennoch muss ich Sie nach dem einen oder anderen fragen.«

Alex kam zu ihr. »Frau Minnaar, die Leichenbeschauerin ist jetzt da. Sie wartet auf den Hausarzt, der gerne dabei sein wollte. Er kann jeden Moment eintreffen.«

»Bleiben Sie bitte in der Nähe«, wandte sich Laurien an Buker.

2

Sturm schaute Laurien prüfend an und begrüßte sie zögerlich. Sie öffnete den Mund, als wollte sie noch etwas sagen, drehte sich dann aber um und gab dem Hausarzt die Hand, der gerade hereinkam. Pier zwinkerte Laurien zu. Sturm benahm sich häufig etwas eigenartig.

Sie folgten den beiden Ärzten nach oben. Sturm berührte Belle so gut wie gar nicht, sie betrachtete sie, zog ihr ein Augenlid hoch, befühlte die Füße und murmelte etwas von totaler Totenstarre, um dann auf ihre Uhr zu schauen.

»Kommen Sie zu dem gleichen Schluss wie der Hausarzt?«, fragte Laurien.

»Dass es sich um keinen natürlichen Tod handelt? Das wird sich bei der Autopsie herausstellen. Der Tod dürfte vor mehr als sieben Stunden eingetreten sein.«

»Die *Rigor mortis* bestand bereits, als ich sie vor anderthalb Stunden untersuchte«, sagte der Hausarzt.

»Können Sie ungefähr sagen, wann die Frau gestorben ist?«, fragte Laurien.

»In der ersten Hälfte der Nacht. Für einen genaueren Zeitpunkt musst du schon auf meinen Bericht warten.«

Sturm holte über die Tote gebeugt tief Luft und winkte den Hausarzt heran.

»Riech mal.«

Der Hausarzt und Sturm schnüffelten kräftig.

»Ein stechender Geruch«, sagte der Hausarzt.

»Vielleicht eher bitter als scharf.« Pier stellte sich daneben. »Kein Aceton.«

»Nein«, sagte der Hausarzt. »Das wäre möglich gewesen, wenn

man die Zuckerkrankheit mit in Betracht zieht. Daran litt sie seit ihrem zehnten Lebensjahr.«

»Vorläufig weiß ich genug. Es kann sich um einen natürlichen Tod handeln, muss es aber nicht. Ich bin hier fertig und sage dem Bestattungsinstitut Bescheid, dass man sie zum pathologischen Labor überführen kann, sobald die technischen Untersuchungen abgeschlossen sind.«

Laurien hörte, wie Sturm die Treppe hinabging und etwas zu Willem sagte. Pier hockte neben dem Bett. Sie nahm ihre Kamera und setzte sich neben ihn. Wer war Belle, wie war sie gestorben? Sie ließ das Zimmer auf sich einwirken, registrierte jede Kleinigkeit, auch wenn es so schien, als hätten diese nichts mit Belles Tod zu tun.

Michel schlief offenbar sehr unruhig, erkannte sie an den Abdrücken, die sein Kopf auf dem Kissen neben Belle hinterlassen hatte. Ihr Blick wanderte wieder zu den Fotos auf dem Tisch. Als kleines Mädchen bis hin zur erwachsenen Frau. Offensichtlich war Belle schon sehr früh äußerst selbstbewusst gewesen.

Arme Carla, Belle war ihr einziges Kind. Laurien hatte gehört, dass Bart und Carla wie die Löwen um das Sorgerecht gekämpft hatten.

Es war schön anzusehen, wie Sonnenstrahlen sich ins Zimmer ergossen, ein paar Staubkörnchen erfassten und danach wieder erstarben. Sie fragte sich, ob Belle ein Auge dafür gehabt haben mochte. Bei einer angehenden Regisseurin konnte man davon ausgehen.

Klaas und Willem liefen überall herum, doch deren Geschäftigkeit nahm sie kaum wahr, sie konzentrierte sich auf Belle. Ihre Hände waren sehr gepflegt, das Haar glänzte. Die Kleider hatte sie achtlos auf den Stuhl geworfen. Nichts deutete auf den bevorstehenden Tod hin.

»Hast du genug gesehen?«, fragte Pier.

Laurien schaute sich um. »Vorläufig ja. Lass uns noch einmal mit Buker reden. Wie weit seid ihr?«, fragte sie Klaas und Willem.

»Mit diesem Raum sind wir fertig. Wir nehmen die Kleidungsstücke mit, außerdem Kopfkissen und Bettdecke. Die Schränke sind bis auf etwas Unterwäsche und Make-up leer. In dem Schränkchen da vorne liegen Fotoalben und Schminksachen. Die nehmen wir auch mit«, sagte Klaas.

»Ganz schön blöde, dass du gleich am ersten Tag nach deinem Urlaub wieder ran musst«, sagte Laurien.

»Du beschwörst es eben herauf«, sagte Willem zu Klaas. »Sobald du deinen Urlaub beendest, weiß ich, dass es mit der Ruhe vorbei ist. Manchmal habe ich das Gefühl, dass du das extra so machst.«

»Ein bisschen mehr Respekt vor der Toten, bitte. Wir machen noch etwas weiter.«

»Die Putzfrau hat bereits die Vorarbeit für uns geleistet«, sagte Willem. »Sie hat die Gläser von gestern Abend fleißig abgewaschen und geputzt. Die leeren Flaschen hat sie auch schon weggebracht.«

»Und das am Sonntagmorgen.«

Leise vor sich hin grummelnd nahm Klaas die Alben aus dem Schränkchen und steckte sie in Plastiktüten, die er anschließend versiegelte.

Buker saß noch immer unter dem Regenschirm. Pier schleppte zwei Stühle von der Terrasse heran.

»Ich nehme an, dass Sie Belle während deren Kindergartenzeit noch nicht als Ihre Zukünftige betrachtet haben. Wann fing Ihre Beziehung mit ihr an?«, fragte Laurien ruhig.

Buker seufzte. »Vor einem halben Jahr traf ich sie wieder im Büro ihres Vaters. Was spielt das denn für eine Rolle?« Er stieß die Worte hervor.

»Wir müssen Informationen sammeln, um uns ein Bild von ihr machen zu können. Wir wären Ihnen sehr verbunden, wenn Sie uns dabei behilflich sind, wie schwer es Ihnen momentan auch fallen mag …«

»Ich verstehe.« Goldene Manschettenknöpfe lugten unter den Ärmeln des Jacketts hervor.

»Sie sahen sie also im Büro?«

»Sie tauchte unvermutet bei ihrem Vater auf, als Bart und ich eine Besprechung hatten. Natürlich sah ich sie manchmal aus der Ferne, aber jemand wie Belle hat ... hatte immer einen ganzen Haufen Leute um sich herum. Wir hatten vereinbart, unsere Besprechung abends beim Essen fortzusetzen. Bart hat sich wohl in seinem Terminkalender vertan, er wollte die Verabredung verschieben. Belle lachte ihn aus und schlug vor, dass sie mitgehen würde.«

Buker beugte sich nach vorn.

»Bei unserem ersten Gespräch sagten Sie etwas über Ihre Funktion in der Firmenleitung. Seit wann genau haben Sie die?«, fragte Pier.

»Seit anderthalb Monaten.«

»Ist jemand aus dem Vorstand ausgeschieden?«

»Herr Achterveld hat gekündigt, und ich habe seine Position übernommen.«

»Als was?«

»Ich leite die Forschung. Gesamtbereich Chemie.«

Laurien notierte sich, sie müsse der Sache mit der Kündigung nachgehen. War Buker vielleicht wegen des Verhältnisses mit der Tochter des Chefs befördert worden?

»Was für eine Frau war Belle?«

»Sie war spontan, fröhlich, energiegeladen, sie genoss das Leben in vollen Zügen, und das Glück war auf ihrer Seite. Sie steckte voller Pläne, und die hätte sie auch verwirklicht. Sie war auch leidenschaftlich.«

»War sie immer so überschäumend?«, fragte Pier. »Auf die Dauer erscheint mir das ziemlich aufreibend. Keine Sekunde Langeweile, das schon, das ist toll, wenn man zwanzig ist, aber nicht für Leute in unserem Alter.«

»Belle hatte genauso auch ihre dunkle Seite. Stundenlang konnte sie vorm Fernseher hocken und jeden anschnauzen, der sie störte. Heute war das Leben der Himmel, einen Tag später war dasselbe Leben die Hölle, und dann bestritt sie, es habe jemals so etwas wie einen blauen Himmel gegeben. Sie wollte im Eiltempo das Leben ergründen.«

»Ging sie deshalb eine Beziehung mit Ihnen ein, einem Mann mit großer Lebenserfahrung?«

»Das ist sehr gut möglich ... Junge Menschen fordern mehr und geben weniger zurück.« Er lächelte. »Belle verlangte sehr viel.«

»Vielleicht ist das eine unverschämte Frage, Herr Buker«, sagte Pier, »aber warum haben Sie sich mit ihr verlobt?«

»Ich wollte Belle zeigen, dass ich es ernst meinte. Zuerst fand sie eine Verlobung altmodisch, später gefiel es ihr. Samstag in kleinem Kreis und am Sonntag mit einem Fest.«

»Sie feierten die Verlobung mit einem Essen?« Laurien schnäuzte sich.

»Im Restaurant *Admiraal De Ruyter* am Veerse Meer. Ich hatte ihr den Ring bereits morgens geben wollen, doch dazu kam es nicht.«

Sie machte sich eine Notiz.

»Ist Ihnen irgendetwas wie Schwitzen, Zittern oder Gähnen aufgefallen?«, fragte Pier.

»Ich glaube nicht, dass da eine Unterzuckerung vorlag, aber sie hatte mehr getrunken, als für jemanden mit Diabetes empfehlenswert ist. Während des Essens ein paar Gläser Wein, und danach machte sie sich zu Hause noch über den Portwein her. Den trank sie wie Limonade.«

»Litt sie nicht schon seit Langem an Diabetes?« Laurien schaute ihn scharf an.

»Wieso?«

»Ich glaube, dass sie wusste, wie sie damit umzugehen hatte.«

»Vor dem Schlafengehen hat sie noch ihren Blutzuckerwert kontrolliert«, sagte Buker unwillig.

»Wo lässt Belle ihre Blutröhrchen?«

»Im kleinen Abfalleimer des Badezimmers, vermute ich.« Er schloss die Augen.

»Das Badezimmer ist gesäubert und der Eimer geleert«, sagte Pier.

Laurien ging zu Klaas und Willem. Sie bat sie, nach Belles Tasche mit den Insulinsachen und einem Blutröhrchen im großen Abfalleimer zu suchen.

»Kennen Sie Belles Freunde?«

»Kaum. Während der Woche führte sie ein anderes Leben. In Amsterdam.«

Die Sonne warf ein Bündel Lichtstrahlen auf den Kastanienbaum, eine Wolke schob sich wieder dazwischen und schuf eine gedämpfte Glut im Garten. Laurien fror.

»Haben Sie Kinder?«

»Ja.« Er zögerte einen Moment. »Einen Sohn von zwanzig und eine Tochter von vierundzwanzig«, murmelte er. Laurien schaute ihn überrascht an. Pier öffnete den Mund, schloss ihn jedoch gleich wieder. »Sie besuchen mich nur selten.« Pier beugte sich über seinen Notizblock.

»Da ist noch eine Frage, die wir Ihnen jetzt stellen müssen, Herr Buker«, sagte Laurien. »Die Antwort ist wichtig. Haben Sie heute Nacht noch Geschlechtsverkehr gehabt?«

Für einen kurzen Moment flackerte Wut in Bukers Augen auf. Es blieb still. Laurien wiederholte die Frage.

»Sie hat mir den Rücken zugedreht.«

Sie standen auf.

»Vorläufig wissen wir genug.«

Gegen drei Uhr holte das Beerdigungsinstitut Belles Leiche ab. Klaas und Willem waren mit Laurien und Pier auf dem Kaai unterwegs. Die Sonne, die sich vor einer halben Stunde noch kurz gezeigt hatte, wurde durch eine einheitlich graue Wolkendecke der Sicht entzogen.

Laurien sah, wie ein Segler das Deck schrubbte. Touristen flanierten an den Geschäften und den Schotse Huizen, den Schottischen Häusern, vorbei, die sich mit den Namen *Het Lammetje* und *De Vogel Struys* schmückten.

»Pier und ich suchen Belles Mutter auf. Treffen wir uns danach zur Teambesprechung?«

»Heute Nachmittag schon? Lass uns doch bis morgen warten. Solange die Autopsie die Todesursache noch nicht geliefert hat, können wir in diesem Fall doch kaum etwas unternehmen«, sagte Klaas nachdrücklich.

»Ich bin der gleichen Meinung«, sagte Willem. »Es geht um die Tochter von Bart Wisse. Wenn wir jetzt einen großen Rummel veranstalten, und im Nachhinein stellt sich heraus, dass sie eines natürlichen Todes gestorben ist, dann wird uns ganz gehörig der Kopf gewaschen. Mit einem Wisse ist nicht zu spaßen.«

»Dann sollten wir auch mit weiteren Vernehmungen warten, bis wir mehr wissen.« Pier schaute zum Himmel und schüttelte den Kopf.

»Manche Spuren sind jetzt noch heiß.«

»Glaubst du denn an ein Verbrechen, Laurien?«, fragte Willem.

»Der Tod, das Umfeld«, sagte sie vage. »Irgendetwas stimmt da nicht. Urplötzlich stirbt eine junge Frau. Und dann der Verlobte. Hat sie ihn zornig gemacht, und hat er sie dann in einem Wutanfall ermordet?«

»Ich habe keinerlei äußerliche Anzeichen gesehen«, sagte Willem.

»Du tust geradezu so, als sei dieser Buker ein Pädophiler. Belle war vierundzwanzig, die wird schon gewusst haben, was sie will«, sagte Pier.

»Als er sagte, dass er ihr morgens den Ring hatte geben wollen, wurde er nervös. Auf meine Frage hat er nicht geantwortet.«

»Ich kapiere nicht, dass ihr Vater nichts gegen die Verlobung unternommen hat«, sagte Klaas. »Dieser Buker ist genauso alt wie er.« Er stieß einen Stein ins Wasser.

»Woher weißt du denn, dass er nicht dagegen war?«, fragte Laurien.

»Dann hätte er kein Fest in seinem Haus veranstaltet.«

»Möglich wäre ja, dass Wisse selbst eine Freundin von gerade mal zwanzig Jahren hat«, sagte Willem. »Frischfleisch, das bumst sich besser.« Er krümmte die Hände so, als umfasse er damit Brüste.

»Muss das sein?«, fragte Klaas scharf.

»Vielleicht nahm sie Drogen, und ihr wurde das in der Kombination mit dem Alkohol zum Verhängnis«, sagte Pier.

»Drogen? Könnte sein«, sagte Laurien. »Selbst eingenommen oder verabreicht ... Habt ihr nichts gefunden?« Sie strich sich die Haare hoch.

»Das Täschchen mit ihrer Medizin, sonst nichts.«

»Gut, vorläufig schließe ich nichts aus. Ihr haltet es also für verfrüht für eine Besprechung«, konstatierte Laurien. »Heute wird alles schriftlich festgehalten, und morgen früh gehen wir das dann alle gemeinsam im Team durch. Morgen kann man sich auch mal in ihrem Zimmer in Amsterdam umschauen.«

Laurien schlug vor, die Brücke zu überqueren, um von der Bastion über den Stadthafen auf den Kaai zu schauen. Eine kurze Atempause.

»Das Schiff macht ganz schön was her, aber zum Rausfahren ist das nichts.« Pier schlug den Kragen hoch.

»Wofür denn dann?«

»Um großkotzig auf dem Deck hin und her zu stolzieren, wegen der Frauen an Land. Um das ganze Gedöns über Taue und Segel scher ich mich nicht.«

Laurien lachte. Sie wies auf ein schlankes Boot.

»So ein Pampus 178 wäre schon eher etwas für mich. Der Pampus ist eines der schnellsten Segelboote. Siehst du, wie es heißt?« Sie wurde sofort wieder ernsthaft.

»De Belle van Veere.«

»Das könnte Belle gehören.«

Langsam gingen sie zum Kaai zurück und bogen zum Markt ab. Lauriens Augen tränten. Es ging bei ihr manchmal sehr schnell, dass sie sich eine Erkältung einfing, die dann aber auch meistens nach zwei Tagen überstanden war.

Ihr Telefon klingelte, als sie sich gerade ein Bonbon in den Mund gesteckt hatte.

»Hallo Laurien«, sagte Sturm. »Der Tod ist heute Nacht zwischen zwei und fünf Uhr eingetreten. Ich vermute, dass es sich um Vergiftung handelt, doch das muss der Pathologe entscheiden. Du kannst es dem Staatsanwalt mitteilen. Weißt du übrigens, wer zurzeit Dienst hat?«

»Hans Ekelmans«, musste sie drei Mal wiederholen, bevor Sturm sie verstanden hatte.

»Schön. Er wird mein Gutachten wohl gutheißen.«

Der Turm der Großen Kirche ragte über die Häuser der Oudestraat hinaus. Laurien war angespannt; es fiel ihr immer schwerer, schlechte Nachrichten zu überbringen. Sie klingelten. Eine Frau öffnete lächelnd.

»Kommen Sie herein, Carla erwartet Sie bereits. Sie zieht sich gerade um.«

»Ich glaube, Sie irren sich. Minnaar ist mein Name, Kriminalpolizei Middelburg. Dies hier ist mein Kollege Dingemanse. Können wir mit Carla sprechen?«

»Es gibt doch keine Unannehmlichkeiten?«

»Würden Sie sie bitte holen?«

Während sie hörten, wie die Frau oben etwas über eine Dame und einen Herrn sagte, die sie sprechen wollten, wies Pier auf die beiden Figuren mit runden Formen auf Sockeln. Er verzog das Gesicht zu einer Grimasse, moderne Kunst war nichts für ihn.

Carla kam im Morgenmantel nach unten, die Haare auf Lockenwickler aufgerollt.

»Hallo, Laurien«, grüßte sie, als hätten sie sich noch in der letzten Woche getroffen. »Geht's dir und den Jungen gut? Dies ist meine Freundin Linda.«

»Wir würden uns gerne mal kurz alleine mit Frau Wisse unterhalten«, sagte Laurien zu der Freundin.

»Mein Nachname lautet Beest, nicht Wisse.«

»Können wir drinnen miteinander reden?«

Nachdem sich Laurien neben Carla auf das Sofa gesetzt hatte, sagte sie: »Wir kommen mit keiner guten Nachricht.«

Sie wartete einen Moment, sodass Carla sich auf die Hiobsbotschaft gefasst machen konnte.

»Ist irgendetwas mit Belle?«

»Es tut mir leid für dich, aber Belle ist heute Nacht gestorben.«

»Das kann nicht sein.« Carla wurde leichenblass. Nur die Lippen bewegten sich. »Belle? Wie ist das möglich?«

»Das wissen wir noch nicht.«

»Ist es nicht die andere Belle, die kleine Nichte von Bart? Lass es nicht meine Belle sein ... Weißt du es ganz sicher?«

»Leider ja«, sagte Laurien.

»Aber Belle hat manchmal eine makabere Vorstellung von Humor. Sie kann ganz ruhig liegen bleiben und das unglaublich lange durchhalten, davon hat sie schon einige Kostproben geliefert. Selbst ich bin darauf hereingefallen. Das war bestimmt nur einer von Belles Tricks. Ihr Versuch, sich der Verlobung zu entziehen. Gegen ihren Vater und Michel kommt sie nicht an ... Vor Kurzem erst habe ich ihr noch gesagt, dass sie sich nicht dazu zwingen lassen soll, und sie stimmte auch zu und war fest entschlossen, doch Bart setzte sie dermaßen unter Druck, dass sie sich wieder umstimmen ließ.«

Sie wollte aufstehen.

»Carla, es handelt sich um keinen Trick ... Belle ist gestorben, und niemand ist in der Lage, sie ins Leben zurückzuholen.«

Carla schaute sie mit weit aufgerissenen Augen an. »Nein.«

»Du musst uns glauben.«

»Aber wie ist das möglich?«

»Der pathologische Anatom wird sie untersuchen«, sagte Pier.

»Es war die Verlobung, die hat sie getötet. Ich verstehe die ganze Geschichte nicht. Schließlich hat sie doch Freddie, einen netten Jungen ihren Alters.«

»Freddie?«

»Seit Jahren schon hat sie was mit ihm ... Freddie Swaans ... Ich habe Belle angefleht, endlich mit dem Theater aufzuhören und Freddie ihrem Vater vorzustellen, aber Belle wollte Bart einen Gefallen tun ... Ein paar Wochen lang. Belle fand das Ganze spaßig und wollte in einem Monat von sich aus die Beziehung beenden.«

»Es tut mir leid für dich.«

»Glaubt ihr an Mord?«

»Vorläufig warten wir die Autopsie ab. Können wir morgen noch einmal mit dir sprechen?«, fragte Laurien.

»Darf ich sie jetzt sehen?«

»Ich werde mal nachfragen.«

3

Sie besprach sich mit Sturm. Sie einigten sich darauf, dass Carla Beest ihre Tochter sehen durfte, sobald Sturm mit Belle fertig war. Lange würde das nicht mehr dauern. Es lohnte nicht, jetzt noch ins Dienstgebäude der Regionalen Kriminalpolizei zu fahren.

Laurien parkte beim pathologischen Labor hinter dem Krankenhaus. Das Fenster neben dem Beifahrersitz war halb nach unten gerutscht. Um es oben zu halten, stopfte sie etwas Kaugummi dazwischen. Tiemen hatte schon vor Wochen versprochen, die Sache zu reparieren, aber wenn er es diese Woche wieder nicht schaffen sollte, würde sie das Auto in die Werkstatt bringen.

Im nächsten Jahr sollte das Labor nach Vlissingen ins Krankenhaus Walcheren verlegt werden. Jetzt lag es noch innerhalb der Festungswälle, in bequemer Nähe zum Dienstgebäude der Regionalen Kriminalpolizei in der Vrijlandstraat. Middelburg hatte versucht, das Labor zu behalten. Der Kampf darum gehörte zum alten Streit zwischen Middelburg und Vlissingen, wobei Vlissingen sich diesmal durchgesetzt hatte.

Sie schlenderte über den Weg hinter dem Krankenhaus und setzte sich auf eine Bank. Die Todesursache betreffend bestanden große Zweifel, und sie beschloss, morgen mit ihrer Mannschaft so weit wie möglich vorbereitende Arbeiten zu verrichten.

Nachdem sie in ihren Notizen noch einmal nachgelesen hatte, wie sich Carla zu der Verlobung geäußert hatte, stand sie auf und ging in die Noordpoortstraat. Sie streifte gerne in alten Straßen und auf Plätzen wie dem Varkensmarkt, der Kalverstraat oder dem Vismarkt herum. An den Giebeln standen noch die Namen, die die früheren Bewohner ihren Häusern gegeben hatten.

Gerade als es zu regnen begann, erreichte sie wieder das pathologische Labor. Sie ging hinein, da sie keine Lust hatte, nass zu werden. Scheißwetter! Am letzten Julitag musste der Sommer erst noch kommen. Sturm verließ gerade ihren Arbeitsraum.

»Du bist alleine?«

»Frau Beest kommt gleich.«

»Schön. Ich bin eben fertig geworden. Hier ist mein Bericht für dich, ich schicke ihn auch gleich als E-Mail der Gerichtsmedizin zu.«

Laurien blätterte die Papiere durch.

»Wurde Sperma gefunden?«

»Nein.«

»Dann wird Vergiftung immer wahrscheinlicher.«

»Richtig.«

Einen Moment lang blieb es still. Die Wahrscheinlichkeit, dass es sich um einen natürlichen Tod handelte, war gering. Laurien schaute zu Sturm hoch. Sturm war mindestens zwanzig Zentimeter größer.

»Ich habe vorhin mit Ypenburg gesprochen. Anna Vriens soll die Leichenschau vornehmen. Der Autopsiesaal steht erst Dienstagmorgen um zehn Uhr zur Verfügung. Wenn das für dich zu früh ist, um nach Ypenburg zu kommen, solltest du lieber selbst Kontakt mit der Gerichtsmedizin aufnehmen.«

»Ich werde mit Pier darüber reden.«

Sturm lehnte sich an den Türpfosten.

»Ich habe Belle Wisse ein Mal zu Hause gesehen. Sie war mit meiner jüngsten Schwester in der Orientierungsstufe.« Sie schwiegen, bis die Tür aufflog. »Kommen Sie mit«, sagte Sturm zu Carla, die den Gang herunterkam. Sie wurde von ihrer Freundin gestützt. Ihr Gesicht war nur noch eine starre, bleiche Maske.

»Würden Sie hier bitte einen Moment warten?«, sagte Sturm.

Zusammen mit Laurien betrat sie den Raum, in dem die Bahre mit Belle bereits wartete. Sturm schaltete das Neonlicht aus und machte stattdessen eine dämmrige Lampe an. Sie bedeckten Belle mit einem Tuch, ordneten die Falten. Das alles, um Carla den Anblick des Todes erträglicher zu machen, falls das möglich war.

Laurien bat Linda, im Gang zu warten, fasste Carla am Arm und führte sie in den Raum.

»Sind Sie bereit?«, fragte Sturm.

Ein kurzes Nicken. Sturm schlug die Decke zur Seite. Carla schreckte zurück, die Maske verschwand und wich einer Grimasse, der sich ein tiefer Schrei entrang.

Um fünf Uhr war sie am Vismarkt. Sammy stürmte auf sie zu und sprang an ihr hoch. Tiemen verstaute seine Klarinette im Koffer, Olmer lag im Wohnzimmer lang ausgestreckt auf dem Sofa und sah sich ein Fußballspiel an. Er brummte einen Gruß. Laurien schüttelte sich und stellte die Heizung höher, bevor sie sich mit Tiemen an den Küchentisch setzte.

»So kalt ist es doch nicht. Wir haben Sommer.«

»Wenn ich einen neuen Fall zu bearbeiten habe, wird mir immer kalt. Und ich bin müde.«

»Noch zwei Wochen«, sagte Tiemen. »Dann sind wir in Italien.«

»Wenn ich es in zwei Wochen schaffe … Ich habe einen neuen Fall, wahrscheinlich eine Vergiftung. Es kann sich um einen Unglücksfall handeln, vorläufig gehe ich aber von Mord aus.«

»Kein Selbstmord?«

»Es wurden weder Tabletten noch sonstige Arzneien gefunden. Nur Insulin. Die Tote war Diabetikerin.«

»Eine falsche Dosis?«

»Ist nicht auszuschließen, aber sie spritzt schon seit Jahren.« Tiemen schenkte Wein ein.

»Es handelt sich um Belle Wisse.«

»Wisse? Die Wisses?«

»Ja. Wisse-Chemie. Erinnerst du dich an Belle? Sie ging zwei Jahre mit Warre in eine Klasse.«

»Nein. Ich kenne nur Bart Wisse. Als Kunden.«

»Kennst du vielleicht auch Michel Buker?«

»Wer ist das?«

»Ein Vorstandsmitglied bei Wisse-Chemie.«

Tiemen zog die Stirn in Falten. »Jemand anderes aus dem Vorstand, Max Achterveld, kauft manchmal etwas bei mir ein.«

»Wie ist er?«

»Ein ehrgeiziger Kerl. Im Laden gibt er gerne mit seinen Musikkenntnissen an.«

Er füllte erst Datteln und dann süße Paprikaschoten mit Frischkäse.

Ehrgeizig und trotzdem bei einem der größten Chemieunternehmen des Landes kündigen. Das schien ein Widerspruch in sich selbst zu sein.

»Als wenn man darauf stolz sein könnte«, meckerte Olmer vom Sofa aus. »Kannst du mal ein Schälchen mit Datteln hierhin stellen?«

Tiemen beachtete seinen jüngsten Sohn nicht. »Was ist denn mit diesem Buker?«

»Buker war mit Belle verlobt. Er ist ungefähr zehn Jahre älter als wir, sechsundfünfzig.«

Er sah sie verblüfft an. »Du sagtest doch, dass Belle mit Warre in einer Klasse war. Mehr als dreißig Jahre Altersunterschied?«

»Ja.«

»Das kann nicht gut gehen.«

»Du bist der Zweite, der das heute sagt.«

»Dann stimmt es wohl.«

»Geht es darum, dass dieser Buker imstande ist, ein Mädchen zu vernaschen und du nicht?«

»Habe ich denn nicht dich?«

Sie runzelte die Stirn. »Genau das meine ich.«

»Komm, bitte, lass uns keine alten Sachen aufwärmen, Laurien.«

Sie zuckte mit den Achseln. »Was hast du heute Nachmittag gemacht?«

»Ich habe deiner Freundin Bescheid gesagt, dass du weggerufen wurdest.«

»War sie sauer?«

»Ziemlich ... Du kennst ja Els. Sie fragte, ob ich dann mit ihr ins Kino gehen wollte, aber ich habe mit Sammy Maatje besucht.«

Laurien setzte sich aufrecht hin.

»Wie war's?«

»Alle ärgern sie nur, behauptet sie. Morgen kommt Maatje, um bei uns zu wohnen. Sie behauptet, du hättest es ihr selbst versprochen. Und dann will sie mir im Laden helfen. Ich bin mit ihr an den Strand gegangen, und danach haben wir ein Eis gegessen. Im Eis-Café war sie etwas besser drauf. Als wir dann wieder bei ihr waren, schnappte sich deine Schwester die Fernbedienung und zappte so lange herum, bis sie *Omroep Zeeland* hatte. Danach war ich nur noch Luft für sie.«

Nach dem Essen ging Laurien mit Sammy in Gapinge spazieren. Sie wollte sehen, wo Buker wohnte. Sein Bauernhof lag verborgen hinter Hecken. Mit der Hündin lief sie die Einfahrt hinauf. Die Fensterläden waren grün-weiß gestrichen, die Scheunentore schwarz-weiß. Es wäre wirklich ein schöner Bauernhof gewesen, hätte man da nicht diese monströse Garage drangeklatscht, die die symmetrische Form des Bauernhofs völlig verunstaltete.

Wieder zu Hause zappte sie sich im Schlafzimmer einmal durchs Fernsehprogramm und las dann in Fachzeitschriften. Viel später schaltete Tiemen unten den Fernseher aus. Sein augenblicklicher Lieblingsverein – immer der, der gerade irgendeine Tabelle anführte – hatte verloren. Er legte Katie Melua auf und lockte sie so nach unten.

4

Laurien nahm die Treppe zu ihrem Büro im dritten Stock. Die Gänge waren schmal und dunkel. Seit Jahren schon wurde darüber geredet, das alte Gebäude abzureißen. Zum Glück blieb es bei Plänen. Sie würde ihr kleines Arbeitszimmer mit den Farben der neunziger Jahre vermissen, den L-förmigen Schreibtisch, auf dem sie ihre Akten kreuz und quer stapeln konnte, die Aussicht auf den grauen Parkplatz. Die Uhr über der Tür zeigte ihr, dass es noch nicht acht war.

Stevi kam hereingelaufen.

»Warum hast du mich gestern nicht angerufen, um mit nach Veere zu gehen?«

Laurien strich sich über die Stirn. Es war noch zu früh für Stevis vorwurfsvollen Ton.

»Wir können doch wohl kaum mit der gesamten Mannschaft Schwerverbrechen in einem Privathaus anrücken.«

»Dann hättest du Pier zu Hause lassen können.« Stevi schaute Laurien böse an.

»Hätte ich, ja.«

Stevi streckte ihr Kinn vor.

»Wenn du immer Pier oder Lucas mitnimmst, lerne ich die Arbeit nie.«

»Ich beziehe dich mit ein, sobald sich die Möglichkeit bietet, aber wenn ein in der Ausbildung befindlicher Kriminalbeamter mitgegangen wäre, dann wäre Jan an der Reihe gewesen.«

»Jan? Was kann der denn schon?«

»Na, na, Stevi. Sind deine Leistungen immer so hervorragend?«

»Ich habe keine Lust, ständig stumpfsinnige Gelegenheitsarbeiten zu verrichten.«

»Darüber muss immer noch ich entscheiden und urteilen.«

»Meine Ausbildung hier dient dazu, dass ich etwas lerne. Aber was habe ich davon, wenn du mir Karel mit seinen ewigen Dossiers aufhalst? Mittlerweile habe ich das schon mehr als genug durchgekaut.«

»Wenn das Protokoll nicht wasserdicht ist, stehst du im Regen. Da muss alles stimmen und zu belegen sein, bis aufs I-Tüpfelchen.«

Stevi blickte sie böse an.

»Du kannst dich ja an die Kommissarin wenden, falls du es von mir nicht annehmen willst. Sie kommt bald aus dem Urlaub zurück.«

»Emma? Das werde ich tun.«

»Und würdest du jetzt bitte das Team zusammenrufen?«

Die Stimmung war gedämpft. Ein Einziger machte eine Bemerkung, doch solange es sich noch um keinen offiziellen Fall handelte, war diese Belle für sie ziemlich uninteressant.

»Karel, bist du mit deiner Analyse weitergekommen?«

»Es ist halb neun, ich bin gerade erst ein paar Minuten hier«, sagte der Analytiker. »Ich fange gleich damit an. Bislang habe ich noch nicht mehr gesehen als das, was du und Pier an Notizen gemacht habt und was Klaas und Willem gesammelt haben.«

»Sobald du das Material sortiert hast, möchte ich es mir anschauen.«

»Natürlich.«

»Ihr wisst, dass es sich um Belle Wisse handelt, eine Tochter des Chefs dieses Chemie-Unternehmens? Sie wurde tot im Bett aufgefunden.«

»Ist die Todesursache bekannt?«, fragte Lucas.

»Die Vermutungen gehen in Richtung Vergiftung«, sagte Pier. »Morgen findet die Autopsie in Ypenburg statt.«

»Da wirst du ja dann wohl mit Laurien hinfahren«, sagte Stevi.

»Willst du mitkommen?«, fragte Laurien. »Dann rede ich mit Ypenburg darüber.«

»Gerne.« Stevi schaute erstaunt hoch, als die älteren Mitglieder des Teams in Lachen ausbrachen.

»Über Wisse-Chemie gibt es Gerüchte«, sagte Willem. »Zufällig habe ich gestern Abend in der Kneipe etwas über eine Reorganisation gehört, deren Bedeutung ziemlich unklar sein soll.«

»Das stimmt wahrscheinlich sowieso alles wieder nicht«, murmelte sein Kollege.

»Achterveld, ein Mitglied der Firmenleitung, ist deswegen gegangen … Dergleichen erfährt man nicht in der Kirche, Klaas.«

»Danke, Willem«, sagte Laurien hastig. »Worum ging es da?«

»Ich bin nicht dahintergekommen. Die Sache stinkt. Ich habe meinen Urlaub verschoben. Wenn Belle ermordet wurde, braucht ihr meine Erfahrung.«

»Das stimmt, aber der Urlaub steht dir zu.«

»Ich hatte sowieso nicht vor, zu verreisen, und bei dem Wetter lockt mich auch nichts nach draußen. Es passt mir ganz gut.«

»Morgen wissen wir, ob wir einen Fall haben oder nicht, aber ich möchte nicht, dass wir Zeit verlieren. Wir müssen versuchen, so viele Informationen über Belle Wisse zu sammeln wie möglich. Ein wenig Taktgefühl, meine Damen und Herren, ist bei dieser Familie allerdings mehr als angebracht.«

Sie nieste. Der Hals schmerzte, und ihr Kopf fühlte sich an wie ein großer Wattebausch. Heute war ihre Erkältung auf dem Höhepunkt.

»Das ist Bevorzugung aufgrund der Klassenzugehörigkeit«, sagte Pier.

»Nein, das ist Eigeninteresse. Die Wisses sind überempfindlich und haben gute Beziehungen. Ich werde noch einmal zu Carla Beest gehen. Wer noch nichts mit der Sache zu tun hatte, hilft Karel beim Sammeln von Informationen für das Dossier.«

»Du hältst es für Mord?«, fragte Lucas.

»Möglich.«

Hans Ekelmans hatte fünf Minuten Zeit für sie. In einer halben Stunde fand eine Gerichtsverhandlung statt.

»In anderthalb Stunden geben wir eine Pressekonferenz«, meinte der Staatsanwalt.

»Das erscheint mir nicht notwendig, solange die Todesursache nicht geklärt ist.«

»Aber mir. Gerüchte machen die Runde. Da die Kommissarin in Urlaub ist, musst du anwesend sein.«

Sie zuckte mit den Achseln.

»Bereitest du oder einer aus deinem Team die Pressekonferenz vor?«

Sie antwortete nicht. Karel wäre der zuständige Mann dafür, doch sie konnte ihm das nicht auch noch aufhalsen. Sie würde es selbst tun müssen. Vorläufig war es ein Kampf mit der Zeit.

»Das Einzige, was wir bislang sagen können, ist, dass wir noch nichts wissen.«

Leo Leversen von der PZC, der *Provinciale Zeeuwse Courant*, hob die Hand.

»Ich vermisse Emma De Smet als Ansprechpartnerin. Wenn die Kommissarin also nicht anwesend ist, stelle ich die Frage an die Leiterin der Abteilung Schwerverbrechen.« Seine Stimme klang gewichtig.

»Bitte schön.«

»Mir ist etwas über Probleme an der Spitze von Wisse-Chemie zu Ohren gekommen. Dort wurden Änderungen vorgenommen, und die Ursache dafür liegt in mehr als nur wirtschaftlichen Überlegungen oder persönlichen Animositäten. Können Sie etwas dazu sagen, ob die Reorganisation mit dem Tod von Belle Wisse zu tun hat?«

»Nein.«

Leversen lachte verschmitzt. Sie wusste, dass er sich mit ihren Antworten nicht zufrieden gab.

Laurien stellte ihren Computer an. Während dieser zu summen begann, überlegte sie, von wem Leversen über die Probleme bei Wisse-Chemie gehört haben konnte.

Das Telefon klingelte. »Hier ist Zandvliet vom Umweltamt in Middelburg.«

»Was kann ich für Sie tun?«

»Ich möchte nur, dass Sie mir zuhören.« Die Stimme am anderen Ende der Leitung überschlug sich. »Ich glaube, etwas Wichtigem auf der Spur zu sein.«

»Bitte fassen Sie sich kurz.«

»Ein Teil eines Kartoffelfeldes in Serooskerke wurde vernichtet. Der Acker ist ungefähr drei Hektar groß, der betroffene Teil misst etwa zweihundert Quadratmeter.« Er holte Luft. »Es sieht so aus, als seien die Pflanzen dort krank, doch ich habe mich erkundigt. Auf Walcheren gibt es derzeit nirgends die Kraut- und Knollenfäule.«

»Feucht genug dafür wäre es aber.«

»Aber warm ist es nicht, und das wäre genauso ausschlaggebend wie die Nässe. Im besten Falle handelt es sich hier um Vandalismus.« Er machte eine kurze Pause. »Einen Terroranschlag schließe ich nicht aus.«

Laurien stopfte ihr Taschentuch in die Hosentasche.

»Terror?«

»Deshalb rufe ich Sie ja an.«

»Und was sagt der Bauer?«

»Der findet sich mit dem Verlust ab und will ansonsten nichts davon wissen.«

»Seltsam. Warum denn das nicht?« Sie notierte auf ihrem Notizblock ›Zandvliet‹ und schrieb dahinter, dass es um einen Kartoffelacker in Serooskerke ging.

»Dazu äußert er sich nicht deutlich. Er hält es für eine Krankheit. Berufsrisiko. Aber keine einzige Krankheit verläuft so schnell und dermaßen heftig. Gestern habe ich noch auf demselben Feld eine Pflanze ausgegraben, um zu sehen, wie weit die Kartoffelpflanzen in diesem Jahr gediehen sind. Trotz des miesen Wetters hatten sich bereits schöne, kräftige Knollen gebildet. Heute sah es danach aus, als sei dort jemand mit dem Flammenwerfer drübergegangen.«

»Wäre das möglich?« Laurien schaute auf die Uhr.

»Nein. Dann wäre nur das Kraut angegriffen worden. Aber hier waren die Knollen zermatscht.«

»Kann das nicht auf Löschwasser zurückzuführen sein?«

»Unsinn. Sie wissen doch so gut wie ich, dass sich Kartoffeln nicht in Wasser auflösen. Durch Feuer werden die Knollen gebacken oder versengt und nicht zu Schleim. Das Ganze ist ein Rätsel ... Sie verfügen über größere Möglichkeiten als ich, der Sache auf den Grund zu gehen.« Er betonte jedes Wort extra.

»Lassen Sie mich mal laut nachdenken. Könnte diese Zermatschung nicht die Folge eines falschen Einsatzes von Pflanzenschutzmitteln sein?«

»Das Wort Zermatschung wird Ihnen im Wörterbuch nicht begegnen.«

Ungeduldig trommelte Laurien auf den Schreibtisch. »Die unsachgemäße Anwendung von Pflanzenschutzmitteln könnte unter die Umweltgesetzgebung fallen. Deshalb will der Bauer vielleicht keine Anzeige erstatten.«

»Möglich ist alles.«

»Aber Sie denken an etwas anderes?« Sie rollte mit ihrem Stuhl nach hinten.

»So dumm ist kein einziger Bauer. Wenn man kurz vor der Ernte viel von dem Zeug spritzt, gelangt es in das Produkt. Die Kartoffeln sind dann nichts mehr wert, selbst im Viehfutter dürfen keine Pflanzenschutzmittel gefunden werden. Ich habe keine Erklärung dafür, und das gefällt mir nicht.«

»Um wen handelt es sich?«

»Gert-Jan Wattel in Serooskerke.«

Laurien rollte mit dem Stuhl wieder nach vorne und hielt in Stichworten fest, was Zandvliet erzählt hatte. Konnte sie damit etwas anfangen?

»Sie erwähnten einen Verdacht auf Terrorismus. Das sind starke Worte.«

»Ich habe es auch nicht einfach so dahergesagt. Es gibt da nämlich noch etwas. Neben dem Feld lagen zwei tote Mäuse und ein totes Kaninchen. Wenn Mäuse verenden, suchen sie ihr Loch auf. Der Tod hat sie überrascht. Das gefällt mir nicht. Ich habe Proben genommen und beim Reichsinstitut für Volksgesundheit und Umwelt angerufen.«

»Schön. Benachrichtigen Sie mich, wenn etwas dabei herauskommt?«

»Die wollen nicht, dass ich ihnen etwas schicke. Zeitmangel, Personalmangel, Urlaub, weiß der Henker warum, aber im Augenblick können sie nichts damit anfangen. Wenn es sich um das gesamte Feld oder, noch besser, um sämtliche Kartoffeläcker von Serooskerke handeln würde, dann sähe die Sache natürlich anders aus. Stellen Sie sich vor, Frau Minnaar, die haben mich ausgelacht! Terrorismus in Zeeland. Hahaha … Dieser Zandvliet hat zu viel Fantasie.«

»Und?«

»Natürlich nicht. Als ich hartnäckig blieb, versprach mir das Institut, vor der Erntezeit Bodenproben zu nehmen, sowohl an der betroffenen Stelle als auch vom Rest des Feldes. Und wenn ich die tote Maus in der Tiefkühltruhe aufbewahren könnte, würden sie eventuell darauf zurückkommen. Meine Frau wird begeistert sein.«

»Kann ich mir vorstellen. Vorläufig weiß ich genug. Die Sache gehört nicht zu meinen eigentlichen Aufgaben, aber ich werde darüber nachdenken. Schicken Sie mir eine E-Mail mit der genauen Ortsangabe?«

»Ich kann Sie begleiten.«

»Ich weiß noch nicht, wann ich mir das anschauen kann. Ginge es denn heute Abend?«

»Für mich wäre das äußerst ungünstig. Meine Frau ist heute Abend weg, und da muss ich auf die Kinder aufpassen. Können Sie nicht früher im Laufe des Tages?«

»Es gibt noch andere Dinge, um die ich mich kümmern muss, aber ich rufe sie vorher an. Vielleicht ist es Ihnen ja doch möglich. Und vergessen Sie bitte nicht, mir die E-Mail zu schicken.«

Sie überlegte kurz. Warum rief Zandvliet sie an und nicht die Polizei in Serooskerke? Sie suchte die Telefonnummer der Dienststelle in Serooskerke heraus. Die Stimme am anderen Ende der Leitung war ihr sofort vertraut.

»Hallo Alex, hier ist Laurien Minnaar. Du hast gestern auf dem Kaai gute Arbeit geleistet.«

»Vielen Dank! Wenn eine Stelle frei wird, würde ich mich gerne bei der Kriminalpolizei bewerben.«

»Ich werde deinen Namen notieren. Wie heißt du mit Nachnamen?«

»Boel, Alex Boel.«

»Deshalb rufe ich aber nicht an. Zandvliet, ein Beamter des Umweltamtes, hat sich bei mir wegen eines Ackers in Serooskerke gemeldet.«

Alex begann zu lachen. »Zandvliet wagt es nicht mehr, sich an uns zu wenden. Vorigen Monat tauchte er total aufgebracht bei uns auf. Ein Bauer hätte verbotene Stoffe in seinem Besitz, mit denen er halb Walcheren ausrotten könnte. Er hätte Proben aus dem Graben des Bauern genommen, und in dem Wasser wäre absolut kein Leben mehr gewesen, nicht einmal Mikroorganismen. Und er hat das Reichsinstitut für Volksgesundheit und Umwelt angerufen.«

Während er die Akte holte, notierte sich Laurien, was er gesagt hatte.

»Was auch immer da ins Wasser geraten wäre, es hätte gründlicher als Chlor gewirkt, meinte Zandvliet. Außerdem hätte er sich auch die Felder genauer angeschaut, zwischen dem Porree wäre nicht ein einziges Pflänzchen Unkraut zu sehen gewesen. Er fand das mehr als verdächtig.«

»Und danach erschien er dann bei euch.«

»Total aus dem Häuschen. Der stellvertretende Staatsanwalt stellte einen Durchsuchungsbefehl aus. Der Bauer, eher ein Hobbybauer, reagierte überrascht. Wenn Zandvliet ihn gebeten hätte, in seinen Schränken nachschauen zu dürfen, hätte er überhaupt nichts dagegen gehabt, schließlich habe er nichts zu verbergen.«

»Und setzte der stellvertretende Staatsanwalt die Durchsuchung dann aus?«

»Nein, zwei Kollegen fanden nichts weiter als ein bisschen Rattengift. Ansonsten nur die ganz normalen Pflanzenschutzmittel.«

»Haben sie ihn auch zu seinen unkrautfreien Feldern befragt?«

Alex hatte eine angenehme, offene Stimme.

»Natürlich. Er sagte, er sei eben ungeheuer gründlich. Es wäre ihm einfach zuwider, wenn zwischen seinen Gewächsen das Unkraut hochschießt. Meine Kollegen entdeckten Kaulquappen im Graben. Sie standen ganz schön blöd da.«

»Und was hältst du von der Sache?«

»Ich verstehe nichts davon, aber in dem Graben herrscht eine starke Strömung. Ich könnte mir vorstellen, dass sich das Problem dadurch verschiebt. Sie hätten den Graben stromabwärts untersuchen müssen.«

»Was meinten denn deine Kollegen dazu.«

»Dass ...« Er zögerte einen Moment. »Dass ich ein Pedant bin. Das bekomme ich häufiger zu hören.«

»Bist du damit zu deinem Vorgesetzten gegangen?«

»Das führt nur zu Getratsche.« Er kam wieder auf das Thema zurück. »Der stellvertretende Staatsanwalt hat sich danach den Zandvliet zur Brust genommen. Der wagt es offenbar nicht mehr, sich bei uns zu melden.«

»Es geht ja wohl darum, dass das Umweltamt seine Arbeit gewissenhaft durchführt.«

Sie wählte die Nummer des Reichsinstituts für Volksgesundheit und Umwelt.

»Wenn man Zandvliet so reden hört«, sagte ein Mitarbeiter des Instituts, »dann benutzen die Chemieunternehmen Walcheren als ihr Versuchsfeld. Am liebsten würde er uns jeden Monat irgendetwas zusenden, um zu beweisen, dass er recht hat, aber jetzt darf er uns nicht mehr einfach so etwas schicken. Vor ein paar Stunden hat er übrigens noch bei uns angerufen.«

»Wegen eines Kartoffelfeldes in Serooskerke?«

»Schon möglich. Ich habe ihn zu einem neuen Kollegen durchgestellt.«

»Zandvliet hat festgestellt, dass ein Teil der Kartoffelernte vernichtet ist. Könnte es sich um die Kraut- und Knollenfäule handeln?«

»Die herrscht in Flevoland, Frau Minnaar, nicht in Zeeland.«

»Das Kraut sah aus wie abgebrannt, und die Kartoffelknollen hatten sich innerhalb von vierundzwanzig Stunden in Matsch verwandelt.«

»Dann handelt es sich nicht um die Kraut- und Knollenfäule.«

»Wäre denn ein Abbrennen der Pflanzen eine Möglichkeit, die Krankheit zu bekämpfen?«

»Nein. Nehmen Sie diesen Zandvliet doch nicht so furchtbar ernst.«

»Trotzdem klingt das Ganze ziemlich beunruhigend. Zermatschte Kartoffeln und tote Mäuse, die es nicht mehr bis in ihre Löcher geschafft haben. Was könnte es denn sonst sein?«

»Zandvlietphobie. Mehr kann ich dazu nicht sagen. Wenn er Dutzende toter Mäuse und Hasen gefunden hätte, würde ich die Stirn runzeln. Aber ein paar, das kann reiner Zufall sein ... Bleiben Sie bitte für einen Moment in der Leitung, dann erkundige ich mich mal eben bei meinem Kollegen.«

Wenige Minuten später ließ der Kollege ausrichten, vor der Ernte würden Proben von dem betreffenden Feld genommen werden. Mit dieser Zusage musste sich Laurien zufriedengeben.

Wäre Emma de Smet nicht im Urlaub gewesen, hätte Laurien sie gebeten, beim Allgemeinen Nachrichten- und Sicherheitsdienst anzurufen. Laurien rieb sich die Schläfen und kam zu dem Schluss, dass sie anfragen sollte, ob in Zeeland jemand mit chemischen Produkten herumexperimentiere und ob in der Provinz die Rede von erhöhter terroristischer Bedrohung sein könne.

Sie wurde dreimal weiterverbunden, ehe sie den zuständigen Beamten an der Strippe hatte. Der wollte die Sache mit seinem Chef besprechen. Sobald er über die erforderlichen Informationen verfüge, würde man Kontakt mit ihr aufnehmen. Vor Donnerstag oder Freitag sei nicht damit zu rechnen.

Das half ihr im Moment wenig.

Zandvliet war nicht erreichbar. Eine halbe Stunde später immer noch nicht. Laurien rief in der Zentrale der Stadtverwaltung an. Es dauerte eine ganze Weile, bis die Telefonistin herausbekommen hatte, dass er nicht im Haus war. Der Umweltbeauftragte war oft unterwegs. Ob man ihn bitten solle, Laurien zurückzurufen? Das war nicht erforderlich, sie würde sich später noch einmal bei ihm melden.

Nachdem sie in der Kantine Kaffee getrunken hatte, ging sie mit Stevi zum Labor des Technischen Dienstes. Klaas zeigte ihnen, was sie aus dem Haus am Kaai mitgenommen und bisher untersucht hatten. Es gab nichts, das ihr besonderes Interesse geweckt hätte, doch sie waren ja auch noch nicht fertig.

»Könntest du gleich mit Willem und Pier nach Amsterdam fahren?«

»Was sollen wir da?«

»Ihr könntet das Apartment von Belle untersuchen.«

»Setzt du dich dann mit den dortigen Kollegen in Verbindung?«

»Gut. Ich gehe gleich mit Lucas zu Carla Beest.«

»Darf ich anstelle von Lucas mitkommen?«, fragte Stevi.

Laurien überlegte kurz.

»Wenn du Zeit hast.«

»Meinen Stapel Dossiers schaffe ich heute schon noch«, sagte Stevi.

Carla Beest reichte ihnen gelassen die Hand. Das Haar hing bis zu ihrem Rücken herunter, es war schwarz gefärbt, was sie noch bleicher erscheinen ließ, als sie ohnehin schon war. Sie ging ihnen ins Wohnzimmer voraus. Linda war nirgends zu sehen.

»Wie geht es dir?«, fragte Laurien.

»Es kommt mir nach wie vor absolut unwirklich vor ... Es gibt Momente, da denke ich, dass es nicht wahr sein kann. Bis ich sie dann wieder in dem Labor vor mir sehe. Ohne Belle ... Wie soll ich das nur schaffen?« Es blieb eine Weile still. »Damit kann man sich doch nicht einfach so abfinden.«

»Schwer, ja.«

»Als wir gestern aus Middelburg zurückfuhren, habe ich mich auf dem Kaai absetzen lassen. Ich habe Bart ganz schön zugesetzt. Unter seinem Dach ist sie gestorben. Wenn sich herausstellt, dass es Selbstmord war, klage ich ihn wegen Mord an.«

»Warum?« Laurien und Stevi fuhren gleichzeitig hoch.

»Wenn sie Selbstmord begangen hat, dann nur wegen dieser idiotischen Verlobung. Sie hatte doch Freddie.«

»Gestern sagtest du, du hättest Belle vorgeschlagen, ihn Bart vorzustellen.«

»Das wollte sie nicht. Bart lehnte Freddie ab, ohne ihn zu kennen. Er glaubte, diesem armseligen Künstler ginge es überhaupt nicht um Belle, sondern nur um ihr Geld. Ihr Vater hat doch nichts anderes als Euros im Kopf. Darum dreht es sich bei Männern wie Buker und Bart. Euros und Macht ...«

»Bei beiden?«, fragte Laurien. Dieser Punkt erschien ihr wichtig.

»Ganz sicher. Dieser Buker wurde Belle von ihrem Vater aufgezwungen, davon bin ich überzeugt. Warum? Dreimal darfst du raten. Geld oder Macht. Oder beides ... Heute Morgen habe ich Freddie mit zu Bart genommen und gesagt, dass dies der Junge aus Belles Träumen war.«

»Wie hat dein Ex-Mann reagiert?«

»Überhaupt nicht. Für ihn wird das Leben einfach weitergehen. Ich habe für Belle gelebt. Ich wohne bei ihr um die Ecke. Ich habe für sie gekocht, das war wichtig wegen ihrer Zuckerkrankheit.«

»Wann sprachen Sie zum letzten Mal mit Ihrer Tochter?«, fragte Stevi.

»Samstag.« Zerstreut griff sie nach einem Foto auf dem Tisch, betrachtete es und stellte es wieder weg.

»Am Samstag war Belle doch gar nicht in Amsterdam.« Laurien berührte kurz Carlas Hand.

»Ich bin mit ihr nach Veere gefahren. Wegen der Verlobung, verstehst du? Aber auch wenn sie in Veere war und ich nicht, sprachen wir miteinander. Dann rief sie mich ein paar Mal pro Tag an, um Dampf abzulassen.«

»Dann fand sie es nicht sonderlich lustig bei ihrem Vater?«

»Oh nein, ganz bestimmt nicht. Sie war da ja auch nur, weil Bart darauf bestand, dass sie jedes Wochenende bei ihm verbrachte.«

»Und das tat sie?«

»Sie fuhr nicht wegen ihres Vaters nach Veere, sondern um zu segeln. Vor allem im Winter. Sie hing lieber auf dem Wasser herum als sich mit irgendeiner von Barts Freundinnen zu langweilen. Bart hat keinen Geschmack.«

Laurien lächelte leicht.

»Nach mir natürlich«, antwortete Carla auf die unausgesprochene Frage. Ihre Miene hellte sich für einen Moment auf. »Sie wurden ständig jünger, die letzte war sogar ein halbes Jahr jünger als Belle.«

»Meistens übernachtete sie doch bei ihrem Freund?« Laurien schaute in ihre Notizen.

»Wahrscheinlich.« Carla verzog den Mund.

Laurien räusperte sich. »War Belle in Buker verliebt?«

»Bestimmt nicht. Sie fand ihn sympathisch, mehr nicht. Michel war in sie verliebt, für Belle war das eine vorübergehende Beziehung. Vor Michel ging sie mit Max aus. Der sagte, Belle sei genau jene Tochter, die er nicht besäße.« Sie schob das Foto in die Mitte des kleinen Tisches.

»Max?«

»Max Achterveld. Sie gingen zusammen aus, er zeigte ihr etwas von der Welt. Aber Freddie ist ihr Freund. Eine Zeitlang hatte ich Angst, dass Max in Belle mehr als nur eine gute Freundin sah, doch vor ein paar Monaten sagte Max, sie sollte lieber mit Freddie als mit ihm die Welt entdecken. Ich war froh darüber, bis ich bemerkte, dass Buker um sie herumscharwenzelte.«

»Der hat doch eine Tochter in Belles Alter«, sagte Stevi.

»Genau. Da konnte man deutlich erkennen, dass er in Belle keine Tochter sah. Unvermutet tauchte er bei ihr in Amsterdam auf ... Hatte die Adresse von Bart bekommen. Als ob Bart der Zuhälter seiner eigenen Tochter gewesen wäre.«

»Hast du nicht mit Bart darüber gesprochen?«

Laurien musste ihre Frage wiederholen, direkt vor dem Fenster wurde ein Motorrad gestartet.

»Bart tat so, als wisse er von nichts. Es ist ein einziges Durcheinander, Laurien!«

»Zog sich Achterveld vorher aus Wisse-Chemie zurück, oder erst nachdem er die Beziehung abgebrochen hatte«, fragte Laurien.

»Danach, glaube ich. Ja, ich bin mir fast sicher. Buker machte sich erst an Belle heran, nachdem Bart ihn in den Vorstand geholt hatte.«

»Und ließ sie sich eine Verlobung aufzwingen?«, fragte Stevi.

»Belle konnte wenig gegen ihren Vater ausrichten. Sie hatte vor, die Beziehung mit Buker aufzugeben, wenn sie nach Beendigung ihres Studiums mit Freddie um die Welt segeln würde.«

»Warum konnte sie wenig gegen ihren Vater ausrichten?« Laurien beugte sich nach vorn.

»Sobald sie irgendetwas tat, das ihm nicht gefiel, jammerte er über die größte Enttäuschung in seinem Leben. Er hätte es gerne gesehen, wenn Belle seine Nachfolge angetreten hätte, aber um ein Unternehmen wie Wisse-Chemie leiten zu können, muss man entweder Betriebswirtschaft oder Chemie studiert haben. Belle besaß nicht genügend Geduld, um sich hinter die Bücher zu klemmen ... Er hat alles versucht. Nachhilfestunden, Internat und jetzt eben ein Freund, der die Firma leiten konnte.«

»Sah Bart deshalb etwas in Michel?«

»Das sagte er nicht laut und deutlich, er suggerierte es eher. Bart ist ein Mensch mit geheimen Plänen. Das gehört nun einmal zum Chef eines großen Unternehmens dazu.« Sie schlug die Augen nieder.

»Dennoch entschied sie sich für Michel. Sonst hätte sie nicht in die Verlobung eingewilligt«, sagte Stevi.

»Sie mochte ihn gern, sie mochte ihn als verrückten alten, lieben Mann. Mehr nicht.« Es klang milde, doch der scharfe Unterton entging Laurien nicht.

»Wären Sie bei der Feier dabei gewesen?«, fragte Stevi.

»Natürlich, ich hätte Belle nie im Stich gelassen. Das habe ich ihr auch gesagt: Egal, wofür du dich entscheidest, ich stehe zu dir.«

»Kannst du uns erzählen, was am Samstag geschah?«

»Nun, Freddie war ziemlich fertig, er wollte nicht, dass Belle sich mit einem anderen verlobt. Samstagmorgen sagte sie Bart, dass die Feier nicht stattfinden würde. Er war wütend und meinte, es sei zu spät, um noch allen Gästen abzusagen. Ein blödsinniges Argument, auf das Belle auch nicht hereinfiel.«

Carla winkte Linda zu, die eine Einkaufstasche an der Tür absetzte.

»Die Verlobung fand also statt.«

»Bart zog seine Show als gekränkter Vater ab. Noch so eine Enttäuschung durfte sie ihm nicht antun. Und dem konnte Belle nichts entgegenhalten. Ich hatte meine ganze Hoffnung auf die Weltreise gesetzt, denn dann hätte sie sich endlich von uns gelöst.«

»Kennst du Zandvliet?«, fragte Laurien urplötzlich.

»Ich kenne eine Frau Zandvliet aus Middelburg. Sie war Belles Insulin-Krankenschwester. Arbeitet ihr Mann nicht als Umweltbeauftragter?«

Stevi schaute Laurien überrascht an.

»Ja.«

»Bart konnte Beamte vom Umweltamt nicht ausstehen. Ein Unternehmen floriert nur, wenn es wächst, und das bedeutet noch mehr von diesem chemischen Mist, der ausschließlich dazu dient, Bart Wisse ein angenehmes Leben zu garantieren.« Sie strich sich mit dem Zeigefinger über den Nasenrücken. »Die Umwelt interessiert ihn einen Scheißdreck. Was da in der Firma an Beinahe-Unfällen passiert ist, als wir noch verheiratet waren, kann ich gar nicht alles aufzählen.

Unbedeutende Missgeschicke nannte Bart das. Kleine Unachtsamkeiten.«

»Ein Beamter des Umweltamtes könnte so etwas aufdecken.«

»Das hat es auch gegeben. Bart entließ pro forma ein paar Leute und verbannte jeden weiteren Gedanken an den Beinahe-Unfall aus seinem Gedächtnis … Warte mal, vielleicht ist da etwas passiert, und Bart wird von Michel erpresst. Männer in diesen Positionen sind wirklich verrückt. Bart liebt seine Tochter, aber noch mehr liebt er sein Unternehmen. Dafür würde er sie sogar verkaufen.«

»Ist dem so?«

»Nein. Das stimmt nicht. Ich bin wütend, weil Belle tot ist. Nimm es mir bitte nicht übel, ich rede wie ein hirnloses Huhn daher, weil ich nach einer Erklärung für den Tod meiner Tochter suche.« Mühsam stand sie auf. »Bis zur Beerdigung bleibe ich hier. Danach musst du nach Amsterdam kommen, falls du noch Fragen hast.«

Auf dem Rückweg ließ sie Stevi reden. Stevi wunderte sich über Belles Gefügigkeit. Laurien ging es nicht gut, ihre grauen Haarborsten wollten nicht aufrecht stehen – immer ein schlechtes Zeichen. Bevor sie aus dem Auto stieg, fragte Stevi noch, ob Laurien dafür gesorgt habe, dass sie anstelle von Pier mit nach Ypenburg fahren dürfe. Sie hatte es erledigt.

Im Büro hielt sie die neuen Informationen fest und schickte diese als E-Mail an Karel. Danach las sie im Dossier nach, was bislang im Fall Belle Wisse bekannt war. Sie begab sich zu Ton, dem Hauptkommissar, und besprach die Sache mit ihm. Als sie auch noch Hans Ekelmans aufsuchen wollte, stellte sie fest, dass dieser bereits nach Hause gegangen war.

Wieder in ihrem Büro, rief Laurien bei Wisse-Chemie an und ließ sich so lange weiterverbinden, bis sie den Leiter der Forschungsabteilung für Pflanzenschutzmittel erreicht hatte. Es gab tatsächlich Versuchsfelder. Doch die waren nicht in Serooskerke angesiedelt.

Pier rief aus Amsterdam an. Sie hatten Unterstützung von zwei Amsterdamer Kollegen bekommen.

Sie machte eine Liste mit Gedanken zu dem Fall. Das Gefühl, irgendetwas vergessen zu haben, ließ sie nicht los. Sie starrte auf den Computerbildschirm, während sie mit den Zeigefingern ihre Schläfen massierte. Die Erkältung schien ihren Höhepunkt überschritten zu haben. Sie blieb sitzen, die Finger immer noch an die Schläfen gepresst.

Der Parkplatz vor dem Gebäude war so gut wie leer, viele Kollegen waren im Urlaub. Dass sie selbst in gut anderthalb Wochen nach Italien fahren würde, konnte sie sich nicht vorstellen. Sie lehnte sich zurück. Für heute wollte sie Schluss machen, morgen konnte ein verdammt harter Tag werden.

Tiemen kam zur gleichen Zeit nach Hause wie sie. Montags war sein Musikgeschäft geschlossen, und er widmete sich oft der Buchhaltung.

»Sollen wir nach Grijpskerke fahren? Das Pflegeheim, dem auch das Haus von Maatje angeschlossen ist, unterhält bei der Imkerei Poppendamme einen Garten.«

»Warum?«, fragte Laurien. Eigentlich hatte sie keine Lust.

»Die Gruppenleitung hat mit der Heimleitung über Maatje gesprochen und möchte sie aus der Behindertenwerkstatt herausnehmen und in diesen Garten versetzen. In dem Garten arbeiten noch andere Leute mit Downsyndrom, und denen gefällt es dort sehr gut.«

»Meine Schwester und schmutzige Finger …«

»Der Gruppenleiter möchte gerne, dass wir uns das mal anschauen, bevor eine Entscheidung fällt.«

Sie fuhren über das flache Land mit Feldern, auf denen vor allem Kartoffeln, Porree und Zwiebeln wuchsen. Am Spielplatz in Grijpskerke bogen sie links ab, danach noch einmal, bis sie das Schild der Imkerei Poppendamme sahen.

Das Wetter klarte auf, als sie dort mit Sammy herumliefen. Es gefiel ihnen immer mehr. Saubere Hände würde Maatje in diesem Garten kaum haben, aber die Arbeit im Freien und etwas mehr Bewegung würden ihr guttun.

Nach dem Tod ihrer Mutter vor anderthalb Jahren trugen Laurien und Tiemen die Verantwortung für Maatjes Wohlergehen, und das war alles andere als einfach. Ihre Mutter hatte sie vierunddreißig Jahre lang ausgiebig verwöhnt. Maatje war der Mittelpunkt ihres Lebens gewesen.

Und dennoch hatte Maatje ungerührt neben ihrer toten Mutter auf dem Sofa gesessen und Chips gemampft. Ein paar Tage später hatte sie sich schmollend vom Sarg abgewendet. Laurien hatte das ihrer Schwester übelgenommen. Ihre Mutter war tagaus, tagein damit beschäftigt gewesen, Maatje alles recht zu machen. Darin war sie genauso hartnäckig gewesen wie Laurien, wenn diese sich in einen Mordfall verbiss.

Ihr Ausbilder, Arnold Smit, hatte ihr oft genug vorgehalten, viel zu krampfhaft nach der Lösung eines Falls zu suchen. Kein Kriminalbeamter konnte hundert Prozent Erfolg vorweisen. Von ihm hatte sie das Fach gelernt, und vor allem, wie sie die einzelnen Mitglieder ihres Teams so weit motivieren konnte, dass sie an einem Strang zogen. Alleine schaffte man es nie.

Im Laden der Imkerei griff sie nach einem Schreibheft mit Bienen auf dem Umschlag. Seit einiger Zeit schon hatte sie vor, sich Notizen über Dinge zu machen, die nicht direkt mit ihrer Arbeit zu tun hatten. Sie legte es zurück, da sie lieber in dem Geschäft für Bürobedarf in der Lange Delft ein dickes Heft mit liniertem Papier und stabilem Umschlag kaufen wollte.

Pier rief an. Die Durchsuchung in Amsterdam hatte nichts Besonderes erbracht. Er würde heute Abend noch vorbeikommen, um zu berichten. Die beiden Amsterdamer Kollegen hatten sie in ein kleines Restaurant mitgenommen. Einer von ihnen hatte ständig derbe Ausdrücke benutzt. Laurien konnte sich lebhaft vorstellen, wie verkniffen Klaas dreingeschaut und welche säuerlichen Bemerkungen er gemacht haben musste. Bevor sie das Gespräch beendeten, gab es noch einiges zu kichern.

Unterwegs nach Hause hörten sie Teile aus *Aida*, einer der beiden Opern in Verona, für die sie Karten besaßen. Sie brachten Sammy ins Haus und holten ihre Freundin Els ab, um bei *Peper en Zout* essen zu gehen.

Pier kam nach der Mahlzeit vorbei und setzte sich zu ihnen. Sie besprachen kurz, was man in Belles Apartment gefunden hatte. Viele Kassetten mit Filmmaterial, das er sich morgen anschauen wollte. Auch in Amsterdam hatte Belle ein Täschchen mit Insulinsachen. Kein Alkohol, ein Kühlschrank mit Säften, Butter, Käse und einem Glas Marmelade. Keine Früchte in der Fruchtschale. In einer Blechdose ein paar Plätzchen. Es schien, als habe Belle selten gekocht. Ihre Notizhefte hatten sie mitgenommen, und Klaas hatte außerdem ein paar Dinge für das Labor aufgesammelt, vor allem ein paar Krümel, die sich vermutlich als Mäuse- oder Rattengift erweisen würden. In Amsterdam hatte man ziemlich viel Ärger mit Ungeziefer, aber Klaas wollte sichergehen. Ohne es zu merken, waren sie spät dran. Als sie zu Hause ankamen, war es bereits zu dunkel, um noch nach Serooskerke zu fahren.

5

Das Zuschlagen einer Tür weckte sie. Tiemen war schon aufgestanden. Mit einem Handtuch über dem Kopf inhalierte sie Mentholdämpfe. Nach einer warmen Dusche fühlte sie sich besser. Die Blätter der Kastanienbäume auf dem Vismarkt bewegten sich leicht, doch das bildhübsche Mädchen stand unbeweglich. Darüber blauer Himmel.

Für die Fahrt mit Sammy zu dem Feld in Serooskerke war es mittlerweile zu spät. Die Hündin lief mit ihnen auf dem Grünstreifen entlang des Festungsgrabens an der Mühle *De Hoop*. Trotz der Ferien und Urlaubszeit strömte der Verkehr gemächlich in Richtung Vlissingen oder Koudekerke aus der Stadt heraus.

Sammy zog sich nach dem Spaziergang in ihren Korb zurück. Als ob sie den Unterschied zwischen Arbeitstagen und Wochenende kannte. Es war kein Geheimnis, dass der Mudi ein äußerst schlauer Hund ist, aber selbst unter den Mudis war Sammy ein absoluter Star.

Laurien prüfte ihre Tasche mit Notizblock und Stift, Taschentüchern, ein paar Äpfeln und Broten. Geruhsam radelte sie zur Vrijlandstraat. Sie überquerte den Kanaalweg, nutzte den Fahrradtunnel unter dem Bahnhof und kam zum Granaatplaats.

Vor ein paar Jahren hatten sich Spannungen in dieser Gegend zu einer Messerstecherei entwickelt. Ein Mann aus Rotterdam hatte damals einen Kongolesen niedergestochen. Ein Somalier war in Spanien verhaftet und an die Niederlande ausgeliefert worden, weil Hans nicht hatte glauben wollen, dass der Mann mit dem unaussprechlichen Namen ein Zeuge gewesen war und kein Täter.

Es war Hans' erster Fall als Staatsanwalt. Er war da hinterher gewesen wie der Teufel hinter der armen Seele, und es hatte ihm schwer zu schaffen gemacht, dass Laurien, eine einfache Kriminalbeamtin, am Ende recht behalten hatte. Er glaubte, den Leuten aus der Praxis überlegen zu sein, wie sie es auch schon beim Forensischen Institut erlebt hatte.

In der Kantine schenkte sie sich einen Kaffee ein, der nach nichts schmeckte. Stevi war noch nicht im Haus. Wenn sie innerhalb der nächsten zehn Minuten nicht erschien, würde sie Pier mitnehmen. Sie schaute die Post durch. Nichts Besonderes dabei.

Ob Zandvliet wohl um acht Uhr an seinem Schreibtisch saß? Sie rief ihn im Rathaus an. Er nahm den Hörer nicht ab. Sie wählte die Nummer der Zentrale und erfuhr, dass Zandvliet noch nicht gekommen war.

»Es ist ja noch früh, und vielleicht ist er auch draußen auf den Feldern unterwegs. Sein Kollege hat Urlaub, sonst hätte der Ihnen etwas sagen können.«

»Haben Sie seine Handy-Nummer?«

»Nein. Kann er Sie zurückrufen, wenn er doch noch kommt?«

Laurien schaute auf die Uhr. »Wenn Zandvliet vor halb neun erscheint, gerne. Sonst versuche ich es selbst, ihn im Laufe des Tages zu erreichen.«

Stevi klopfte an.

»Ich komme«, rief Laurien. Sie suchte in der Schublade nach Paracetamol, nahm zwei Tabletten mit etwas Wasser ein und stopfte einen Streifen in ihre Tasche. Damit musste sie den Tag überstehen können.

»Bist du schon mal im Forensischen Institut gewesen?«, fragte sie Stevi, als sie die Autobahn erreicht hatten.

»Nein.«

»Ich arbeite gerne mit Anna Vriens zusammen. Früher war sie Leichenbeschauerin auf Walcheren. Anna wohnt noch immer in Middelburg. Sie ist eine der Besten auf dem Gebiet der pathologischen Anatomie.«

Stevis Hände umklammerten des Lenkrad. »Mit modernen Methoden bräuchte nicht in den Opfern herumgeschnitten zu werden.«

»Nur indem sie die Organe eins nach dem anderen aus dem Körper nimmt, sie wiegt, betastet und sich genau anschaut, kann Anna Vriens beurteilen, wie deren Zustand vor und während des Sterbens war. Wir möchten doch so viele Informationen wie möglich haben. Eine oberflächlichere Untersuchung des Opfers könnte zu einer falschen Diagnose führen, wodurch der Täter unbehelligt bliebe.«

»Der Tote wird seiner letzten Würde beraubt.« Ruckartig schoss sie auf die linke Fahrspur.

»Der spürt nichts mehr davon. Der schlechteste Dienst, den man einem Opfer erweisen kann, ist es doch, seinen Mörder laufen zu lassen. Hast du dir schon Gedanken darüber gemacht, von welcher Stelle aus du dir die Autopsie anschauen willst?«

»Nein.«

»Vielleicht ist es am besten, wenn du während der Obduktion hinter der Glaswand bleibst. Der Leichengeruch ist weniger penetrant, und der räumliche Abstand hilft auch ... Nicht die ganze Zeit auf den geöffneten Körper starren, richte deinen Blick ab und zu auf die nackten weißen Wände oder Annas Arme. Das hindert dich vielleicht daran, ohnmächtig zu werden.«

»Ohnmächtig werden? Das habe ich nicht vor.« Sie trat das Gaspedal kräftig durch.

»Ich kann mich an meine erste Autopsie noch allzu gut erinnern«, sagte Laurien. »Zu der Zeit wurden die Obduktionen noch in Middelburg selbst vorgenommen. Mir wurde dermaßen schnell schlecht, dass ich es nicht mehr bis zur Toilette schaffte. Niemand hatte mich gewarnt. Ich war die erste Frau, die auf Walcheren zur Kriminalbeamtin ausgebildet wurde, und etliche meiner männlichen Kollegen hatten ihren Heidenspaß daran, üble Scherze mit mir zu treiben.«

»Pier erzählte vor Kurzem, dass Klaas damals erwogen hat, dort aufzuhören. Mit den Frauen würde alles verlottern, fürchtete er, und jetzt ist er dein größter Bewunderer.«

Der Tachometer zeigte 140 km/h.

»Nein. Das ist Arnold Smit. Du kennst ihn nicht. Der hat mich hier hereingeholt und mir alles beigebracht. Später wurde er Hauptkommissar in Breda. Was den Autopsiesaal betrifft, dort hängen Mikrofone und Lautsprecher, du kannst also mitreden. Das wird sogar gerne gesehen.«

Anna Vriens trug bereits ihre grüne Arbeitskleidung. Je näher sie den Räumen kamen, desto stärker wuchs das flaue Gefühl in Lauriens Magen. Aus Erfahrung wusste sie, dass es in dem Moment wieder verschwand, wo sich Anna über die Leiche beugte. Laurien kleidete sich schnell um. Stevi blieb hinter der Glaswand stehen und hielt einen Becher Kaffee in der Hand.

Belle lag bereit, ein Tuch bedeckte sie. Laurien half Anna beim Herunterziehen des Slips. Die matte Haut wirkte bleich und gräulich.

Laurien schaute kurz zu Stevi hinüber, die sich mit einem Notizblock und Kugelschreiber in der Hand an die Glaswand gelehnt hatte.

»Alles in Ordnung?«

»Ich fühle mich gut.« Stevis Stimme klang etwas kleinlaut.

Anna stellte den Röntgenapparat über dem Kopf der Leiche ein. Laurien und sie zogen sich hinter eine Wand zurück. Über ein Haustelefon bat Anna einen Assistenten, die Aufnahmen zu bringen, sobald diese fertig waren. Sie schwenkte den Apparat vom Obduktionstisch weg und zog das von oben herabhängende Mikrofon zu sich heran.

Langsam und konzentriert lief sie um Belle herum, während sie jedes einzelne Wort stark betonte.

»Junge Frau, vierundzwanzig Jahre, schlanke Figur, langes blondes Haar, Muttermal unter dem rechten Arm, der blaue Fleck am rechten Oberschenkel ist alt.«

Sie hob die Hände an und schaute unter die Fingernägel, untersuchte danach mit größter Sorgfalt die Füße. Laurien half ihr, Belle umzudrehen.

»Noch ein Muttermal, direkt oberhalb der Gesäßspalte. Auch auf dem Rücken unterhalb des Haaransatzes keinerlei sichtbare Verletzungen. Blaue Leichenflecke. Nicht mehr fortzureiben.«

Sie wühlte mit den Händen durch das Haar.

»Keine Schwellungen, keine Verletzungen.«

Sie drehten sie wieder auf den Rücken. Anna schaute unter die Augenlider.

»Blaue Augen.«

Sie nahm ein Vergrößerungsglas. Zum ersten Mal klang ihre Stimme interessiert: »Kleine Blutergüsse in den Augen, die ein Hinweis auf Sauerstoffmangel sein können.« Sie wies Laurien auf die winzigen Flecken hin. Die Hornhaut war trübe. Das war Laurien im letzten Jahr zum ersten Mal bei ihrer Mutter aufgefallen. Deren braune Augen schienen farblos geworden zu sein. Anna hatte überrascht reagiert, als Laurien sie gefragt hatte, ob ihre Mutter möglicherweise Medikamente eingenommen habe, die ihre Augen beschädigen konnten. Wie viele Tote hatten sie doch schon zusammen in Augenschein genommen!

Anna untersuchte den Mund.

»Bis auf zwei Füllungen ein makelloses Gebiss. Die Leichenstarre hat ihren Höhepunkt überschritten. Der Tod trat meiner vorläufigen Einschätzung nach in der Nacht von Samstag auf Sonntag ein.«

Sie wühlte in den Papieren herum.

»Die Leichenbeschauerin nennt eine Zeit zwischen zwei und fünf Uhr. Die Totenstarre muss unmittelbar eingetreten sein. Bereits um halb neun konstatierte der Hausarzt totale Leichenstarre. Selbst wenn Belle um zwei Uhr gestorben ist, wäre das äußerst schnell gegangen.«

Anna griff nach den Fotos, die Laurien mitgebracht hatte, und zog die Stirn in Falten. »Tja … Wir untersuchen sie noch einmal auf Spermen.«

Mit einem Spachtel entnahm sie etwas Schleim und streifte ihn auf ein Glasplättchen, das sie mit einem Aufkleber versah. Dann fasste sie nach Belles Händen, schaute durch das Vergrößerungsglas unter die Fingernägel. Es gab nichts, was ihr Interesse in besonderem Maße weckte. Keine blauen Flecken, keine Schrammen oder leichte Verletzungen an Armen oder Beinen.

Sie schaute Laurien an. »Bist du bereit?« Sie zog den kleinen Wagen mit den Instrumenten zu sich heran. Laurien holte tief Luft. Anna nahm das Skalpell, um mit einem einzigen kräftigen Schnitt die Haut des Brustkorbs aufzutrennen. Mit einer elektrischen Säge, die von der Decke herabhing und schriller kreischte als eine Frauenstimme in einer chinesischen Oper, öffnete sie den Brustkorb.

Stevi stand nicht mehr an ihrem Fleck hinter der Glaswand. Über das Haustelefon fragte Laurien, ob sich jemand um ihre Assistentin kümmern könne.

Annas Hände bewegten sich schnell, sie legte ein Organ nach dem anderen in eine Schale, während Laurien das Gewicht notierte.

»Das Herz ist gesund, die Aorta intakt. Die Hypophyse sieht nicht gut aus. Sie leidet an Diabetes.« Anna gab einen leisen Pfiff von sich, als sie den Magen betrachtete. »Oh, oh. Siehst du das?«

»Der Magen ist voller Blut.«

»Schau mal, da sind richtige Löcher drin. Das dürfte auch für die Speiseröhre gelten.« Mit ein paar Schnitten öffnete sie die Speiseröhre, danach den Dickdarm. »Das arme Kind hat irgendetwas Hundsgemeines geschluckt. Das hat ihren Tod verursacht. Das Gift ist mit dem Essen aus dem Magen in die Bauchhöhle geströmt. Ich werde den Magen und die Speiseröhre einer genauen Analyse unterziehen. Es handelt sich um keinen natürlichen Tod.«

Laurien schnäuzte sich. Für einen Moment roch sie den Leichengeruch.

»Sie muss irgendetwas eingenommen oder verabreicht bekommen haben, das ziemlich schnell wirkt.«

»Ihr Vater und der Verlobte behaupten, dass ihr abends nichts anzumerken gewesen ist. Der Verlobte meinte, ihr wäre schlecht gewesen und sie hätte bleich ausgesehen, bevor sie zu Bett ging. Er dachte, das läge an der Alkoholmenge, die sie zu sich genommen hatte.«

»Sie muss starke Bauchschmerzen gehabt haben, und danach wird sie schnell in einen Schockzustand gefallen sein. Pfui, pfui! Selbst wenn sofort ein Arzt geholt worden wäre, hätte der nichts mehr ausrichten können.« Mit Haken hielt sie die Bauchwand hoch. »Hier, Tagliatelle, da ein Röschen Brokkoli. Das Gift hat ihm eine bläuliche Tönung gegeben ... Was habt ihr in ihrem Haus gefunden?«

»Nichts Ungesetzliches. Die leeren Flaschen konnten nicht untersucht werden, die waren bereits im Glascontainer verschwunden. Sie hat Portwein des Jahrgangs 1981 getrunken. Der Technische Dienst wird sich heute der Sache annehmen. Im Abfalleimer befand sich nichts Außergewöhnliches.«

»Wurde ein Abschiedsbrief gefunden?«

»Nein. Das Labor hat das Glas auf ihrem Nachttischchen untersucht. Auch dort nichts Alarmierendes. Selbstmord ist unwahrscheinlich, denn wie sollte sie dann die Verpackung beseitigt haben?«

Stevi stand wieder hinter der Glaswand. »Sie war doch nicht direkt tot«, sagte sie. »Belle hatte noch Zeit, nach draußen zu gehen und etwas wegzuwerfen.« Sie schaute von der Erhöhung auf sie hinab.

Laurien machte sich eine Notiz, dass sie nachfragen musste, ob Belle nach dem Zu-Bett-Gehen noch einmal alleine gewesen war.

»Das einzig Problematische waren ihre beiden Freunde: Ein alter Verlobter, die Wahl ihres Vaters, und ein junger Künstler, Freddie, ihre eigene Wahl. Ich weiß nicht, ob das einen hinreichenden Grund für einen Selbstmord hergibt. Wir haben noch nicht allzu tief gegraben.«

Stevi hielt sich an dem Glasrahmen fest.

»Meine vorläufige Schlussfolgerung ist Tod durch Vergiftung, kein natürlicher Tod«, sagte Anna.

»Mord?«, fragte Stevi.

»Mord, Totschlag, Unfall, Selbstmord«, sagte Laurien. »Jetzt heißt es arbeiten, Stevi!«

»Kann es kein gewöhnliches Magenbluten gewesen sein?«, fragte Stevi.

»Das sieht anders aus«, erklärte Anna. »Die Laboruntersuchung wird uns Aufschluss über die Ursache liefern müssen. Das Ergebnis kann eine bis anderthalb Wochen auf sich warten lassen.«

»In der Zwischenzeit werden wir ihren letzten Tag rekonstruieren.«

Sie schauten sich an, danach richteten sie ihren Blick auf Belle. »Für die Eltern ist es schwer.«

Anna ordnete die Papiere. »Handelt es sich um Belle Wisse? Doch nicht etwa jene Wisse-Familie?«

»Belle ist eine echte Wisse. Die Todesursache wird auf Walcheren nicht gut ankommen.«

»Dann kenne ich ihren Vater aus dem Vorstand des Kulturrates Middelburg und dem Vorstand von Kunst in der Öffentlichkeit. Gibt es noch mehr Kinder in der Familie?«

»Nein.«

»Schlimm für die Mutter.« Einen Moment blieb es still. Laurien wusste, dass Anna sich selbst gemeint hatte. Ihr Kind war gestorben, als es zehn war. Sie hatte sich nie an das leere Haus gewöhnen können.

»Wann gehst du in Urlaub, Laurien?« Tote Kinder waren für Anna kein Gesprächsthema. Manchmal, wenn sie mit Laurien alleine war, musste sie ein wenig davon loswerden, doch nie zu viel.

»Am vierzehnten August.«

»Ich hoffe für dich und Tiemen, dass du den Fall bis dahin abgeschlossen hast.«

Im Auto sagte Stevi, Belle sei vier Jahre jünger als sie gewesen. Sie ließ ihr Kaugummi knallen.

»Ich habe gesehen, wie das Skalpell in die Haut des Brustkorbs eingedrungen ist. Das habe ich gerade noch ausgehalten. Schlappgemacht habe ich, als diese Säge noch höher kreischte als der Bohrer beim Zahnarzt.«

Laurien tröstete sie. »Beim nächsten Mal wird es dir schon leichter fallen, dabei zuzuschauen. Dann weißt du, was auf dich zukommt.«

»Redest du im Team bitte nicht darüber?« Sie fuhr etwas langsamer als auf dem Hinweg.

»Natürlich nicht.«

Etliche Kilometer war es still zwischen ihnen. Die Kopfschmerzen hatten sich mit voller Stärke zurückgemeldet. Laurien schlief kurz ein. Durch das rhythmische Schwirren der Flügel des Windparks wurde sie geweckt.

»Wie geht es dir jetzt?«

»Besser. Die Erkältung ist vorüber. So geht mir das jedes Mal. Jede Erkältung endet mit Kopfschmerzen.«

»Du hättest im Bett bleiben sollen.«

»Dafür muss man krank sein.«

»Unsinn!«

Ihr lag eine spitze Antwort auf der Zunge, doch stattdessen machte Laurien eine Bemerkung über das Wetter, das jetzt wirklich besser wurde. In Zeeland herrschte übrigens immer besseres Wetter als im Rest des Landes.

In der Vrijlandstraat wollte sich Stevi direkt in die Kantine absetzen. Laurien rief sie zurück und bat sie, den vorläufigen Bericht über die Autopsie zu schreiben. Stevi schaute sie erstaunt an. Das hatte sie doch noch nie vorher gemacht. Ohne ein weiteres Wort darüber zu verlieren verschwand sie.

Manchmal hatte Laurien das Gefühl, in den jungen angehenden Kriminalbeamten etwas von Warre durchschimmern zu sehen, doch Warre erschien ihr ernsthafter, stärker darauf bedacht als Stevi oder Jan, ein Resultat zu erzielen, auch wenn er fünf Jahre jünger war als die beiden. Vor allem bei Jan hatte sie so ihre Bedenken: Ein guter Polizist musste nicht unbedingt ein guter Kriminalbeamter werden. Bei Stevi war eher deren Bequemlichkeit das Problem.

Sie lief hinter Stevi her. »Dies war keine unverbindliche Bitte, Stevi. Dies ist ein Auftrag.«

»Ach, ja?«

»Um Punkt vier Uhr liegt der Bericht auf meinem Schreibtisch.«

»Mal sehen, aber ich glaube nicht, dass ich dazu komme.«

Lauriens Ärger schwächte sich etwas ab, als sie beschloss, Stevi beim nächsten Mal nicht mitzunehmen. Als Argument würde sie anbringen, keine Zeit zu haben, die Aufarbeitung selbst vorzunehmen.

In Stevis Akte, die als Grundlage für die Bewertung des Praktikums diente, notierte sie, dass es dieser an der nötigen Energie für die Aufgaben mangelte. Was machte sie nur verkehrt bei Stevi und Jan? Heute Morgen hatte sie noch den Eindruck gehabt, Stevi hätte ansatzweise etwas begriffen, doch sie waren noch nicht wieder in Middelburg angekommen, da lief schon wieder alles schief.

Sie suchte Pier in dessen Büro auf. »Anna hält es vorläufig für Vergiftung«, sagte Laurien.

»Was meinst du?«

»Mord. Theoretisch kann es auch ein Unfall oder Selbstmord sein, aber damit rechne ich nicht.«

Er pfiff leise vor sich hin. »Wisses Tochter ermordet! Schade, dass Emma im Urlaub ist.«

»Glaubst du, dass wir es ohne unsere Kommissarin nicht schaffen?«

»Das ist nicht die Frage«, sagte Pier, »aber Emma versteht es hervorragend, die Medien zu bedienen. Das liegt uns erheblich weniger, und bei einer Tochter von Wisse werden hier gleich ganze Horden von Journalisten aufmarschieren.«

Sie nahm Lucas Witte mit nach Veere. Der stämmige Kriminalbeamte gehörte erst seit Kurzem zu ihrem Team. Zunächst würden sie Carla aufsuchen und danach Bart, um ihnen das Ergebnis der Autopsie mitzuteilen.

Carla schüttelte den Kopf. Kein natürlicher Tod? Mord? Fassungslos ließ sie sich in einen Sessel fallen. War Laurien sich dessen auch ganz sicher? Sie konnte sich das überhaupt nicht vorstellen. Belle hatte doch keinerlei Feinde.

Bart Wisse reagierte schroff.

»Meine Tochter? Keine natürliche Todesursache? Unsinn! Sie litt an Diabetes.«

»Daran ist sie nicht gestorben. Sie wurde getötet.«

»Sie denken an Mord? Handelt es sich dabei nicht eher um das Hirngespinst eines überspannten Kripobeamten?«

»Wir haben nicht einfach eine Münze hochgeworfen und geschaut, was dabei herauskommt, Herr Wisse.«

»Wie kommen Sie denn zu dem Schluss?«

»Sie wissen, dass sie heute Morgen obduziert wurde. Das Ergebnis ist unzweideutig: Es ist Vergiftung.«

»Wenn sie ermordet worden sein sollte – eine Schlussfolgerung, die ich keineswegs akzeptieren kann –, dann kommt der Mörder aus Amsterdam«, sagte er aufgebracht.

»Haben Sie da jemand Bestimmtes im Auge?«

»Sie sollten mal mit Freddie reden.«

»Wäre Selbstmord eine Möglichkeit?«, fragte Lucas.

»Meine Tochter begeht keinen Selbstmord.«

Er wendete seinen Kopf ab, griff zerstreut nach einem Brieföffner, legte ihn wieder zur Seite.

»Sie sprachen über Freddie Swaans. Fiel ihr die Wahl zwischen den beiden Freunden vielleicht schwer?«

»Nein. Am Samstag bekam sie einen Verlobungsring von Michel. Es kann natürlich sein, dass Freddie sie Michel nicht gegönnt hat. Freddie scheint einen sehr aufbrausenden Charakter zu haben.«

»Sie kennen ihn?«

»Ich kenne ihn nicht.« Er betonte die Worte. »Ich habe nicht viel Gutes über ihn gehört. Daher konnte ich auch nur sehr glücklich über Belles Wahl sein. Michel ist ein seriöser Mann. Er könnte das Unternehmen leiten, wozu dieser Maler nie in der Lage wäre.«

»Was wird in Ihrem Unternehmen produziert?«, fragte Lucas.

»Das spielt keine Rolle.«

»Dennoch wüsste ich es gerne.«

»Kunstdünger, Chemikalien zur Wasseraufbereitung und für die

Farbenindustrie. In den letzten Jahren haben wir uns auf abbaubare Plastikprodukte verlegt und können dort große Erfolge verbuchen.«

»Gerüchte über eine Reorganisation machen die Runde«, sagte Lucas.

»Die letzte Reorganisation ist gerade abgeschlossen. Das ist von Zeit zu Zeit erforderlich, wenn man der Konkurrenz einen Schritt voraus bleiben will.«

Er hielt ihnen die Tür auf. Der Knall, mit dem diese hinter ihrem Rücken ins Schloss fiel, war vermutlich ein Spiegel seiner Erleichterung darüber, dass sie endlich verschwunden waren.

6

Warum hast du bei Wisse die Möglichkeit eines Selbstmordes offengelassen?«, fragte sie.

»Auf Belle wurde doch ziemlicher Druck ausgeübt«, sagte Lucas. »Und sie war ein Mädchen mit wechselnden Stimmungen. Selbstmord ist nicht ausgeschlossen.«

Sie drehte das Fenster etwas herunter, der Wind pfiff heftig durch den Spalt.

»Damit hast du recht, aber dann hätten wir etwas finden müssen. Klaas wird in dem Glascontainer nach einer leeren Portweinflasche suchen. Doch selbst wenn wir die finden, glaube ich noch nicht an Selbstmord. Wer Selbstmord begeht, läuft nicht erst über die Straße, um die Flasche wegzuwerfen.«

»Außer wenn sie es wie einen Mord aussehen lassen wollte.«

»Das ist eine Möglichkeit«, gab Laurien zu. »Die Putzfrau war vorgestern schon früh in dem Haus am Kaai. Sie kann die Flasche in den Container geworfen haben, und es ist denkbar, dass Belle damit gerechnet hat.«

»Welchen Eindruck hat Wisse auf dich gemacht?«

»Es dürfte nicht leichtfallen, ihn davon zu überzeugen, dass er mitarbeiten muss.«

»Aber er wird doch wohl wissen wollen, wie seine Tochter gestorben ist?« Lucas hielt sich am Haltegriff fest, die Kurve war scharf.

»Das weiß ich nicht. Nicht, wenn ihm die Schlussfolgerung nicht gefällt.«

»Er war erschrocken.«

»Meinst du?«, fragte Laurien. »Er zeigte eher Angst davor, was wir entdecken könnten. Durch den Tod von Belle wurde für ihn die

Büchse der Pandora geöffnet, und jetzt versucht er mit aller Macht, wieder einen Deckel auf das Ding zu kriegen.«

»Möglicherweise kommt ihm da dieser Freddie gelegen. Ein eifersüchtiger Liebhaber.«

Wolken zogen über die großen Porreefelder hinweg.

»Mal abwarten ... Gefällt es euch in Zeeland?«, fragte sie nach einer Weile.

»Wir kennen uns hier aus. Wir kommen beide von den Inseln: Meine Frau von hier, ich von Tholen.«

»Deswegen braucht es euch ja noch nicht zu gefallen.«

»In Rotterdam konnte ich nicht klagen. Wir hatten ein großes Haus, meine Arbeit war abwechslungsreich, und ich hatte Aufstiegsmöglichkeiten. Ich war Mitglied eines Kammerorchesters, ich spiele Klavier. Mir gefiel auch das Stadtleben, wir wohnten dort bereits seit zehn Jahren.«

»Zeeland stand demnach nicht ganz oben auf deiner Wunschliste.«

»Bei meiner Frau auch nicht. Wir wären nicht zurückgekommen, wenn unser kleiner Sohn nicht das Downsyndrom hätte. Nils ist jetzt zwei. Jedes Mal, wenn Lydia einfach so auf der Straße gefragt wurde, warum sie keine Abtreibung hat vornehmen lassen, war sie tagelang am Boden zerstört.«

»Das kann ich nachvollziehen.«

»Ein Nachbar machte mal eine Bemerkung, dass unser Gesundheits- und Sozialsystem durch ein Kerlchen wie Niels immer teurer wird. Lydia machte sich Sorgen um seine Zukunft. Weißt du, dass in Rotterdam am helllichten Tag Blinde bedrängt werden, ohne dass jemand eingreift? Manche Jugendliche sind einfach knallhart und kennen kein Mitleid.« Er holte ein ausgefranstes Papiertaschentuch aus der Hosentasche und schnäuzte sich ausgiebig.

»Steht es damit auf Walcheren besser?«

»Bisher hat uns noch niemand einen Vorwurf daraus gemacht, dass wir Niels zur Welt haben kommen lassen.«

»Wusstet ihr denn, dass ihr ein Kind mit Downsyndrom bekommen würdet?«

»Nein. Trotz der Vorsorgeuntersuchungen. Im Nachhinein stellte sich heraus, dass die Ultraschall-Auswertung von einem unerfahrenen Assistenzarzt vorgenommen worden war. Ich weiß auch nicht, ob wir uns sonst für eine Abtreibung entschieden hätten. Niels ist ein fröhliches Kerlchen. Ich bin froh, dass wir nach Zeeland umgezogen sind, auch wenn die Karriereaussichten hier schlechter sind und es weniger Einrichtungen für Niels gibt.« Er blickte aus dem Fenster.

»Die sind hier auch gut, Lucas. Man muss nur wissen, wie man drankommt. Ich habe eine Schwester mit Downsyndrom.«

»Du? Wie alt ist sie?«

»Fünfunddreißig. Sie ist zwölf Jahre jünger als ich. Für meine Mutter war meine Schwester das Wichtigste in ihrem Leben. Wenn sie sich zwischen Maatje und mir hätte entscheiden müssen, wäre ihre Wahl auf Maatje gefallen. Sie war um einiges weniger lästig als ich.«

»Wohnt sie bei deiner Mutter?«

»Bis vor anderthalb Jahren, dann starb meine Mutter plötzlich. Sie wollte sie nie weggeben und war noch nicht einmal dazu bereit, darüber nachzudenken. Alles drehte sich um Maatje. Eine Zeitlang wohnte sie bei uns zu Hause, doch das ging nicht lange gut. Seit einem halben Jahr lebt sie in einer Wohngruppe in Vlissingen. Während der ersten Monate meckerte Maatje unaufhörlich, wegen ihres Zimmers, wegen der Leitung, wegen der schlechten Manieren ihrer Mitbewohner, jetzt schimpft sie eher aus Gewohnheit, so wie es meine Mutter früher getan hat.«

»Arbeitet sie?«

»Sie hat einen Platz in einer Behindertenwerkstatt. Vielleicht wird sie bald in ein Gartenprojekt in Grijpskerke integriert, bei der Imkerei Poppendamme.«

Laurien schaute kurz zu ihm hinüber. Bisher war ihr noch gar nicht aufgefallen, dass er so blass aussah, seine Haut so wenig gegerbt war, wie es sich für Zeeland gehörte. »Im Prinzip ist Maatje ein fröhlicher Lucas mit schlichtem Humor. Am liebsten kichert sie den ganzen Tag mit ihrer Freundin herum. Ob man will oder nicht, man muss einfach mitlachen.«

»Niels auch. Wenn er nicht krank ist, lacht er viel mehr als Fleur in seinem Alter.«

»Wie alt ist Fleur?«

»Vier, in einem Monat wird sie fünf.«

»Genau wie Maatje kennt Niels unsere Sorgen nicht, auch wenn es Maatje frustriert, dass sie Schwierigkeiten hat, bei irgendwelchen Dingen ihren Unwillen deutlich zu machen. Aus lauter Frustration schimpft sie dann einfach drauflos.«

»Ich rede fast nie über Niels ... Die Menschen reagieren oft ganz seltsam.«

»Das ist deren Problem, nicht deins. Lass uns mal eben bei dem Acker von Wattel vorbeifahren.« Sie nahm den Fuß etwas vom Gaspedal. »Das Glück ist nicht abhängig von hoher Intelligenz. Vielleicht sogar ganz im Gegenteil. Im Seitenfach meiner Tasche befinden sich zwei Fotos, eins von Maatje und das andere von unserem Hund Sammy.«

Lucas betrachtete sie lange.

»Man sieht, wie ungeniert sie lachen kann, den Kopf zurückgeworfen und mit weit aufgerissenem Mund, die lange Zunge endlos rausgestreckt.«

»Es ist nicht zu übersehen, dass sie das Downsyndrom hat.«

»Man muss Maatje so akzeptieren, wie sie ist. Siehst du die glitzernden Augen, die runden Wangen? Wenn mir irgendetwas total stinkt, schaue ich mir das Foto an und vergesse, worüber ich mich geärgert habe.«

»Ein schöner Hund.«

»Das ist stark untertrieben. Sammy und Maatje sind unzertrennlich, und Sammy kümmert sich einen Scheißdreck darum, ob Maatje das Downsyndrom hat. Sammys größte Sorge ist ein großer Hund, der auf sie zukommt. Ich habe kein Foto von Tiemen oder den Jungen bei mir, ich liebe sie sehr ... Aber wenn ich Maatje und Sammy sehe, dann lache ich zufrieden.«

Ein leichter Zwiebelgeruch wehte von den gerade abgeernteten Feldern in das Auto. Sie folgten genau Zandvliets Angaben, und dennoch mussten sie zweimal zurückfahren, bevor sie den richtigen Weg gefunden hatten. Von der Straße aus gesehen stand dort erst eine dichte Baumreihe als Windschutz, dann kam ein hell leuchtendes Feld, und dahinter musste sich der betroffene Teil des Ackers befinden.

Sie stiegen aus, Lucas kramte in seiner Brieftasche herum und zeigte ihr ein Foto von Niels. Er seufzte.

»Mach dir nicht zu große Sorgen, er schafft es schon. Hast du Lust, Sonntagnachmittag mit deiner Frau und den Kindern zu uns zum Tee zu kommen? Tiemen macht auch Musik. Wir sind hier nicht alle Bauern«, sagte sie, als sie seine Überraschung bemerkte. »Ich ja, ich bin ein Analphabet, was Musik betrifft.«

Vom Wilgenhoekweg drangen Geräusche zu den Äckern, in der Ferne hörte man den Stop-and-go-Verkehr der Autos: Sommer in Zeeland.

»Was will dieser Zandvliet?«, fragte Lucas. »Das Feld sieht doch gut aus.«

»Er sprach von einem Teil, den man vom Weg aus nicht sehen kann. Lass uns über den Zaun klettern.«

Lucas sprang locker darüber hinweg, Laurien fühlte sich plump und schwer, als sie über den Zaun kletterte und am Stacheldraht hängen blieb. Sie liefen durch die Furchen zwischen den Kartoffelpflanzen bis zum Ende des Ackers und kamen zu dem betroffenen Gebiet.

»Zweihundert Quadratmeter Schaden sind übertrieben. Das kahle Feld umfasst höchstens einhundertfünfzig Quadratmeter, und das ist auch noch großzügig bemessen.«

Laurien blieb stehen, um zu Atem zu kommen. »Die fünfzig Quadratmeter interessieren mich nicht. Wie kam Zandvliet darauf, hier zu suchen?« Sie gab Lucas Handschuhe und zog selbst auch welche an. »Wir wissen nicht, was hier los ist. Wenn Zandvliet recht hat, ist das kein Abwaschwasser.« Sie stocherte mit einem Stock in etwas herum, das eigentlich Kartoffeln hätten sein müssen und jetzt nur noch wie ekliger Schleim aussah. Lucas hielt sich die Nase zu.

»Bah! Stinkt das hier!«

Sie trat mit der Hacke ihres Schuhs eine gesunde Kartoffelpflanze aus der Erde: Tatsächlich kleine, aber gesunde Knollen.

»Siehst du tote Tiere?«

»Nein.«

»Zandvliet hat übertrieben.«

»Warum sollte er?«

»Vielleicht will er sich wichtig machen.«

»Mit ein paar verdorbenen Kartoffelpflanzen? Das bleibt seltsam.«

Ein Mann kam auf sie zu. Er rief, dass sie schleunigst aus den Kartoffeln herauskommen sollten, sonst würde er die Polizei rufen. Laurien schrie zurück, dass die Polizei bereits da sei. Mit ihrem Ausweis in der Hand ging sie ihm entgegen.

»Frauen! Will denn keiner mit Eiern in der Hose mehr in den Club?«

»Ich habe die Neulinge nie auf ihre Eier hin kontrolliert.«

Lucas kicherte. Sie stellte fest, dass sie ihn in den vergangenen drei Monaten noch nie so entspannt erlebt hatte.

»Und du. Auch von der Polizei?«

»Einlenken«, sagte Laurien. »Haben Sie eine Idee, was mit diesen Kartoffelpflanzen passiert ist?«

»Nein, und auch wenn ich es wüsste, würde ich nichts sagen. Sie verhaften jemand, und am nächsten Tag brennt mein Bauernhof. Ich habe nichts angezeigt, und die Polizei hat hier auch nichts zu suchen.«

»Lassen sie uns ein Stück weitergehen. Hier stinkt es ja wie die Pest. Was wir wo zu suchen haben, bestimmen wir immer noch selbst.«

»Dieser Kerl, dieser Zandvliet, der seine Nase überall reinstecken muss, der hat Sie bestimmt hergeschickt. So ein paar Lümmel haben sich hier rumgetrieben, aber der Zandvliet sieht da natürlich sofort Ärger.« Wattel schüttelte seine große Faust vor ihrer Nase. »Zandvliet faselte da was von Terroristen. Umweltbeauftragter! Ein blöder Quatschkopf ist das! Terroristen in Zeeland. Das ist ja wohl ein

Witz. Zandvliet labert dummes Zeug. Hier hat kein Terrorist was zu suchen.«

»Wie erklären Sie den Gestank?«

»Die Kartoffelknollen verrotten, das riechen Sie doch.«

Der Bauer zog sie von dem Feld weg, bis sie neben dem Unterholz standen.

»Warum glauben Sie an irgendwelche jungen Leute und Zandvliet an Terroristen?«

»Zandvliet hat nicht alle Tassen im Schrank. Ich bin nicht der Einzige, der das sagt. Das ist Rache, sonst gar nichts ... Vor ein paar Tagen waren hier so ein paar deutsche Umweltidioten hinter einer Pflanze her. Die stiefelten einfach auf meinen Acker, ohne auf meine Kartoffeln zu achten. Die haben mir doch glatt das ganze Kraut niedergetrampelt.«

»Woher wussten Sie denn, dass da Deutsche auf Ihrem Acker waren? Haben Sie auf der Lauer gelegen?«, fragte Lucas.

»Nein, wie kommen Sie denn darauf?« Er stieß einen Klumpen Erde auf das Feld. »Zufällig habe ich es gesehen. Ich habe sie weggejagt, natürlich nicht gerade freundlich, nachdem ich diese blöde Pflanze mit Wurzel und allem aus der Erde gerupft und in das Kartoffelfeld geschmissen hatte. Touristen glauben wohl, auf Walcheren könnten sie alles machen.« Er grinste bei der Erinnerung daran.

»Sie finden sich wohl witzig, was?«, fragte Lucas.

»Sie hätten hören müssen, wie die gejammert haben! Meckerziegen waren das. Sie hätten das hören müssen. Das wäre eine seltene Pflanze, geschützt, ich würde noch von ihnen zu hören bekommen und so ein blödes Gequatsche. Ich hatte meine Mistgabel in der Hand, sonst wären die mir noch an den Kragen gegangen. Die sind wahrscheinlich zurückgekommen. Blödes Idiotenpack!«

»Da ist doch nur ein kleiner Teil Ihres Ackers zerstört worden.«

»Haben es wahrscheinlich als Warnung gemeint. Ich kümmere mich nicht weiter darum, und das rate ich diesem Zandvliet auch.«

»Wie sahen die Deutschen aus?«

Der Mann zuckte gleichgültig mit den Achseln. »Wie Deutsche

eben. So redeten sie auch in ihrer krummen Sprache. Und wir sollen das dann verstehen.«

»Mann, Frau? Alt, jung? Dick, schlank? Kleidung?«

»Ein Mann und eine Frau. Die Frau war ungefähr so alt wie du.« Er zeigte auf Lucas. »Der Mann war älter. Die waren nicht schlank, aber auch längst nicht so dick wie du.« Er wies mit einem Kopfnicken auf Laurien.

Der Bauer hielt sie zurück, als sie noch einmal nach dem Kraut schauen wollte. »Du wolltest wissen, wie sie aussahen? Wie Touristen eben aussehen.«

»Und jetzt verdächtigen Sie die beiden, dass sie Ihre Kartoffeln zerstört haben?«

»Wer denn sonst? Die Touristen sorgen auf Walcheren für nichts als Ärger.«

»Wie erklären Sie sich denn, dass die Kartoffeln verrottet sind?«

»Fängst du jetzt auch schon so an wie dieser Zandvliet? So tun, als wenn ich diesen Mist auf meine guten Kartoffeln gestreut hätte? Sorg lieber dafür, dass diese Deutschen ihr Fett wegkriegen!«

»Sie erstatten Anzeige?«

»Du bist wohl taub, was? Macht, dass ihr verschwindet, ihr habt hier nichts zu suchen!«

Er stieß sie vor sich her, bis sie wieder den Weg erreicht hatten. Der Bauer sprang auf sein Fahrrad.

»Der verheimlicht was«, sagte Lucas.

»Ich lasse mir mal die Personalien geben. Wattel. Pier kann sie für uns raussuchen.«

Die Handschuhe steckten sie in einen Plastikbeutel. Sicherheitshalber zählte sie die Felder vom Eendekotsweg bis zu ihnen und gab die Anzahl auch noch an Pier durch. Auf der Karte sah Laurien, dass in der Nähe des Ackers ein Campingplatz lag.

»Wir bitten die Kollegen in Serooskerke, für uns herauszufinden, wo die verscheuchten Deutschen ihr Zelt aufgeschlagen haben. Falls sie Anzeige erstattet haben.«

»Ich glaube nicht, dass die auf dem Campingplatz sind. Das ist ein

Drei-Sterne-Ding mit Imbissbude und so. Wir waren dort, als wir mit unserem Haus beschäftigt waren. Der Campingplatz ist nichts für Naturfreaks, die hinter Schmetterlingen herlaufen und wegen eines kaputten Pflänzchens gleich zu jammern anfangen.«

»Serooskerke soll herausfinden, wo unsere Deutschen abgeblieben sind, ganz gleich, ob auf diesem Campingplatz, einem Campingplatz bei einem der Bauernhöfe oder in der *Auberge De Campveerse Toren*. Ich will sie sprechen. Wenn ein Bauer nicht panisch reagiert, wenn zweihundert Quadratmeter seiner Ernte zerstört werden, wohl aber wegen Touristen, die zwischen seinen Pflanzen nach einem Blümchen suchen, dann ist da etwas faul.«

Fünf Minuten später gab Pier telefonisch Wattels Adresse durch.

Laurien schaute Lucas an, als sie vor Wattels Bauernhof aus dem Auto stiegen. Ein Sohn mit Downsyndrom. Ob sie leicht darüber reden könnte? Mit Maatje tat sie sich nicht schwer, doch es war schwieriger, wenn es das eigene Kind betraf. Alles, was nicht durchschnittlich am eigenen Kind war, war heikel. Ihr wäre es lieber gewesen, im letzten Jahr hätte nicht jeder in ihrer Dienststelle gewusst, dass Olmer mit Drogen zu tun gehabt hatte.

Lucas hatte etwas Verletzliches an sich, etwas, das sie damals auch an Tiemen angezogen hatte. Sie hoffte, Lucas würde es als Kriminalbeamter schaffen. Tiemen war daran zerbrochen, nicht an der Arbeit, sondern an dem Klima im Dienst. Das hatte sich gebessert.

Mit Ausnahme von Pier lud sie höchst selten einen Kollegen zu sich an den Vismarkt ein. Außerhalb der Dienstzeit trank sie allerdings manchmal etwas mit den Kollegen in der Kneipe. Arnold war früher oft vorbeigekommen, und wenn er in Zeeland war, besuchte er sie. Und jetzt hatte sie ganz spontan einen Kollegen von gerade mal dreißig Jahren mit seiner Familie eingeladen.

Der Hof war übersät mit Abfall und altem Werkzeug. Ein Traktor stand unordentlich geparkt neben einer farblosen Scheune. In der Scheune waren Bretter an die Wand genagelt worden, auf denen kreuz und quer Plastikbehälter herumstanden.

»Wir hätten da noch ein paar Fragen, Herr Wattel. Sie sind ganz sicher, dass Sie nichts auf den Acker gestreut haben?«

»Ich bin doch nicht blöd. In den letzten Wochen war mit den Kartoffeln alles in Ordnung. Der Teil vom Acker, wegen dem ihr und der Zandvliet so viel Theater macht, liegt im Schatten. Kann gut sein, dass die Kartoffeln schon längst verrottet waren und das Kraut einfach noch ein bisschen Grün hatte. Das ist schon seit Urzeiten das schlechteste Stück vom Acker.«

»Zandvliet sprach von toten Mäusen.«

»Eigentlich ist das ein ganz patenter Kerl, aber der plustert sich auf vor dir und deinem Macker da.«

»Dürfen wir mal ein bisschen herumschnüffeln?«

»Nur zu!«

Sie wühlten im Misthaufen, in den Abfallkübeln, rührten sogar im Gülletank herum, doch tote Mäuse fanden sie nicht. Der Bauer schaute mit verschränkten Armen zu.

»Verschwendete Zeit.«

»Kann sein. Bis jemand gekommen ist, um Proben zu nehmen, dürfen Sie nichts an dem Feld verändern.«

»Darüber habt ihr überhaupt nicht zu bestimmen. Wenn sich in dieser Ecke Schimmelpilz bildet, muss ich das Stück so schnell wie möglich umpflügen, um zu verhindern, dass sich der Pilz ausbreitet. Und wenn das Wetter so bleibt, nimmt der Gestank zu. Ich habe keine Lust, mit den Nachbarn Ärger zu kriegen.«

Er drehte sich um, zog sich an der Tür die Stiefel aus und verschwand im Haus. Laurien schaute ihm nach. Das alte Werkzeug, die abblätternde Farbe und das vorrückende Unkraut um das Haus herum erweckten nicht gerade den Eindruck eines gut gehenden Betriebes. Ein Bauer, der sich kaum über Wasser halten konnte, ging eigentlich sorgfältig mit dem um, was er einmal ernten wollte. Der versuchte, jedes Kartoffelpflänzchen zu retten, außer wenn die Lage absolut hoffnungslos war.

»Ich traue Wattel zu, dass er den Acker umpflügt, wenn wir zu lange damit warten. Wir müssen das Reichsinstitut für Volksgesundheit und Umwelt bitten, dass sie schnell kommen. Wir selbst nehmen keine Proben. Die Leute vom Institut wissen besser als wir, wie man mit eventuell belastetem Material umzugehen hat.«

Sie setzte Lucas zu Hause ab und fuhr weiter zur Vrijlandstraat. Die Kantine war verlassen, und so nahm sie eine Flasche Wasser mit in ihr Büro. Das Bemerkenswerteste an Wattels Beständen war gewesen, dass sie dort weder Kunstdünger noch Pflanzenschutzmittel gesehen hatte. Dessen wurde sie sich erst jetzt bewusst.

Zandvliet war nicht an seinem Arbeitsplatz. Ob er heute im Büro aufgetaucht war oder nicht, konnte ihr niemand sagen.

Der diensthabende Wachtmeister der Polizei in Serooskerke erinnerte sich an den Vorfall. Der Bauer hatte Touristen mit der Mistgabel verfolgt. Aus Zeitmangel hatte man sich noch nicht um die Angelegenheit gekümmert. Laurien drängte darauf, sich dafür die Zeit zu nehmen.

7

Auf dem Nachhauseweg kaufte sie Krabben. Die wollte sie mit viel Tomaten, Knoblauch und Zwiebeln zubereiten, dazu ein grüner Salat und etwas Baguette. Den Tisch würde sie draußen decken. Heute ließ das Wetter es zu.

Da sie von der anderen Seite des Vismarkts den schönsten Blick auf ihr Haus hatte, bog sie in die Sint Jansstraat ein. Aus dem Coffeeshop drangen Stimmen nach draußen, vermengt mit Musik. Am Anfang des Vismarkts stieg sie ab, lief mit dem Rad an der Hand unter den alten Kastanien hindurch, an den Tischen und Stühlen von *St John's* vorbei, und schaute auf ihr Haus, das in der späten Abendsonne erstrahlte. Goldumrandete Wolken trieben vorüber. Seit zwanzig Jahren wohnten sie jetzt schon hier. Was sie betraf, würden sie bis zu ihrem Tod dort wohnen. Als sie Warre neben Tiemen auf der Bank neben dem Haus sitzen sah, lief sie schnell weiter.

Warre grinste breit über das ganze Gesicht, mit dem gleichen Grinsen wie Tiemen, und sprang auf, um ihr das Rad abzunehmen und ihr einen Kuss zu geben. Die Jahre, da er sich seiner Eltern wegen geschämt hatte, waren vorüber. Ihr fiel auf, dass er das Rad nicht gegen die Mauer fallen ließ, sondern hintenherum ging.

»Wie war es in Ypenburg?«

»Belle wurde vergiftet.«

Tiemen schaute sie überrascht an. »Genau wie du es vermutet hast.«

Ihre Blicke folgten Sammy, die unter der Überdachung herumschnüffelte. Irgendwo war immer etwas Essbares zu finden.

»Zwei wertvolle Tage sind verloren gegangen.«

Laurien schwieg. Welche Spuren waren verschwunden, wie viel

hatte sich im Gedächtnis aufgelöst? Nicht bei der Familie, aber bei den Leuten im Umfeld.

»Hast du die Wisses schon informiert?«

»Die waren alles andere als erbaut darüber. Ich war zusammen mit Lucas da.«

»Der neue Kollege?«

»Ein netter Kerl. Ich habe ihn für Sonntag zum Tee eingeladen. Mit seiner Familie, sein Jüngster hat das Downsyndrom. Was hältst du davon, wenn wir Maatje dazuholen?«

»Wenn sie nicht gut drauf ist, kann sie schrecklich sein.«

»Wir können morgens in Vlissingen anrufen und fragen, wie sie gelaunt ist.«

Warre kam mit einem Glas Limonade für seine Mutter aus dem Haus.

»Wie ist denn die Wiederholung der Zwischenprüfung gelaufen?«

»Gut.«

»Ja, ja«, sagte Tiemen. »Du bist immer optimistisch.«

»Und ich gedenke auch, immer so zu bleiben. In den letzten vier Monaten habe ich noch keine einzige Prüfung vermasselt.«

»So viel gute Laune kann keine Zwischenprüfung hervorrufen«, sagte Laurien.

»Ich bin voll im Plan. Deshalb kann ich ein paar Tage zu Hause ausspannen.« Schon wieder das breite Grinsen. »Soll ich für dich das Kochen übernehmen? Die Krabben sehen prima aus.«

Kurz darauf kam er mit einer Flasche Wein und ein paar Gläsern zurück. »Pier hat angerufen, er isst mit.«

»Der ist ja fast manisch«, sagte Laurien, während sie ihrem Sohn hinterherschauten. »Er wird doch nicht verliebt sein?«

»Olmer meinte, er hätte eine neue Freundin. Sie heißt Nora.«

»Hat Olmer sie gesehen?«

»Ja, zufällig. Ein Mädchen aus Tilburg, kommt aber ursprünglich aus Zeeland.«

»Na, wir werden ja sehen.«

»Was werdet ihr sehen?«, fragte Pier. Sammy lief auf ihn zu, schnappte nach seiner Hose und sprang an ihm hoch. »Warre hat mich gefragt, ob ich etwas mitessen will. Dienstag ist doch euer Tango-Abend mit Lotje und Thomas, oder?«

»Die sind im Urlaub. Wir tanzen mit deren Katzen Tango, wenn wir ihnen zu fressen geben. Solange wir in Italien sind, schauen sie immer mal nach Sammy ... Du kennst ja Olmer – so launisch wie nur was. Heute läuft er eine Stunde mit ihr, und morgen findet er es total blödsinnig, den Hund auszuführen.«

»Ich kann sie doch auch rauslassen.«

»Wir sagen es Olmer, der kann dann ja einen Plan aufstellen.«

»Mit Tango kann ich nichts anfangen«, sagte Pier. »Mir liegt mehr am Kino. Am Sonntag bin ich im *Schuttershof* gewesen. Da lief *Der Untergang*. Ein toller Film. Hitler als Mensch. Hinter einem Dämonen läuft kein ganzes Volk her. Ein Führer muss vor allem seine menschlichen Seiten zeigen, und das bedeutet mehr als nur ein Kind oder einen Hund zu streicheln. Bei Hitler war das alles auf groteske Weise und im Übermaß ausgeprägt. Sein Gespür für die Situation und sein Wahnsinn.«

Tiemen schenkte erneut Wein ein. Sie saßen auf der Bank vor dem Haus und schwiegen, bis Laurien ihren Kollegen anschaute.

»Erinnerst du dich noch, dass wir vor anderthalb Jahren bei Wisse-Chemie eine Untersuchung durchgeführt haben? Bei einer Teambesprechung haben wir darüber geredet.«

Sammy steckte den Kopf zwischen ihre Knie. Sie krabbelte sie zwischen den Augen.

»Vage. Wir hatten damals wenig Zeit dafür, wir waren voll mit der Untersuchung des Todes von van Hulst beschäftigt. Geschah das damals nicht auf Ersuchen der Vereinigten Staaten? Worum ging es damals noch mal?«

»Man vermutete, dass auf Walcheren ein Stoff für ein Kunstdüngerprodukt hergestellt wird, das auch als biologische Waffe eingesetzt werden kann.«

»Klaas und Willem haben damals doch nichts gefunden. Oder?«

»Ich habe jetzt so meine Zweifel, ob wir das Ersuchen ernst genug genommen haben. Wenn in einem Unternehmen wie Wisse-Chemie schlampig gearbeitet wird, wie Carla Beest behauptet, kann es dort zu einem Katastrophenfall kommen, es können aber auch unzuverlässige Mitarbeiter herumlaufen. Wir haben die Nachforschungen damals abgebrochen, weil unsere Vorgesetzten Angst hatten, sich dabei die Finger zu verbrennen.«

»Genau, so war es«, sagte Pier.

Erneut schwiegen sie und tranken Wein. Laurien zog ihre Jacke enger zusammen. Es war ein friedlicher Sommerabend. Tiemen holte eine weitere Flasche.

»Stevi hat Emma mit ihrem neuen Freund gesehen«, sagte Pier. »In Veere. In *De Campveerse Toren*. Stevi meinte, es wäre jemand von Wisse-Chemie, ein knackiger und bildhübscher Typ.«

»Wirklich? Dann ist es wohl besser, wenn sie sich aus diesem Fall heraushält.«

Laurien schob ihre Haare hoch. Sie wollten heute nicht sitzen, es wurde Zeit, dass sie Urlaub machte. Die eine kurze Woche Anfang Juli in Nordfrankreich hatte nicht gereicht.

Warre rief, dass das Essen fertig sei. Er hatte Teelichter auf die Mauer gestellt und hinter dem Haus den Tisch gedeckt. Die Stadtgeräusche drangen gedämpft in den Garten.

Als sie sich gesetzt hatten, fragte Pier ihn, wie es denn mit der Liebe aussähe.

»Alles in Butter. Bei dir auch?«

»Ich kann nicht klagen.«

»Vor Kurzem habe ich dich mit Stevi bei *St John's* gesehen«, sagte Warre.

Pier warf Laurien einen kurzen Blick zu, schaute dann wieder zu Warre. »Ach ja, ein nettes Mädchen, aber eher etwas für dich als für mich.«

»Stevi sieht zwar cool aus und kann sicher auch spannendere Geschichten über die Arbeit erzählen als Laurien, aber ansonsten überlasse ich sie gerne ihrem Freund«, sagte Warre.

»Musst du eigentlich nicht in Tilburg über deinen Büchern sitzen?«, fragte Pier.

»Heute Nachmittag habe ich meinen Vater auf Touren gebracht. Der Kerl ist wirklich nicht geschäftstüchtig. An einem Tag, an dem es endlich mal nicht regnet, legt der eine CD mit Musik von Bach auf. Und dann musst du dir mal dessen Schaufenster ansehen: CDs mit schwerer klassischer Musik und vergilbte Notenblätter.«

Die alten Giebel hoben sich grau gegen das Dämmerlicht ab.

»Der Bursche kommt in meinen Laden, nimmt Bach aus dem CD-Spieler und schiebt einfach irgendetwas von Vivaldi rein.«

»Etwas Fröhliches, Aufmunterndes, Tiemen. Das wollen die Leute im Sommer hören. In der Auslage ein paar frische Biografien von berühmten Jazzmusikern, dann ist dein Laden auch an einem schönen Sommertag proppenvoll. Du solltest dir mal Gedanken über MP3-Player machen. Da können deine Liebhaber klassischer Musik haufenweise Stücke draufspielen. Oder iPods, die sind in Tilburg ruck zuck ausverkauft.«

Laurien ließ das Gespräch an sich vorbeiplätschern.

8

Kurz bevor der Wecker klingelte, wachte Laurien auf. Sie faltete die Hände unter dem Kopf und lauschte Tiemens leisem Schnarchen. Durch einen Spalt zwischen den Gardinen fiel ein Lichtstreifen herein, über die Kleider auf dem Stuhl hinüber zur weinroten Wand hinter dem Bett. Nach einem Blick auf die Uhr stellte sie das Radio an. Der wichtigste Teil der Nachrichten betraf Waldbrände und ungewöhnliche Hitze im Süden Europas, während von hier mäßiges Wetter mit zu großer Kälte und zu wenig Sonne gemeldet wurde. Sie weckte Tiemen mit einem Kuss.

Das Wetter war umgeschlagen, doch noch tropfte aus den dicken Wolken kein Regen. Sie nahm die Zeitung und setzte sich nach draußen. Peter de Haas war es wieder einmal geglückt, einen seiner unsäglich einfältigen Artikel in der *Provinciale Zeeuwse Courant* unterzubringen. Diesmal ging es um das ungebührliche Pinkeln der Leute gegen den Lange Jan. Schuld hatte natürlich die Polizei. So wie er es formulierte, musste man den Eindruck haben, als stellten sich die Polizisten in langer Reihe vor dem Turm auf und ließen dann die Hose herunter.

Im Teil mit den Traueranzeigen standen viele Anzeigen für Belle Wisse. Kein Hinweis auf die Todesursache. Laurien riss die Seite heraus.

Tiemen kam mit zwei Tassen Kaffee und Sammy nach draußen.

»Steht bei dir heute irgendetwas Besonderes an?« Sie streichelte dem Hund das Fell. Sammy scheuerte sich an ihren Beinen und hob den Kopf, als Laurien für einen Moment mit dem Kraulen aufhörte.

»Nein. Ich bin froh, wenn es Mitte September ist. Und dein Tag?«

»Der Wisse-Fall. Mit Vater Wisse als speziellem Problem und dem heißen Atem von Hans Ekelmans im Nacken. Er kennt Bart Wisse aus dem Rotary Club.«

Ein Ehepaar blieb Arm in Arm vor ihrem Haus stehen und machte sich gegenseitig auf den Giebel aufmerksam, auf die drei Fische über der Eingangstür und den Lebensbaum. Der Mann sagte, Middelburg sei eine prächtige Stadt, vor allem mit diesen alten Bäumen hier und den monumentalen Gebäuden. Selbst das Standbild auf dem Vismarkt mit dem vornübergebeugten Mädchen gefiel ihm. Laurien lächelte. Er wusste ja nicht, auf welche Gedanken diese Figur die pubertierenden Jugendlichen brachte.

Laurien wollte noch vor der Besprechung um halb neun auf dem Flipchart die wenigen Dinge notieren, die bis jetzt im Fall Wisse bekannt waren.

Sie schaltete den Computer ein und schaute in ihre Mailbox. Sie erschrak, als dort wieder eine E-Mail von T. Maljaars war. Wenn Tiemen eine Nachricht schickte, dann hieß der Absender Tiemen und nicht T. Maljaars.

Im letzten Jahr waren auch einige dieser E-Mails gekommen. Sie waren unfreundlich und sehr persönlich gewesen. Nüchtern betrachtet durfte sie sich eigentlich nicht weiter darüber aufregen, verbale Gewalt verursachte keine Schmerzen, doch es hatte ihr damals erheblich zugesetzt, vor allem weil aus den E-Mails hervorging, dass der Absender jemand sein musste, der sie kannte.

Klaas war der Sache nachgegangen, doch er war nicht dahintergekommen, wer sie versandt hatte. Nach ein paar Wochen hatte der Spuk aufgehört.

Der Absender war der Meinung, sie leite ihr Team nicht richtig, weil sie die einzelnen Mitglieder zu sehr anstachele.

Laurien schickte die E-Mail an Klaas weiter. Er kam direkt zu ihr. Er wollte versuchen, die Spur zurückzuverfolgen.

Fünf Minuten später war er schon wieder da.

»Auch diesmal dürften wir Schwierigkeiten haben, dahinterzukommen, wo diese E-Mail abgesendet worden ist, Laurien.«

»Schade.«

»Es ist schon wieder eine Reply-Mail, deren IP-Adresse gelöscht wurde.«

»Tja ... Würdest du bitte mit keinem außer Willem darüber reden?«

Er schaute sie erstaunt an.

»Natürlich, aber warum?«

»Das kann ich dir nicht richtig beantworten.«

Während der Besprechung ergriff Laurien als Erste das Wort. Sie versuchte, aus ihren Worten die Ungeduld herauszuhalten, die sie in sich spürte.

»Die ersten wichtigen Stunden der Ermittlungen liegen hinter uns«, begann sie.

»Wir haben nicht hier gesessen und Däumchen gedreht, bis das Ergebnis der Autopsie vorlag.«

»Nein, das stimmt.«

Sie wartete einen Moment. Sie spürte, dass Pier ihrem Blick folgte.

»Hast du eine Frage, Jan?«

Etwas verstört schaute dieser von der Zeitung hoch. Sie schluckte eine Bemerkung herunter.

»Nein, noch nicht.«

»Ich schlage vor, du hebst dir die Zeitung für die Pause auf. Es sei denn, da steht etwas Wichtiges und Nützliches im Zusammenhang mit dem Fall Wisse.«

Quälend langsam faltete er die Zeitung zusammen. Sie drehte sich zum Flipchart um und ging schnell die einzelnen Punkte durch. Am längsten beschäftigte sie sich mit dem, was Carla erzählt hatte.

Klaas ließ Fotos rumgehen.

»Dies ist das Haus, in dem Belle in Amsterdam gewohnt hat. Sie hatte ein Apartment im zweiten Stock. Eingerichtet mit Designermöbeln, über einem Stuhl hängen Kleider, hier und da liegen ein paar Bücher herum. Die Bücherregale sind voll mit DVDs und Videokassetten. An den Wänden hängen gerahmte Poster. Schaut es euch an.«

»Belle wohnte zu gut für ein junges Mädchen«, lautete Jans ultimativer Beitrag zur Diskussion. Niemand reagierte darauf.

Das Badezimmer war schwarz-weiß gehalten, die Küche auch. Es gab Detailaufnahmen der Insulin-Medikamente.

»Außer diesen Medikamenten war da noch nicht mal eine Schachtel Paracetamol zu finden.«

Sie scharten sich um Lauriens Computer. Klaas zeigte ein Video, bei dem Belle Regie geführt hatte. Schöne Bilder aus Venedig, Segelschiffe im Adriatischen Meer.

»Das Auffälligste an Belles Zimmer hier in dem Haus am Kaai ist, dass dort nichts Auffälliges ist. Was dort steht, gehört zu einer Studentin, die auswärts ihre Studentenbude hat und deren Zimmer zu Hause möglichst in Ordnung gehalten wird.«

Den Fotos ließ sich entnehmen, dass Belle eine junge, gewöhnliche Frau gewesen war. Nichts deutete auf ihren frühen Tod hin.

»Was erwartest du von uns?«, fragte Pier schließlich.

»Ich schlage vor, dass wir Wisse-Chemie unter die Lupe nehmen.«

Außer Klaas und Willem stimmte ihr niemand zu.

»Sinnvoller wäre es, mit ihrem Freundeskreis in Amsterdam zu reden oder sich mal an der Filmhochschule umzuschauen«, sagte Pier.

»Sie wurde in Veere getötet, nicht in Amsterdam«, erwiderte Laurien.

»Der Tatort kann reiner Zufall sein. Ich würde zunächst mal in den Polizeiarchiven gründlich nach Dingen über die Familie Wisse suchen. Danach würde ich mir Bukers Bauernhof anschauen. Und dann erst ginge es zu Wisse-Chemie. Prioritäten setzen, wie wir es während unserer Ausbildung gelernt haben.«

Laurien kniff die Augen zusammen, antwortete Stevi jedoch nicht.

»Ich mache mit meiner Arbeit in Veere weiter«, brach Willem die Spannung.

»Gut. Um halb fünf treffen wir uns wieder. Wer nicht rechtzeitig hier sein kann, ruft Karel an und teilt ihm mit, was er herausgefunden hat. Jeder weiß, was er oder sie zu tun hat.«

Zandvliet war schon wieder nicht an seinem Arbeitsplatz erreichbar. Sie rief bei ihm zu Hause an. Eine Haushälterin oder Babysitterin war am Apparat. Sie rief Richard, den ältesten Sohn.

»Mein Vater hat heute Morgen freigenommen, um nach den Fledermäusen zu schauen.«

»Weißt du das ganz sicher? Ich dachte, die Beobachtung von Fledermäusen ist eher etwas für den Frühling.«

»Er hat seine Wasserstiefel, den Fledermaustornister mit dem Feldstecher und sein Notizbuch in die Fahrradtasche getan. Im Sommer zählt er die Jungen. Wenn er früh nach Hause kommt, gehen wir Stelzenläufer beobachten und nachahmen.«

»Hat dein Vater ein Handy?«

»Das hat gestern auch schon ein Mann gefragt. Ich habe ihm die Nummer gegeben, und darüber war mein Vater sehr böse.«

»Wer war der Mann denn?«

»Er hat seinen Namen nicht gesagt.«

»Hat er früher schon einmal angerufen?«

»Nein. Der ließ nicht locker und hat so lange rumgemacht, bis ich ihm die Nummer gegeben habe.«

»Richard, kannst du deinen Vater bitten, mich anzurufen? Ich muss ihn wirklich ganz dringend sprechen.«

»Das sagte der Mann auch.«

»Richtest du ihm das bitte aus?«

Sie wollte den Jungen nicht beunruhigen, verstand ihre eigene Unruhe nicht einmal.

»Gut.« Er beendete einfach das Gespräch, ohne Gruß.

Anna Vriens rief an.

»Belle ist schwanger gewesen. Die Schwangerschaft wurde vor ungefähr drei Wochen unterbrochen, sie blutete noch.«

Laurien gab einen kurzen Pfiff von sich. »Darüber hat noch keiner ein Wort verloren. Kannst du etwas über die Dauer der Schwangerschaft sagen?«

»Nein. Spielt das eine Rolle?«

»Ich glaube nicht. Weißt du schon, wann die Leiche freigegeben wird?«

»Ich schätze, dass ich noch im Laufe des Morgens mit Belle fertig sein werde«, sagte Anna. »Übrigens wurden keine Spermen bei ihr gefunden.«

Laurien suchte in ihren Unterlagen nach der Telefonnummer von Belles Hausarzt. Ihm war nichts von einem Schwangerschaftsabbruch bekannt. Die Abtreibungskliniken rückten keinerlei Informationen heraus. Von wem war sie schwanger gewesen, und warum hatte sie die Schwangerschaft abbrechen lassen?

Jan war nicht in seinem Büro und auch nicht in der Kantine. Mit einer Tasse Kaffee setzte sich Laurien zu Klaas, Willem und Pier. Klaas hatte mit Jan gesprochen. Der hatte nach Hause gemusst, seiner Frau ging es nicht gut. Laurien zog ihre Augenbrauen hoch und machte sich in Gedanken eine Notiz.

Karel kam in dem Augenblick in die Kantine, als Laurien über Belles Schwangerschaft berichtete. Belle schwanger, das hatten sie nicht erwartet. Sie hatte doch den Eindruck einer Frau gemacht, die wusste, wie sie so etwas verhindern konnte. Willem und Pier spekulierten über mögliche Erzeuger, Klaas hörte missbilligend zu.

Nachdem sie sich lange genug über Belles Schwangerschaft ausgelassen hatten, brachte Laurien das Gespräch auf den zerstörten Teil des Kartoffelfeldes. Innerhalb eines Tages Kraut und Kartoffelknollen nichts als Schleim? Dann wollte Klaas dort auf dem Rückweg von Buker auf jeden Fall vorbeifahren. Laurien schlug ihm vor, unter den gebotenen Vorsichtsmaßnahmen ein paar Proben aus unterschiedlichen Tiefen zu nehmen.

Willem stand auf. Die Firma, die die Glascontainer leerte, sollte ungefähr um zwölf mit einem leeren Lastwagen in Veere sein. Er ging davon aus, dass sich die Portweinflasche des Jahrgangs 1981 in dem Container befand. Vorher wollte er aber noch ein paar Laboruntersuchungen abschließen.

Pier holte sich einen neuen Kaffee. Laurien ging ihre Notizen zu Zandvliet durch. Gab es einen Zusammenhang zwischen Belles Tod und dem Kartoffelfeld? Immer wenn sie an Belle dachte, sah sie die Anbauflächen vor sich, die Wallhecke, in der vor allem viel Ackerwinde wuchs, die Reihe Pappeln, die das Feld gegen den Westwind schützen sollte. Sie wusste nicht, was dieser Acker und Belle miteinander zu tun haben sollten. Noch weniger verstand sie, warum sie so beunruhigt wegen Zandvliet war.

Hans Ekelmans tippte mit seinem Kugelschreiber auf die Schreibtischplatte und erklärte. »Eure Fortschritte sind äußerst dürftig.«

»Wir tragen augenblicklich alles zusammen«, sagte Laurien.

»Bart Wisse ist der Meinung, dass du mit Mord als Todesursache danebenliegst.«

»Hat er darüber zu urteilen?«

»Ich teile seine Meinung, dass es eher den Eindruck eines wilden Herumstocherns als einer straff organisierten Morduntersuchung macht. Wie lange wirst du brauchen, glaubst du?«

Sie streckte einen Finger in die Luft.

Mit demselben Dossier ging sie zum Hauptkommissar. Ton Manshoofd hörte sich geduldig an, was sie an bisherigen Resultaten vorzuweisen hatte. Er faltete die Hände. Ein Motiv gab es bislang noch nicht? Wenn sie Hilfe brauchte, würde er ihr die zukommen lassen.

Es kam ihr sehr gelegen, dass Bart Wisse auf seinen Ausbruch von gestern zurückkam. Er stand mit dem Rücken zum Fenster, eine dunkle Fläche gegen das glitzernde Veerse Meer. Innerhalb weniger Tage schien er geschrumpft zu sein, seine Stimme klang weniger fest.

»Es ist doch ganz verständlich, dass Sie erschrocken waren. Erst der Tod Ihrer Tochter, und dann scheint auch noch Mord im Spiel zu sein.«

Er drehte sich um und starrte aufs Wasser. »Sehen Sie das Segelboot, das am dichtesten am Hafenausgang liegt, mit der Veerse-Flagge am Achtersteven? Das gehörte Belle.«

»Der Pampus?«

»Kennen Sie sich mit Schiffen aus?«, fragte Bart.

»Ich komme aus Zeeland.«

»Ich verstehe nichts davon, und ich komme auch nicht aus Zeeland«, sagte Stevi.

»Sie segelte gerne. Den Elementen trotzen. Wenn Sturm aufkam, musste ich das Boot beinahe anketten, sonst wäre sie losgefahren. Wenn Sie hätte wählen müssen zwischen welchem Freund auch immer und ihrem Schiff, dann hätte ich nicht gewusst … Wenn Sie diesen Mord aufklären, bekommen Sie das Boot von mir.«

»Ihre letzte Äußerung habe ich nicht gehört. Mein Team und ich machen unsere Arbeit. Für Belle tun wir nicht mehr und nicht weniger als für jeden anderen.«

»Mir ist es aber ernst damit.«

»Mir auch.« Sie hatte sich neben ihn gestellt. »Machen Sie bitte nie wieder eine ähnliche Äußerung, weder mir gegenüber noch gegenüber meinen Leuten.« Sie hatte ihre Stimme gesenkt, war dabei aber ruhig geblieben. Hätte sie nicht auch alle Hebel in Bewegung gesetzt, wenn Warre oder Olmer ermordet worden wären?

»Segelte sie in Amsterdam auch?«, fragte Stevi. Als sei eben nichts vorgefallen.

»Sie war dort Mitglied eines Studentensegelclubs.« Er drehte sich zu ihr um, die Spannung im Raum wich. »Übrigens nicht mehr lange, denn sie hatte ihr Studium fast beendet.« Er richtete sich etwas auf.

»War sie ehrgeizig?«, fragte Laurien.

»Sie wollte die Beste sein. Als Thema für ihre Abschlussarbeit hatte sie Charley Toorop gewählt, die Malerin. Samstagabend habe ich das Rohmaterial gesehen. Sie hat ein paar Zeitgenossen interviewt und die Helligkeit, die Klarheit ihrer späteren Werke mit den braunen und grauen Farbtönen ihrer Anfangsperiode verglichen. Belle hat ein gefälschtes Toorop-Gemälde in einer Galerie in Arnheim entdeckt. Die Jahreszahl stimmte nicht.«

»Klingt spannend«, sagte Stevi.

»Sie hat mehrere Dokumentar-Filme gemacht, unter anderem einen über ihre Reise nach Schweden mit ein paar Freunden. Aber dieser hier wäre noch besser geworden.«

»Wer war ihr vorheriger Verehrer?«

Wisse reagierte mit einer abwehrenden Geste. »Belle hat sie mir längst nicht alle vorgestellt. Ich weiß, dass es sie gab, mehr nicht. Von einigen kenne ich die Namen, wie zum Beispiel von Freddie. Und von Max Achterveld natürlich.«

»Warum gehört Max Achterveld nicht mehr zur Unternehmensleitung?« Sie achtete genau auf eine Reaktion, doch Wisse ließ sich nichts anmerken.

»Max hatte keine Lust mehr am organisatorischen Teil seiner Arbeit. Ich vermute, dass er selbst etwas auf die Beine stellen will. Das wird nicht leicht sein.«

Sie setzten sich, und Laurien notierte Name und Adresse von Achterveld.

»Hatte Belle viel Kontakt mit ihrer Mutter?«

»Belle wohnte bei ihr um die Ecke in der Lijnbaansgracht. Sie aß bei ihr, Carla konnte sie nicht loslassen.«

»Haben Sie und Ihre Ex-Frau noch mehr Kinder?«

Er seufzte. »Nein, nicht aus meiner Ehe mit Carla. Ich habe einen Sohn aus erster Ehe, kein einfacher Knabe. Er hat Familie und wohnt in den USA. Er lässt sich selten blicken.« Der verbitterte Zug um seine Mundwinkel wurde stärker.

»Wird er Ihr Nachfolger?«

»Der? Nie!«

»War Belle häufig bei Ihnen?«

»Belle hing an mir.« Seine Stimme stockte. »Ich sah sie jede Woche, auch wenn ich in der letzten Zeit natürlich an zweite Stelle gerückt bin.«

»Daran mussten Sie sich erst gewöhnen.«

»Was wollen Sie damit sagen?«

»Wann kam sie am letzten Wochenende nach Hause?«

»Freitagabend. Am Samstag war sie mit Michel eine Stunde draußen zum Segeln, aber auf dem Wasser war viel los. Belle hasste es, in ihrer Freiheit beschnitten zu werden. Sie schnauzte einen anderen Segler an, der sich bei einem Wendemanöver ungeschickt anstellte. Michel fand ihr Verhalten ungehörig, und auf seine Kritik reagierte sie ziemlich wütend. Sie war ganz schön temperamentvoll, diese Tochter! Vielleicht war sie wegen der Verlobung innerlich angespannt.«

»Erwarteten Sie viele Leute?« Laurien lehnte sich etwas zurück.

»Mehr als ursprünglich geplant. Familienmitglieder und Freunde. Belle bestand darauf, dass ihre Mutter kommen sollte ... Meine Freundin durfte nicht kommen.«

»Und das akzeptierten Sie?«

»Ich habe darüber gelacht. Ich sagte Ihnen doch, Belle besaß das Temperament der Wisses. In unseren Adern strömt neben schottischem auch russisches Blut, ich hatte Verständnis für sie.«

»Sie kamen also zornig vom Boot.« Laurien zog die Augenbrauen hoch.

»Das klingt dramatischer, als es war. Michel ließ sich durch ihre Wut mitreißen. Er hatte ihr auf dem Wasser den Ring geben wollen, das tat er nun abends, als wir zu dritt im *Admiraal De Ruyter* essen waren.«

Er stand wieder auf und lief unruhig im Zimmer auf und ab.

»War ihr am Samstagabend irgendetwas Besonderes anzumerken?«

»Ja, natürlich. Es war ja kein gewöhnlicher Abend. Michel gab ihr den Ring, den sie trug, als sie starb. Sie war sehr ausgelassen, und Michel zeigte sich sichtlich verliebt. Belle sah blendend aus, aber das tat sie ja immer. Nichts deutete darauf hin, dass sie so bald sterben sollte. Absolut nichts.« Er ballte die Fäuste.

»Aß sie viel?«

»Launisch. Wie immer. Den einen Tag verabscheute sie, was sie am nächsten mit größtem Appetit verspeiste. Nie viel. Hatte Angst, dick zu werden.« Er warf einen scheuen Blick auf Laurien.

»Was aß sie?«

»Austern als Vorspeise. Sonst waren ihr die zuwider, lebendige Wesen schlürfen ... Aber sie tauschte unsere Teller aus, sie wollte plötzlich Austern und aß sie. Sie war verlobt, und das bekräftigte sie mit Austern. Wollust schlürfe sie in sich hinein, sagte sie. Wenn es nach ihr ging, wollte sie schnell schwanger werden. In Kürze wollte sie einen Versuch wagen. Michel fiel fast vom Stuhl, ich glaube nicht, dass er darauf wartete, noch einmal Vater zu werden.«

Ein Lächeln zog über sein Gesicht.

»Eigentlich wollten sie nach einem letzten Glas am Kaai nach Gapinge fahren, aber Belle beschloss, in Veere zu übernachten. Typisch Belle, ihre Pläne im letzten Moment umzustoßen.«

»Wann kamen Sie nach Hause?«

»Um zwölf Uhr stand das Taxi vor dem Restaurant. Wir haben noch einen Cognac getrunken, das heißt, Michel und ich. Belle zeigte uns das Material des Dokumentarfilms. Sie schenkte sich Portwein ein. Ich mag keinen Cognac, aber Michel wollte ihn nicht alleine trinken.«

»Sie wollten Michel einen Gefallen tun?«

»Wie gesagt, Belle war nicht immer ganz einfach.«

»Und mit dem Glas Cognac wollten sie ihn bei Laune halten?«

Wisse war nicht der Mensch, der irgendjemandem einen Gefallen tat, ihm musste man zu Gefallen sein. Genau wie Belle. Die Verlobung klappte nicht, das war es.

»Ich habe eine väterliche Rede gehalten, das ging gerade noch in dieser kleinen Gesellschaft, denn Belle hasste Lobeshymnen in der Öffentlichkeit. Gegen zwei Uhr sind wir nach oben gegangen. Ich war sofort weg und habe geschlafen wie ein Stein. Michel hat mich dann wachgerüttelt. Er sagte, mit Belle stimme etwas nicht.«

»Da war sie bereits gestorben«, sagte Laurien leise.

»Offensichtlich.«

»Wo finden wir Herrn Buker?«

»Er wird wohl in Gapinge sein. Im Augenblick kann ich ihn nicht in meiner Nähe ertragen.«

»Warum nicht?«

»Er redet und redet.«

Bart Wisse führte ein Glas Wasser zum Mund.

»Wissen Sie, ob Belle jemals schwanger war?«

Er setzte das Glas ab, ohne einen Schluck getrunken zu haben.

»Seltsame Fragen stellen Sie. Nein, Belle war nie schwanger. An dem Abend sprach sie zwar darüber, dass sie gerne schwanger werden wollte, aber das ist ja wohl etwas anderes.«

9

Stevi schaute auf der Karte nach, wie sie am besten zu Bukers Bauernhof fahren sollten.

»Wir kommen fast direkt an dem Restaurant vorbei, das Wisse eben erwähnt hat. Sollen wir da nicht mal vorbeigehen.«

»Gut.«

Sie fuhren langsam, die Fenster waren einen Spalt geöffnet. Das Wetter hätte besser sein können, doch der Regen war bedeutend weniger schlimm, als heute Morgen im Radio vorausgesagt worden war. Die Temperatur war nicht unangenehm, es musste so um die zwanzig Grad sein. Zu kalt für den Tourismus, aber wenn man arbeiten musste, war es ideal.

Die Straße führte entlang des Veerse Meer, bis ein kleines Schild auf dem Polredijk zum *Admiraal De Ruyter* wies. Laurien bremste ab und fuhr auf den Parkplatz. Das Restaurant lag verborgen hinter hohen Bäumen. Sie stiegen aus und sahen sich die Menükarte an. Das Restaurant selbst war geschlossen.

»Was sollen wir eigentlich bei Buker?«

»Wir führen eine Morduntersuchung durch«, sagte sie mit unterdrücktem Ärger in der Stimme.

»Haben wir denn nicht schon mit ihm gesprochen?«

»Wir müssen die Menschen aus Belles Umfeld so gut wie möglich kennenlernen. Möglicherweise liefern uns die Gespräche mit der Familie und den Freunden einen Anknüpfungspunkt für ein Motiv. Dass Belle eine ziemliche Streberin war, gerne segelte und sehr temperamentvoll sein konnte, ist noch kein Grund, sie zu ermorden.«

»Wir kümmern uns zu wenig um ihre Freunde.« Stevi klappte die Sonnenblende herunter und betrachtete sich in dem kleinen Spiegel.

»Daran wird gearbeitet. Wir müssen untersuchen, ob Aussagen

sich nicht widersprechen. Wenn ich meine Augen schließe, sehe ich die tote Belle auf ihrem Bett liegen, aber ich habe noch nicht die geringste Vorstellung davon, wie sie sich bewegte, wie sie sich gegenüber der Familie und Freunden verhielt, wie ihr tägliches Leben aussah, welche Erwartungen sie hatte, wer in ihre Zukunftspläne passte und vor allem wer nicht.«

»Ich habe sie nicht gesehen, ich muss mich mit Fotos begnügen.« Stevi nahm einen Schluck aus der Wasserflasche.

»Mit wem hatte sie nun wirklich eine Beziehung? War es Freddie Swaans, oder war es doch Michel Buker? Wir wissen so gut wie nichts über Belle.«

»Das ist eine umständliche Vorgehensweise«, sagte Stevi schnippisch. Sie schlug die Sonnenblende mit einem Klaps zurück. »Sich auf Intuition zu verlassen ist nicht mehr zeitgemäß. Was hilft es uns, wenn wir Belles Charakter kennen? Viel wichtiger ist es doch, die Mordwaffe zu finden.«

Laurien schaute sie verblüfft an.

»Hier musst du links abbiegen, Laurien, danach nach rechts.«

Sie fuhr mit dem Auto an die Seite und hielt an. »Zeig mir mal auf der Karte, wo wir sind.«

»Das ist auch so etwas. Ein Polizeiwagen ohne Navigationssystem. Total hinterm Mond.«

»Zeig mir bitte die Stelle.«

»Das erkenne ich nicht so schnell, du verunsicherst mich.«

Sie fuhren an einer Reihe von Weiden entlang. Hinter einer Weggabelung kamen ein paar verlassene Wiesen, dann ein Weideland mit mehreren Pferden darauf.

Stevi betätigte den Türklopfer. Zwei kleine weiße Kläffer gaben das Geräusch weiter. Buker hielt die springenden Hunde mit dem Fuß zurück. Seine Augen waren rotumrandet. Er trug einen Maßanzug, die Farbe seiner Krawatte war auf die Streifen auf dem Stoff abgestimmt. Die Schuhe glänzten.

»Von Bart hörte ich, dass es sich um keine natürliche Todesursache handelt. Das macht die Sache noch schlimmer.«

»Wir würden gerne noch einmal alles mit Ihnen durchgehen«, sagte Laurien.

Gelassen nickte er. »Ich weiß nicht, was Ihnen das bringt. Am Sonntag habe ich doch schon alles erzählt.«

»Hat Belle am Freitagabend noch irgendetwas alleine unternommen? Eine Freundin besucht oder eingekauft?«

»Nein. Belle fuhr direkt von Amsterdam zu mir. Bart kam zu uns zum Essen. Bei Tisch kam Belle auf die Zahl der Gäste zu sprechen, sie hatte noch ein paar Freunde aus Amsterdam eingeladen. Bart war der Meinung, es würden zu viele für eine intime Feier.«

Er ging ihnen in das modern eingerichtete Wohnzimmer voraus. Buker bot ihr das Sofa an, doch Laurien setzte sich auf einen hohen Stuhl.

»Samstag waren sie segeln.« Stevi versuchte, in dem Sofa aufrecht zu sitzen. Es misslang.

»Ich wusste, dass es ein Fiasko werden würde. Im Sommer ist das Veerse Meer selbst bei bescheidenem Wetter voll. Belle liebt freies Gewässer, auf dem sie Fahrt aufnehmen kann, der Pampus ist für hohe Geschwindigkeiten konstruiert. Ich segle weniger gut als sie, und das ließ sie mich am Samstag deutlich spüren.« Er zögerte kurz.

»Das gefiel Ihnen nicht.«

Er nickte. »Wir stritten uns, und Belle segelte resolut zurück in den Hafen.«

»Sie drohte, die Verlobung platzen zu lassen«, sagte Laurien.

»Das hat Ihnen Bart gesagt. Es spielt aber auch keine Rolle, jetzt nicht mehr.«

»Ob das eine Rolle spielt, können Sie getrost uns überlassen«, sagte Stevi scharf. Sie kämpfte noch immer mit dem Sofa.

»Ach, manchmal gab Belle irgendetwas von sich, das sie gar nicht so meinte. Bart fuhr mit ihr am Nachmittag ein Stück im Geländewagen herum, und danach hatte sie sich wieder beruhigt. Abends sind wir dann mit Bart essen gegangen.«

»Was hat Belle gegessen?«

»Spielt das eine Rolle?« Er schaute Laurien fragend an. Einen Moment blieb es still. »Ich weiß es nicht mehr. Doch, Austern als Vorspeise. Sie hatte etwas anderes bestellt, nahm ihrem Vater aber den Teller weg. Über die Austern machte sie eine Bemerkung, die mich und ihren Vater überraschte. Über Wollust und Schwangerschaft.«

»Sie wurden nicht so recht klug daraus.« Laurien streichelte einen der Hunde.

»Was soll ich dazu sagen? Es war ein etwas seltsames Verhalten. Normalerweise spricht man erst mal gemeinsam und alleine darüber. Ich meine, das konnte ja nicht nur ihre Entscheidung sein.«

»Wollte sie Sie vielleicht provozieren?«

Er leckte sich mit der Zunge über die Lippen. »So sah es aus. Sie wollte, dass ich ihr die Schalen hinhielt, damit sie die Austern essen konnte, ohne sich dabei die Hände schmutzig zu machen. Am Abend zuvor hat sie sich noch ausgiebig darüber ausgelassen, dass Austern das Fieseste sind, was man essen kann, und am nächsten Tag verputzt sie gleich ein ganzes Dutzend.«

»Sie hatte so ihre Launen.«

»Das kann man wohl sagen. Das machte ihren Charme aus, machte es manchmal aber auch schwierig. Auf ihr Wort konnte man sich schlecht verlassen. Oft wechselte sie ihre Meinung innerhalb von fünf Minuten.«

Er wendete seinen Blick zu den beiden Hunden, die an Lauriens Hose schnüffelten.

»Was bestellte Belle danach?« Stevi saß endlich aufrecht.

»Keine Ahnung. Nachdem sie die Austern gegessen hatte, wurde sie sehr ruhig. Aber ich erinnere mich noch sehr gut daran, dass wir nach dem Essen in Barts Arbeitszimmer einen Cognac getrunken haben. Danach wollten wir nach Gapinge fahren. Im Taxi sagte Belle, sie würde von Veere zu meinem Haus fahren, weil sie nur zwei Glas Wein getrunken hätte. In Veere änderte sie dann ihre Meinung.«

Laurien machte schnell eine Notiz. Stevi verließ sich auf ihr Gedächtnis.

»Sie trank also mit.«

»Plötzlich wollte sie ein Glas Portwein. Für jemanden mit Diabetes nicht gerade anratenswert. Aber sie war nicht zu bremsen, so wie sie den ganzen Tag schon total neben sich stand. Sie schnappte sich die Flasche. Portwein des Jahrgangs 1981 ist für Bart reserviert, für Besucher hält er andere Jahrgänge bereit. Bart wies sie zurecht, der Portwein sei nichts für sie, und ganz gewiss nicht, wenn sie noch fahren wolle. Da meinte sie auf einmal, wir würden dort schlafen. Ich wurde nicht gefragt, aber mir war es egal. Sie entkorkte die Flasche. Dieses Bild habe ich immer noch vor Augen.«

»Warum sagen Sie das?«, fragte Laurien.

»Weil ich mich daran erinnere und Sie mein Gedächtnis auffrischen.«

»Sie sahen zu?«

»Was blieb mir anderes übrig? Wir konnten ihr doch schlecht die Flasche aus der Hand reißen.«

Eine Weile war nichts zu hören außer Lauriens Kugelschreiber, der über das Papier glitt.

»Sie war eine erwachsene Frau.«

»Manchmal verhielt sie sich wie ein kleines Kind. Sie schlug Barts Warnung in den Wind. Bart sagte noch, dass man Portwein aus einem Portweinglas und nicht aus einem Weinglas trinkt. Sie goss sich das Weinglas bis zum Rand voll, bis auf den letzten Tropfen der Flasche, klimperte mit den Augenlidern, nahm einen kräftigen Schluck, danach noch einen und noch einen, so lange, bis das Glas leer war. Dabei verzog sie das Gesicht, als wenn es sie ekelte.«

»Und trotzdem trank sie weiter.«

»Damit war noch nicht Schluss. Sie schnappte sich eine weitere Flasche, auch aus ihrem Geburtsjahr. Sie wollte wissen, ob dieser Portwein aus der neuen Flasche genauso scheußlich schmeckte wie das letzte Glas aus der alten.«

»Das sollte man doch bei einem vierundzwanzig Jahre alten Portwein nicht erwarten, oder?«

»Manchmal befindet sich eine Flasche von geringerer Qualität darunter. Bart meinte, sie würde sich wie eine Verrückte gebärden und sie solle zu trinken aufhören. Das zweite Glas trank sie auch leer, als sei es Limonade. Das schmecke und rieche weniger scheußlich, sagte sie. Dann war sie müde und wollte ins Bett.«

»In Veere.«

»Das habe ich Ihnen doch schon erklärt«, sagte er irritiert. »Plötzlich wurde sie völlig bleich, was ich mir gut vorstellen konnte nach all dem Wein und dem Portwein. Sie war es nicht gewöhnt, viel zu trinken, jedenfalls nicht in Zeeland. Ich war einverstanden, denn ich war auch müde nach all dem Trinken und den Anspannungen des Tages. Ich schlief wie bewusstlos ein. Sie auch, denke ich. Der Form halber nahm sie sich ein Buch, um mich herauszufordern. Ich war eben ein alter Mann mit größerem Schlafbedürfnis als sie.«

»War Belle von Ihnen schwanger?«

»Sie haben ihren Vater auch schon danach gefragt. Ich weiß nicht, wie Sie darauf kommen. Sie fing nur am Samstagabend damit an, dass sie schwanger werden wollte. Ich weiß ganz sicher, dass sie von mir nicht schwanger war, dafür habe ich schon selbst gesorgt.«

»Sie kann von jemand anderem schwanger gewesen sein.«

»Belle? Blödsinn!« Er zog eines der Hündchen auf seinen Schoß.

»Wieso sind Sie da so sicher?«

»Das merkt man doch. Ausgeschlossen!«

Sie standen auf. Die Hunde begannen wieder zu kläffen. An der Haustür fragte Stevi: »Wollte Belle nach Beendigung des Studiums bei Ihnen einziehen?«

»Ja. An das Hauptgebäude wird hier ein Vorführraum und ein Studio mit Schnittplatz für Belle angebaut. Im Sommer wollten wir heiraten.« Sein Adamsapfel hüpfte auf und ab. »Bis dahin benutzte sie das Arbeitszimmer und den Schrank im Schlafzimmer.«

»Sie kennen Belles Mutter?«

»Schon lange. Die beiden klebten fast unnatürlich zusammen. Belle aß jeden Abend bei ihrer Mutter. Carla schob die Schuld für die Scheidung Bart zu. Wenn Belle darüber zu lamentieren anfing, wusste Bart sofort, dass Carla wieder mal auf Belle eingeredet hatte … Irgendwann war er die Quengelei so leid, dass er ihr sagte, sie solle sich von ihrer Mutter nicht benutzen lassen. Er wollte überhaupt kein Wort mehr über Carla hören ... Wenn ihre Mutter ihm etwas zu sagen hätte, dann sollte sie gefälligst anrufen. Belle nahm das wörtlich: Über sie erfuhr Bart nichts mehr, was Carla betraf.«

»Mögen Sie sie?«

»Na ja, nein. Das beruht übrigens auf Gegenseitigkeit, seit wir uns kennen.«

Laurien sah Klaas in der Einfahrt eine Zigarette rauchen.

»Der Technische Dienst ist hier, um Belles Sachen zu untersuchen.«

»Ist das nötig?«

»Haben Sie etwas dagegen?«, fragte Stevi hastig.

»Nein. Ich habe mich nur gefragt, ob es erforderlich ist.«

»Ihr Apartment in Amsterdam und das Haus ihres Vaters wurden bereits untersucht. Jetzt ist Ihr Bauernhof an der Reihe. Es wird höchstens eine Stunde dauern, wahrscheinlich weniger.«

»Mit einem Grummeln stimmte Buker zu.

Laurien schlug vor, Stevi solle Klaas assistieren. Im Vorbeigehen sagte Klaas, sie müsse ihm eine genauere Beschreibung geben, wie er zu dem Acker in Serooskerke kommen könne. Er hatte ihn nicht gefunden.

Pier rief an.

»Ich habe in Veere etwas über Samstagmorgen erfahren. Mehrere Fußgänger haben gesehen, wie Belle am Kaai mit einem jungen Mann gesprochen hat, der der Beschreibung von Freddie entspricht.«

»Gute Arbeit.«

»Freddie wurde später mit Carla gesichtet. Und Belle hat an dem Samstag noch ein weiteres Mal mit Freddie geredet, auf dem Markt.«

»War es das?«

»Nein. Ich bin bei einer Freundin von Belle vorbeigefahren. Sie hat am Samstag auch noch mit Belle gesprochen. Belles Laune war ausgesprochen schlecht. Erst schimpfte sie über ihren Vater, bezeichnete ihn als autoritär, und danach zog sie über ihren Verlobten her.«

»Nannte sie Michel Buker ihren Verlobten?« In ihrer Stimme lag Ungläubigkeit.

»Das Wort ›Verlobter‹ sprach sie mit Abscheu aus. Die alte Freundin hatte ihr gesagt, dass sie eben Freddie gesehen hätte. Da war Belle plötzlich wieder total aufgekratzt. Freddie war ihr Freund.«

»Diese Verlobung kapiere ich einfach nicht, Pier.«

»Die Freundin hat sich bei Belle noch einmal nach Michel erkundigt. Solange er nicht von Verlobung und Heirat faselte, wäre er ganz sympathisch gewesen … Er tat alles für Belle, im Gegensatz zu Freddie.«

»Hat sie auch etwas über die Mutter erzählt?«

Laurien stieg inzwischen ins Auto, während sie das Handy an ihr linkes Ohr presste.

»Ja. Die wollte, dass sie Michel den Laufpass gibt. Aber Belle sagte der Freundin, sie fände das eigentlich ganz angenehm: Zwei Männer – einen für den Spaß und Michel für die Absicherung. Doch wenn sie wählen müsste, würde sie sich für Freddie entscheiden. Sie hätte ja auch noch ein paar Monate, um darüber nachzudenken.«

»Worüber?«

»Ob sie Michel heiraten oder mit Freddie eine lange Segeltour machen sollte. Dann stand plötzlich Michel neben ihnen, und Belle schnitt ein anderes Thema an. Inzwischen habe ich eine relativ genaue Übersicht ihrer letzten vierundzwanzig Stunden bekommen«, sagte Pier.

Laurien hörte zu, sie machte sich einen Zeitplan mit Prioritätenliste. Der Tag müsste sehr viel länger sein. Arnold hatte ihr gesagt, als Leiterin des Teams müsse sie delegieren, und jetzt merkte sie, dass sie damit immer noch Schwierigkeiten hatte.

Statt direkt nach Middelburg zu fahren, steuerte sie erneut den Polredijk an. Sie sang ein Chanson von Wende Snijders mit, das im Radio gespielt wurde, und dabei musste sie an das Haus denken, dass sie irgendwann einmal in Frankreich kaufen wollten.

Laurien wollte dafür das Erbe ihrer Mutter einsetzen. Am liebsten einen kleinen Bauernhof mit etwas Land drumherum. Tiemen sah vor allem einen Haufen Arbeit auf sich zukommen, ein für immer vorbestimmtes Urlaubsziel und darüber hinaus auch noch diese unmögliche Sprache.

Als das Lied beendet war, ließ sich jemand über das schlechte Wetter aus. Als wenn dieses alleine nicht schon schlimm genug war. Aus ihrer Tasche holte sie ein Mäppchen hervor, in das Tiemen neue CDs gesteckt hatte. Sie schob einfach die erste beste in den Schlitz. Bach. Nach ein paar Takten stellte sie das Gerät aus. Heute schlug ihr Bach zu sehr auf den Magen.

Es war noch nicht einmal halb drei. Sie parkte am Veerse Meer, nahm die Notizen zur Hand und stellte das Diktafon an. Was sie notierte, war für das Team bestimmt, für sich selbst sprach sie persönliche Eindrücke auf Band, eher Interpretationen als jene Fakten, die sie auch in den Protokollen nachlesen konnte. Meistens hörte sie das Band später nicht mehr ab, es reichte, ihre Eindrücke in Worte gekleidet zu haben, wodurch die Atmosphäre und der Kontext festgehalten wurden. Bei dem, was sie über Belle gehört hatte, fiel besonders das überschäumende Temperament auf. Laurien beschrieb das Haus und den Vater, der sein Entsetzen nicht gespielt hatte.

Sie mussten vorsichtig vorgehen, sonst würde Wisse noch stärkeren Druck auf Hans Ekelmans ausüben. Sie und ihr Team hatten diesen Auftrag übernommen, und sie wollte, dass sie ihn erfolgreich beendeten.

Sie stellte das Diktafon ab, legte das Band in den Handschuhkasten und startete den Motor. Nach kurzer Fahrt bog sie in den Landschuurweg ab. Über Schleichwege ging es in Richtung Vrijlandstraat.

In ihrem Büro stellte sie sich mit einer Tasse Kaffe in der Hand ans Fenster. Die Aussicht war deprimierend. Am liebsten hätte sie die Jalousien heruntergelassen, nachdem man die hohen Pappeln gefällt und den Parkplatz abgezäunt hatte. Grauer Asphalt und grauer Himmel.

Anna Vries hatte eine E-Mail mit dem vorläufigen Autopsiebericht geschickt. Er enthielt nichts Neues. Das Muttermal an der linken

Körperhälfte, keinerlei Operationsspuren, ein bis auf zwei Füllungen makelloses Gebiss, die Bauchspeicheldrüse zeugte von Diabetes, der Magen, die Speiseröhre und die Gedärme waren durch ein noch unbekanntes Gift angegriffen. Keine Spermaspuren. Und dann die abgebrochene Schwangerschaft.

Schlussfolgerung unter Vorbehalt: Der Tod war in der Nacht von Samstag auf Sonntag zwischen zwei und sechs Uhr durch akute Vergiftung eingetreten. Von den Verdauungsorganen wurde eine Gewebeprobe entnommen. Laboruntersuchungen würden dann einen endgültigen Aufschluss über die Richtigkeit der vorläufigen Schlussfolgerung geben müssen.

Laurien setze sich an ihren Schreibtisch. Mit den Zeigefingern strich sie sich über die Schläfen. Es gab keine Spuren, die Zeugen hatten geschlafen. Im wörtlichen oder übertragenen Sinne oder im wörtlichen und übertragenen Sinn. Doch Laurien hatte auch den Eindruck, dass Wisse, Carla und Buker nicht alles erzählt hatten, was sie wussten. Vorläufig einmal war das Finden eines Motivs ihre wichtigste Aufgabe.

Sie rief bei der Staatsanwaltschaft an. Die Sekretärin sagte, Hans Ekelmans habe einen Moment Zeit für sie. Mit dem Dossier unter dem Arm klopfte sie bei ihm an. Er unterbrach ihren Bericht und streckte die Hand aus. Laurien überreichte ihm die Papiere. Er blätterte sie flüchtig durch.

»Also, schieß los.«

Sie tat, als habe sie nichts gehört.

»Hast du schon eine Idee, worum es geht?«

»Interessante Frage.« Sie schaute ihn an. »Nein, habe ich nicht.«

»Wer konnte Belle nach dem Leben trachten?«

»Ich weiß es nicht.«

»Warum hat jemand sie töten wollen?«

Laurien hielt ihre Hände in die Höhe. »Der Mörder hat leider keine Visitenkarte hinterlassen. Ich vermute, dass er alleine war, auch wenn ich dafür keinerlei Beweise habe. Es gibt mehr Fragen als Antworten.«

»Zum Beispiel?« Hans schaute kurz von den Papieren hoch.

»Warum schlug der Mörder ausgerechnet in der Verlobungsnacht zu? Mir scheint es kein Zufall zu sein, dass sie im Haus ihres Vaters getötet wurde, aber was bedeutet das? War Belle überhaupt das anvisierte Opfer? Was hat die abgebrochene Schwangerschaft zu bedeuten? Welche Rolle spielt Freddie Swaans?«

»Ja, den darfst du auf keinen Fall vergessen.«

»Das tue ich auch nicht, aber ich glaube nicht, dass der Amsterdamer Kreis etwas mit dem Mord zu hat.«

Hans lehnte sich auf zwei Stuhlbeinen nach hinten und verschränkte die Arme. Sie würde keinen Finger rühren, falls er umkippen sollte.

»Pass auf, Laurien. Halte dich an die Fakten, du kannst dir keinen Ausrutscher erlauben. Bart Wisse ist kein Mann, der mit sich spaßen lässt, und er wird nicht zulassen, dass du seinen Namen in den Schmutz ziehst. Und lass deine Finger von seinem Unternehmen. Er hat mir schon deutlich zu verstehen gegeben, dass er die Ermittlungen mit großem Interesse verfolgt.«

»Wir sind keine Zauberkünstler, die einen Mörder aus dem Zylinder hervorholen können. Wir schaffen es schon, aber dafür brauchen wir Zeit. Das kannst du ihm mitteilen. Du kannst ihm auch sagen, dass wir noch häufig mit ihm reden werden, denn jedes Gespräch wirft neue Fragen auf. Wenn er will, dass wir die Identität des Mörders herausfinden, wird er sich mit unserer Anwesenheit abfinden müssen.«

Hans ließ den Stuhl wieder auf vier Füße zurücksinken.

»Du darfst ihm auch sagen, dass wir ihm nicht garantieren können, sein Unternehmen aus unseren Ermittlungen herauszuhalten.«

Langsam kam einer nach dem anderen hereingetröpfelt. Stevi fragte, ob sie anfangen dürfe.

»In den Polizeiarchiven habe ich gefunden, dass Wisse unter Alkoholeinfluss mit dem Auto gefahren ist und seinen Führerschein drei Monate abgeben musste. Max Achterveld fuhr auf der engen Straße zwischen Middelburg und Zanddijk zu schnell, und Buker ist einfach bei roter Ampel über eine Kreuzung gefahren.«

»Habt ihr Bukers Bauernhof untersucht?«, fragte Laurien Stevi und Klaas.

»Auf einem Bord stand Belles Insulin-Tasche. Der Medizinkasten war voll mit Tabletten und Fläschchen für Buker«, Stevi blickte Klaas von unten her an. »Da war auch ein Päckchen Viagra im Badezimmer.«

Selbst Klaas lächelte. Die Heiterkeit durchbrach die Spannung im Raum.

»Das Haus sah aus, als habe dort ein Innenarchitekt die Möblierung vorgenommen«, sagte Stevi, »und als seien die Möbel danach keinen Zentimeter mehr verrückt worden. Nirgends ein überflüssiges Andenken oder unsinniges Bild an der Wand.«

»Ja. Alles in schwarz und weiß und holzfarben. Farben, die in Teppichen und Gardinen wieder auftauchen«, sagte Klaas. »Neu und Antik, kein Plüsch, kein einziger starker Akzent. Bücher gibt es nicht. Es ist ein Haus ohne Seele.«

»Ich habe eben noch etwas von Pier hereinbekommen.« Laurien schob ihre Tasse über den leeren Tisch. Es wurde still.

»Was gibt es denn?«, fragte Stevi freundlich.

»Papa Wisses Abneigung gegen Freddie ist begreiflich.«

»Freddie?«, fragten Lucas und Klaas gleichzeitig.

»Pier hat seine Vergangenheit unter die Lupe genommen.«

»Und was kam dabei heraus?«

»Während seiner Schulzeit hat er einen Klassenkameraden so zusammengeschlagen, dass der eine Hirnverletzung davontrug. Es ging um ein Mädchen. Er hat ihm abends aufgelauert und ihn dann verprügelt.«

»Ist er vorbestraft?«

»Nein, er fiel noch unter das Jugendstrafrecht.«

Ein Seufzen ging durch den Raum.

»Damit haben wir doch wohl den Täter, Laurien«, sagte Klaas. »Belle selbst setzte die Verlobung mit Buker durch, um Freddie loszuwerden. Freddie war wütend und tötete Belle.«

»Ja. Das wäre möglich«, sagte sie bedächtig. »Ich habe nur meine

Zweifel, was die angewandte Methode betrifft. Freddie würde eher jemanden totschlagen. Zu ihm passt mehr impulsives Handeln als ein wohlüberlegter Mordversuch. Sein Alibi stimmt, er war am Samstagabend die ganze Zeit mit Freunden zusammen. Pier hat mit ihnen gesprochen. Sie waren nicht in Wisses Haus.«

Willem kam herein. »Ich habe bei dem Unternehmen mit dem Glascontainer gewartet. Es gab da ein Missverständnis mit den Zeiten. Der Lastwagen kam erst gegen ein Uhr. Der Container wurde letzten Freitag noch am Spätnachmittag geleert.«

»Der war dann ja noch nicht ganz voll«, sagte Klaas.

»Zu meinem Glück, kann man wohl sagen. Ich konnte verschiedene Scherben rausfischen, unter anderem von einer leeren Portweinflasche des Jahrgangs 1981, die ich ins Labor gebracht habe.«

»Danke, Willem«, sagte Laurien.

Nach Ablauf der Besprechung fragte Klaas sie noch einmal, wie er zu dem Acker kommen könne. Laurien zeichnete ihm den Weg auf, und er steckte den Zettel in seine Hose.

Am Ende der Stationsstraat blieb Laurien einen Moment stehen und schaute auf den Binnenhafen. Für einen Sommernachmittag war es dort ruhig. Wie oft sie diesen Weg, ihre Lieblingsroute, auch nahm, immer wieder stellte sie fest, wie schön Middelburg war, wenn man erst einmal die Außenbezirke hinter sich gelassen hatte.

10

Olmer war mit einem Spiel beschäftigt, seine Finger flogen über die Tastatur. Vor Anspannung hatte er rote Wangen. Eine Figur nach der anderen fiel um. Laurien legte sanft eine Hand auf seinen Kopf.

»Du vermasselst es mir«, sagte er böse. »Wie immer.«

Er rannte die Treppe hinab, stellte im Wohnzimmer den Fernseher an und ließ sich aufs Sofa fallen. Laurien folgte ihm.

»Wie war dein freier Tag?«, fragte sie Warre.

»Ich habe mich prima amüsiert.«

»Das kann ich mir vorstellen«, lachte Olmer.

»Warum?«, fragte Laurien.

»Der amüsiert sich zurzeit ausgezeichnet. Nicht wahr, Brüderlein?«

»Ach, ja?«

»Aua! Sag ihm, dass er aufhören soll, Laurien!«

»Ich mach doch gar nichts.«

Tiemen kam herein.

»Aufhören, Jungs! Wenn hier einer Schläge austeilt, dann bin ich das.«

Das hätte er besser nicht sagen sollen. Die Jungs hoben ihn hoch.

»Wo möchtest du liegen?«

Er strampelte wie wild. Doch gegen seine Söhne kam er nicht an. Sammy sprang aufgeregt hoch und runter, zerrte an Hosen und T-Shirts. Die Jungs setzten Tiemen vor Laurien ab.

Am Abend holten Laurien und Tiemen Maatje ab, die erst mitkommen wollte, nachdem der Gruppenleiter versprochen hatte, *Gute Zeiten, schlechte Zeiten* aufzuzeichnen. Kurz vor Middelburg bog

Tiemen ab und fuhr auf der Umgehungsstraße in Richtung Serooskerke. Maatje saß mit Sammy auf dem Rücksitz.

»In dem Haus ist niemand nett«, flüsterte sie halblaut, »aber manchmal kann ich lachen.« Sammy hörte ihr mit dem Kopf auf ihrem Schoß zu. »Ich wohne bald bei dir, Sammy. Das hat Mama versprochen, und versprochen ist versprochen.«

In Serooskerke fuhren sie in Richtung Oostkapelle.

»Ich bin zu müde, um zum Wasser zu laufen«, nörgelte Maatje am Strand. Doch als Tiemen Sammy an die Leine nahm und Maatje den Griff gab, lief sie jauchzend voraus. Sie rief, Sammy würde sie mitziehen.

Die Sonne ließ sich als eine Scheibe über dem Meer blicken. Laurien konnte nie genug von der See kriegen, von dieser ewigen Bewegung. Welchen Fall sie auch zu bearbeiten hatte, wenn sie am Meer war, konnte sie die Arbeit vergessen. Doch jetzt tanzte Belle auf einer Brandung aus Kartoffeln auf und ab. Tiemen stieß sie an, mit ihren Gedanken war sie weit weg.

Auf dem Rückweg fragte Maatje, wie lange sie noch bei diesen Quälgeistern wohnen müsse.

»Wohnen bei dir denn Quälgeister?«, fragte ihre Schwester.

Maatje zog die Stirn in Falten. »Die ärgern mich jeden Tag.«

»Wer denn?«

»Kevin.«

»Den kenne ich nicht.«

»Der wohnt doch erst seit Kurzem bei euch«, sagte Tiemen.

»Das ist der Schlimmste. Kevin zieht mich an den Haaren.«

»Mach dasselbe bei ihm«, schlug Laurien vor.

Maatje ließ sich heulend auf Sammy fallen.

»Geht nicht. Der hat ganz kurze Haare. Ich sterbe da. Ich liebe dich und den Mann mit der Musik und Sammy.«

»Samstag kaufen wir neue Kleider für dich.«

Widerwillig stieg Maatje vor dem Haus aus, die Zunge hing ihr vor Anspannung aus dem Mund.

»Muss ich da wirklich rein?«

»Morgen siehst du wieder deine Freundin.«
»Die ist zickig.«
Mitten auf der Straße winkte Ihnen eine heulende Maatje nach.

11

Um fünf Uhr war sie hellwach. In anderthalb Wochen ging es schon nach Italien. Sie hatte keine Lust, mitten in einem Mordfall wegzufahren. Mit den Händen unter dem Kopf grübelte sie über Belle und Zandvliet.

Der Schlaf wollte nicht mehr kommen. Sie schlich mit den Kleidern unter dem Arm nach unten und holte Sammy aus ihrem Korb. Beinahe unhörbar schloss sie die Türen hinter sich. Sammy begann erst zu bellen, als sie draußen waren. Meistens ging sie mit ihr am Turfkaai entlang, jetzt stand ihr der Sinn danach, durch einsame Straßen zu laufen. Jedes Haus besaß seine eigene Geschichte, und viele Gebäude in ihrer Gegend trugen Namen wie *De Wildeman, Het Oude Bierhuys* oder *De Coorenblomme*.

Als sie zurückkam, saß Tiemen mit einem Kissen im Rücken aufrecht im Bett. Er hatte die Gardinen zurückgezogen, die Fenster waren sperrangelweit geöffnet: Ein paar Amseln zwitscherten in den Kastanienbäumen um die Wette ihre Arien. Tiemen war froh, dass sie noch nicht zur Arbeit gegangen war. Er legte das Kissen wieder zurück und zog sie zu sich herunter. Zum Glück hatte sie die Schlafzimmertür hinter sich geschlossen.

Tiemen holte ihr das Fahrrad und schaute ihr mit Sammy neben sich nach. Sie fuhr über den Agaat, einen Radweg, der quer durch das Juwelenviertel führte und in der Nähe ihrer Arbeitsstelle in der Vrijlandstraat herauskam.

Willem war bereits in der Kantine. Er rührte in seinem Kaffee.

»Hast du in der Kneipe noch etwas über Wisse-Chemie gehört?«, fragte sie.

»Nein.«

Klaas setzte sich dazu.

»In der Kneipe erfährt man nichts, dem man Glauben schenken darf«, sagte Klaas, mehr zu sich selbst als zu Laurien oder Willem. »Ich bin gestern Abend noch nach Serooskerke gefahren. Jetzt weiß ich, dass ich beim richtigen Feld gewesen bin. Das verdorbene Kraut und die Kartoffelknollen sind verschwunden, das Stück Acker ist gründlich umgepflügt.«

»Dieser Scheißtyp von Wattel! Ich hatte es ihm ausdrücklich verboten.«

»Wahrscheinlich hat er das als Aufforderung genommen. Es stank noch ganz gewaltig. Im Übrigen sah es so aus, als seien die Nachbarfelder gleich mit umgepflügt worden.«

»Die hätte ich mir anschauen müssen.«

»Vielleicht hattest du es zu eilig.«

»Möglich.« Über Klaas' Ruhe verfügte sie nicht, dessen war sie sich sicher.

»Da schnüffelte übrigens auch jemand von der *Provinciale Zeeuwse Courant* rum, Leo Leversen. Er wollte nicht damit rausrücken, wonach er suchte«, sagte Klaas. »Ich habe ein paar Proben von der umgewühlten Erde genommen. Das Labor wird sie untersuchen, aber ich verspreche mir nicht viel davon. Erwartest du irgendetwas Spezielles? Das würde es den Laboranten sehr erleichtern.«

»Ein rasch verdunstender Stoff, das wäre das Wahrscheinlichste.« Sie zog die Stirn in Falten.

»Bist du dir sicher, dass es dort keinen Brand gegeben hat? Warum nicht einfach ein Feuer mit Benzin und Streichhölzern?«

»Zandvliet meinte, das sei unmöglich. Das Abbrennen des Krauts wird manchmal bei bestimmten Kartoffelsorten vorgenommen, die von der Industrie erst im Dezember oder Januar benötigt werden. Das ist eine normale Prozedur. Aber wenn man das Kraut verbrennt, werden die Kartoffeln darunter nicht zu Matsch, und auch bei der Kraut- und Knollenfäule spielt sich das nicht so schnell ab.«

»Wie kommst du auf einen flüchtigen Stoff?«

»Das habe ich nur so geraten. Es wäre gut, wenn das Labor Kontakt mit der Feuerwehr aufnimmt, denn die kennen sich mit brennbaren Stoffen aus.«

»Ich werde es durchgeben.«

Sie rief bei der Polizeistation in Serooskerke an.

»Nein. Wir hatten noch keine Zeit, uns um die deutschen Touristen zu kümmern.«

»Verdammt noch mal«, sagte Laurien, »ich habe doch wohl unmissverständlich zu verstehen gegeben, dass die Sache dringend ist!«

»Ich werde dafür sorgen.« Der diensthabende Polizist erschrak über ihren Ton. »Das wird heute noch erledigt.«

»Das möchte ich dir auch geraten haben, sonst beschwere ich mich bei deinem Chef.«

Sie schaute auf die Uhr, ob noch ein weiteres Gespräch möglich war. Die Zeit reichte.

»Nein, Frau Minnaar. Sie haben wirklich Pech, Zandvliet ist wieder nicht da. Sonst sehe ich den Mann hier jeden Morgen vorbeikommen.«

»Würden Sie ihn bitten, mich umgehend anzurufen, wenn Sie ihn sehen? Die Regionale Kriminalpolizei in der Vrijlandstraat. Er hat meine Nummer.«

»Oh, Frau Minnaar«, sagte die Telefonistin, »da Sie schon mehrfach angerufen haben, habe ich in der Personalabteilung nachgefragt. Gestern Morgen hat er sich freigenommen, und nachmittags wollte er draußen auf Inspektion gehen. Ich erwarte ihn heute wieder hier.«

»Können Sie nachschauen, ob er häufiger überraschend morgens freinimmt?«

»Tut mir leid, aber das geht nicht. Sie sollten Zandvliet lieber selbst fragen, wenn er wieder hier ist.«

Hatte sein Sohn die Nachricht vielleicht nicht weitergegeben? Bevor sie sich an die Arbeit machte, wählte sie die Privatnummer von Zandvliet. Es wurde direkt abgenommen.

»Sind Sie von der Polizei?« In der Stimme der Frau lag Panik.

»Von der Regionalen Kriminalpolizei Walcheren.«

»Nicht von der Polizeistation Achter de Houttuinen?«

»Dort befindet sich das Polizeirevier. Ich arbeite für die Dienststelle in der Vrijlandstraat.«

»Ist irgendetwas mit Andries los?«

»Wie meinen Sie das? Seit ein paar Tagen schon versuche ich ihn zu sprechen.«

»Er ist gestern nicht nach Hause gekommen. Gestern Abend war ich bei Achter de Houttuinen. Der Beamte dort nahm mich nicht ernst und sagte, dass Andries wahrscheinlich in einer Autoschlange festsitzt. Ich kam noch nicht mal dazu, ihm zu sagen, dass er nicht mit dem Auto unterwegs war. Er meinte, es passiert häufiger, dass jemand mehrere Stunden unerreichbar ist, aber Andries bleibt nie einfach so weg. Ich werde noch verrückt vor Unruhe.«

»Oh, oh, oh«, murmelte Laurien so leise, dass Frau Zandvliet es nicht hören konnte. »Genau das habe ich befürchtet.«

»Ich verstehe Sie nicht.«

»Es erscheint mir besser, wenn ich mal bei Ihnen vorbeikomme. In einer Viertelstunde bin ich bei Ihnen.«

Bevor sie losfuhr, rief sie beim Revier Achter de Houttuinen an.

»Ja, hier war eine Frau, weil ihr Mann nicht zum Essen erschienen ist«, las der diensthabende Beamte aus dem Protokoll vor. »Zandvliet mit der hohen Stimme, der Besserwisser.«

»Was wurde der Frau gesagt?«, fragte Laurien ungeduldig.

»Auf Anraten meines Kollegen wurde noch keine Anzeige erstattet. Jedes Jahr werden eine Menge Leute gemeldet, die nach ein paar Tagen wieder von selbst auftauchen.«

»Es wurde also nichts unternommen?« Sie verstand. Der diensthabende Polizist hatte Angst vor dem Papierkram gehabt.

»Wir haben auch noch anderes zu tun. Der Mann wurde doch gerade erst vermisst. Wahrscheinlich ist er inzwischen nach Hause gekommen, und seine Frau hat nur vergessen, es zu melden. Anfang nächster Woche kann sie zurückkommen, dann werden wir mal sehen, ob sie Anzeige erstatten kann.«

»Ja, ja.«

»Warum rufst du an? Für die Leiterin der Abteilung Schwerverbrechen der Regionalen Kriminalpolizei ist es doch nicht interessant, wenn jemand ein paar Stunden verschwindet. Hat dieser Zandvliet etwas ausgefressen? In seinem Misthaufen einen Bauern verbuddelt?«

Was war mit Zandvliet geschehen? Sie beschloss, Lucas mitzunehmen. Frau Zandvliet musste hinter der Tür gestanden haben, so schnell wurde aufgemacht.

»Ich bin Laurien Minnaar, Kriminalpolizei.« Sie streckte ihre Hand aus, die die Frau ihr gegenüber mit beiden Händen ergriff. »Dies ist mein Kollege, Lucas Witte.«

»Ina Zandvliet.«

Sie gingen hinter ihr her ins Wohnzimmer, das durch den Lichthof angenehm beleuchtet wurde. Überall lag Spielzeug herum, und dazwischen spielte ein kleiner Junge, der seine Playmobil-Figuren laut miteinander reden ließ. Seine Mutter strich ihm über das Haar und schlug vor, dass er draußen schaukeln gehen sollte. Gehorsam hüpfte er in den Garten. Seine Mutter schloss die Tür hinter ihm.

»Gestern habe ich mit Ihrer Haushälterin gesprochen.«

»Mein Mann und ich arbeiten jeder vier Tage die Woche. Ich bin als Krankenschwester für diesen Stadtbezirk zuständig.«

Hinter ihr, über dem Stuhl, hing das Poster einer Dünenlandschaft, an der gegenüberliegenden Wand waren Kinderzeichnungen an eine Magnettafel geklemmt. Laurien holte ihren Notizblock aus der Tasche und nickte Ina freundlich zu.

»Sie hatten Ihren Mann gestern zu Hause erwartet?«

Die Frau begann zu weinen, sie wischte die Tränen mit dem Handrücken weg. Jedes Mal, wenn sie etwas zu sagen versuchte, musste sie den Kopf abwenden, sie brachte kein Wort heraus. Laurien setzte sich neben sie auf das Sofa, nahm ein Papiertaschentuch aus dem Päckchen auf dem Tisch und reichte es ihr. Sie schnäuzte sich, schaute Laurien an und brach erneut in Tränen aus. Als der Weinkrampf etwas nachließ, stand Laurien auf und holte ein Glas Wasser aus der Küche. Die Geschirrspülmaschine war halb ausgeräumt, auf der Anrichte stand neben einem Stapel schmutziger Teller eine Schachtel mit einem übriggebliebenen Stück Pizza darin.

»Bitte, verzeihen Sie, ich heule nicht so schnell, aber ich bin so wahnsinnig beunruhigt. Andries muss etwas zugestoßen sein. Er antwortet nicht, wenn ich ihn anrufe, und sonst ist er immer erreichbar.« Sie schaute Lucas an. »Andries will wissen, falls irgendetwas mit den Kindern ist, auch wenn er sich am anderen Ende von Walcheren befindet. Auf der Arbeit hält er seine Nummer sorgfältig geheim, aus Angst, er könnte angerufen werden, wenn wir ihn dringend brauchen.«

»Er wird vergessen haben, sein Handy zu laden«, sagte Lucas.

»Meinen Sie? Das passt eher zu mir als zu Andries ... Er ist sehr gewissenhaft. Wenn das nur kein schlechtes Zeichen ist!«

»Seit wann haben Sie Ihren Mann nicht mehr gesehen?«

»Seit gestern Morgen. Wie immer hat er mir mit dem kleinen Anton auf dem Arm nachgewunken. Ich fahre meistens um halb sieben weg, sodass ich zu Hause bin, bevor die Ältesten aus der Schule kommen. Er rief mir noch nach, ich solle vorsichtig sein.«

»Hatte Ihr Mann sich den Morgen nicht freigenommen, Frau Zandvliet?«, fragte Laurien.

Wieder wischte sie sich über die Augen.

»Das stimmt. Manchmal hilft Andries Bauern beim Ausfüllen der Düngerformulare, wenn die Schwierigkeiten damit haben, aber diesmal hatte er plötzlich Lust, sich den Morgen freizunehmen. Er wollte Fledermäuse beobachten.«

»Wissen Sie, wo er hin wollte?«

»Hat er nicht gesagt.«

»Ihre Haushälterin glaubte, er sei zur Arbeit.«

»Andries wollte früh genug aufbrechen und danach von halb elf bis halb drei arbeiten, sodass er dann am Nachmittag noch mit den beiden Ältesten hätte Vögel beobachten und nachahmen können. Bei dem schlechten Wetter fällt den Kindern zu Hause langsam die Decke auf den Kopf. Am Samstag beginnt unser Urlaub. Wir wollten zunächst hierbleiben, aber nachdem jetzt weiterhin so schlechtes

Wetter vorausgesagt wird, wollen wir doch nach Frankreich fahren und ... Jetzt weiß ich nicht mehr. Der Urlaub ist mir völlig egal.«

»Nicht den Mut verlieren, Frau Zandvliet, Ihr Mann ist noch nicht lange weg. Lassen Sie uns am Anfang beginnen. Ihr Mann heißt Andries, ist siebenunddreißig Jahre alt, und sein Beruf ist Umweltbeauftragter.«

»Nennen Sie mich bitte Ina.« Ihre Lippen zitterten.

Laurien wartete, bis sie sich wieder unter Kontrolle hatte. »Könnte er nicht bei Bekannten vorbeigegangen sein? Musste er nicht vor der Arbeit noch irgendjemanden besuchen?«

»Nein. Das hätte ich gewusst. Wir haben keine Geheimnisse voreinander.« Ihre Stimme stockte. Laurien tat, als habe sie es nicht vernommen und wartete, bis Ina fortfuhr. »Ihr Kollege von Achter de Houttuinen meinte, das sei alles ganz normal. Ich muss bis Montag warten, bis ich Anzeige bei der Polizei erstatten kann. Aber ohne Sie darum gebeten zu haben, erscheinen Sie aus der Vrijlandstraat.«

»Hat Ihnen niemand gesagt, dass ich seit Montag versuche, Ihren Mann zu sprechen?«

»Einmal hatten Sie mich am Apparat, aber da wusste ich nicht, dass Sie von der Polizei sind.«

»Er hat mich am Montag im Büro angerufen. Sie sollten sich durch unser Kommen nicht noch zusätzlich beunruhigen lassen. Was er mir am Montag erzählt hat, ist ziemlich merkwürdig, deshalb wollte ich ihn sprechen. Ist es nicht möglich, dass Ihr Mann bei einem alten Freund oder bei Verwandten ist?«

»Niemand hat ihn gesehen.« Ihr Flüstern war kaum zu verstehen.

»Wissen Sie, weshalb wir Ihren Mann sprechen wollten?«, fragte Lucas.

»Ja, es ging da um ein Kartoffelfeld in Serooskerke. Die Kartoffeln dort waren zermatscht.« Sie zögerte. »Wenn Andries überzeugt ist, dass etwas verkehrt läuft, will er es ändern und erwartet, dass sich andere ebenso engagieren wie er. Dabei verliert er dann manchmal die Proportionen aus dem Auge. Er war der Meinung, Sie hätten nicht heftig genug reagiert.«

»Er wollte, dass ich mir das dort sofort anschauen sollte, doch das war unmöglich. Als ich ihm vorschlug, abends zu gehen, passte es ihm nicht.«

Ina schaute sie erschreckt an. »Montagabends singe ich im Chor, und dann bleibt er bei den Kindern. Er dachte, Sie hätten ihn nicht ernst genommen.«

»Wenn ich ihm anbiete, in meiner Freizeit mit ihm loszuziehen? Dann hat er mich aber gründlich missverstanden.«

»Bitte nehmen Sie es ihm nicht übel. Er hörte nur, dass Sie nicht direkt mit ihm gehen wollten, und deshalb machte er sich nicht die Mühe, Sie noch einmal anzurufen.«

»Auch nicht gerade freundlich«, sagte Lucas.

Laurien schaute Ina an. Nachdem diese jetzt nicht mehr durch ihre Fragen abgelenkt wurde, musste sie sich anstrengen, nicht die Beherrschung zu verlieren. Sie wickelte ein Taschentuch um ihre Finger.

»Er meinte es doch nicht böse. Es ist sein Engagement, verstehen Sie?«

»Wissen Sie, wohin er gestern ging?«

»Falls er es mir gesagt haben sollte, habe ich es vergessen.«

»Wann kamen Sie gestern von der Arbeit?«

»Gegen Viertel vor drei. Ich rechnete damit, dass Andries bereits mit Richard und Sandra losgezogen war. Erst gegen fünf wurde ich wirklich unruhig. So spät kommt er nie nach Hause. Und wenn er mal erwartet, später als halb fünf zurück zu sein, ruft er mich an. Ich habe die Kinder ins Auto geladen, Andries eine Nachricht hinterlassen und mich auf die Suche gemacht.«

»Wo haben Sie gesucht?«

Sie zuckte mit den Achseln. »Im Rathaus, dann sind wir bei Bauern vorbeigefahren, die er häufiger besuchte. Und ich war bei meinem Schwiegervater in Aagtekerke, danach noch bei meinen Eltern.«

»Er war also nirgends.«

»Als wir zurückkamen und er noch nicht zu Hause war, sind wir zur Polizeistation Achter de Houttuinen gefahren. Erst gegen acht Uhr waren wir wieder hier, und er war immer noch nicht da. Dann bin ich weiter mit den Kindern herumgefahren. Über sein Handy haben wir ihn auch nicht erreicht, es war ausgeschaltet. Das tat Andries sonst nie. Ich war dermaßen nervös, dass ich fast gegen einen Baum gefahren wäre.« Ina ließ ihr Taschentuch los. »Um elf Uhr waren wir so müde und hungrig, dass sich die Kinder gegenseitig anzubrüllen begannen. Ich habe eine Pizza geholt und die Kinder danach zu Bett gebracht.«

»Was befürchten Sie?«

»Dass er einen Unfall gehabt hat, etwas anderes kann ich mir nicht vorstellen. Andries ist ein Naturbursche, nie krank. Ich habe die ganze Nacht gesucht. Eine Freundin kam, um bei den Kindern zu bleiben. Ich hielt es zu Hause nicht mehr aus. Es hat den Anschein, als wenn er vom Erdboden verschluckt ist.«

Mit dem Kopf in den Händen schaukelte sie von einer Seite zur anderen.

»Wie verhielt er sich, bevor Sie sich gestern zur Arbeit aufmachten?«

Es dauerte eine Weile, bis Ina sich wieder beruhigt hatte.

»Wir hatten uns morgens gestritten.« Sie sagte es beinahe tonlos.

»Worüber? Bitte, Frau Zandvliet, Sie müssen schon mitarbeiten«, sagte Lucas.

»Andries lässt manchmal merkwürdige Bemerkungen fallen. Er mag meine Mutter sehr gerne, aber sie kann nicht kochen. Am Sonntag konnte er es sich nicht verkneifen, etwas über die angebrannten Kartoffeln zu sagen. Das kam nicht gut an, meine Mutter war deswegen am Dienstag noch sauer, und ich wollte, dass er sich entschuldigt. Als er gestern nicht nach Hause kam, dachte ich daher, dass er bei meinen Eltern wäre. Zu meiner Muter hätte es genau gepasst, ihm etwas vorzusetzen und bei jedem Bissen zu fragen, ob es ihm jetzt schmeckt.«

»Darf ich Ihnen eine andere Frage stellen?«, fragte Lucas. Er holte seinen Notizblock heraus und wartete ihre Antwort ab.

»Sie wollen wissen, ob Andries irgendwo eine Freundin hat? Nein, das hat er nicht. Wenn er eine hätte, würde er es sagen und ausziehen.«

»Wo befinden sich auf Walcheren Fledermäuse?«, fragte Lucas.

»Überall, glaube ich. Es sind ziemlich abscheuliche Tiere, sie sind Wirte des Tollwuterregers. Sie sind nicht aggressiv, außer wenn sie sich angegriffen fühlen.«

»Was für Kleidung trägt Andries?«, fragte Laurien.

Ina brach wieder in Tränen aus.

»Was glauben Sie, ist Andries zugestoßen?«

»Es gibt Dutzende Erklärungsmöglichkeiten. Vorläufig gehe ich noch davon aus, dass nichts Ernstes geschehen ist. Aber für den Fall, dass ich eine Personenbeschreibung herausgeben muss, brauche ich eine Beschreibung seiner Kleidung.«

»Jeans und Hemd. Ob er Socken anhatte, weiß ich nicht, er trug Sandalen. Was er ansonsten bei sich hatte, weiß ich natürlich nicht.« Sie rief Richard.

»Wollen Sie wissen, was Papa mitgenommen hat?« Er schaute seine Mutter scheu an. »Ihm ist doch nichts passiert?«

»Davon gehen wir nicht aus. Wenn du dich erinnern kannst, was er anhatte, würdest du uns sehr helfen.«

»Sandalen, die Socken stopfte er in den Tornister. Da drin hatte er noch seine Bücher, das Fernglas, eine Zählmaschine, leere Büchsen, Handschuhe und eine Maske. Was er immer da drin hatte für die Fledermäuse. Ich habe ihm beim Einpacken und mit den Broten geholfen.«

»Haben Sie ein Foto aus der letzten Zeit. Mit einem Bild ist es einfacher, sich hier und dort nach ihm zu erkundigen.«

Ina lief rot an. »Sie sind auch beunruhigt.«

»Es ist besser, für die Suche richtig vorbereitet zu sein, Frau Zandvliet«, sagte Lucas. »Wir können schlecht jeden Mann mit Sandalen anhalten und nach seinen Ausweispapieren fragen.«

»Natürlich, entschuldigen Sie. Richard, kannst du ein Foto von Papa suchen?«

»Wenn du später eins suchst, ist das auch in Ordnung, Richard. Sodass eins bereitliegt, falls wir darum bitten.« Laurien überreichte ihm und Ina jeweils eine Karte. »Meinst du, du schaffst das?«

»Natürlich. Glauben Sie, dass er zurück ist, bevor die Kirmes beginnt?«, fragte er Laurien.

»Ich hoffe es. Warum?«

»Mama erlaubt mir nicht, beim Aufbau von der Kirmes zuzugucken, und ich darf auch nicht zur Kirmes, wenn er noch nicht zu Hause ist.«

»Das musst du mit deiner Mutter aushandeln.«

»Er spart sein gesamtes Taschengeld, um die Kirmes besuchen zu können. Aber es wäre wohl etwas unpassend, ausgelassen zu feiern, während sein Vater wer weiß was durchmacht.«

Richard rannte aus dem Zimmer.

»Nicht verzweifeln«, sagte Laurien. »Dadurch, dass Richard wütend im Haus herumläuft, kommt sein Vater auch nicht zurück. Haben Sie hier vielleicht den Terminkalender Ihres Mannes?«

Für Mittwoch standen nur die Initialen F. R. drin. Andere Termine waren durchgestrichen.

»Sagt Ihnen F. R. etwas?«

»Überhaupt nichts.«

»Zieht er manchmal mit anderen los?«

»Ab und zu. Am Wochenende suchen wir meistens die Natur auf. Manchmal geht sein Bruder mit. Der wohnt noch bei seinem Vater, und ganz selten steht mal morgens ein Freund vor der Tür.«

»Ist er mit dem Auto unterwegs? Mit dem Fahrrad? Gestern war nicht gerade angenehmes Wetter.«

»Mit dem Fahrrad. Er fährt nicht gerne Auto. Er meint, dann sieht man nichts.«

Laurien und Lucas standen auf. »Wenn Ihnen noch irgendetwas einfällt, das wichtig sein könnte, schreiben Sie es dann bitte auf?«

Sie legte der Frau den Arm um die zuckenden Schultern.

»Sie denken dasselbe wie ich. Ich werde ihn nicht mehr lebend wiedersehen. Sie wissen es, und ich weiß es auch.«

»Wir nehmen Ihre Geschichte ernst, aber wir geben den Mut nicht auf, solange das Gegenteil nicht bewiesen ist. Wir müssen abwarten. Haben Sie keine Freundin, die zu Ihnen kommen kann?«

»Meine Schwester. Sie kommt, wenn sie ihren Dienst beendet hat. Sie arbeitet als Krankenschwester in Vlissingen.«

Laurien streichelte Ina Zandvliets Schultern. Sie sagte nicht, alles würde gut ausgehen.

»Mein Gott, was für eine Nervensäge«, sagte Lucas. »Als wenn wir nichts anderes zu tun hätten, als uns ihr Gejammer anzuhören.«

»Ihr Andries kommt nicht mehr zurück, Lucas.«

»Woher willst du das wissen?«

»Ich weiß es nicht, aber ich glaube fest daran.«

»Manchmal geht es mir auch so, nur nicht in diesem Fall. So ein Umweltmensch, der in die entlegensten Ecken von Walcheren kommt, hat natürlich hier und da ein Liebchen sitzen, bei dem er die Zeit vergisst. Drei gesunde Kinder, da braucht er sich keine Sorgen zu machen, seine Frau passt schon gut auf sie auf ... Oder Ina hat ihren Mann umgebracht und heult Krokodilstränen.«

»Warum sollte sie ihn getötet haben?«, fragte sie überrascht.

»Sie bezeichnet ihn als starrköpfig, aber das ist sie selbst auch.«

»Wer denn nicht, wenn es darauf ankommt?«

»Oder sie hat ihn dermaßen in die Mangel genommen, dass er in einem Anflug von Geistesverwirrung Selbstmord begangen hat.«

»Das glaube ich alles nicht. Aber überprüfe sie. Es ist noch zu früh, sie zu uns zu bestellen.«

In der Vrijlandstraat vereinbarte sie einen Termin mit dem Umweltdezernenten. Herr van Domburg hatte direkt Zeit für sie.

»Was soll ich zu Zandvliet sagen?« Van Domburg spielte mit seinem Kugelschreiber. »Er ist ein Fachmann. Er hat etwas von einem Terrier: Wenn er sich in etwas verbissen hat, lässt er nicht mehr los. Zandvliets Kollege könnte mehr über ihn erzählen, aber der ist in Urlaub.«

»Bleibt er häufiger einfach so weg?«

»Nein«, sagte Van Domburg. »Ich habe es überprüfen lassen. Während der gesamten fünfzehn Jahre, die Zandvliet hier jetzt schon arbeitet, war er nicht mehr als drei Tage krank. Und ohne Absprache hat er kein einziges Mal freigenommen.«

»Wie schätzen ihn denn seine Kollegen ein?«

»Als ruhigen Menschen, der seine eigenen Wege geht und nie bei Festen auftaucht. Sympathisch, aber auf Abstand bedacht. Die Grenzen von Middelburg sind ihm zu eng. Wenn er es für notwendig erachtet, beschäftigt er sich einfach mit Umweltproblemen in Vlissingen oder Veere.«

Nach dem Gespräch ging Laurien in Zandvliets Büro und durchsuchte seine Schubladen. Sie fand nichts, das ihr weitergeholfen hätte.

12

He, Jan!«, sagte Laurien. Sie schaute auf die Uhr. »Du kommst spät.«

»Ich kann nichts dafür.«

»Du bist häufig abwesend.«

»Höhere Gewalt. Meine Frau ist nach der Geburt unseres Sohnes immer noch nicht ganz auf dem Damm.«

»Tja, aber wir zählen hier auf dich. Manchmal bist du plötzlich einfach verschwunden.«

»Wenn Lucie anruft, kann ich nicht erst Rücksprache halten. Dann gerate ich in Panik.«

»Oh! Das ist für einen Kriminalbeamten kein besonderes Gütezeichen. Für einen Polizisten übrigens auch nicht. Hat man dich vor deiner Ausbildung nicht auf Stabilität getestet?«

»Anscheinend ist sie mir abhanden gekommen.«

»Ermittlungen sind Teamarbeit, Jan. Man muss sich darauf verlassen können, dass jeder das tut, was man ihm aufgetragen hat. Aus Besorgnis nach Hause zu eilen, ist kontraproduktiv. Vielleicht einmal in einer Ausnahmesituation, aber bestimmt nicht jeden Tag; und dann musst du die Arbeit zu einem späteren Zeitpunkt nachholen. Davon merke ich wenig.«

»Kann man kein Verständnis dafür aufbringen?« Er wendete seinen Kopf ab.

»In dem Maße? Nein, Jan. Ich habe nicht den Eindruck, dass die Arbeit dich fesselt.«

»Es gibt Wochen, da steht für uns nur das Erstellen von Dossiers an. Spannend ist etwas anderes. Dabei kann man gerne auf mich verzichten. Stevi denkt im Übrigen genauso darüber.«

»Ich gebe zu, dass Ermittlungen oft eine zähe Angelegenheit sind, aber das gehört nun einmal dazu. Passt du nicht besser in ein Polizeirevier?«

Er schaute sie störrisch an. »Es gefällt mir hier, ich will Kriminalbeamter werden.«

»Ich frage mich ernsthaft, ob du für die Laufbahn geeignet bist.«

»Du stellst als Frau hohe Anforderungen, ohne auf die persönlichen Umstände der einzelnen Leute Rücksicht zu nehmen.«

»Von einem Mann würdest du eher etwas akzeptieren, meinst du das?«

»Mit Männern kann man einfacher zusammenarbeiten.«

»Es ist keine Schande, wenn man zugibt, dass man sich geirrt hat.«

»Das habe ich nicht, ich will Kriminalbeamter werden. Mein Onkel war es auch. In Roosendaal, und der ist Kommissar geworden. Er meint, ich hätte das Zeug dazu, ein guter zu werden.«

Karel ließ die Mappe mit allen Informationen herumgehen, die er bislang zusammengetragen hatte. Während er Jan anschaute, sagte er, er habe noch nicht alles bekommen, und für den Fortgang der Ermittlungen sei es wichtig, dass jeder sein Material bei ihm abgebe. Jan tat so, als ginge ihn das nichts an.

Karel ging zum Flipchart und schrieb die Bezeichnung des Computerdokumentes auf. »Behaltet sie für euch«, sagte er mit einem erneuten Blick auf Jan.

Laurien blätterte die Papiere auf ihrem Schreibtisch durch. »Was haben wir? Belle Wisse wird am Sonntagmorgen tot im Bett aufgefunden. Dem vorläufigen Autopsiebericht zufolge scheint sie vergiftet worden zu sein.« Sie schaute in die Runde. Die meisten Gesichter zeigten höchste Konzentration. »Belle hatte einen kreativen Beruf. In ihren Launen war sie sehr wechselhaft.«

»Hatte sie einen Freund?«, fragte Jan.

»Zwei. Die beiden Männer unterschieden sich gewaltig. Der eine besaß die Zustimmung des Vaters, der andere die der Mutter. Es scheint fast so, als habe sie sich nicht entscheiden können.«

»Weißt du schon mehr über die abgebrochene Schwangerschaft?«

»Nicht mehr als das, was in dem Dossier steht, Willem. Wir wissen nicht, ob es sich um einen spontanen oder geplanten Schwangerschaftsabbruch gehandelt hat. Ihr Vater und ihr Verlobter sagen, sie hätten nichts davon gewusst. War sie von Buker schwanger? Oder von Freddie?«

»Kann es noch weitere Freunde geben?«, fragte Pier.

»Das müssen wir herauszubekommen versuchen.« Sie schaute wieder in die Runde.

»Belle war ein bildhübsches Mädchen. Spielte Eifersucht eine Rolle?«

»Nicht ausgeschlossen. Das müssen wir ebenfalls herausfinden.«

Einige der Kollegen standen bereits auf.

»Wartet einen Moment, ich bin noch nicht fertig. Da gibt es die Angelegenheit Zandvliet. Seit gestern ist ein Umweltbeauftragter verschwunden. Er hat am Montag wegen eines Ackers in Serooskerke angerufen. Er glaubte an Vandalismus oder Terrorismus. Terroristen, die ihre chemischen Vernichtungswaffen an den Kartoffeln von Bauer Wattel ausprobiert haben.«

»Terroristen«, murmelte Willem. »Der Mann übertreibt. Terroristen auf Walcheren in Aktion, siehst du die Schlagzeilen in der Zeitung schon vor dir? Und nimmst du das etwa ernst? Ich glaube an ein paar Halbwüchsige, die sich gelangweilt haben.«

»Hätten die nicht eher ein Feuer angezündet oder die Pflanzen mit Stöcken kurz und klein geschlagen? Diese Geschichte mit dem Acker gefiel mir von Anfang an nicht, aber nachdem Zandvliet jetzt auch noch verschwunden ist, weiß ich überhaupt nicht mehr, was ich davon halten soll. Klaas, hattest du noch Zeit, dich näher damit zu beschäftigen?«

Klaas stand auf und stellte sich an das Flipchart. »Ich habe mich etwas in die Literatur vertieft und mich hier und da erkundigt. Wenn, und ich sage ausdrücklich, wenn dort eine chemische Substanz eingesetzt wurde, dann kann es möglicherweise«, er schaute in seine Papiere, »Methylisocyanat sein.« Er schrieb den Namen an die Tafel. »Es könnte von Wisse-Chemie stammen.«

Es wurde totenstill im Raum. Klaas setzte sich wieder auf seinen Platz.

»Auweia, Laurien!«, sagte Pier. »Hast du hier deine Verbindung zum Fall Wisse?«

»Es wäre verfrüht, das jetzt schon zu sagen. Hans Ekelmans will nicht, dass wir uns mit Wisse-Chemie beschäftigen, aber ich schlage vor, trotzdem damit weiterzumachen.«

Plötzlich redeten alle durcheinander. »Den Gerüchten von Willems Kneipenkumpel über Spannungen innerhalb des Unternehmens muss nachgegangen werden«, sagte Laurien. Sie hatte Schwierigkeiten, sich in dem Stimmengewirr Gehör zu verschaffen. »Ja, hallo, Leute, hört ihr mir bitte einen Moment zu. Erinnert ihr euch an das Ersuchen des Allgemeinen Nachrichten- und Sicherheitsdienstes vor anderthalb Jahren? Gab es damals den Verdacht illegaler Exporte bei Wisse-Chemie?«

»Willem und ich haben dort nichts gefunden. Aber Ton hat uns damals auch nicht viel Zeit dafür gelassen«, sagte Klaas.

»Vor dieser Besprechung habe ich mit dem Allgemeinen Nachrichten- und Sicherheitsdienst gesprochen«, sagte Laurien. »Ich hatte das Gefühl, dass bei dem Mann, mit dem ich sprach, sofort die Alarmglocken läuteten. Er wollte gerne auf dem Laufenden gehalten werden.«

»War es das?«, fragte Stevi.

Laurien stand auf. »So ungefähr. Vorläufig haben wir genügend Fragen. Gibt es eine Verbindung zwischen dem Verschwinden von Zandvliet und dem Acker? Zwischen Belle und Zandvliet?«

»Bist du wirklich beunruhigt, Laurien?«, fragte Pier.

Sie wischte ein imaginäres Staubkorn vom Schreibtisch. »Meine Besorgnis wegen des Ackers und Zandvliet ist faktisch nicht zu untermauern. Wenn Emma nicht im Urlaub wäre, würde man mich sicher zurückpfeifen. Eigentlich müssten der Zeitaufwand und die Leute von Achter de Houttuinen gestellt werden, und trotzdem möchte ich, dass ihr euch der Sache annehmt.«

»Willst du nicht versuchen, bei Achter de Houttuinen Hilfe anzufordern?«

Sie überlegte kurz. »Warum nicht? Ein Versuch kann nicht schaden.«

Als Pier gegangen war, blieb sie noch eine Weile hinter ihrem Schreibtisch sitzen. Sie dachte zuerst an das unbefriedigende Gespräch mit Jan und erst danach an Zandvliet.

Das Revier Achter de Hottuinen konnte dennoch niemanden zur Verfügung stellen, der sich um Zandvliet gekümmert hätte. Es war Sommer, man war unterbesetzt, während Walcheren durch all die Touristen beinahe aus den Nähten platzte, und außerdem stand auch noch die Kirmes bevor.

Sollte Ina Zandvliet nach ihrem Besuch wieder kreuz und quer durch Walcheren gefahren sein? Ein sinnloses Unterfangen, aber tatenlos warten war noch schwieriger. Doch letzten Endes würde nichts anderes übrigbleiben, als zu Hause herumzusitzen und zu hoffen. Außer wenn Andries schnell gefunden wurde. Oder nach Hause kam. Die letzte Möglichkeit erschien Laurien kaum noch realistisch.

Sie schrieb einen Bericht über ihren Besuch bei Ina Zandvliet. Lucas kam herein, mit ihm besprach sie noch einmal, was sie wussten. Neue Erkenntnisse gewannen sie dadurch nicht. Auch als Stevi sich einen Stuhl nahm und zuhörte, führte das zu keinen Geistesblitzen; sie versuchten eher, einen roten Faden zu finden. So machten sie eine Liste aller involvierten Personen. Mit den meisten hatten sie bereits gesprochen. Ein Name, der immer wieder auftauchte, war Max Achterveld.

Er wohnte in einem alten, restaurierten Bauernhof in Serooskerke. Ein hochgewachsener Mann mit melancholischem Augenaufschlag und vollem grauen Haar öffnete ihnen die Tür. Ein Dobermann mit hochgezogenen Lefzen stand neben ihm.

»Kommen Sie herein. Ich hatte schon früher mit Ihnen gerechnet.«

Während Achterveld Tee aufsetzte, lehnte Lucas sich in dem bequemen Sofa zurück. Laurien blickte auf eine Wand mit Porträtmalereien. Achterveld kam mit einem Tablett zurück, auf dem sich neben einem Teeservice auch ein Schälchen mit Keksen befand. Es wirkte fast unmännlich fürsorglich. Der Dobermann setzte sich so, dass er Lucas voll im Blick hatte. Der Hund schaute ihn starr an, die Zungenspitze hing ihm aus dem Mund. Achterveld hatte das Ende der Leine drei Mal um seine Hand gewickelt.

Als Laurien das Gespräch auf Belle brachte, verdüsterte sich seine Miene.

»Dass eine derart lebenslustige junge Frau auf diese Weise sterben muss!«

»Von wem haben sie es erfahren?«

»Von Belles Mutter, Frau Beest. Sind Sie sicher, dass Belle vergiftet wurde?« Er schaute sie an, als könne er es immer noch nicht glauben.

»Leider.«

»Ich muss gestehen, dass mir das als unwahrscheinlich erscheint. Ich wüsste nicht, wer ihren Tod gewollt haben könnte, innerhalb ihrer Familie schon mal gar nicht ... Auch wenn Carla und Bart sich nicht mehr ausstehen konnten, liebten beide Belle und bettelten fast um deren Aufmerksamkeit.«

»Ach ja?«, fragte Lucas. »Finden Sie?«

»Ihre Mutter suchte sich ganz in ihrer Nähe eine Wohnung, und ihr Vater wagte seine Freundinnen nicht mit nach Hause zu nehmen.«

»Sie haben sie gut gekannt?«, fragte Lucas nonchalant, als sei ihm die Frage gerade erst gekommen, während Achterveld über Belle als Opfer zu reden begonnen hatte.

»Ich bin verwitwet. Belle und ich gingen regelmäßig aus, bis sie was mit Buker anfing.«

»Kannten Sie sie gut?« Laurien setzte die Porzellantasse vorsichtig ab.

»Ein Schatz von einer Frau, wirklich wahr. Und außerdem sehr talentiert.«

Laurien betrachtete ihn genauer. Er trug Jeans, aus dem Oberhemd lugten Brusthaare hervor.

Achterveld sprach ruhig weiter, während sie wieder ihren Kugelschreiber nahm. »Wenn ich mir jemals noch mal eine Partnerin vorstellen könnte, dann müsste es eine Frau wie Belle sein, doch auch sie hielt keinen Vergleich mit meiner verstorbenen Frau aus.«

»Keine Frau ist gut genug.« Laurien lächelte leicht.

»Das kann sein. Was auch eine Rolle spielte«, er zögerte kurz, »Belle war noch so jung, dass es beinahe erschreckend war. Ich habe ihr einiges von dieser Welt zeigen können.«

»War sie eine Freundin zum Ausgehen?« Lucas schaute ihn durchdringend an.

»Na und ob. Ich habe unsere Ausflüge genossen. Und Belle auch.«

»War die Beziehung zwischen Buker und Belle etwas Dauerhaftes?«, fragte Laurien.

Achterveld lachte. »Ich bin kein Wahrsager, aber ich glaube nicht. Die Konkurrenz schläft nicht. Belle besuchte mich noch regelmäßig an den Wochenenden, und dann erzählte sie ständig von Freddie.«

»Nicht von Buker?«

»Kaum. Wenn sie über ihn sprach, dann klang das nicht gerade sehr freundlich. Er brauchte Viagra, um überhaupt etwas zustande zu bringen.« Achterveld grinste. »Viagra. Armer Michel.«

»Andererseits war sie schwanger«, sagte Laurien. »Sie hat abgetrieben.«

Achterveld war unbeeindruckt. »Das ist Belles Privatangelegenheit. Darüber kann und will ich nicht sprechen.«

Laurien ließ das Thema fallen. Wenn erforderlich, wollte sie später darauf zurückkommen. »Ist Belle die Verlobung mit Buker aus freien Stücken eingegangen?«

»Natürlich.« Achterveld schaute sie überrascht an. »Ich habe sie zwar nie entdecken können, aber dieser Buker muss auch angenehme Seiten haben.«

»Hatten Sie Verständnis für die Verlobung?«

»Nein. Belle war noch jung, sie musste das Leben genießen. Das habe ich Buker auch auf den Kopf zu gesagt.«

»Hat Ihre Kündigung etwas mit Belle zu tun gehabt?«, fragte Lucas.

Achterveld lachte lauthals. »Nein, da ging es um unterschiedliche Meinungen über die Reorganisation. Die war mir zu rigoros … Übrigens hatte ich bereits seit Längerem vor, ein eigenes Unternehmen zu gründen, und mir erschien dies der geeignete Zeitpunkt, mich zu verabschieden.«

Achterveld kraulte den Kopf des Hundes. »So ein Dobermann ist eine äußerst angenehme Gesellschaft. Nur ist Hera noch eifersüchtiger als Buker. Niemand betritt mein Haus, wenn sie es nicht erlaubt.«

Auf dem Rückweg fragte Laurien, ob Lucas ebenfalls den drohenden Unterton in dieser Bemerkung wahrgenommen hatte.

»Vielleicht«, sagte Lucas. »Wahrscheinlich hat Achterveld es als reine Feststellung gemeint. Es existieren keine besseren Wachhunde als Dobermänner. Das habe ich schon häufiger gehört.«

Der Hauptkommissar hörte sich ruhig an, was bislang unternommen worden war. Das Motiv lag noch immer im Dunkeln, doch noch war ja auch nicht alles untersucht und sortiert worden. Sie befanden sich noch in einem Stadium des Abtastens.

»Bei jeder Ermittlung gibt es eine Phase, in der sich scheinbar nichts tut«, sagte Ton. »Diese Phase ist besonders zäh, und es ist eine Frage von Geduld, Durchsetzungs- und Stehvermögen, um den Durchbruch zu schaffen.«

Laurien stand bereits in der Tür, als er sie zurückrief.

»Ich habe eben einen Anruf vom regionalen Nachrichtendienst bekommen. Der Allgemeine Nachrichten- und Sicherheitsdienst hat den Leuten dort mitgeteilt, dass man es nicht gerne sieht, wenn du dich mit Wisse-Chemie beschäftigst.«

Laurien stellte sich vor Tons Schreibtisch. »Die Ermittlungen in einem Mordfall fallen doch wohl in unser Aufgabengebiet und nicht in das des Allgemeinen Nachrichten- und Sicherheitsdienstes.« Sie sah, dass ihre Heftigkeit ihn amüsierte.

»Ich will damit sagen, dass du versuchen solltest, vorsichtig vorzugehen. Ich kann dich nur zu einem gewissen Grade decken.«

Ein kleiner Umweg hätte früher am Tag genügt, um bei dem Schreibwarengeschäft auf der Lange Delft vorbeizufahren. Jetzt hatte sie keine Lust mehr dazu, das dicke Heft musste warten, und dieser Gedanke machte sie traurig, als wenn ihre Aufzeichnungen plötzlich nicht mehr aufgeschoben werden konnten.

Am Abend suchte Laurien im Internet nach möglichen Fundorten von Fledermäusen auf Walcheren. Sie erstellte eine Liste und schickte diese per E-Mail ins Büro, um sie am nächsten Tag Stevi und Jan zu übergeben.

Sie hatte gerade Sammys Leine in die Hand genommen, als Warre nach Hause kam. Er schlug vor, im Naturschutzgebiet Rammekenshoek spazieren zu gehen, bei Ritthem. Tiemen wollte auch mitgehen.

Warre warf Stöckchen, und Sammy brachte sie zurück. Mit schiefgelegtem Kopf schaute sie zu ihm hoch und wartete nur darauf, dem nächsten Stock hinterherzujagen.

»Wisst ihr, ob Borssele dichtgemacht wird?« Warre zeigte auf die Kühltürme im Osten.

»Oh, nein, heute Abend bitte keine Diskussionen!«, sagte Laurien. Tiemen wollte die Schließung, während ihr Sohn auf den Erhalt des Kernkraftwerks hoffte.

»Du hörst, wir dürfen nicht darüber reden, Junge«, sagte Tiemen.

»Dann lass uns doch über etwas anderes sprechen.«

»Ja, über deine Nora zum Beispiel. Olmer hat sie gesehen.«

»Ein einziges Mal.«

»Wir noch nicht.«

»Das ergibt sich von selbst.«

»So oft sind wir nicht in Tilburg«, sagte Tiemen. »Eine Schwiegertochter ist für einen Vater etwas Besonderes.«

»Es wird dir gefallen, dass sie Klavier spielt.«

»Wann bringst du sie mal mit?«

Warre schaute zur Seite. Sie nahmen die Treppe über den Deich. Sammy schoss auf die Schafe zu, die aufgeschreckt davonrannten. Wie laut sie auch riefen, Sammy schien nichts zu hören. Tiemen und Warre liefen hinter ihr her. Erst als die Schafe am nächsten Zaun zum Stillstand kamen, erwischten sie den Hund.

»Ich hätte nie gedacht, dass Sammy denen derart besessen nachsetzt«, sagte Warre grinsend. »Entschuldige, Laurien. Ich hätte es wissen müssen. Als Sohn einer Kriminalbeamtin hätte ich zweimal nachdenken müssen, bevor ich so etwas Dummes mache. Das Treiben von Schafen sitzt dieser Rasse im Blut, auch wenn Sammy noch viel lernen muss. Nora kennt sich mit Hunden aus.«

»Was? Sammy hat sie auch schon gesehen? Das ist doch nicht dein Ernst!«

13

Es war kalt und feucht, merkte sie, als sie die Zeitung von der Matte aufhob. Schade für die Besucher der Kirmes. ›Terrorismus in Zeeland?‹, stand als Schlagzeile über drei Spalten. Ein Foto vom Tatort. Sie erkannte die Ackerbegrenzung.

Natürlich, ein Artikel von Leo Leversen. Für den Umstand, dass sich Kartoffeln innerhalb weniger Stunden von gesunden Knollen in Matsch verwandelten, gäbe es keine natürliche Erklärung. Man müsse einen chemischen Stoff in Betracht ziehen, der in den Niederlanden nicht produziert werden dürfe und in den Händen von Terroristen eine biologische Waffe darstelle. Der Umweltbeauftragte hätte die zuständigen Stellen zwar informiert, doch die hätten es als Unsinn abgetan.

Laurien zuckte mit den Achseln. Typischer Saure-Gurken-Zeit-Journalismus. Sie lief eine Runde mit Sammy, brachte Tiemen Kaffee und Zeitung ans Bett und fuhr mit dem Fahrrad in die Vrijlandstraat. Mit der Tasche noch über der Schulter, rief sie bei der Zeitung an und verlangte Leo Leversen.

»Wann hast du zuletzt mit Zandvliet gesprochen?«, fragte sie.

Er dachte kurz nach. »Dienstagabend.«

»Es wundert mich, dass er mit dieser Geschichte über den Acker zu dir gekommen ist. Er hatte mich deswegen bereits angesprochen.«

»Er hat es mir Montag vertraulich erzählt. Ich kenne ihn über seinen Bruder. Er wollte nicht, dass ich mir irgendwelche Notizen mache.«

»Und daran hast du dich gehalten?«

»Natürlich. Zandvliet vergisst nicht so schnell, und manchmal steckt er mir ganz vernünftige Informationen zu. Er wollte zunächst noch das eine oder andere untersuchen, bevor ich darüber berichten durfte. Unter diesem Vorbehalt war er bereit, mit mir darüber zu reden.«

»Wenn das Ganze wahr ist, ich sage bewusst wenn, dann handelt es sich um keine Information, die in die Öffentlichkeit gehört.«

»Er hat bei den Behörden sein Möglichstes versucht, doch die reagierten nicht. Außer dir, aber laut Zandvliet hast auch du wenig unternommen. Dienstagabend rief er an, ich solle damit machen, was ich wolle.«

Laurien stand auf und stellte sich ans Fenster. Grauer Asphalt, grauer Himmel. »Du hättest mich anrufen können.«

»Hätte ich tun können, doch du warst ja informiert. Ich fand die Geschichte zu wichtig, um nicht darüber zu berichten.«

»Aus deinem Artikel spricht eine ziemliche Gewissheit. Für Zandvliet war Terrorismus lediglich eine der Möglichkeiten.«

»Mir sagte er etwas anderes.«

»Wie war Dienstagabend seine Stimmung?« Sie hatte keine Lust, mit ihm herumzudiskutieren.

»Aufgeregt. Was denn sonst, mein Schatz.«

»Ich bin nicht dein Schatz! Du versprichst ihm einen schönen Artikel, und dann erscheint er erst heute. Nein, auf dich ist kein Verlass. Da wird Zandvliet begeistert gewesen sein.«

»So lautete die Vereinbarung, und anders hätte es auch gar nicht geklappt. Dienstagabend hatte ich noch keine einzige Zeile zu Papier gebracht. Wir sind nur noch einmal die Fakten durchgegangen.«

»Gab es denn neue Tatsachen?«

»Nichts, an das ich mich jetzt erinnern könnte. Mittwoch war ich wegen eines Interviews in einer anderen Region, sodass ich erst am Donnerstag dazu kam, den Artikel zu schreiben. Deshalb konnte er auch nicht vor heute erscheinen. Das hatte ich Zandvliet gesagt. Ihm war alles recht. Hauptsache, der Bericht wurde veröffentlicht.«

»Du hast die Fakten natürlich überprüft.«

»Soweit das möglich war. Es war schwierig, den Acker zu finden, aber zum Glück turnte da einer von deinen Jungs rum. Ich nehme an, dass er besagtes Feld untersuchte.«

»Sodass deine Behauptung, ich hätte nichts unternommen, haltlos ist. Erscheint morgen eine Richtigstellung in der Zeitung?«

»Du bist ein Scherzbold.«

»Warum hast du Zandvliet nicht mitgenommen? Dann hättest du doch ein Foto von ihm am Kartoffelfeld machen können.«

»Ich habe ihn nicht erreicht.«

»Dann hat Zandvliet deinen Artikel vor der Veröffentlichung also nicht gelesen? Bei einer derart heiklen Angelegenheit könnte man mehr Sorgfalt von dir erwarten, Leversen. Da stehen ein paar Unwahrheiten drin, die Zandvliet sofort hätte bereinigen können.« Sie unterdrückte ihre Wut. »Nachdem du ihn nicht erreicht hast, hättest du mich das Ganze lesen lassen können.«

»Vielleicht. Aber ich wollte nicht noch mehr Zeit verstreichen lassen.«

»Du wolltest einen Knaller, und dich kümmert es einen Dreck, ob die Fakten stimmen ... Hat Zandvliet dir gesagt, wie er zu seiner Theorie gekommen ist?«

»Einen Unfall schloss Zandvliet aus. Er ist kein Chemiker, aber er vermutet, dass die chemische Substanz in unserem Land verboten ist. Jedenfalls kennt er nichts, das derartige Folgen hat.«

»Er kennt es nicht, und deshalb ist es verboten. Ein wahrlich schlagendes Argument, Leversen! Jetzt kapiere ich es endlich.«

»Tatsachen genug. Zandvliet lässt keinen Zweifel, dass da mit Gift hantiert worden ist. Der Mann ist schließlich Umweltbeauftragter. Da ist nichts aus Versehen auf dem Feld ausgetragen worden.«

»Wenn es sich um Gift handelt, könnte sich der Bauer dann nicht in der Dosierung geirrt haben?« Sie versuchte, geduldig zu bleiben.

»Das schließt Zandvliet aus. Gib doch zu, da stimmt etwas nicht, sonst hättest du da auch keinen von deinen Leuten hingeschickt.« Er schwieg, sie auch. »Wer experimentiert in Zeeland mit so etwas?«, fuhr Leversen schließlich fort. »Kein Schurkenstaat, die benutzen ihr eigenes Land dafür. Zandvliet landete in seinen Überlegungen bei

Terroristen. Das ist seine Theorie, die du in der Zeitung nachlesen kannst.«

»Hat er keine Alternativen erwähnt? Zum Beispiel Vandalismus? Jungen, die sich langweilen und Eindruck auf Mädchen machen wollen?«

»Das hatte ich ihn am Dienstagabend noch fragen wollen, aber er brach das Telefonat ziemlich plötzlich ab. Er bekam einen Anruf auf einer anderen Leitung und beendete das Gespräch, ohne noch etwas zu sagen. Danach habe ich ihn nicht mehr erreicht.«

Laurien verabschiedete sich und legte auf. An Zufall glaubte sie nicht. Lag es an der schlechten Nacht, dass sie nur noch einen Wirrwarr sah, in dem sie keinen roten Faden entdecken konnte?

Pier erschien mit zwei Bechern Kaffee in ihrem Büro. Laurien rieb sich die Augen und gähnte.

»Gestern Abend spät geworden?«, fragte er.

»Um halb vier wurden wir von Maatjes Gruppenleiter aus dem Bett geklingelt. Wir sollten doch mal nachschauen, ob Maatje vielleicht bei uns vor der Tür steht. Mir blieb fast das Herz stehen.«

»War sie nicht in Vlissingen?«

»Maatje war nach einem Streit mit einem Mitbewohner weggelaufen. Der Gruppenleiter glaubte, da draußen würde sie sich schon wieder beruhigen. Und dann sagte er auch noch, wir hätten uns ja gegen die Verabreichung von Sedativa ausgesprochen.«

»Dann liegt es also an euch?«

»Das wollte er damit ausdrücken.« Laurien nahm einen Schluck. »Wir sind ganz entschieden gegen diese Beruhigungsmittel. Maatje unter Drogen, dann kann noch mehr Personal eingespart werden. Und das in unserem Land, im einundzwanzigsten Jahrhundert!«

»An und für sich doch keine schlechte Idee, sie sich an der frischen Luft etwas abkühlen zu lassen.«

»Ja, zumindest wenn jemand dabei ist. Nach drei Stunden schaute der Gruppenleiter in ihrem Zimmer nach, ob sie sich abreagiert hatte und ins Bett gegangen war. Nach drei Stunden, Pier! Maatje gehört dort zu denen, die sich selbst helfen können. Das Personal ist überlastet, das weiß ich, aber der Gruppenleiter hat sich verdammt lange Zeit damit gelassen, bevor er mal nachgesehen hat, ob die ›Therapie‹ erfolgreich war.«

»Und in der Zwischenzeit ist Maatje abgehauen.«

»Sie war nirgends zu finden. Nicht im Haus, nicht in der näheren Umgebung. Dann kommt der Gruppenleiter auf die brillante Idee, die Polizei mitsuchen zu lassen, und um halb vier ruft er uns an, ob sie vielleicht vor der Tür steht. Als ob Maatje in der Lage wäre, ganz alleine den Weg von Vlissingen nach Middelburg zurückzulegen.«

»Was könnte einer Frau, die nicht ganz normal ist, mitten in der Nacht nicht alles zustoßen?«, fragte sich Pier laut.

»Darüber darf man gar nicht nachdenken. Wir fuhren nach Vlissingen, Tiemen hat dem Gruppenleiter den Marsch geblasen, und danach haben auch wir uns auf die Suche gemacht.«

»Was blieb euch auch anderes übrig.«

»Wir landeten am Nollestrand. Da saß sie, zwischen einem Haufen junger Deutscher. Sie amüsierte sich köstlich. Als sie uns sah, tippte sie auf den Platz neben sich; wir sollten uns dazusetzen.« Laurien machte Maatjes heftige Gebärde nach.

»Ihr habt sie mit nach Middelburg genommen und dem Haus nicht Bescheid gegeben.« Pier lachte.

»Ich wollte das, Tiemen nicht. Er redete dem Gruppenleiter ins Gewissen, sie an den kommenden Abenden zu beobachten, sonst würde sie wieder durchbrennen.« Sie spürte, wie die Wut erneut in ihr hochstieg.

»Ist doch erstaunlich, dass sie den Weg gefunden hat.«

»Und dass sie zu Fuß dorthingegangen ist. Wenn wir ohne Sammy unterwegs sind, fängt sie schon nach hundert Metern an zu jammern, ihr Herz mache schlapp. Und dabei sind es vom Haus bis zum Nollestrand ungefähr drei Kilometer.«

»Worum ging es denn bei dem Streit?«

»Das konnte uns der Gruppenleiter nicht sagen. Schwach fand ich das … Du hättest Maatje mal hören müssen, als wir heute Nacht in die Nähe des Hauses kamen. Sie schrie und kreischte. Wenn sie schon nicht an den Strand dürfe, dann wolle sie wenigstens mit uns mitkommen.«

»Du wolltest sie natürlich nicht dalassen.«

»Es war herzzerreißend. Sie sagte, sie würde geschlagen, schikaniert, eingeschlossen. Wir mussten sie ins Haus schieben und zerren. Der Gruppenleiter legte bei der Begrüßung einen Arm um sie, und sie schlug ihm voll ins Gesicht.« Sie lächelte bei der Erinnerung daran.

»Weggelaufen ist sie nicht mehr?«

»Um acht Uhr schlief sie noch, und ich muss jetzt Kaffee trinken, um mich wach zu halten. Kommst du mit? Pier, lass uns bitte über etwas anderes reden, sonst fange ich auch noch an zu schreien und zu kreischen. Hast du den Leversen-Artikel gelesen?«

»Ja. Natürlich alles Blödsinn, aber immerhin gut, dass Zandvliet wieder da ist. Mit deinem Vorgefühl liegst du also doch nicht immer richtig.« Er lief hinter ihr her zur Kantine.

»Zandvliet ist wieder da?« Sie schaute ihn erstaunt an.

»Ist er das denn nicht? In dem Artikel steht nichts über sein Verschwinden.«

»Das weiß Leversen ja auch nicht.«

»Dann sieht es übel aus.«

»Oh ja. Über dem ganzen Horror von heute Nacht hätte ich dir fast zu erzählen vergessen, dass Tiemen gestern Kunden zu deinem Haus geschickt hat«, sagte Laurien. »Ältere Leute irgendwo aus dem Ballungsraum zwischen Amsterdam, Utrecht und Rotterdam, die näher am Meer wohnen möchten, ohne die Vorteile der Stadt einzubüßen. Er hat deren Adresse notiert. Hast du schon ein Angebot für das Haus in der Simpelhuisstraat abgegeben.«

»Nein.«

»Bald ist es weg.«

Er schaute sie an. »So läuft das nicht bei mir. Erst muss das andere verkauft sein.«

In ihrem Büro rief sie als Erstes Ina Zandvliet an.

»Ich bin so mutlos, so wenig … Andries lebt nicht mehr, das weiß ich sicher.« Ihre Stimme klang, als habe sie sich in das Schicksal ergeben.

»Solange er nicht gefunden wurde, dürfen wir den Mut nicht verlieren.« Laurien wartete, bis die andere sich etwas beruhigt hatte. »Ich habe noch eine Frage. Kennen Sie die Marke des Fahrrades, mit dem Ihr Mann unterwegs war?«

»Gazelle, silbern und lavendelblau.«

»Kennen Sie auch die Typenbezeichnung?«

Es dauerte einen Moment, ehe Ina den Garantieschein gefunden hatte.

Laurien notierte die Einzelheiten. »Vielen Dank. Ist die Postleitzahl im Rahmen eingraviert?«

Das war der Fall. Sie legte ziemlich abrupt auf und hoffte, dass Ina die Unsicherheit in ihrer Stimme nicht aufgefallen war.

Lucas Witte begleitete sie zu Wisse-Chemie. Der Personalchef zeigte ihnen in einem kleinen Saal den Werbefilm, den Belle für das Unternehmen gemacht hatte. Wisse produzierte vornehmlich Chemikalien zur Herstellung von Kunstdünger, zur Wasseraufbereitung, für Textilien und Farben. Danach gingen sie durch die Produktionsräume. Ein einziger Arbeiter in weißem Laboranzug kontrollierte an Computerbildschirmen die leise summenden Maschinen. In den immens großen Hallen waren höchstens zwanzig Männer beschäftigt.

Laurien fragte einen Arbeiter, was er produziere. Er wies auf den Computerbildschirm, auf dem eine chemische Formel zu sehen war: Das produzierte er. Welchem Zweck es diente, konnte er nicht sagen. Sein Niederländisch war so gebrochen, dass Laurien ihn kaum verstehen konnte. Der Personalchef erklärte, Aufgabe der Leute in der Produktion sei es, dafür zu sorgen, dass die Produktionsprozesse störungsfrei abliefen. Und wenn es Störungen gäbe, müssten sie den Fehler finden und ihn beheben. Was im Übrigen selten vorkomme, da die Produktion bis in die letzten Einzelheiten automatisiert sei.

Später, in seinem Büro, lenkte Laurien das Gespräch auf die Reorganisation.

»Die war leider notwendig«, sagte der Personalchef. »Die Konkurrenz ist mörderisch, auch wenn es traurig ist, dass Entlassungen vorgenommen werden mussten.«

»Haben Sie vielleicht eine Liste der entlassenen Arbeitnehmer?«

»Das ist kein Problem.« Wenige Minuten später ratterte der Drucker.

»Die Namen sagen mir wenig. Ich wüsste gerne, in welcher Abteilung am meisten aufgeräumt wurde.«

Bereitwillig druckte er eine zweite Liste aus. Entlassungen hatte es in jeder Abteilung gegeben. Sie wies auf den Namen Achterveld. Der Personalchef nickte.

»Richtig, Achterveld zog sich zu Beginn der Reorganisation zurück. Mir persönlich tut das sehr leid. Achterveld war mit der Reorganisation nicht einverstanden. Mit ihm ist ein gewaltiger Schatz an Erfahrung gegangen. Eigentlich ist er unverzichtbar.«

»Wie meinen Sie das?«

»Er spielte uns die Leute aus dem Mittleren Osten zu. Für ihn taten sie alles, sie sahen in ihm eine Art Messias, der sie aus der Armut führte. Vertun Sie sich nicht; an den Arbeitsplätzen hier finden Sie hoch qualifizierte Leute.«

»Er leitete die Produktionsabteilung?«, fragte Lucas.

»Nein. Das war nicht seine Aufgabe. Er verkaufte unsere Produkte ins Ausland und schaute vor allem, was in welchem Land benötigt wurde. So entwickelte er in Zusammenarbeit mit unserer Forschung neue Produkte.«

»War er Chemiker?«

»Richtig. Er wusste genau, worüber er sprach. Sind Sie ihm begegnet?«

»Ja«, sagte Laurien.

»Dann haben Sie sicher bemerkt, dass er gut mit Menschen umzugehen vermag. Und zwar auf jedem Niveau, wie ich Ihnen versichern kann. Das kann man nicht von jedem Chemiker behaupten.

Er war auch in der Lage, die Vorschläge zu beurteilen. Wenn ihm etwas nicht gefiel, begann er in seinem eigenen Labor zu tüfteln. Das geschah durchaus häufiger.«

»Sein Durchblick ist gut.« Lucas tippte sich an die Schläfe.

»Ich verstehe immer noch nicht, wie Wisse ihn einfach hat gehen lassen. Die Konkurrenz wartet doch nur darauf, sich ihn unter den Nagel zu reißen. Oder er macht sich selbstständig.«

»Achterveld hat doch einen guten Nachfolger«, sagte Lucas.

»Wen meinen Sie?«

»Buker«, erklärte er.

»Ja. Michel Buker sitzt jetzt im Vorstand ... Da haben Sie recht.«

»Verfügt er über Achterveldss Qualitäten?«

»Ich hoffe es. Er arbeitet schon seit Jahren bei uns.« Ganz offensichtlich hatte er keine Lust, sich über Buker auszulassen.

»Mit welchen Ländern treiben Sie Handel?«

War da ein leichtes Zögern, oder bildete sie es sich nur ein?

»Wir exportieren in nahezu alle Länder der Erde, die sich unsere Produkte leisten können. In alle Himmelsrichtungen. Viel in den Nahen Osten, dort werden Wüsten mit Hilfe unseres Kunstdüngers fruchtbar gemacht. Außerdem Indien, China, Pakistan.«

Laurien notierte sich, dass sie dem Export nachgehen musste. Ihr war nicht klar, was das mit Belles Tod zu tun haben sollte, aber irgendetwas war da faul.

»Wie war das Verhältnis zwischen Achterveld und Buker?«

Wieder das leichte Zögern. »Achterveld ärgerte sich über ihn.«

»Können Sie das näher erklären?«

»Zuletzt sprach Wisse nicht mehr mit Achterveld. Die Meinungsverschiedenheiten bezüglich der Reorganisation eskalierten etwas. Ich fürchte, Buker hat das Feuer eher noch geschürt, anstatt es auszutreten.«

»Trauen Sie ihm das zu?«

»Buker machte schon seit Jahren keinen Hehl daraus, dass er in die Geschäftsleitung aufsteigen wollte, und seit Jahren war ebenso klar, dass Achterveld sich dieser Beförderung widersetzte. Die Ursache für den Konflikt zwischen Wisse und Achterveld war nicht so gravierend; unterschiedliche Auffassungen, so etwas muss möglich sein … Aber Wisse wollte Buker befördern.«

»Und das war dann der eigentliche Grund für Achtervelds Kündigung«, sagte Lucas.

»Niemand hat es mir direkt gesagt, aber ich vermute es.«

Die Geschäftsführerin des Restaurants *Admiraal De Ruyter* nahm sie mit in die Küche, wo mehrere Köche bei der Arbeit waren.

»Derartige Düfte kreieren zu dürfen ist doch nahezu das Höchste, was ein Mensch in seinem Leben erreichen kann«, sagte sie zu Lucas.

Sie setzten sich an einen runden Tisch.

»Die Familie Wisse zählt bereits seit Jahren zu unseren Gästen«, sagte der Besitzer. »Samstagabend aßen Herr Wisse, seine Tochter und deren Partner bei mir. In einem der anderen Räume hatte die frühere Frau Wisse zufällig ebenfalls einen Tisch reserviert. Sie war dort mit einer Freundin, kein Stammgast.«

»Nicht im selben Raum?«

»Frau Wisse hatte zwar darum gebeten, doch das erschien mir nicht ratsam.«

»Was nahmen Belle und ihre Gesellschaft zu sich?«

»Ihr Vater nahm Zeeland-Austern. Natürlich entschied er sich dafür, er aß sie immer hier. Belle bestellte als Vorspeise hausgeräucherten Schinken vom Spanferkel mit frittiertem Erdrauch. Und Herr Buker wählte zunächst die gebratene Gänseleber mit Madeiraschaum, entschied sich dann aber auch für die Austern.«

Er erinnerte sich daran, als habe er die Bestellung auf einem Blatt Papier vor sich liegen.

»Dies ist wohl kein Restaurant für gewöhnliche Sterbliche«, bemerkte Lucas.

»Was hat die Gesellschaft getrunken?«, fragte Laurien.

»Danach müsste ich mich bei unserem Sommelier erkundigen. Leider ist er heute Vormittag nicht anwesend.«

»Falls erforderlich, kommen wir später noch darauf zurück«, sagte Laurien.

»Das Hauptgericht für alle drei Herrschaften bestand aus Zeeland-Lamm mit karamellisierten Schalotten.«

Laurien notierte, was bestellt worden war. »Und alles verlief harmonisch?«

»Später gewiss.« Er nickte leicht.

»Warum?«

»Ich hatte erst bemerkt, dass keine Austern mehr im Kühlraum waren, nachdem Herr Wisse eine Stunde vor seinem Eintreffen die Reservierung vornahm.«

»Hatten Sie überhaupt keine Austern mehr?«

Laurien sah, wie ein Koch mit rhythmischem Schwung Zwiebeln schnippelte und ein anderer mit in die Hüfte gestützter Hand an einer Sauce nippte.

»Der Juli ist kein Austernmonat. Mittags war hier eine große Gesellschaft, die Austern bestellte.« In seiner Stimme schwang ein missbilligender Unterton mit. »Ich muss zugeben, ein wenig in Panik geraten zu sein. Herr Wisse kommt zu mir zum Essen, und ich habe keine Austern!«

»Isst Herr Wisse gerne Austern?«

»Nirgends verspeist er schmackhaftere Austern als bei mir. Immer frisch. Von meinem festen Lieferanten. Glücklicherweise hatte er noch welche vorrätig.«

»Problem gelöst.«

»Nicht ganz. In der Küche herrschte Hochbetrieb. Ich konnte niemanden freistellen.«

»Und Ihre Panik wuchs«, sagte Lucas.

»Ich habe meine Aushilfskraft sofort losgeschickt, um die Austern aus Yerseke zu holen. Sie wurden genau in jenem Moment zur Hintertür hereingetragen, als Herr Wisse seinen Aperitif getrunken hatte und mit der Vorspeise beginnen wollte. Eine Stunde und fünfzehn Minuten nach seinem Telefonanruf.« Er sagte es mit unterdrücktem Stolz in der Stimme.

»Herr Wisse war zufrieden mit den Austern.«

»In der Tat. So einfach zubereitet wie möglich.« Er erweckte dabei den Eindruck, als täte ihm dies leid, als sähe er die dem Gast vorgesetzten Austern am liebsten auf drei verschiedene Arten zubereitet. »Nirgends sind sie so frisch wie bei mir, pflegt Herr Wisse zu sagen.«

»Es schmeckte ihm.« Laurien unterdrückte ihren Drang, jeden Moment auf die Uhr zu schauen.

»Wenn er sie gegessen hätte, hätten sie ihm mit Sicherheit vorzüglich gemundet.«

»Eben sagten Sie doch, Sie hätten Austern für Wisse gehabt«, meinte Laurien.

»Belle war sonst nicht für meine Austern zu haben. Als ich zum Tisch ging, um zu fragen, ob alles nach Wunsch sei, sah ich zu meiner Verwunderung, dass Belle die Austern vor sich stehen hatte und Herr Wisse den hausgemachten Schinken. Herr Buker hielt für sie die Austernmuschel fest, Belle schlürfte sie leer, und zwar eine nach der anderen, alle zwölf hintereinander.«

»Ihr wurde nicht schlecht?«

»Von meinen Austern? Ausgeschlossen!«

»Wann verabschiedete sich die Gesellschaft?«

»Kurz vor Frau Wisse und deren Freundin, kurz nach zwölf. Um zu verhindern, dass sie sich im Entree über den Weg liefen, hatte ich das Begleichen der Rechnung bei Frau Wisse noch etwas hinausgezögert, indem ich ihr ein Glas Cognac einschenkte.«

»Haben Sie eine Liste des Personals für uns? Keine Angst, wir sind nicht vom Finanzamt«, sagte Lucas.

Die Geschäftsführerin holte eine Mappe. Laurien ging die Liste schnell durch und fragte nach der Aushilfskraft.

»Der ist dort nicht verzeichnet.«

»Haben Sie seine Personalien für mich?«

»Moment.« Der Besitzer kritzelte einen Namen und eine Telefonnummer auf das Papier.

»Frits Zoon aus Sint Laurens«, las Laurien.

»Ich lasse ihn nicht gerne in meine Küche, nur in Notfällen rufe ich ihn an. Er ist ein alter Nachbarsjunge meiner Frau …« Er straffte die Lippen. »Aber Sie dürfen nicht denken, in meiner Küche könne etwas zubereitet worden sein, das zum Tode von Belle hätte führen können. Was die Familie Wisse gegessen hat, habe ich auch anderen Gästen vorgesetzt.«

Frits Zoon. Diesen Namen hatte sie vor gar nicht langer Zeit auf der Liste des Personalchefs von Wisse-Chemie gesehen. Es kostete sie Mühe, ihre Gesichtszüge unter Kontrolle zu halten, als sie sich verabschiedete. Sie ließ Lucas zurückfahren und notierte sich so viel wie möglich von dem Gespräch.

Erst als sie wieder in der Vrijlandstraat war, spürte sie, wie erleichtert sie sich fühlte. In dem beinahe unüberschaubaren Brei, zu dem sich dieser Fall zu entwickeln drohte, schien sich eine Öffnung aufzutun, die darauf wartete, von ihr vergrößert zu werden. Ruhig musste sie bleiben, ganz ruhig, darauf kam es jetzt an.

Sie fütterte den Computer mit ihren Notizen und las sie noch einmal durch. Die Vermutung, die ihr im Restaurant gekommen war, konnte lediglich ein Leitfaden sein, sicher, und auch nur ein hauchdünner, doch die Erfahrung hatte sie gelehrt, dass sie den Fall Wisse in den Griff zu bekommen begannen.

14

Neben den Kaffeekannen in der Kantine wurden jeden Tag neue Postkarten mit verlockenden Stränden, blauem Himmel und oft prahlerischem Text an die Wand gepinnt. Lauriens Mannschaft versammelte sich an ihrem Tisch. Sie gab Stevi die Liste mit den Namen, um so viel wie möglich über die Leute herauszufinden.

»Sollen wir den Mörder in einem Restaurant suchen?«, fragte Stevi.

»Wir müssen dafür sorgen, dass wir nichts übersehen.«

»Intuition?«

»So etwas.«

Klaas rutschte auf seinem Stuhl nach unten. »Außer dir glaubt hier niemand an so etwas Vages wie Intuition.« Stevi und Jan nickten, Pier schaute aus dem Fenster, und Willem suchte etwas in seinen Papieren. »Ich glaube nur an eine einzige Sache.«

»Wir sind hier bei der Polizei und in keiner Evangelisierungskirche«, sagte Willem. »Wir müssen nach jedem Strohhalm greifen.« Er klappte seine Mappe zu. »Welche Dinge sollen als Nächstes untersucht werden? Können wir nicht die Hilfe einer anderen Regionalen Einheit in Anspruch nehmen?«

»Wir kommen kaum voran«, sagte Jan. »Zusätzliche Leute könnten hilfreich sein.«

»Welches Korps auf Walcheren hat denn Leute übrig? Es ist Hochsaison, Achter de Houttuinen hat alle Hände voll mit Taschendieben und Ladendiebstählen zu tun«, sagte Klaas.

»Und vergiss die besoffenen Pisser nicht.«

»Kannst du das nicht auch etwas anders ausdrücken?«

»Vergiss bitte nicht unsere alkoholisierten Geschlechtsgenossen, die den Lange Jan beim Urinieren als Bedürfnisanstalt missbrauchen.«

»Leute, hier geht es nicht um Denkmalpflege, sondern um den Einsatz von Achter de Houttuinen«, sagte Laurien. »Ich kann in Serooskerke darum bitten, uns Alex Boel zu schicken, aber zusätzliches Personal bringt momentan überhaupt nichts. Wir müssen eben das Beste daraus machen.« Und nachdem sie gefragt hatte, ob jeder wisse, was er zu tun habe, stand sie auf.

Lucas holte Frits Zoon in seinem alten Häuschen am Rande von Sint Laurens ab und vernahm ihn mit Laurien.

»Wann waren Sie zum letzten Mal im Restaurant?«

»Samstag.«

»Warum?«

Zoon schaute sich schüchtern in dem kahlen Raum mit den hohen, vergitterten Fenstern um. »Weil man mich angerufen hat.«

»Warum wurden Sie gerufen?«

Fragen und Antworten folgten einander im Stakkato.

»Wisse sollte kommen und würde Austern essen. Die mussten frisch sein und von einem bestimmten Großhändler in Yerseke geholt werden. Deshalb musste ich da hinfahren und dann wieder zurück.«

»Man hatte Ihnen gesagt, dass die Austern für Herrn Wisse bestimmt waren?«

»Ja, weil ich danach gefragt habe. Von sich aus sagen die nichts. Es handelt sich ja nur um Zoon.« Er richtete sich auf. »Ich war noch nicht ganz drinnen, da wurden die Austern auch schon gewaschen und auf einen Teller gelegt. Der schönste Teller für Herrn Wisse, sagte der Koch, und der etwas weniger schöne für den Liebhaber der Tochter. Er rief den Chef, um sie zum Tisch der Wisses bringen zu lassen.«

»Werden Sie häufiger für derartige Aufträge angefordert?«

»Ab und zu mal, wenn sonst niemand da ist. Geschwindigkeit war am Samstag das Einzige, was zählte.«

»Sie sprangen ins Auto?«

»Nun, ich zögerte, und daraufhin versprach man mir sofort zusätzliche dreißig Euro, wenn ich pünktlich zurück wäre. Eineinviertel Stunde, keine Minute länger. Stellen Sie sich vor, die haben bei den Austern noch draufzahlen müssen … Wisse ist ihr Hätschelgast, wurde mir gesagt.« Er spitzte die Lippen.

»Er ist Ihr früherer Chef?«

»Der hat mich rausgeschmissen. Sechs Jahre und fünf Monate habe ich da gearbeitet. Immer zieht der Arbeiter den Kürzeren. Die hohen Herren kleben weiter an ihrem Sessel, und ich bekam einen Tritt in den Hintern. Unerhört!«

»Warum wurden Sie entlassen?«

»Reorganisation, sagte man mir. Mit einem Halbjahreslohn als Abfindung. Als wenn ich davon leben könnte. Immer erwischt es mich. Bei jeder Reorganisation bin ich der Arsch.«

»Warum Sie?«

Listig schaute er sie an. »Was glauben Sie wohl? Ich bin nicht in der Gewerkschaft.«

Laurien kam nicht dahinter, ob er wirklich ein Pechvogel war oder diesen nur spielte.

»In der Nacht von Samstag auf Sonntag wurde Belle Wisse getötet.«

»Wirklich? Dieses junge Mädchen …« Seine Überraschung über den Mord an Belle schien nicht gespielt zu sein.

»Haben Sie sie gekannt?«

»Nie gesehen. Bis Samstagabend wusste ich doch noch nicht mal, dass Wisse überhaupt ein Kind hat. Den Chef selbst habe ich mal zu Gesicht bekommen, aber nie gesprochen. Sechs Jahre habe ich mich für den kaputtgearbeitet.«

»Deshalb haben Sie Gift in seine Austern getan. Sie wussten, dass sie Wisse vorgesetzt werden sollten«, sagte Lucas.

»Was soll ich gemacht haben?«

»Gift in die Austern getan«, wiederholte Laurien.

»Ihr habt doch nicht alle Tassen im Schrank! Ist Wisse denn auch über den Jordan gegangen? Davon habt ihr eben nichts gesagt.«

»Seine Tochter hat die Austern gegessen.«

»Ihr steckt doch unter einem Hut mit diesen hohen Herren. Das Kind ist tot, und sofort hat es der Arbeiter getan. Ich sage nichts mehr!«

Er verschränkte die Arme und schwieg.

Draußen vor dem Vernehmungszimmer schlug Lucas Laurien auf die Schulter. »Wir haben ihn.«

»Meinst du?«

»Der Mann ist doch bis zu den Haarspitzen voller Hass auf Wisse. Eine herrliche Gelegenheit, eine einzige kleine giftige Auster, und Wisse hat seinen verdienten Lohn bekommen.«

»Wie groß ist sein Groll gegenüber Wisse persönlich?«

»Nun. Eine Portion Austern mit kleiner Beigabe für Herrn Wisse. Er stand doch daneben, als die Austern extra für Wisse ausgesucht wurden. Der Koch holte den Chef, damit der sie servieren konnte, und in der Zwischenzeit hat er eine der Austern mit dem Gift präpariert.«

»Eine Auster ist geschlossen, wie du weißt. Da kann man nicht einfach so Gift reinpumpen.«

»Dann hat er unterwegs die schönste ausgesucht und diese ganz gemütlich mit dem Gift präpariert.«

»Dafür blieb ihm keine Zeit. Wisse ruft eine Stunde vorher an, dass er mit seiner Gesellschaft kommt.« Sie gingen in ihr Büro. »Der Restaurantbesitzer stellt zu seinem Schrecken fest, dass keine Austern mehr vorhanden sind. Er ruft Zoon an. Zoon muss von Sint Laurens nach Yerseke fahren, wo die Austern bereitstehen. Er benötigt alleine für die Fahrten eine gute Stunde.«

Im Internet suchte sie die Route von Sint Laurens nach Yerseke und von Yerseke zurück zum *Admiraal De Ruyter* heraus.

»Schau mal, Lucas, ohne Behinderungen durch einen Traktor und großen Gegenverkehr ist er bereits gut siebzig Minuten unterwegs. Er saß ja nicht startbereit in seinem Auto, als er angerufen wurde. Nehmen wir mal an, dass es drei Minuten dauerte, bis er die Schlüssel gefunden, die Papiere eingesteckt und sein Haus abgeschlossen hat.«

»Höchstens fünf Minuten.« Lucas schaute verdrießlich drein.

»In Yerseke muss er das Auto verlassen, zum Großhandel laufen und dort warten, bis ihm jemand die Austern aushändigt.«

»Schon wieder fünf Minuten. Hör auf, Laurien. Du hast recht.«

»Lass mich mal eben laut denken. Wie weit sind wir? Alles zusammen bei etwa achtzig Minuten. Unser Zoon fährt mit dem heißen Atem des Restaurantbesitzers im Nacken. Wenn er es nicht pünktlich schafft, kann er seine dreißig Euro in den Wind schreiben.«

»So viel Zeit kostet es nun auch wieder nicht, da etwas Gift reinzutun.«

»Ja, aber nur unter der Voraussetzung, dass der Mord perfekt vorbereitet wurde.«

»Wenn Zoon wusste, dass Wisse dort essen geht ...«

»Und dass keine Austern mehr da waren und dass er den Auftrag bekommt, welche zu holen. Gift hat man doch nicht in der Küchenschublade herumliegen.«

»Er hasst Bart Wisse. Das Gift hatte er bereits im Haus, es lag griffbereit, eines Tages würden sich ihre Wege kreuzen.«

»Wir beide könnten uns so etwas im Voraus ausdenken«, sagte Laurien. Sie klickte den Routenplaner weg. »Zoon nicht. Er würde Wisse eher erwürgen oder totschlagen. Und dann überleg dir mal, welche Instrumente man braucht, um das Gift in die Auster einzuführen.«

»Warte mal. Einer Auster Gift einspritzen, ohne sie dadurch zu töten, geht gar nicht.« Lucas stand auf.

»Du hast recht ... Als Kenner hätte Wisse die Auster weggelegt, das Gift hätte also äußerst vorsichtig am Muschelrand aufgetragen werden müssen. Dann bekommt Wisse beim Leerschlürfen etwas Gift in den Mund. Eine derartige Aktion verlangt genaue Vorbereitung und darf nicht zu früh vorgenommen werden, sonst kommt das Gift doch noch vorzeitig mit der Auster in Berührung.«

»Außer wenn er jemand anderen geschickt hat, das Gift aufgetragen wurde und er dann den anderen mit den Austern abgefangen hat.«

»Selbst in dem Fall konnte er nicht sicher sein, dass die Auster auf Wisses Teller landen würde.«

»Doch, wenn er, kurz bevor sie zum Tisch gebracht wurden, einen Moment mit den Austern alleine war.«

»Du untersuchst, wer beim Großhandel an der Tür stand, und fragst den Koch, ob Zoon eine Gelegenheit gehabt hätte, etwas mit den Austern anzustellen, nachdem sie auf den Teller gelegt worden waren. Ich spreche in der Zwischenzeit mit Hans.«

Staatsanwalt Ekelmans erwartete sie bereits an der Tür. In einer halben Stunde musste er der Presse Rede und Antwort stehen, und vorher wollte er instruiert werden.

Sie berichtete über die neuesten Entwicklungen. »Doch dadurch tun sich mehr Fragen auf, als beantwortet werden. In diesem Mord ist noch keine Logik erkennbar. Und was sollen wir davon halten, wenn nicht Belle, sondern ihr Vater das Opfer sein sollte? Das macht die ganze Sache noch komplizierter. Wir stecken total fest. Wir wissen ja noch nicht einmal, was den Tod verursacht hat. Es gibt zwei Möglichkeiten: Austern und Portwein.«

»Austern?«

In kurzen Zügen wiederholte sie das Gespräch mit Frits Zoon. Hans lebte auf, das runde Gesicht mit den kleinen runden Brillengläsern strahlte.

»Das ist der Durchbruch ... Du hast es zurückgehalten, um mich zu überraschen. Ich habe den Medien etwas zu berichten.« Er streckte das Kinn vor. »Zoon ist der Täter, er hat ein Motiv und die Gelegenheit. Sein Hass gegenüber Wisse ist so groß, dass er das Gift bei sich zu Hause aufbewahrte.«

Ekelmans glich einem Kind, das gerade das Spielzeug bekommen hat, um das es die ganze Zeit gebettelt hatte.

»Zoon muss verhaftet werden.«

»Davon halte ich überhaupt nichts. Wie rachsüchtig Zoon auch sein mag, ihm fehlte es an Zeit, den Mord vorzubereiten.«

Ekelmans schüttelte den Kopf. »Vom Augenblick seiner Entlassung an hat sich Zoon mit nichts anderem beschäftigt. Irgendwann wird die Gelegenheit kommen, und siehe da, ihm fallen die Austern in den Schoß.«

»Das stimmt nicht. Dieser Mann würde nicht auf subtile Weise Gift benutzen, sondern schießen, prügeln oder schubsen.«

»Ich bestehe darauf, dass du ihn verhaftest.«

»Er ist unschuldig.«

»Für Bart Wisse wird es eine große Erleichterung sein, wenn Zoon den Mord zugibt.«

»Und deshalb sollen wir ihn verhaften? Das ist doch nicht dein Ernst?« Sie schaute ihn konsterniert an. »Bei der Pressekonferenz nimmst du den Namen Frits Zoon nicht in den Mund, hörst du?«

Auf ihren Bericht über Zandvliet reagierte der Staatsanwalt zerstreut.

»Wer ist das denn jetzt schon wieder?«

»Der verschwundene Umweltbeauftragte.«

»Ach ja.« Er suchte seine Papiere zusammen und hörte nur mit halbem Ohr zu.

»Seit Mittwochmorgen hat ihn niemand mehr gesehen.«

»Eheprobleme?«

»Dafür gibt es keinerlei Anzeichen.«

»Schön. Darüber reden wir später.«

»Er bleibt seinem Arbeitsplatz im Rathaus schon mal einen Tag fern, aber dass er drei Tage hintereinander nicht in seinem Büro erscheint, gibt es nicht.«

Hans stand auf, Laurien blieb sitzen.

»Ich lasse Zoon laufen«, sagte sie trotzig.

»Was habe ich gesagt? Verhaften, und zwar ein bisschen plötzlich!« Er beugte sich über den Schreibtisch. »Ich will keine Schwierigkeiten mit Wisse.«

»Zoon ist ein armer Schlucker. Den kann man ruhig verhaften. Kräht kein Hahn danach. Meinst du das?« Mit einem Ruck schob sie den Stuhl zurück. »Wie du willst. Wenn Zoon verhaftet wird, bin ich hier weg.«

»Dann sammle Beweise gegen ihn. Gut, du sollst deinen Willen haben. Aber wenn sich herausstellt, dass Zoon der Täter ist, sieht es nicht gut für dich aus.«

Wortlos schloss sie die Tür hinter sich.

15

Bei der Besprechung um halb fünf waren alle anwesend. Die Mannschaft hatte hart gearbeitet. Wegen der unklaren Todesursache hatten sie anfangs einen Rückstand, den sie jetzt langsam aufzuholen begannen. Laurien skizzierte, wie sie die Lage beurteilte.

»Wenn aufgrund meiner Informationen so ein Artikel in der Zeitung erscheinen würde«, moserte Pier, »dann würde ich mich dermaßen schämen, dass ich mich auch erst mal für eine Weile verkriechen würde.«

Die anderen zeigten sich nicht sehr überzeugt davon.

»Vielleicht hatte Zandvliet ja recht, und die Terroristen haben ihn einen Kopf kürzer gemacht.«

Laurien äußerte sich nicht zu den Hypothesen.

»Zandvliet benutzt sein Hobby als Ausrede. Überleg doch mal, Laurien, wer geht denn jetzt freiwillig in eine Fledermaushöhle, wenn die dort im Winter schön aufgereiht hängen und schlafen? In tiefem Winterschlaf und bereit, bequem gezählt zu werden.«

»Im Sommer sind sie ständig beschäftigt mit Nestbau und dem Sammeln von Würmern für die aufgesperrten Mäuler der Kleinen. Deine Fledermäuse, Pier, flattern den ganzen Tag herum und verbreiten spuckend und beißend Tollwuterreger. Zum Zählen der Biester ist das nicht gerade angenehm«, sagte Willem.

»Wie auch immer«, meinte Pier, »das Aufspüren dieses Sandalenlatschers sollen die Uniformierten übernehmen. Ich prophezeie dir, der kommt heute oder morgen nach Hause, gibt seiner Frau einen Kuss und sagt: ›Na, Schätzchen, hast du das Bier kalt gestellt?‹«

»Er kann ins Naturschutzgebiet Rammekenshoek gegangen sein. Eine unglückliche Bewegung und …« Sie vollendete den Satz nicht.

»Da habe ich heute gesucht«, sagte Jan. »Ich habe alles nur Erdenkliche aus dem Wasser gefischt, aber keinen Zandvliet. Mit meinen Stiefeln habe ich mich durch Brennnesselfelder gekämpft. Der kann überall sein, in Rammekenshoek ist er jedenfalls nicht.«

Laurien strich ihre Haare zurück. Sie spürte, die waren zu lang. Morgen würde sie zum Friseur gehen, das wäre für Italien auch viel besser.

»Und wer ist dieser ›F. R.‹?«, fragte Willem.

»Fritz Ratte«, sagte Pier.

»Lassen wir die Sache mit Zandvliet mal kurz ruhen, wir kommen später wieder auf ihn zurück. Willem, was kannst du uns über Wisse-Chemie berichten?«

»Das Unternehmen befindet sich seit drei Generationen in Familienbesitz. Die Fabrik hat zum Wohlstand von Walcheren beigetragen. Die Familie Wisse gehört zu den angesehensten auf Walcheren.«

»So benehmen sie sich auch«, murmelte Stevi.

»Kennst du die Familie?«

»Vom Hörensagen. Wisse wirft die Leute mir nichts, dir nichts auf die Straße. Und er stellt lieber keine Gewerkschaftsmitglieder ein. Das sagt doch alles.«

»Wisse«, sagte Lucas, »führt den Betrieb nicht alleine. Es gibt einen Aufsichtsrat. Es handelt sich um ein börsennotiertes Unternehmen.«

»Was weiter, Willem?«

»Unter dem Urgroßvater wurde größtenteils Kunstdünger für Walcheren produziert. Es lief gut, der Betrieb vergrößerte sich, andere Produkte kamen hinzu, beispielsweise Unkrautbekämpfungsmittel. Der Urgroßvater machte sich später sogar an die Produktion von Zement.«

»War es nicht so, dass dieser Urgroßvater Wisse zu viel versuchte?«, fragte Pier. Er nahm sich eine Handvoll Salzstangen. »Nach seinem Tod bewegte sich die Fabrik am Rande des Abgrunds.«

»Stimmt. Großvater Wisse ging die Sache anders an. Er stieß unrentable Teile ab und versuchte, die Produkte besser zu vermarkten, indem er Niederlassungen in den gesamten Niederlanden und in Belgien schuf.«

»Wurde das Unternehmen nicht von den Amerikanern bombardiert?«, fragte Klaas.

»Ja, so wie sie hier vieles plattgemacht haben.«

»Der Familie Wisse ist das nicht schlecht bekommen«, bemerkte Klaas. »Die Fabrik wurde nach dem Krieg in der Nähe des Außenhafens neu errichtet, strategisch günstig zur Westerschelde. Große Schiffe können bis zum Unternehmen fahren, besser geht es kaum. Und darum herum befinden sich große Grundstücke.«

»In der Tat wuchs das Ganze stetig weiter«, sagte Willem. »Als Großvater Wisse Ende der siebziger Jahre plötzlich starb, hinterließ er seinem Sohn Bart, Belles Vater, ein blühendes Unternehmen.«

»Das kann man wohl sagen«, meinte Klaas. »In den Niederlanden selbst war es nahezu konkurrenzlos. Damals nannte man es noch der Einfachheit halber ›Die erste Kunstdüngerfabrik‹.«

»Bart Wisse vertreibt seine Halbfertigprodukte für Kunstdünger in der ganzen Welt. Unter seiner Leitung wuchs die Firma explosionsartig. Produkte wie Rattengift und bessere Herbizide kamen hinzu, in seinen Labors wurden Chemikalien zur Wasseraufbereitung entdeckt ... Dennoch gab sich Wisse damit nicht zufrieden. Er engagierte die besten Chemiker.«

»Das haben wir gerochen«, sagte Willem. »Ich komme aus Vlissingen. Bei Ostwind mussten wir mit geschlossenen Fenstern schlafen. Warum müssen wir uns Dinge anhören, die wir schon lange kennen, Laurien?«

»Welches Gift wurde und wird dort produziert? Wie konnte es Belle erwischen?«

»Mach nur weiter.« Willem stützte sich mit den Ellbogen auf den Tisch, krümmte die Hände und legte den Kopf hinein.

»Neben der Verfeinerung der Produktionsabläufe, die die Herstellung billiger werden lässt, produziert Wisse-Chemie auch Polymere als Grundstoff für Plastik.«

»Haben seine Chemiker nicht sogar das abbaubare Plastik erfunden?«

»Eine Marktlücke, mit der das Unternehmen enormen Erfolg verbucht. Die haben großes Glück, aber auch Pech gehabt. In den neunziger Jahren gab es eine Bestimmung der Europäischen Union, dass er seine Halbfertigprodukte nicht mehr überallhin exportieren durfte.«

»Und für einige chemische Verbindungen wurde in Vlissingen ein generelles Produktionsverbot erlassen, weil das Unternehmen zu dicht an bewohntes Gebiet angrenzt. Jahrelang haben wir auf einer tickenden Zeitbombe gewohnt. Alles zur Mehrung von Glanz und Glorie der Familie Wisse. Ich verstehe Frits Zoon durchaus«, sagte Lucas.

»Oder es betraf Chemikalien, die in den gesamten Niederlanden verboten sind.« Sie schaute kurz hoch. »Könnt ihr folgen?«

»Liegt da der Konflikt mit Zandvliet?«

»Das wäre durchaus denkbar. Noch weitere Fragen? Dann fahre ich fort. Seine Chemiker müssen versuchen, die Vorschriften zu unterlaufen.«

»Sie suchen nach Löchern in den Gesetzen, um höhere Gewinne zu erzielen«, sagte Lucas. »Die Politik darf ihnen nicht zu sehr zusetzen, sonst verabschiedet er sich ins Ausland.«

»Ist dem wirklich so? Zu viele Mogeleien kann er sich nicht erlauben. Beim Wirtschaftskontrolldienst heißt es, dass man ihnen genau auf die Finger schaut. Und dennoch muss es da etwas Dunkles geben, etwas, das zu Belles Tod geführt hat«, sagte sie nachdenklich.

Pier schenkte noch einmal Kaffe ein.

»Was hat die Suche nach Zandvliet ergeben, Jan?«, fragte Laurien.

Jan zuckte mit den Achseln. »Ich habe mit einigen Beamten gesprochen. Zandvliet kennt sich mit der Natur aus.«

»Bemerkenswert für einen Umweltbeauftragten«, murmelte Willem.

»Zandvliet nimmt ab und zu Kollegen mit nach draußen. Er

scheint ein Fledermausfanatiker zu sein. In vierzehn Tagen kann uns sein Kollege vom Umweltamt mehr über ihn berichten.«

»Ich war bei den Nachbarn«, sagte Stevi. »Die Zandvliets haben mit ihrer Arbeit und den Kindern alle Hände voll zu tun. Über Spannungen innerhalb der Familie ist nichts bekannt. Schon mal ein heftiger Wortwechsel, aber das war es dann auch. Das kommt wohl in den meisten Familien vor.«

»Die hiesigen Umweltschützer kennen Andries Zandvliet dem Namen nach«, sagte Pier. »Sie arbeiten nicht mit ihm zusammen, wohl aber mit seinem Kollegen. Nachdem jetzt die Rede davon ist, dass Borssele am Netz bleiben soll, wollen sie mehr unternehmen, doch sie wissen noch nicht, ob sie Zandvliet einbeziehen sollen, selbst wenn er es will. Zandvliet ist ziemlich rechthaberisch.«

»Ich habe etwas ganz anderes«, sagte Willem. »Die Deutschen, die von Wattel fortgejagt wurden, haben auf dem Campingplatz eines Bauernhofes in Serooskerke gezeltet. Der Bauer, dem der Campingplatz gehört, sagte, Wattel sei wirklich verrückt gewesen, sie zu verjagen. Es seien Naturfreunde, die sich hauptsächlich für seltene Schmetterlinge und Pflanzen interessieren.«

»Gute Arbeit, Willem.«

»Die beiden sind am Rand des Ackers geblieben, und trotzdem war Wattel darüber schon außer sich. Auch die Begrenzung seines Ackers sei sein Eigentum. Er verfolgte sie mit der Mistgabel und drohte ihnen mit Tod und Teufel, wenn sie nicht verschwinden würden.«

»Noch etwas?«

»Sie waren so verschreckt, dass sie noch am gleichen Tag ihr Zelt abgebaut haben und nach Hause gefahren sind. Der Bauer empfahl ihnen, Anzeige zu erstatten, doch das wollten sie nicht.«

»Hast du ihre Personalien?«

»Ja, aber es ist mir noch nicht gelungen, Kontakt mit ihnen aufzunehmen. Ich bleibe dran.«

»Vielleicht kommt ja etwas dabei heraus. Klaas, hast du irgendetwas Wichtiges?«

Klaas pinnte Ergebnisse von Laboruntersuchungen an die Tafel. Um zu verdeutlichen, was er hatte untersuchen lassen, legte er seine Funde in Plastiktüten verpackt auf den Schreibtisch. Er hielt sie eine nach der anderen hoch. Neben Notizheften und einem kleinen Insulinlabor hatte er in einer Ecke von Belles Balkon auch eine Schachtel mit Körnern gefunden.

»Mäuse- und Rattengift?« Laurien schaute schnell zu Pier hinüber und erntete ein Augenzwinkern.

»Ja.«

Als Letztes leerte er einen Karton, den er bei Buker mitgenommen hatte: Ein Stapel Videokassetten und DVDs.

»Eigenes Material von Buker. Aufregend ist es nicht, soweit ich es habe sehen können. Anscheinend hatte er das neben den Viagra-Pillen nötig, um in Fahrt zu kommen.«

Pier ergriff das Wort.

»Stevi und ich haben mit Freunden und Kollegen von Belle in Amsterdam gesprochen.« Er schaute Stevi an. »Willst du berichten?«

»Nein, mach du das.«

»Ich will versuchen, mich möglichst kurzzufassen«, sagte er grinsend. Dass Jan geräuschlos applaudierte, übersah er. »Bei der Filmhochschule sagte man uns, Belle sei talentiert, aber unbeständig gewesen. Darin waren sich Dozenten und Studenten einig.«

»Machte sie den Eindruck, suizidgefährdet zu sein?«, fragte Laurien.

»Nein, sie war eher sehr emotional. Eben noch fröhlich und zugänglich, konnte sie kurz darauf unausstehlich und fordernd sein.«

»An der Hochschule hatte sie nicht viele Freunde«, sagte Stevi. »Ihr Ehrgeiz zeichnete sie am meisten aus: Sie arbeitete so lange an einem Projekt, bis sie selbst damit hundertprozentig zufrieden war. Belle wollte immer das Bestmögliche schaffen, sie war genial …«

»Über ihre weniger angenehmen Eigenschaften brauchten sie nicht lange nachzudenken«, sagte Pier. »Als arrogant wollten sie sie nicht bezeichnen, aber sie war sehr von sich überzeugt. Sie war die Tochter des Chefs eines großen Unternehmens, sie stank vor

Geld und hatte nicht die Absicht, sich mit Kleinigkeiten aufzuhalten.«

»Ja, wenn sie um eine weniger befriedigende Aufgabe nicht herumkam, dann ließ sie die von einem ihrer Kommilitonen erledigen, gegen Bezahlung. Bewundert wurde sie, sonderlich beliebt war sie nicht.« Stevi schaute sich im Kreis der Kollegen um.

»Im Segelverein mochte man sie lieber als in der Hochschule. In dem Schuppen, in dem man sich traf, hängen Fotos von Segeltörns. Belle steht immer in der Mitte, neben ihr der Freund, der von der Familie erwähnt wurde: Freddie Swaans.«

»Da hing auch das Poster eines Dokumentarfilms, den Belle gemacht hat«, sagte Stevi. »Der Film handelt von Mittsommernachtsfesten in Schweden, wohin im letzten Jahr alle gemeinsam gesegelt sind.«

»Im Segelverein war das plötzlich eine andere Belle, eine Frau, die sich auch für Drecksarbeiten nicht zu schade war, und dort hatte sie auch ihre Freunde. Am Wochenende sind sie oft auf dem Veerse Meer zum Segeln gewesen und haben dann am Kaai geschlafen. Ihren Tod fanden sie unbegreiflich und erschütternd.«

»Wir fragten sie«, übernahm Stevi jetzt wieder das Wort von Pier, »ob sie jemanden kennen, der Belle nach dem Leben getrachtet haben könnte. Sie brauchten nicht direkt zu antworten. Wir haben ihnen unsere Visitenkarten gegeben.« Sie schaute Pier an.

»Unsere Frage stiftete in der Gruppe Verwirrung. Freddie brach in Tränen aus. Er hat langes rotes Haar, mit dem er seine Augen trocknete. Das hättest du sehen müssen, Laurien.«

»Er wiederholte ein ums andere Mal, dass Belle beliebt war, unheimlich beliebt.«

»Hat man sich zu der Verlobung geäußert?«

»Was zu erwarten war«, sagte Pier schulterzuckend. »Buker tauge nichts, er war ein einziges Mal mitgekommen, und danach war Belle klug genug gewesen, ihn zu Hause zu lassen. Wir haben die Adressen notiert, vielleicht müssen wir später noch einmal einzeln mit ihnen reden.«

»Habt ihr nicht mit Freddie gesprochen?«, fragte Laurien überrascht.

»Mit ihm ja, mit dem Rest noch nicht. Wir sind mit Freddie in seine Wohnung gegangen.«

»Er wohnt in seinem Atelier«, sagte Stevi gerührt. »An der Wand hängt ein großes Bild, größtenteils mit Rottönen. Es stellte Belle dar.« Sie brach in ein Kichern aus. »Ihren Vater hasst er, Buker auch.«

»Er suggerierte, dass Belle ja nicht unbedingt das beabsichtigte Mordopfer gewesen sein muss, Laurien … Dann ist Freddie möglicherweise der Mörder«, sagte Pier. »Sie hatten bereits seit drei Jahren eine Beziehung, von der ihr Vater nichts wissen durfte.«

»War Belle von ihm schwanger?«

»Er wurde wütend, als wir ihn danach fragten. Eine Lüge sei das, nichts als Lüge. Sie hätte es ihm erzählt, schließlich hätten sie keine Geheimnisse voreinander gehabt.«

»Du hättest seine grünen Augen sehen müssen, die spien Feuer«, sagte Stevi. »Er wurde noch wütender, als wir mit Bart Wisse weitermachten.«

»Er ist Bart nie begegnet, weil Belle sich immer wieder etwas anderes einfallen ließ, weswegen sie ihn nicht besuchen konnten. Selbst wenn sie dort zum Segeln auf dem Veerse Meer waren, übernachtete er nur in dem Haus, wenn ihr Vater nicht da war.«

»Was hielt er von der Verlobung?«

»Belle hat Freddie erst vergangene Woche erzählt, dass sie sich mit Buker verloben wollte. Freddie hatte sich von der Überraschung noch nicht erholt.«

»Wie erklärte er Belles Verhalten?«

»Sie fand Michel sympathisch, aber die Sache mit der Verlobung ist ihr einfach passiert.«

»Das finde ich ein starkes Stück bei einer Frau wie Belle«, sagte Klaas. »Alle Geschichten vermitteln den Eindruck, als hätte sie immer ganz genau gewusst, was sie wollte.«

»Freddie verstand überhaupt nichts mehr, auch wenn er sich den

Kopf noch so sehr darüber zerbrochen hat. Das Seltsame war, dass sie Freddie nicht verlieren wollte«, sagte Pier. »Sie liebte ihn. Freddie meinte, der Vater habe sie zu dieser Verlobung gezwungen. Vielleicht nicht mit vielen Worten, aber er müsse sie gehörig unter Druck gesetzt haben. Eine andere Erklärung hat er nicht.«

»Glaubst du das etwa? Wir leben doch nicht mehr im Mittelalter.«

»Sie verlobte sich, um ihren Vater nicht erneut zu enttäuschen. So interpretierte Freddie das. Sie war auch nicht bereit, mit ihm darüber zu reden. Er war wütend geworden, er hatte es nicht verstanden oder wollte es nicht verstehen.«

»Freddie stand im Abseits.«

»Nicht ganz. Er bat Carla um Hilfe, und Belle beschloss, die Verlobung abzublasen«, sagte Pier. »Papa Wisse wollte nichts davon hören. Belle sollte die Verlobungsfeier einfach als gemütliches Fest mit Verwandten und Freunden betrachten ... So schwer könnte es doch nicht fallen, sich mit Buker zu verloben. Stets gut gekleidet, auf jeden Fall besser als Achterveld in seinem Freizeitlook.«

Alle redeten durcheinander. Es dauerte eine Weile, bis es wieder ruhig wurde und Laurien Pier bitten konnte, mit seinem Bericht fortzufahren.

»Am Samstag erschien Freddie mit Freunden aus dem Verein zum Segeln auf dem Veerse Meer, und am Sonntag wollten sie zur Verlobungsfeier gehen, um dort ordentlich auf den Putz zu hauen. Das war es so ungefähr. Haben wir noch irgendetwas vergessen, Stevi?«

»Nicht, dass ich wüsste.«

»Gute Arbeit.«

»Freddie ist mit uns nach Walcheren mitgefahren, wegen der Beerdigung. Ich werde ihn nach Veere bringen, aber vielleicht willst du ihn ja noch sehen. Er sitzt unten. Es ist ein tragisches Liebesdrama. Den Schwiegervater aus Wut töten wollen, doch aus Versehen die innig Geliebte vergiften. Ich schlage vor, dass wir ihn verhaften.«

»Hat er denn gestanden?«, fragte Laurien.

»Noch nicht. Aber wenn du willst, gebe ich es dir schwarz auf weiß: Es handelt sich um ein Liebesdrama mit tödlichem Ausgang.«

Pier und sie setzten sich Freddie gegenüber hin. Ein schöner Junge.

»Was für eine Frau war Belle?«

»Belle war fantastisch. Sie war voller Ideen, sie war leidenschaftlich und vor allem lieb. Sie müssen mir glauben.« Er sah sie flehend an.«

»Mochten alle aus Ihrem Segelclub sie?«

»Ich denke schon.«

»Aber Sie sind sich dessen nicht sicher?«

»Sie wollte einen zweiten Film über den Verein machen. Über die Beziehungen, deren Entwicklungen, die Vorbereitungen für eine Reise um die Welt, mit dieser Reise selbst als Höhepunkt. Sie ging davon aus, dass sich bestehende Verhältnisse ändern würden.«

»Und das kam nicht bei allen gut an?«

Nervös putzte sich Freddie die Nase. »Ein weibliches Mitglied war der Meinung, Belle gehe über Leichen, um aus dem Ganzen ein tolles Projekt zu machen ... Sie zog sich zurück.« Er schaute sie an. »Das war ihr gutes Recht.«

»Und Belle akzeptierte es?«

»Sie mochte Widerstand. Das würde der Dokumentation eine gewisse Spannung verleihen.«

Laurien machte sich eine Notiz. Das Material müsste angeschaut werden. Eine schöne Wochenendbeschäftigung für Jan.

»Wir haben etwas weniger Erfreuliches über Sie in Erfahrung gebracht, Herr Swaans. 1996 haben Sie einen Rivalen so zusammengeschlagen, dass er mit einer Gehirnverletzung ins Krankenhaus musste.«

»Das war ein sehr trauriger Tag, aber anders, als Sie es jetzt darstellen.«

»Erzählen Sie«, sagte Pier.

»Ich stritt mich mit Elco wegen eines Mädchens. Ich drehte mich bereits um, Elco kam hinter mir her, stolperte und gab mir die Schuld, als er im Krankenhaus aufwachte. Erst als ich aus der Jugendstrafanstalt entlassen wurde, gab er zu, dass er gefallen war. Ich fiel noch unter das Jugendstrafrecht, da werden mit achtzehn die Vorstrafen gestrichen, aber es verfolgt mich trotzdem immer noch.«

Sie notierte sich den Namen des Jungen.

»Hat er es der Polizei gemeldet?«

»Nein, ich dachte mir, das spielt jetzt auch keine Rolle mehr.«

»Wusste Belle davon?«

»Natürlich.«

»Wann haben Sie zum letzten Mal mit Belle gesprochen?«

»Samstagabend rief sie mich an. Sie wollte nicht sagen, wo sie gerade war, weil sie Angst hatte, ich könnte Streit suchen. Damit hatte sie auch recht.«

»Warum rief sie bei Ihnen an?«

»Um mir zu sagen, dass sie sich doch mit diesem Rindvieh verlobt hätte, obwohl sie es nicht vorgehabt hatte. Trotz allem, was darüber gesagt worden sei, wolle sie durchhalten. Sie sagte, sie habe sich nur zum Schein mit Michel verlobt, und es gebe da etwas, das sie mir erst erzählen könne, wenn wir in ein paar Wochen auf Reisen seien, außerhalb des Einflussbereichs von ihrem Vater und Michel.«

»Das dürfte Sie nicht gerade erfreut haben.«

»Ich sagte, dass es zwischen uns aus und vorbei sei, wenn sie diese lächerliche Show durchziehen würde. Aber sie wusste genauso gut wie ich, dass ich es nicht so meinte, jedenfalls nicht länger als fünf Minuten.«

»Warum, glauben Sie, hat sie sich verlobt?«

»Ich kann es nicht beweisen, aber möglicherweise hat Buker ihren Vater irgendwie in der Zange. Es muss sich um etwas Wichtiges handeln, sonst hätten sich Belle und ihr Vater nicht darum geschert.«

»Was haben Sie Samstagabend gemacht?«

»Mit Freunden am Verse Meer entlanggegangen und danach volllaufen lassen.«

Auf ihrem Schreibtisch lag eine Notiz von Stevi. Frau Zandvliet wollte wissen, ob schon etwas mehr über ihren Mann bekannt sei.

Bevor sie nach Hause ging, klopfte sie bei Ton an. Der Hauptkommissar nickte geduldig, er fand, es gehe voran. Sie habe richtig gehandelt, Zoon laufen zu lassen. Wenn Hans ihr noch ein Mal Schwierigkeiten bereiten würde, solle sie ihn zu ihm schicken.

»Bart Wisse ruft hier täglich an, um zu erfahren, was sich tut. Wenn es nach ihm ginge, würde dir der Fall entzogen.«

»Aber es geht nicht nach ihm.«

»Stell dir vor. Für dich ist es vermutlich gut zu wissen, dass Wisse durch den Artikel in der *Provinciale Zeeuwse Courant* auf die Idee gebracht wurde, Belle könnte das Opfer von Terroristen sein.«

»Versuch es ihm auszureden.«

»Das dürfte nicht einfach werden. Es wäre gut, wenn du mir etwas an die Hand geben könntest, womit ich ihn ruhig halten kann.« Er zwirbelte die Spitzen seines Schnurrbarts.

»Morgen ist die Beerdigung, da muss er sich wohl um andere Dinge kümmern. Zwei Leute aus meinem Team werden anwesend sein.«

»Könnte es kein Liebesdrama sein? Du verhaftest Freddie doch sicher?«

»Warum? Ich sehe keine Veranlassung dazu.«

Heute hatte sie schon wieder kein Schreibheft gekauft. Es beunruhigte sie, dass sie nicht einmal dazu kam, etwas derart Unwichtiges zu erledigen.

Tiemen stand im Wohnzimmer. Voller Hingabe sang er Arien von Puccini, die er im Winter einstudiert hatte. Er bemerkte nicht, dass sie das Haus betreten hatte. Laurien lauschte in der Küche Tiemens Bariton und streichelte Sammy das Fell. Tiemens Stimme schaffte spielend den tiefsten Ton. Sie verstand zwar nichts davon, doch sie liebte diesen warmen Klang.

Nachdem die letzten Töne verklungen waren, applaudierte sie leise. Er nahm sie in den Arm und sagte, er sei auf dem Sprung, mit Sammy Gassi zu gehen. Sie hakte sich bei ihm unter.

Sammy rannte erst einmal ein paar Runden um das Standbild auf dem Vismarkt. Sie schauten es sich aus einiger Entfernung an. Das vornübergebeugte Mädchen kümmerte sich nicht um den kläffenden Hund. Das war das Schöne an ihr. Langsam gingen sie weiter, in die Sint Jansstraat. Sie hätte es voraussagen können: Sie landeten in *De Mug*. Pier saß schon dort.

16

In der Zeitung stand ein Artikel über Belle Wisse. Die Polizei käme bei ihren Ermittlungen nicht recht voran. Der Bericht enthielt ein paar Spekulationen, Eile sei geboten. Kein Wort mehr über Zandvliet und die vermeintlichen Terroristen.

Der samstägliche Flohmarkt vor ihrem Haus kam langsam in Gang, die ersten Besucher beugten sich über ein altes Service. Laurien schlenderte mit Sammy an den Ständen vorbei. Manchmal fand sie alte Noten. Vor Jahren hatte sie eine uralte Trompete gekauft, die jetzt auf der Fensterbank lag und aus der kein Ton mehr herauszukriegen war.

Etwas weiter, auf dem Markt, standen die Kirmesattraktionen noch bewegungslos herum. Eine Frau im Regenmantel füllte ihre Theke auf, ein Mann schraubte ein Schild an die Geisterbahn. Am Plein 1940 stand ein Kettenkarussell.

Bevor sie ins Büro ging, fuhr sie mit Sammy nach Rammekenshoek. Dass sie Jans Arbeit kontrollieren wollte, konnte ihr niemand verübeln.

Tiemen hatte versprochen, sich heute an das Autofenster zu machen, doch vor neun Uhr würde er nicht damit anfangen. Wenn er sich denn überhaupt daranmachen würde.

Sie legte eine CD ein, eine Klaviersonate von Mozart. Nach ein paar Takten schaltete sie die Musik aus. Sammy ließ einen schallenden Furz. Was hatte Olmer ihr heute Nacht gegeben? Der Gestank war nicht auszuhalten, sie kurbelte das Fenster herunter. Die Bäume entlang der Straße verursachten ein schwirrendes Geräusch. Sie stellte sich vor, dass es wie eine moderne Komposition klang, der Wind wehte herein. Nach einer halben Minute hatte sie genug gelüftet.

Hinter Ritthem bog sie in den Zeedijkweg ab und parkte, wo der breite Asphalt in einen Radweg überging.

Mit Sammy lief sie zum Deich. Am Strand lag das Gerippe eines Schiffs. Auf der anderen Seite der Westerschelde schwangen die Flügel der Windräder in einem fort um die eigene Achse. Die Wolken aus den Kühltürmen jagten nach Südosten.

Sie blickte noch einmal zu dem Komplex des Kernkraftwerks hinüber. Spionierte Zandvliet hier vielleicht unter der Tarnkappe des Fledermauszählers herum, bewegte er sich auf verbotenem Terrain, und taten die Umweltschützer nur so, als würden sie ihn kaum kennen, sodass Zandvliet ungestört vorgehen konnte?

Das Meer glänzte unter einem Himmel, dessen Grau nur von heller getönten Möwen unterbrochen wurde. Sie nahm die Treppe über den Deich, links und rechts blökten Schafe hinter dem Stacheldraht. Sie blieb auf dem Weg durch das Wäldchen entlang der Brennnesselfelder.

Wer war F. R.? Das R konnte für Rammekenshoek stehen, doch was hatte dann das F zu bedeuten? Ziellos lief sie zu dem Holzverschlag mit den Gucklöchern zum Beobachten der Vögel. Bis auf das aufgeregte Kreischen der Vögel war es unheimlich still.

Aus dem Dunkel des Waldes trat sie wieder in das Licht über dem Deich. Während sie zum Auto schlenderte, schauten ihr die Schafe wiederkäuend nach. Morgen wollte sie zurückkommen. Irgendwo hier war Zandvliet. Vielleicht nicht direkt in Rammekenshoek, doch irgendwo hier in der Gegend. Mit immer engeren Zirkeln würde sie ihn einkreisen, so lange, bis sie ihn gefunden hätte.

Auf dem Rückweg hörte sie Vivaldis *Nullo in mundo pax sincera*. Das kann man wohl sagen, dachte sie, während sie die Wörter vor sich hin murmelte. Damit verdiente sie ihre Brötchen.

Die Musik war zu schwach. Sie holte die CD aus dem Autoradio und schob Wende Snijders rein. Sie stellte sich ein Haus auf dem Land in Frankreich vor, mit der Aussicht auf eine glühende Landschaft und einen Garten mit Obstbäumen.

Sie brachte Sammy nach Hause und fuhr mit dem Fahrrad in die Vrijlandstraat. In ihrem Büro ging sie mit Lucas und Willem noch einmal das Dossier durch. Lucas hatte die Deutschen erreicht. Das hieß, die Mutter des Mannes, und diese hatte ihm die Nummer des Krankenhauses gegeben.

»Die beiden Deutschen scheinen nach ihrer Rückkehr mit seltsamen Symptomen ins Krankenhaus gekommen zu sein. Sie hatten von oben bis unten Flecken. Peter Blau und Clara Olpe sind Naturfreunde und Mitte zwanzig. Clara geht es schlechter als ihm, anscheinend sind ihre Augen in Mitleidenschaft gezogen.« Lucas klang besorgt.

»Gibt es einen Zusammenhang mit dem Kartoffelfeld?«

»Möglicherweise. Sie waren in der Nähe von Wattels Kartoffeln am Rand des Ackers auf der Suche nach der Braunroten Stendelwurz. Wegen des kühlen Sommers hofften sie, dass dort noch welche blüht.«

»Ich habe noch nie etwas von der Braunroten Stendelwurz gehört«, sagte Willem, »aber das will nicht viel heißen.«

»Dabei handelt es sich um eine seltene Pflanze, die gerade in Serooskerke an manchen Stellen zu finden ist.«

»Schon möglich.« Willem zuckte mit den Achseln.

»Sie wussten, wo sie suchen mussten. Weil es hier meistens parzellierte, gerade Felder gibt, voneinander abgegrenzt durch Gräben und Stacheldraht, fiel dieser Ackerrandstreifen auf. Es gibt da keinen Weg, wenn man also dorthingelangen will, muss man an Wattels Feld entlanggehen. Das ist kein Problem, denn zwischen den Kartoffeln und dem Ackerrandstreifen wurde ein gutes Stück freigelassen.«

»Ich erinnere mich daran«, sagte Laurien.

»Den Acker selbst haben sie keinen Fußbreit betreten, dort gab es ja auch nichts für sie zu suchen. Herbizide oder Dünger überlebt die braune Sumpfwurz nicht. Plötzlich tauchte da ein wild schreiender und gestikulierender Mann auf.«

»Wattel.« Laurien atmete tief durch.

»Zunächst war ihnen gar nicht bewusst, dass er sie meinte. Dann versuchten sie ihm zu erklären, dass sie nicht zwischen seinen Kartoffeln suchten, nur auf dem Ackerrandstreifen, aber entweder verstand er kein Deutsch, oder er war zu wütend, um zuzuhören. Bis zum Weg hat er sie dann mit seiner Mistgabel verfolgt.«

Willem stand auf. »Also lag es nicht am Acker oder an dem, was darauf gestreut wurde. Schön, dann brauchen wir uns darum nicht zu kümmern.«

»Warte mal, hat dieser Peter Blau noch irgendetwas über das Kraut gesagt?«, fragte Laurien.

»Ich habe ihn danach gefragt. Es sah ganz normal aus.«

»Hast du denn denselben Acker gemeint?«

»Sicher. Sie waren derart durcheinander wegen dieser unangenehmen Begegnung, dass sie glaubten, es ginge ihnen deshalb nicht gut oder sie hätten eine Sommergrippe. Mit Husten fing es an, was bei dem schlechten Wetter nicht verwunderlich war. Dann sind sie nach Hause gefahren.«

»Trotzdem sehe ich noch keinen Zusammenhang mit Wattels Acker.« Willem setzte sich wieder.

»Unterwegs wurde es immer schlimmer. Claras Augen begannen schmerzhaft zu brennen. Als sie dann in Köln waren, hatten beide einen feuerroten juckenden Ausschlag. Clara sah alles nur noch ganz verschwommen, deshalb fuhr er direkt zur Klinik weiter. Ob sie je wieder scharf sehen kann, ist ungewiss.«

»Hinter einer kleinen Pflanze herjagen und dann sein Sehvermögen verlieren«, sagte Laurien. »Lässt du Wattel herholen, Lucas? Es ist besser, wenn er seine Geschichte noch einmal hier bei uns erzählt. Zandvliet kann mit seiner Story von der chemischen Verunreinigung durchaus recht haben.«

»Was machen wir mit Zandvliet?«

»Achter de Houttuinen ist endlich auf die Suche gegangen, Willem. Ich habe ihnen eine Liste mit möglichen Stellen gegeben, auch außerhalb von Walcheren. Sein Verschwinden gefällt mir immer weniger. Heute Abend wird eine Vermisstenmeldung auf *Omroep Zeeland* ausgestrahlt. Ich habe ihnen eine E-Mail mit einem Bericht und einem Foto geschickt.«

»Darf ich mal sehen?«

Ein unauffälliges Gesicht, typisch für Zeeland, mit ziemlich breiten Backen, gepflegtem Bart, schmalen Lippen, spitzer Nase und braunen Augen.

Sturm ging nicht ans Telefon. Laurien hinterließ ihr eine Nachricht. Sie erklärte, dass sie genauere Informationen über die Erkrankung von Peter Blau und Clara Olpe haben wollte. Eine Kollegin könnte vielleicht eher etwas in Erfahrung bringen als eine Kriminalbeamtin. Langsam gab sie die Telefonnummer des Krankenhauses in Köln durch.

»Wattel ist nicht im Lande«, sagte Lucas. »Unser Gert-Jan ist gestern mit Freunden zu seiner jährlichen Whisky-Tour nach Schottland abgereist. Montag kommt er zurück.«

»Wir hätten ihn sofort beim Schlafittchen packen sollen.«

Nachdem Lucas nach Hause gegangen war, stellte sie sich ans Fenster ihres Büros. Pier kam auf den Parkplatz gefahren, stieg aus und hielt übertrieben höflich die Beifahrertür auf. Stevi schien das nicht zu gefallen. Mit steifen Schritten ging sie zum Eingang, während Pier noch damit beschäftigt war, das Auto abzuschließen. Es wirkte, als führten sie ein schlechtes Theaterstück auf. Pier schaute hoch und winkte.

»Wie war die Beerdigung?«, fragte sie in der Kantine.

»Schlimm, so eine junge Frau.« Er seufzte. »Wie alt bist du, Stevi?«

»Was hat das denn damit zu tun?«

»Bei deiner Beerdigung werden wir auch mit großem Aufgebot ein Tränchen zerdrücken.«

»Meine Beerdigung? Spar dir deine Gruselgeschichten!«

»Du hättest hingehen müssen«, sagte Pier. »Der Chor sang Stücke aus dem *Requiem* von Fauré. Das war nichts für Leute wie mich.«

»Es nahm kein Ende«, ergänzte Stevi.

»War jemand vom Revier Serooskerke da?«

»Vermutlich«, sagte Stevi. »Dieser Kriecher war auch da.«

Laurien runzelte die Stirn.

»Alex Boel meine ich.«

»Na, na. War Ton auch anwesend?«, fragte Laurien.

»In dezentem Grau«, sagte Pier. »Wisse stützte seine Ex-Frau. Wir standen dicht neben Buker und Achterveld, als die sich höflich flüsternd stritten. Wir haben nicht gehört, wer anfing. Vorwürfe hin und zurück. Soweit ich es verstehen konnte, ging es um das Unternehmen.«

»Nein«, sagte Stevi. »Es ging um Belle, aber was da genau gesagt wurde, konnte ich nicht verstehen.«

Bevor Laurien nach Hause ging, sagte sie Ina Zandvliet Bescheid, dass das Foto ihres Mannes heute Abend auf *Omroep Zeeland* zu sehen sein würde.

Sie fühlte sich Maatje gegenüber schuldig, als sie bei Els anrief, doch das war bereits vergessen, sobald sie auf dem Markt ein Glas Wein tranken und dabei etwas aßen. Morgen würde sie ihre Schwester besuchen.

Laurien erzählte von der letzten Reorganisation bei Wisse-Chemie. Sie fragte, ob Els sich vielleicht einmal bei Kollegen nach dem Unternehmen erkundigen könne. Unter Wirtschaftsprüfern waren derartige Bitten nichts Ungewöhnliches.

Sturm hatte beim behandelnden Arzt in Köln angerufen. Clara Olpes Augen waren angegriffen. Eine Besserung war nicht in Sicht. Beide hatten Atembeschwerden gehabt und einen eigenartigen Hautausschlag. Die Ursache war unbekannt. Die Blutuntersuchungen hatten noch keine Erklärung geliefert, sodass weiter gesucht werden musste.

Laurien wollte das Gespräch schon beenden, als Sturm ihr vorschlug, einander zu duzen. Laurien fand das in Ordnung, auch wenn sie nicht wusste, womit sie es verdient hatte. Sturm lachte, wozu Laurien sie nicht fähig gehalten hatte. Als sie später Warre gegenüber eine Bemerkung darüber machte, fand der das Ganze ziemlich blöde. Manchmal verstand sie ihn nicht.

Sie merkte, wie müde sie war. Sie schenkte sich etwas ein und wartete auf der Bank vor dem Haus auf Tiemen. Die Alltagsgeräusche weckten wieder ein Gefühl von Sommer in ihr. Sammy wuselte um sie herum. Ein Tourist fragte nach der Rasse dieses freundlichen Hundes. Von ungarischen Mudis hatte er noch nie gehört.

17

Das Auto hatten sie schon früh bei Schloss Westhove abgestellt, um geschützt durch die Dünen zum Meer wandern zu können. Tiemen hatte einen Finger in die Luft gehalten, noch immer Nordostwind. Gegen den Wind liefen sie in Richtung Oostkapelle, die Schuhe im Rucksack, das Getöse der Brandung im linken Ohr.

Als es nach einer halben Stunde zu nieseln begann, kehrten sie um. Mit dem Wind im Rücken lief es sich sofort sehr viel angenehmer. Hand in Hand gingen sie an der Flutlinie entlang, ruhig und zufrieden. Worte gingen im Brausen der Brandung unter, wurden aber dennoch verstanden. Eine Möwe glitt über das Wasser, ein Fischerboot in der Ferne, die bleigrauen, tiefhängenden Wolken über dem Meer, als sei der Himmel hinabgesunken.

Sammy hechelte mit heraushängender Zunge hinter ihnen her. Laurien bückte sich nach einer Muschel. Dem Hund reichte die kleine Pause, um sich mit den Hinterpfoten in den Sand plumpsen zu lassen.

Jeder Ball war eine Beute, der sie nachjagen musste, auch wenn sie am Dünenrand einen Moment zögerte, ob das Spielzeug oder der Geruch eines Kaninchens verlockender war. Nach einem kurzen Ruf entschied sie sich für den Ball.

Tiemen holte ein Schälchen aus dem Rucksack und goss Wasser hinein. Sammy schlürfte es begierig herunter, schüttelte den Sand des Hundestrandes aus dem Fell und schaute erwartungsvoll auf den Ball in Lauriens Hand, doch unerbittlich gingen Tiemen und Laurien den Weg hinauf, der zum Schloss Westhove führte.

Es war zu kalt, um draußen Cappuccino zu trinken. Tiemen schaute zu, wie Laurien sich nach dem Kaffee die Lippen schminkte. Sie streichelte Sammy, die ihren Kopf in Lauriens Schoß gelegt hatte.

»Guter Hund, lieber Hund.«

»Wann kommt dein Kollege?«

»Nicht vor drei Uhr. Ich hole gleich Maatje ab.«

Noch bevor sie das Auto erreicht hatten, klingelte ihr Handy.

»Hallo Klaas.«

»Das Labor hat mich angerufen. Ich dachte mir, du solltest es sofort erfahren, Laurien. An den Scherben der Portweinflasche des Jahrgangs 1981 befand sich noch ein kleiner Rest Portwein, gerade genug, um ihn untersuchen zu können. Du rätst nie, was darin gefunden wurde.«

»Du hast es schon einmal erwähnt. Wie heißt das Zeug noch mal? Methyl ..., und wie weiter?«

»Methylisocyanat.«

»Methylisocyanat«, wiederholte sie.

»Genau. Gift, pures Gift. Ich müsste mich schon sehr täuschen, wenn Belle Wisse nicht damit getötet wurde. Ihre Fingerabdrücke befinden sich auch noch auf einer Scherbe, aber nicht nur ihre.« Er klang sehr aufgeregt.

»Die ihres Vaters und der Putzfrau?«

»Müssen wir noch untersuchen.«

»Prima Arbeit.«

»Ich habe mich noch einmal schlau gemacht, was dieses Gift anrichtet.«

»Bestand die Giftwolke in Bhopal nicht aus dieser Substanz?«

»Es ist ein Dreckszeug, Laurien, ein ganz gemeines Teufelszeug. Wenn man es einatmet, greift es die Lungen an, man bekommt ein Lungenödem und erstickt am eigenen Blut ...«

»Junge, Junge!«

»Und wenn man es über den Mund aufnimmt, zerstört es die Speiseröhre.«

»Wie lange dauert es, bis man stirbt?«

»Maximal ein paar Stunden.«

Laurien schüttelte sich.

»Es kann auch über die Haut eindringen«, fuhr Klaas fort. »Der Effekt ist der gleiche wie beim Einatmen.«

»Wofür wird es verwendet?«

»Unter anderem als Grundsubstanz für Pestizide und Plastik.«

»Ruf alle zusammen. Vielleicht ist dies ein Durchbruch.«

»Jetzt? Ich bin gerade im Begriff, in die Kirche zu gehen.«

»Gut, ich trommle die anderen zusammen, und du kommst dann nach der Kirche in mein Büro. Bis gleich!«

Bevor sie Tiemen absetzte, bat sie ihn, Maatje telefonisch abzusagen.

Jemand hatte Zandvliets Adressbuch auf ihren Schreibtisch gelegt. Viel gab es nicht her. Wisse-Chemie gehörte zu seinem Arbeitsbereich. Neben Adresse und Telefonnummer des Unternehmens selbst enthielt es auch die Privatadressen von Wisse, Buker und Achterveld, jedoch nichts und niemanden, das den Initialen F. R. entsprochen hätte.

Anderthalb Stunden später drängten sich alle in ihrem kleinen Büro. Laurien schrieb den Namen des Giftes an das Flipchart. Darum herum kritzelte sie die Wirkungen der Substanz und versah sie mit Pfeilen.

»Wir wissen jetzt, dass es mit Hilfe des Portweins zugeführt wurde. Der Portwein von 1981 war Bart Wisse vorbehalten. Wusste der Mörder, dass Belle an jenem Abend Portwein trinken würde, oder war es purer Zufall? Trank Belle wirklich aus Widerspenstigkeit? Wurde sie von jemandem gezwungen?«

Laurien blickte von einem zum anderen. Die Spannung war mit Händen zu greifen.

»Wie kam das Gift in die Portweinflasche? Wer hatte Zugang zum Haus? Zwischen dem Einfüllen dieses Methyl ... Methylisocyanats und dem Trinken kann nicht viel Zeit vergangen sein.«

»Carla Beest hat das Restaurant kurz nach ihnen verlassen, und Freddie trieb sich irgendwo in Veere herum«, sagte Pier. »Eine oder einer von beiden kann es getan haben.«

»Freddie Swaans war wegen der Verlobung wütend, er hatte ein Motiv. Außerdem ist er ein Hitzkopf«, sagte Lucas. »Carla kam erst später aus dem Restaurant. Sie hatte keine Gelegenheit, das Gift in die Flasche zu füllen, und so schnell kann ich auch kein Motiv erkennen.«

»Freddie wäre eine Möglichkeit«, sagte Pier, »vor allem auch in Anbetracht seiner Vergangenheit. Freddie leugnet übrigens.«

»Ich glaube nicht, dass es Swaans war. Wir dürfen ihn zwar nicht aus den Augen verlieren, aber er hat es nicht getan.«

Laurien stellte sich wieder ans Flipchart. »Belle hat Buker deutlich zu verstehen gegeben, dass er nicht der Traumverlobte war. Während dieser die Flasche für Belle aus dem Arbeitszimmer holte, kann er das Gift beigemengt haben.«

»Was hat er denn davon?«, meinte Pier. »Ohne Belle auch keine Wisse-Chemie.«

»Carla Beest hat sich vielleicht an ihrem Ex-Mann rächen wollen. Sie dürfte gewusst haben, dass der Portwein nur für ihn bestimmt war.«

»Ich weiß nicht, Willem«, sagte Lucas. »Freddie ist kein Chemiker. Wenn ich das richtig verstanden habe, dann handelt es sich bei diesem Zeug um eine Substanz, mit der man äußerst vorsichtig umgehen muss, und dafür stand nur wenig Zeit zur Verfügung.«

»Wie sieht es mit dem Sicherheitssystem aus? War die Alarmanlage eingeschaltet?«

»Ein wichtiger Punkt, Stevi. Wir werden uns danach erkundigen. Wer kannte den Code? Freddie? Carla? Michel?«, fragte sich Laurien laut. Sie lehnte sich an die Fensterbank.

»Belle wird den Code gekannt haben«, sagte Pier, »aber warum sollte sie den Freddie, Carla oder Michel gegeben haben? Sie wohnte doch schon seit Langem nicht mehr bei ihrem Vater.«

»Wenn einer der drei den Code kannte, dann war es vermutlich Michel. Aber Michel war mit Belle und Bart zusammen.«

Klaas trat ein.

»Wir werden es untersuchen«, sagte Laurien. »Lucas, fragst du bei dem deutschen Internisten nach, ob die Vergiftungen seiner beiden Patienten möglicherweise von diesem Methylisocyanat herrühren können?«

»Angesichts der Symptome wäre das denkbar«, sagte Pier verblüfft. »Dann besteht auch ein direkter Zusammenhang zwischen Belle und dem Acker, vielleicht sogar Zandvliets Verschwinden. Jetzt kann ich erstmals deinem Gedankengang folgen, Laurien. Aber welche Rolle spielt Zandvliet in dieser ganzen Geschichte? Und der Bauer? Der Acker? Sollte Leversen von der *Provinciale Zeeuwse Courant* doch recht haben?«

»Methylisocyanat in niedriger Dosierung vernichtet schädliche Insekten«, sagte Klaas. Er las es vom Bildschirm seines Notebooks ab. Auf einer gesicherten Website des Reichsinstituts für Volksgesundheit und Umwelt standen Informationen, die nicht jedem zugänglich waren.

»Und in einer Überdosis?«

»In zu hoher Konzentration wirkt es als Gift und vernichtet die Ernte. Es verbrennt das Kraut und lässt die Wurzeln zu Matsch werden.« Er las es langsam vor. Sie schauten sich konsterniert an.

»Könnte es auch als Massenvernichtungswaffe eingesetzt werden?«

»Danach müssen wir uns erkundigen. Möglicherweise wurde der Acker benutzt, um zu sehen, wie das Gift wirkt.«

»Komm, komm!«, sagte Stevi erregt. »Das sind ja schon fast Verschwörungstheorien. Welche Bedeutung hat denn so ein kleines Feld in Serooskerke?«

Willem ignorierte sie. »Mit was für einem Verrückten haben wir es hier zu tun? Nicht nur Belle zählt zu den Opfern, sondern auch die Deutschen.«

»Wattel wusste davon«, sagte Pier. »Nicht umsonst reagierte er dermaßen überzogen. Wenn er nicht selbst etwas auf seinem Acker ausgebracht hat, müssen es andere getan haben.«

»Sollten wir nicht die Kollegen in Schottland bemühen?«

»Wenn wir uns bei Wattels Vater nach seinem Aufenthaltsort erkundigen, besteht die Möglichkeit, dass er seinen Sohn warnt und dass der sich dann absetzt. Wir warten bis morgen. Ich werde gleich mit dem Reichsinstitut für Volksgesundheit und Umwelt über das

Methylisocyanat reden. Ich wüsste auch nur zu gerne, was dem Geheimdienst darüber bekannt ist, aber die sind verschlossen wie eine Auster ... Wir wissen immer noch nicht, ob das Gift für Wisse oder für Belle bestimmt war.«

Für einen Moment blieb es still.

»Ich glaube, dass Freddie damit Wisse umbringen wollte«, sagte Willem. »Dieses Zeug ist eine moderne Waffe, und die kann ich mir eher bei einem jungen Mann vorstellen als bei jemandem in den Fünfzigern. Warum verhaftest du Freddie nicht? Ich bin hier nicht der Einzige, der findet, dass du Freddie nicht hart genug anfasst.«

»Wir haben doch keine harten Fakten. Wie soll Freddie an das Methylisocyanat gekommen sein? Wie gelangte er in das Haus am Kaai? Wisse wird ihm wohl kaum einen Schlüssel ausgehändigt haben.«

»Belle kann ihm ein Duplikat gegeben haben. Oder wie wäre es mit einem Einbruch?«

»Es gab keinerlei Anzeichen für einen Einbruch«, sagte Laurien. »Tja, von Belle kann er einen Schlüssel bekommen haben, aber dann bleibt immer noch die Frage nach dem Gift ... Und die Frage nach dem Acker.« Sie faltete die Hände auseinander.

»Spielplatz für Terroristen. Wahrscheinlich schlägst du gleich vor, dass wir heute noch jeden Einzelnen erneut befragen«, sagte Stevi.

»Was schlägst du denn vor?«

»Bis morgen warten.« Ihr Gesicht war starr vor innerer Spannung.

»Und welchen Vorteil versprichst du dir davon?«

»Morgen ist ein Arbeitstag, heute nicht. Ein Tag früher oder später macht doch nicht viel aus.«

»Die Spur wird immer kälter, wir haben bereits viel zu viel Zeit verloren. Im Übrigen müssen wir uns auch als Team aktiver um Zandvliet kümmern. Was ist mit ihm geschehen? Welche Rolle spielt er? Wattel kommt erst morgen nach Hause.«

»Kann ich den heutigen Tag später abfeiern?«, fragte Jan.

»Du ja. Der Rest nicht.« Er schaute begeistert, als habe er den drohenden Unterton wirklich nicht wahrgenommen.

Innerhalb von zehn Minuten wussten alle, was sie zu tun hatten. Sie musste nur noch Ton bitten, mit dem regionalen kriminalpolizeilichen Meldedienst über Wisse-Chemie zu reden. Vielleicht hatte der Allgemeine Nachrichten- und Sicherheitsdienst den Leuten beim Meldedienst ja etwas mitgeteilt.

Sie besaß eine gute Mannschaft, das spürte sie an einem Tag wie diesem. Mit Lucas vereinbarte sie einen neuen Termin, sie am Vismarkt zu besuchen. Morgen früh würde die nächste Konferenz stattfinden. Hans schickte sie noch eine kurze E-Mail. Sie wollte die Telefonleitungen von Buker und Freddie anzapfen. Sie erwartete, dass er bereit war, wegen Freddie beim Untersuchungsrichter vorzusprechen, wegen Buker hingegen nicht.

Trotz des grauen Himmels waren doch noch viele Leute unterwegs. Nach dem Regen von heute Morgen war es trocken geblieben. Der Empfang rief an, Herr Wisse warte unten auf sie.

Bart Wisse hatte sich innerhalb dieser einen Woche in einen alten, gebeugten Mann verwandelt, doch sein Kopf war nach wie vor streitlustig. Sie ging ihm zum Vernehmungszimmer voraus.

»Sie haben in dieser Woche wenig zustande gebracht, Frau Minnaar.«

»Den Verwandten geht es immer zu langsam, Herr Wisse. Sie kennen meinen Kollegen Pier Dingemanse?«

Der schmucklose Raum, die Gitter vor den Fenstern, der leere Tisch, die harten Stühle, das Neonlicht, das alles trug nicht dazu bei, die Laune eines Menschen zu verbessern. Dazu war es auch nicht gedacht, selbst wenn Laurien dies jetzt bedauerte. Hier saß ein Vater, dessen Tochter umgebracht worden war. Es musste scheußlich sein.

»Wie kommen Sie dazu, mich auf die Polizeistation zu zitieren?« Die scharfe Stimme stand in starkem Kontrast zu den einfühlsamen Gedanken von eben.

»Um ungestört miteinander reden zu können, ist dies ein geeigneter Raum. Bitte setzen Sie sich. Ist Ihr Haus gut gesichert?«, fragte Pier mit flacher Stimme.

»Musste ich etwa hierherkommen, um derart dumme Fragen zu beantworten?« Er schlug mit der Faust auf den Tisch.

Laurien beugte sich nach vorne. »Wir tun unser Bestes, hinter die Wahrheit zu kommen. Wollen Sie die Frage bitte beantworten?«

»Ich habe ein Alarmsystem«, sagte er mit abgewendetem Kopf.

»Das war am Samstagabend auch eingeschaltet?«

»Warum sonst sollte ich ein derartiges System installieren lassen?«

»Kennen viele Menschen den Code?«

»Diese Frage beantworte ich nicht«, schnaubte er. »Sie unterstellen, jemand aus meiner Umgebung hätte meine Tochter umgebracht. Das lasse ich mir nicht gefallen.«

Sie wechselte einen schnellen Blick mit Pier. »Seit wann haben Sie diese Alarmanlage?«

»Ungefähr fünf Jahre.« Er schaute sie verblüfft an. »Das ist eine unverschämte Frage. Mich implizit erklären zu lassen, dass möglicherweise Carla ihre eigene Tochter ermordet hat. Wenn Sie mehr über die Alarmanlage wissen wollen, werde ich die Fragen durch meinen Rechtsanwalt beantworten lassen.«

»Gut, dann warten wir das ab. Wir verstehen nicht, wie es zu der Verlobung Ihrer Tochter kam.«

»Was gibt es daran zu verstehen? Liebe zum Beispiel. Nie davon gehört, Herr Dingemanse?«

»Wir haben aber gerade erfahren, dass Belle in einen anderen Mann verliebt war und von ihrem Vater zu der Verlobung gezwungen wurde.«

»Wer hat das gesagt?«

»Beantworten Sie unsere Frage«, sagte Pier. »Weshalb dieser Zwang?«

»Ich hatte nichts gegen die Verlobung, weil Michel ein guter Partner für sie war. Von Zwang konnte keine Rede sein.«

»Am Samstag unternahmen Sie noch eine Fahrt im Geländewagen mit ihr, um sie davon zu überzeugen, dass die Verlobung stattfinden müsse.«

»Ein Wisse lässt sich zu nichts zwingen, Frau Minnaar! Belle war eine Wisse.«

»Sie hatte eine Beziehung mit Freddie«, sagte Pier mit Nachdruck.

»Dann war es keine gute Wahl.«

»Herr Wisse, Ihre Tochter hat vergifteten Portwein getrunken. Wie kam Methylisocyanat in die Flasche?«, wechselte Laurien das Thema.

»Wie kommen Sie darauf?«

»Die Flasche Portwein des Jahrgangs 1981 enthielt Spuren von Methylisocyanat.«

»Woher haben Sie denn die Flasche?«

»Die Scherben wurden vom Technischen Dienst aus dem Glascontainer geholt.«

»Haha! Sie fischen Glasscherben aus einem Glascontainer an einer öffentlichen Straße, und die sollen angeblich aus meinem Haus stammen. Und darauf basiert dann Ihre Theorie, der zufolge meine Tochter ermordet wurde? Frau Minnaar, Sie machen sich lächerlich!« Wisse lehnte sich mit wächserner Miene zurück.

»Es war eine Flasche des Jahrgangs 1981.«

»Das besagt einzig, dass es sich um einen guten Jahrgang handelte.«

»Belles Fingerabdrücke befinden sich darauf. Ihre werden wir gleich abnehmen. Können Sie uns weiterhelfen? Wir haben zwar einige kleine Theorien, aber wir hören uns lieber an, wie Sie darüber denken.« Piers Stimme klang fest.

»Ich habe keine ... kleinen Theorien, wie Sie das nennen.«

»Haben beispielsweise Sie ein paar Tropfen Methylisocyanat in die Portweinflasche gefüllt?«, fragte Pier. »Sie waren verzweifelt, dass sich Belle mit diesem Freddie abgab. Sie hatten keine Lust auf weitere Szenen und haben ihr daher nach Ihrer Ankunft zu Hause ein Glas Portwein eingeschenkt, sodass sie nicht mehr erwachte.«

»Wie können Sie es wagen? Belle bediente sich selbst. Wenn in diesem Portwein irgendetwas enthalten war, dann war das für mich bestimmt ... Ich lasse mich doch nicht einfach so beleidigen!«

»Wir wollen Sie nicht beleidigen, Herr Wisse«, sagte Laurien ruhig. »Haben Sie für Belle eine Flasche geholt?«

»Nein.«

»Herr Buker?«

»Nein«, sagte er nach einer kurzen Zeit des Nachdenkens.

»Sie sind sich dessen nicht sicher.«

»Doch, eigentlich ja. Michel und ich haben sie nicht ermuntert, den Portwein zu trinken. Ich habe ihr nicht eingeschenkt. Ob Michel die Flasche aus dem Schrank in meinem Arbeitszimmer geholt hat, kann ich nicht mit Bestimmtheit sagen.«

»Michel ist ein höflicher Mensch, wollen Sie damit ausdrücken.«

»Aber er war genau wie ich dagegen, dass sie den Portwein trank. Wir sind beide aufgesprungen, um ihr ein Glas Wasser zu holen. Ich erinnere mich nur nicht mehr, ob Belle selbst aufgestanden ist und die Flasche geholt hat. Sie werden es Michel fragen müssen.« Seine Stimme klang jetzt bedeutend weniger heftig.

»Wir haben noch eine Frage an Sie. Ihre Privatadresse taucht im Adressbuch von Andries Zandvliet auf, dem Umweltbeauftragten. Woher kennen Sie ihn.«

Er schaute Laurien erstaunt an. »Wie ist der Name, sagten Sie? Zandvliet. Umweltbeauftragter? In Fragen von Genehmigungen und dergleichen müssen Sie sich an unsere Juristen wenden, damit beschäftige ich mich nicht.«

»Kennen Sie ihn vielleicht von irgendeiner anderen Gelegenheit. Sportverein, Kirche, Fledermausverein?«

»Nein.«

»Das war es dann.« Pier ging mit ihm zur Abnahme des Fingerabdrucks.

Laurien nahm das Tonband aus dem Apparat und ließ sich in ihren Stuhl zurückfallen.

Was ging in Bart Wisse vor? Wer hatte die Portweinflasche geholt? Was steckte hinter Belles Tod? Sie vermutete, dass er sich mehr Gedanken darüber machte, als er jetzt gezeigt hatte.

Der Fall Wisse war ein zäher Brei, in dem sie ziemlich erfolglos herumrührte. Sie tastete sich langsam vorwärts, in der Hoffnung, irgendwann auf etwas zu stoßen, das ihr weiterhalf. Für die Überwachung der Telefonanschlüsse hatte Hans keine Zustimmung gegeben.

Auf ihrem Schreibtisch lag eine Nachricht: Achter de Houttuinen wolle sie sprechen.

»Eine Mannschaft von uns und eine aus Serooskerke haben in den Dünen vergeblich nach Zandvliet gesucht. Außerdem an den anderen Stellen, die du uns genannt hattest«, sagte der diensthabende Beamte.

»Und keinerlei Hinweise gefunden?«

»Dein Zandvliet scheint sich in Luft aufgelöst zu haben. Fürs Erste geben wir auf. Wenn du willst, dass noch weitere Gebiete durchkämmt werden, musst du während der Bürostunden mit dem Chef darüber reden. Einfach drauflos suchen ist sinnlos.«

Sie zögerte einen Moment und wählte dann die Nummer des Allgemeinen Nachrichten- und Sicherheitsdienstes.

»Da wurde Methylisocyanat gefunden? Ist man sich dessen im Labor sicher?«

»Ich bitte Sie!« Sie legte einen beleidigten Unterton in ihre Stimme.

»Nehmen Sie es mir nicht übel, aber dabei handelt es sich nicht um Hustensaft.«

»Das ist mir bekannt. Ich habe Ihnen die Frage bereits einmal gestellt und keine Antwort bekommen: Besteht die Gefahr einer erhöhten Bedrohung?«

»Darauf kann ich Ihnen nicht antworten.«

Sie gab die Daten ein und schickte sie Hans als E-Mail.

Lucas wollte gerne, dass Laurien noch einmal mit Achterveld redete. Er saß in einem Vernehmungszimmer. Zusammen gingen sie zu ihm.

»Ich hoffe, Ihnen behilflich sein zu können.«

»Was wissen Sie über Methylisocyanat?«

»Ich bin Chemiker«, lächelte er.

»Wird es bei Wisse-Chemie hergestellt?«

»Sicher. Es wird als Grundsubstanz für Pestizide benötigt. Warum?«

»Wir stellen hier die Fragen«, sagte Lucas.

»Wurde schon mal Methylisocyanat gestohlen?«

»Das will ich nicht hoffen, und ich kann es mir auch nicht vorstellen. Es wird sorgfältig aufbewahrt, und beim Gebrauch sind allerlei Sicherheitsmaßnahmen zwischengeschaltet, mit anschließender doppelter Kontrolle«, sagte er mit ernster Miene. »Wenn meine Standards noch immer gelten, und das nehme ich doch an, dann ist es unmöglich, etwas unbemerkt zu entwenden.«

Es blieb einen Moment still. Laurien hüstelte, um ihn zum Sprechen zu bringen.

»Halt, Sie wollen doch wohl nicht etwa behaupten, Belle sei mit Methylisocyanat umgebracht worden?« Achterveld schaute sie durchdringend an. »Das ist doch … Das wäre ja furchtbar!«

»Kennen Sie Zandvliet?«, fragte Laurien.

»Sie wollen sich nicht dazu äußern, gut, ich verstehe Sie. Ja, ich kenne Zandvliet. Ich bin ja selbst auch ein Kleinbauer, der nicht oft, aber mit ziemlicher Regelmäßigkeit von ihm aufgesucht wird. Ein netter Mensch …«

»Er wird vermisst. Gestern Abend wurde eine Vermisstenmeldung auf *Omroep Zeeland* ausgestrahlt.«

»Tragisch. Ich habe gestern Abend nicht ferngesehen.«

Laurien stand auf, gab Achterveld die Hand und bedankte sich bei ihm dafür, dass er sich die Mühe gemacht hatte, zur Vernehmung zu kommen.

In ihrem Büro warteten Pier und Stevi auf sie. Klaas und Willem trafen auch gerade ein.

»Achterveld war mir zu glatt«, sagte Lucas.

Pier seufzte. »Es reicht doch, wenn Laurien sich auf ihr Gefühl verlässt. Fängst du jetzt auch schon damit an?«

»Das tue ich nicht, er hat mir nur zu viel rumgefaselt. Der hat nicht gesagt, was er dachte.«

»Buker hatte auch nicht gerade das Herz auf der Zunge«, meinte Pier. »Er erzählte übrigens, bei Wisse-Chemie werde Methylisocyanat hergestellt, er habe aber dermaßen effektive Sicherheitsmaßnahmen eingeführt, dass da nichts einfach so verschwinden könne.«

Laurien und Lucas grinsten. »Über diese Sicherheitsmaßnahmen hat sich Achterveld auch ausgelassen. Hat Buker die Portweinflasche für Belle geholt?«

»Das hat ihr Vater getan«, sagte Pier. »Doch sowohl er als auch ihr Vater hatten gewollt, dass sie Mineralwasser trank. Die Putzfrau war gekommen, bevor sie aufwachten, und hat die leeren Flaschen zum Glascontainer gebracht.«

»Wisse hat den Portwein geholt?« Laurien runzelte die Stirn. »Weißt du das sicher?«

»Ich wiederhole nur, was Buker behauptet hat.«

»Dazu müssen wir Wisse noch einmal befragen.«

»Hast du das Thema Reorganisation angeschnitten?«, fragte Klaas.

»Darüber wollte Buker nicht viel sagen. Möglicherweise habe die Firmenleitung mit der vorangegangenen Reorganisation für böses Blut gesorgt. Ein ehemaliger Mitarbeiter könne Gift in die Flasche gefüllt haben. Oder dieser Kerl aus Amsterdam, der habe es faustdick hinter den Ohren. Seinen Namen hatte er vergessen. Ich habe sein Gedächtnis aufgefrischt.«

»Er machte ein ziemlich böses Gesicht, als Pier Freddie Swaans Namen nannte«, sagte Stevi. »Und dieser Gesichtsausdruck verschwand auch nicht, als Pier fragte, warum Swaans den alten Wisse oder Belle hätte umbringen sollen.«

»Laut Buker hatte Freddie schon am Samstag auf dem Veerse Meer einen Anschlag auf ihn und Belle verübt. Freddie sei mit seinem Boot direkt auf die *Belle van Veere* zugefahren, und es sei nur ihrer Segelkunst zu verdanken gewesen, dass sie überlebt haben.«

»Wir haben ihn gefragt, warum Freddie seiner Freundin etwas hätte antun sollen«, sagte Stevi. »Er brauchte nicht lange, um gleich mehrere Gründe anzuführen. Er hätte Belle nicht das Glück gegönnt, und Buker hätte ihn den Kürzeren ziehen lassen. Finanziell sei Freddie von Belle abhängig gewesen.«

»Wenn es zwischen ihnen aus gewesen wäre, hätte er für sein eigenes Einkommen sorgen müssen«, sagte Laurien. »Menschen wurden schon wegen weniger getötet.«

»Sollen wir Freddie vorladen?«, fragte Pier.

»Damit warten wir noch.«

»Gibt es noch mehr über Buker zu berichten?«

»Er besitzt ein paar kleine Felder, auf denen er sich als Hobbybauer betätigt. Du wolltest, dass wir ihn nach Zandvliet fragen. Er kennt ihn kaum. Als wir Zandvliets Verschwinden erwähnten, meinte er, wir könnten ja eine Hausdurchsuchung bei ihm machen. Soweit er wisse, sei der nicht bei ihm untergetaucht ... Er ging davon aus, Zandvliet habe eine Freundin.«

»Irgendwie erinnert der an eine Kopie von Achterveld.«

Während das Team durcheinander redete, dachte Laurien plötzlich an das Fort. Die Initialen. Fort Rammekens. Dort hausten seltene Fledermausarten. Mit einem Mal war ihr klar, wo sie nach Zandvliet suchen mussten. Alles stimmte. Dass sie nicht früher daran gedacht hatte ...

»Fort Rammekens, Leute«, rief sie über das Stimmengewirr hinweg. »F. R. Wir haben es. Dort ist Zandvliet, oder er war dort verabredet.« Die anderen schauten sie erstaunt an. »In Zandvliets Terminkalender war für Mittwoch ›F. R.‹ vermerkt. Tagelang habe ich nach einer Person gesucht, nach F. R. Aber Zandvliet war bei Fort Rammekens verabredet. Um halb zehn ... Wer hat Zeit, mich zu begleiten?«

Pier bot sich an.

»Lucas, kannst du noch eben untersuchen, wo die Felder von Achterveld und Buker liegen?«

18

Zum Glück war es trocken. Auf ihre Bitte hin holte Pier zwei Taucheranzüge aus dem Keller, auch wenn er es ziemlich übertrieben fand, diese und zusätzlich auch noch Sauerstoffflaschen mitzunehmen.

Laurien rief Tiemen zu Hause an, doch der nahm nicht ab. Sie versuchte es auf seinem Handy.

»Ich biege gerade zum Vismarkt ab«, sagte Tiemen. »Du rätst nie, mit wem ich bei Maatje war.«

»Nein.« Sie hatte keine Lust zum Raten.

»Mit Els.«

»Oh. Ich habe vergessen, ihr Bescheid zu sagen, dass ich arbeiten muss. Wir waren für heute verabredet.«

»Sie kam gerade, um dich abzuholen, als ich wegfahren wollte. Sie wollte mitkommen, weil sie nichts Besseres zu tun hatte.«

»Du und Els! Fünf Minuten in einem Raum, und schon habt ihr euch doch in der Wolle.«

»Zur Abwechslung hat sie sich heute mal ganz manierlich benommen. Maatje zeigte Els ihr Zimmer, während ich mit dem neuen Gruppenleiter sprach.«

»Hatte er etwas Neues zu berichten?«

»Maatje bekommt weniger häufig plötzliche Wutanfälle. Wir haben sie mit zum Strand von Vlissingen genommen. Maatje wollte ein Eis, und um ihrer Bitte ein wenig Nachdruck zu verleihen, begann sie gleich zu kreischen. Es half direkt. Die Leute neben uns kauften ihr sofort das Eis.«

»War Sammy mit?«

»Allerdings. Als ich Sammy von der Leine ließ, legte Maatje ihre Hand auf die Stelle, von der sie glaubt, dass dort ihr Herz ist, und sagte, sie habe nicht das ewige Leben. Els brach in Lachen aus. Das kam nicht gut an.«

»Sie weiß doch, dass Maatje empfindlich ist.«

»Erst schien es, als hätte Maatje die Sache vergessen, aber kaum wieder in ihrem Haus, ging sie auf einen Mitbewohner zu und schlug ihm voll ins Gesicht. Dem armen Jungen wurde ganz schwindlig. Das hätte er verdient, sagte sie. Und dann starrte sie diesen Kevin böse an.«

»Sie sagt doch immer, er würde sie an den Haaren ziehen. Die Gruppenleiter sehen nicht alles.«

»Sie muss lernen, sich zu beherrschen. Dem Kevin kam der Schlag wie ein Naturereignis vor. Mal ist Maatje furchtbar lieb, mal unheimlich böse. Seine Mutter könne auch aus der Haut fahren, wenn sie sauer sei, wie er das nannte. Els musste schon wieder laut lachen.«

»Die scheint wohl etwas schwer von Kapee zu sein.«

»Kevin begann zu schluchzen. Maatje nahm ihn in den Arm und sagte ihm, er sei sehr lieb und Els wäre ganz blöde, ganz, ganz blöde. Arm in Arm setzten sie sich dann vor den Fernsehapparat.«

Sie hatten die Vrijlandstraat noch nicht verlassen, als Pier wieder mit dem Verkauf seines Hauses anfing. Aufgekratzt erzählte er von seinen Plänen für das neue Haus in der Simpelhuisstraat.

Je näher sie Fort Rammekens kamen, desto stiller wurde Laurien. Würden sie Hinweise auf Zandvliets Aufenthaltsort entdecken oder ihn sogar selbst irgendwo finden? Wenn, dann tot, vermutete sie. Pier schnatterte neben ihr in einem fort. Sie fuhr ihn an. Beleidigt hielt er den Mund.

Das Fort war umgeben von Wasser. Sie stellte das Auto am Zugangsweg ab.

»Ich bin mir sicher, dass Zandvliet mit dem ›F. R.‹ das Fort meinte, aber soweit ich mich erinnere, gibt es hier keine Möglichkeiten, sich zu verstecken.« Sie schloss das Auto ab.

»Können wir es kurz machen? Ich bin mit Freunden im *St John's* verabredet«, sagte Pier.

Laurien schwieg, sie wollte nichts übersehen. An die hoch aufsteigenden Mauern des Forts mit der niederländischen Flagge darauf schmiegte sich ein dichtbewachsenes Ufer. Außer einem Auto in der Ferne war kein anderes Geräusch zu hören. Hier war sie richtig, nicht in dem Naturschutzgebiet, sondern im Fort selbst. Pier stand an der Tafel mit Informationen.

»Einzigartige Befestigungsanlage aus dem sechzehnten Jahrhundert. Besiedelt von Fledermäusen. Du hast recht.«

Sie gingen langsam weiter. Pier war jetzt genauso gespannt wie sie.

»Schau mal!« Sie wies auf die Fahrradständer links des Weges: Kleine Baumstämme mit daran befestigten Balken, und an die Seite des vordersten Gestells hatte man zu allem Überfluss auch noch mit weißer Farbe das Wort FAHRRÄDER gepinselt.

Ihr zog sich der Magen zusammen. Zwei Fahrräder standen dort. Sie ging zu dem silberblauen Rad, Marke Gazelle, das am Ständer angekettet war. Sie bückte sich, um am Rahmen nach einer Postleitzahl zu suchen.

»Treffer.« Sie richtete sich auf. »Jetzt noch Zandvliet selbst.«

»Ich rufe die anderen.«

»Warte noch einen Moment. Manchmal sieht man zu zweit mehr als mit einer ganzen Mannschaft. Wir können Alex Boel vom Revier Serooskerke bitten, das Fort abzuriegeln. Und Frau Zandvliet könnte das Fahrrad identifizieren. Regelst du das?«

Eigentlich wollte sie sagen: Lass uns nicht gleich mit einer ganzen Horde anrücken, sondern uns dem Opfer ruhig nähern, vielleicht nicht wegen des Toten selbst, vielmehr wegen dessen Frau und der Kinder. Sie sagte es nicht, Pier würde sie als Softie bezeichnen.

An den Mauersteinen und in den Schießscharten des Eingangsgebäudes wuchs Mauer-Zimbelkraut. In die jahrhundertealte Pforte mit dem meterhohen Holztor war eine zweite Tür eingelassen worden. Im Innenhof saß ein Mann an einem kleinen Tisch. Ringsum standen mit Gras und Kräutern bewachsene Gebäude, auf denen sich niedrige Sperrgitter mit Stacheldraht befanden.

Der Mann winkte sie zu sich heran. Sie wiesen sich aus.

»Haben Sie in den letzten Tagen etwas Besonderes bemerkt?«, fragte Pier.

»Was meinen Sie?«

»Besucher außerhalb der Öffnungszeiten oder Besucher, die immer wieder zurückkommen? Abfall an Orten, wo sie es nicht erwarten, Fliegenschwärme, Gestank?«, zählte Pier auf.

»Mir ist nichts aufgefallen.«

»Kann sich jemand in dem Fort verstecken?«

»Unmöglich.« Er schob seine Papiere in eine Ecke des Tisches und schloss den Deckel der Geldkassette. »Ich zeige Ihnen das Fort.«

Er führte sie durch die Verteidigungsanlage und die angrenzenden Gebäude. Keine offenen Räume. Kein Zandvliet. Nur viel Bonbonpapier.

»Würden Sie das Fort bitte schließen?«, sagte Laurien ruhig.

»Dann bekomme ich Ärger mit meinem Chef«, protestierte er.

»Ich werde ihn benachrichtigen. Alle Besucher, die sich zurzeit hier aufhalten, dürfen ihren Rundgang noch beenden.«

»Wo sind die Fledermäuse?«, fragte Pier. »Du wirst zugeben müssen, dass sich hier niemand verstecken und auch keine Leiche beiseiteschaffen kann.«

»Trotzdem«, sagte Laurien, »Zandvliet ist hier.« Sie sonderte sich etwas ab und ging auf dem Gelände umher. Im Innenhof standen ein paar Bänke, es gab einen gemauerten Brunnen. Unter einer Überdachung waren Tische und Stühle aufgestapelt.

Wenn Zandvliet nicht in der Befestigungsanlage zu finden sein sollte, würde sie den Wassergraben trockenlegen lassen. Sie würde weitersuchen, hier, im und um das Fort herum.

»Das hat keinen Sinn, Laurien. Du siehst doch selbst, dass hier nichts verborgen werden kann. Gibt es nebenan in den Gebäuden des Militärs auch Fledermäuse?«, wollte Pier wissen.

»Da müssen Sie sich beim Militär selbst erkundigen.«

Er suchte in seiner Mappe und gab Pier eine Telefonnummer. Natürlich hatte Pier recht. Es gab kaum eine Stelle, wo man sich verstecken konnte. Wo war Zandvliet? Sie fühlte sich müde und missmutig.

Pier kam zu ihr.

»Auf dem Militärgelände gibt es Videoüberwachung, und Soldaten machen regelmäßig Patrouille.«

Eine Viertelstunde später kam Ina Zandvliet mit Richard. Pier ging mit ihnen zum Fahrradstand. Laurien sah, wie Ina nickte und danach Richard an sich drückte. Pier nahm sie mit in den Innenhof.

»Es ist das Fahrrad ihres Mannes«, sagte er.

Laurien setzte sich mit Ina auf eine Bank. »Wir wissen immer noch sehr wenig, Frau Zandvliet.«

»Glauben Sie denn jetzt endlich, dass Andries etwas zugestoßen ist?«

»Auf jeden Fall nehmen wir die Sache äußerst ernst, Frau Zandvliet.«

»Entschuldigen Sie, aber es ist diese quälende Ungewissheit.«

»Es ist wohl besser, wenn Sie Richard nach Hause bringen. Sobald wir mehr wissen, geben wir Ihnen Bescheid. Bleiben Sie vor allem zu Hause, damit Sie erreichbar sind, wenn es notwendig sein sollte.«

Nachdem Alex Boel sich mit einem Kollegen neben sie gestellt hatte, informierte sie die beiden mit ein paar Sätzen über den Stand der Dinge und trug ihnen auf, das Gelände abzusperren sowie die letzten Besucher zu bitten, möglichst schnell zu verschwinden.

Zusammen mit Alex ließ Pier einen Eimer an einem Strick ungefähr zwanzig Meter in den Brunnen hinunter, bis der Eimer den Grund erreicht hatte. Sie spürten keinen besonderen Widerstand. Dann holten sie den Eimer wieder hoch und rochen an dem Wasser. Davon trinken würden sie bestimmt ungern, doch sie konnten auch nichts Außergewöhnliches daran feststellen.

In der Zwischenzeit ließ Laurien erneut das Gelände langsam

auf sich einwirken. Ein altes Gebäude wie dieses musste doch auch weniger zugängliche Stellen besitzen. Ihr Blick blieb an einer halbrunden gemauerten Öffnung in der Wand unter der Überdachung hängen.

»Was ist das?«, fragte sie den Aufseher.

»Dort stand das Gebäude aus dem sechzehnten Jahrhundert, das Blockhaus, in dem die Kommandanten wohnten ... An der Stelle wurde die Überdachung errichtet.«

»Und der halbrunde Bogen darunter?«

»Das ist ein Überbleibsel des Blockhauses. Sehr feucht ist es dort, viel mehr kann ich Ihnen dazu nicht sagen. In den letzten zweihundert Jahren dürfte sich da kaum jemand hineingewagt haben.« Gleichgültig drehte er sich um.

»Man kann es betreten.« Ihre Stimme klang sehr angespannt.

»Das Gewölbe hinter dem Bogen ist teilweise mit Schlamm bedeckt. Da scheinen einzigartige Wasserpflanzen zu wachsen, und auch an den Mauern müssen seltene Pflanzen sein, aber Genaueres weiß ich nicht.«

Sie gingen zu dem Bogen.

»Die Pflanzen am Eingang sind niedergetrampelt«, sagte Laurien.

Der Aufseher bückte sich. »Sie haben recht. Das werden die Leute von der Naturschutzbehörde alles andere als lustig finden.«

Laurien und Pier schauten sich an.

»Wissen Sie, ob da drin Fledermäuse hausen?«

»Und ob. Da muss eine Kolonie von mindestens zweitausend Exemplaren sein. Zwei unterschiedliche Arten, die Zwergfledermaus und die Wasserfledermaus.«

»Warum erzählen Sie uns das erst jetzt?«

»Ich habe nicht daran gedacht. Da kommt doch kein Mensch hin, wie ich ihnen eben gesagt habe.« Er schnäuzte sich die Nase.

»Waren Sie am Mittwoch hier?«

»Mein Kollege.«

»Würden Sie ihn bitten, herzukommen?«

Sie holten die Taucheranzüge und Stiefel aus dem Auto. Bevor sie sich im Personalraum umzogen, benachrichtigte Laurien den Technischen Dienst.

»Wie gehen wir es an?«, fragte Pier.

»Vor allem ganz ruhig. Wir werden einiges zu kriechen und zu schleichen haben.«

»Ist das nicht eher etwas für Klaas und Willem?«

»Du weißt, wie Klaas auf seiner Sonntagsruhe besteht. Wir schaffen das schon. Wenn in dem Gewölbe nichts Besonderes zu finden ist, brauchen wir ihn nicht zu stören.«

»Meinst du?«

»Nein. Ich vermute, dass Zandvliet darin liegt.«

»Ich gehe immer noch davon aus, dass er heute oder morgen mit fröhlichem Gesicht sein Haus betritt und wir nur unseren Sonntagnachmittag vergeuden. Ob es hier wohl etwas zu essen gibt?«

»Soll ich jemand anderen bitten, mich zu begleiten?«

»Nein, natürlich gehe ich mit. Du hattest ja schon damit gerechnet, sonst hätte ich das Zeug nicht mitzuschleppen brauchen.«

»Wir schauen einfach, wie weit wir kommen, und danach sehen wir weiter. Wenn du recht hast, können wir immer noch beschließen, für heute Schluss zu machen.«

»Das glaube ich nicht.«

»Ich kann das leicht sagen, denn ich denke, dass wir finden werden, was wir zu finden gedenken.« Den Aufseher, der sich zu ihnen gestellt hatte, fragte sie: »Wie groß ist der Raum?«

»Der muss ziemlich groß sein. Bis zum Ende der Überdachung. Und der Zustand ist bestimmt schlecht. Wahrscheinlich sind Teile bereits eingestürzt.«

»Wir könnten Unterstützung von jemandem anfordern, der sich speziell mit Höhlen auskennt«, sagte Alex, der sich auch zu ihnen gesellt hatte.

»Du kennst Laurien noch nicht«, lachte Pier. »Die hält das für Zeitverschwendung.«

»Was glaubst du dort zu finden?«

»Das können wir erst sagen, wenn wir das Gewölbe untersucht haben. Alex, wir halten über das Funksprechgerät Kontakt miteinander. Wenn du zehn Minuten lang nichts gehört hast, musst du etwas unternehmen. Pier und ich verständigen uns auch über das Funksprechgerät.«

Sie setzten die Atemmaske und eine große Taucherbrille auf, sodass den Fledermäusen nur ein paar Quadratzentimeter auf ihren Gesichtern blieben, um hineinzubeißen. Nicht dass sie glaubten, sich einer großen Gefahr auszusetzen, doch sie wollten auch kein unnötiges Risiko eingehen.

»Teilweise liegt unsere Haut noch frei«, sagte Laurien. »Wir setzen den Helm auf.«

»Dann müssen wir auch die Sauerstoffflaschen benutzen«, sagte Pier wenig begeistert.

Sie zurrten die Flaschen auf dem Rücken fest, umwickelten die oberen Kanten der Stiefel mit Klebeband und zogen sich Handschuhe über. In den Gürtel steckten sie einen Schlagstock, um notfalls Fledermäuse abwehren zu können. Sie nickten sich zu: Was sie betraf, konnte sie jetzt eine ganze Kolonie angreifen, sie waren auf alles vorbereitet.

Laurien vertrieb die dicken Schmeißfliegen am Eingang. »Sind hier immer so viele Insekten?«

»Vorher sind sie mir nicht aufgefallen«, sagte der Aufseher.

Sie ließen sich unter dem Bogen hineingleiten. Pier ging voraus und leuchte mit seiner Stablampe im Gewölbe umher. Obgleich die Lampe sehr stark war, reichte das Licht nicht weit, da der Raum in der Mitte eine leichte Biegung machte. Es gab keine Türen oder andere Öffnungen. Von den Wänden tropfte Feuchtigkeit. Zu Lauriens Erleichterung hingen keine Fledermäuse an der Decke. Unmengen von Fliegen, das wohl.

Laurien ließ das Licht ihrer Lampe über den Boden gleiten. Zunächst sah sie nichts Besonderes, der Untergrund glänzte, als sei das Gewölbe auf einem alten Deich errichtet worden. In der größten Vertiefung stand eine Wasserlache. Als sie das Licht direkt vor ihren

Füßen auf den Boden richtete, stieß sie einen Schrei aus. Pier drehte sich um, sie wies auf die Erde. Dort lagen Dutzende Fledermäuse. Der Boden war übersät damit. Mit dem Schlagstock stieß sie eine an, das Tier hatte das Maul weit aufgesperrt, über den Augen lag ein grauer Schimmer.

Die Lichter ihrer Lampen wanderten weiter. Wohin sie auch blickten, überall lagen Fledermausleichen mit aufgesperrten Mäulern. Laurien unterdrückte den Drang, auf der Stelle zu fliehen, und versuchte, ihren Atem zu kontrollieren.

»Geht es?«, fragte Pier. »Wir können zurück.«

»Nein. Lass es uns noch ein Stück probieren.«

»Pass auf, hier wird es zu niedrig, da können wir nicht mehr stehen.«

Sie bückte sich tief, wodurch sich ihr Blick auf all das Schreckliche richten musste, das vor ihr auf dem Boden lag. Langsam kamen sie vorwärts. Ihr war schon alles egal, solange sie nicht über die Fledermäuse zu kriechen brauchte. Bei jedem Schritt knackten Knochen unter ihren Füßen.

»Was ist hier nur vorgefallen?« Sie richtete ihre Lampe auf die Decke, dort war keine einzige Fledermaus zu sehen. »Ein Massaker. Zu Dutzenden tote Tiere.«

Pier leuchtete nach vorne. »Dutzende? Hunderte, ein unübersehbarer Friedhof. Wenn es dir zu viel wird, gehe ich alleine weiter. Noch einen guten Meter, dann müssen wir kriechen. Es wird nicht leicht sein, uns da durchzuwinden.« Er ließ den Lichtkegel umherwandern. »Sieh mal, vor uns war schon jemand hier, da ist eine Spur.«

»Aber das war, bevor die Fledermäuse zugrunde gegangen sind.« Laurien leuchtete hinter sich. »Wir hinterlassen eine Spur von zertretenen Tieren, vor uns sind sie dagegen unbeschädigt. Siehst du? Jemand ist zum Ende des Gewölbes gegangen und nicht mehr zurückgekehrt.« Ihre Stimme bebte. »Armer Zandvliet.«

Zitternd ließ sie sich auf den Boden sinken. Knackende Knochen unter ihren Händen, Knien, Füßen. Nur mühsam unterdrückte sie ihr Würgen, wenn Feuchtigkeit aus einer Fledermaus spritzte.

Manchmal mussten sie kurz vorwärtsrobben, dann glitten ihre Bäuche über die toten Fledermäuse. Die Angst vor giftigen Dämpfen, vermischt mit bangen Vorahnungen wegen Zandvliet, ließ sie schneller kriechen.

Am Zugang hatte es Pflanzen gegeben, im Gewölbe selbst waren nur noch ausgetrocknete braune Schlieren. Als sie daran zog, sah sie, dass von den Wurzeln nichts außer klebrigem Schleim übriggeblieben war. Sie wies Pier darauf hin. Er nickte, es war ihm auch schon aufgefallen.

Noch ging es gut, auch wenn ihr das Blut in den Ohren sauste. Die Stimme versagte ihr, als sie nach Zandvliet rief. Ihrer Kehle entrang sich nur ein undeutliches Gurgeln. Sie hatte Alex versprochen, Kontakt mit ihm zu halten, jetzt hätte sie lieber geschwiegen und sich auf das Schreckliche konzentriert, von dem sie umgeben war. Wenn sie Pier etwas zurief, dann mehr, um den Kollegen da draußen zu informieren.

Da sie ihre Hände brauchten, um sich vorwärtszubewegen, konnten sie die immer aufdringlicheren Schmeißfliegen nicht vertreiben. Es waren so viele, dass ihre Taucherbrille im Nu außen schwarz war, sobald sie sich einen Moment nicht rührte. Die Arme ermüdeten, die Knie taten ihr weh. Einen Augenblick ausruhen, dann wieder weiter. Das schummerige Licht des Eingangs war schon lange verschwunden, und wenn sie ihre Lampe kurz ausmachte, sah sie nur noch vage Konturen.

Pier stoppte plötzlich, sie prallte gegen ihn. Sie hatte nicht gesehen, was ihm aufgefallen war. Ein Mann lag mit dem Gesicht nach unten in einer trüben Wasserlache. Er trug ein grünes T-Shirt und eine khakifarbene Freizeithose, bedeckt mit schwarzen Schmeißfliegen. Neben ihm lag ein Tornister, wie man ihn beim Militär hatte.

Laurien hob den Kopf des Mannes an, Pier leuchtete mit der Lampe. Die Feuchtigkeit hatte sein Gesicht aufgeschwemmt, doch es bestand kein Zweifel.

»Zandvliet.«

»Ja«, sagte Pier.

»Lebendig oder tot?«, fragte Alex über die Funksprechanlage.

»Tot. Ein scheußlicher Anblick. Die Fliegen sind fleißig an der Arbeit. Wir kommen zurück«, sagte Pier.

»Ein jämmerliches Ende, hier sterben zu müssen«, sagte Laurien. »Allerdings sieht es danach aus, als sei es sehr schnell gegangen.«

»Methylisocyanat?«

»Nach einem natürlichen Tod sieht es nicht aus, aber das müssen Sturm oder Anna Vriens entscheiden. Er ist einsam gestorben, trotz der ganzen Fledermäuse.«

»F. R., Fort Rammekens. Du hattest recht«, sagte Pier emotionslos.

»Zandvliet hatte hier um halb zehn eine Verabredung, aber mit wem?«

»Da liegt sein Telefon.« Pier zeigte auf eine Stelle hinter dem Toten.

»Vielleicht fiel es ihm aus der Hand, als er noch Hilfe herbeirufen wollte. Zeit zum Umkehren und Zurückkriechen hatte er nicht. War er auf der Suche nach Fledermäusen, oder liegt in diesem Gewölbe etwas verborgen?«

Sie leuchtete ihm mit der Lampe in die Augen, die völlig farblos waren. Laurien und Pier hatten genug gesehen und machten sich auf den Rückweg. Die kleinen Tiere waren ja bereits verendet, sagte sie sich, wenn sie das Brechen der Knochen spürte. Je näher sie dem Licht kamen, desto deutlicher konnte sie die aufgesperrten Mäulchen erkennen, und desto widerlicher fand sie das Knacken.

Sie krabbelten nach draußen. Bevor sie den Helm absetzen konnte, begann sie sich zu übergeben. Der Aufseher rannte davon und kam mit einem Glas Wasser zurück, das er ihr besorgt hinhielt. Ihr Magen stülpte sich erneut um. Sie wischte die Tränen aus den Augen und legte sich flach auf den Boden.

Langsam kam sie wieder zu sich, indem sie sich einredete, der Himmel sei zwar immer noch bewölkt, aber nicht mehr so einheitlich grau wie in den letzten Tagen. Ein Vogel zwitscherte.

19

Sie berieten sich, wie sie die Sache angehen sollten. Ihr Magen beruhigte sich. Zunächst mussten sie Hans informieren. Ein Hausarzt musste angerufen werden, doch sie beschlossen, sich über die Vorschriften hinwegzusetzen und direkt Sturm kommen zu lassen. Je weniger Spuren in dem Gewölbe verwischt werden konnten, desto besser.

»Hast du Fotos gemacht, Pier?«

»Nein. Du?«

»Ich auch nicht. Wir müssen Klaas und Willem erklären, was wir gefunden haben.«

»Die beiden müssen Schutzanzüge mitnehmen, die genauso gut abdichten wie ein Taucheranzug. Das Gas, das Zandvliet und die Fledermäuse getötet hat, wirkt vielleicht immer noch.«

»Dann wären da keine Fliegen«, sagte Laurien. »Aber sie dürfen kein Risiko eingehen.«

Klaas versprach, die Messapparatur mitzubringen und die Feuerwehr zu alarmieren. Laurien fiel ein, dass er auch starke Lampen brauchte, außerdem Atemmasken und Schutzbrillen für alle, die außerhalb des Gewölbes Wache standen. Sie wollte gar nicht darüber nachdenken, wie viele Leute hier seit Mittwoch herumgelaufen waren und möglicherweise das Gift eingeatmet hatten.

Alex brachte den Aufseher, der am Mittwoch Dienst gehabt hatte. Pier zeigte ihm das Foto von Zandvliet.

»Ich habe ihm keine Eintrittskarte verkauft, das weiß ich ganz sicher. Es war ja auch nicht gerade voll hier.«

»Haben Sie Fledermäuse gesehen?«

»Nein. Das sind Nachttiere.«

Laurien trat etwas dichter an ihn heran. »Ist diese Pforte der einzige Zugang zum Fort?«

»Im Prinzip ja, aber wenn sich jemand hier in der Gegend auskennt, kann er auch den Weg über den Deich entlang der Überdachung nehmen.«

Klaas und Willem zogen die Schutzanzüge an. Sie verstauten die Kameras in wasserdichten Beuteln und setzten ihre Masken auf, schoben die durchsichtigen Plexiglasschirme herunter und verschwanden wie Mondmenschen in dem dunklen Loch.

Laurien und Pier schlenderten über das Gelände. Plötzlich kam Ina Zandvliet unter dem Absperrband hindurchgekrochen, Alex versuchte sie noch zurückzuhalten, doch Laurien gab ihm ein Zeichen, es sei in Ordnung.

»Haben Sie Andries gefunden?«

»Ich fürchte, ja.«

Ina Zandvliet richtete sich auf und wischte ihre Hände an der Hose ab. So etwas wie Erleichterung machte sich in ihrem Gesicht breit, eine halbe Sekunde später schossen ihr die Tränen in die Augen. Sie fragte nicht einmal, ob er tot oder lebendig sei, sie wusste es, sie hatte es seit Mittwoch gewusst.

»Es tut mir leid, dass ich nichts anderes tun kann, als Ihnen zu kondolieren.«

Ina machte einen Schritt zur Seite und versuchte unter dem gemauerten Bogen hindurchzuschauen. Mit zitternden Händen wischte sie sich über die Augen.

»Ich wusste es und habe dennoch wider besseres Wissen gehofft. Wie soll es jetzt mit uns weitergehen?«

Laurien legte einen Arm um ihre Schulter und führte sie von der Überdachung fort. Sie suchte nach tröstenden Worten, fand jedoch keine und schwieg. Hinter dem Absperrband stand neben Richard eine Frau, die Ina glich. Sie stellte sich als deren Schwester vor.

»Würden Sie Frau Zandvliet bitte nach Hause bringen?«, fragte Laurien. »Es hat keinen Sinn, hierzubleiben.«

Die Frau nickte.

»Ina hatte recht. Sie rief mich heute Morgen um sechs Uhr an. Heute würde es sich erweisen, ob er noch lebt. Sie fühlte es.«

»Sie wusste es schon all die Tage.«

Die Frau rieb sich die Augen.

»Sie hatten sie gebeten, zu Hause zu bleiben, aber Ina hielt es dort nicht aus. Als immer mehr Autos zum Fort fuhren und schließlich auch noch die Feuerwehr, wussten wir, dass das Warten ein Ende hatte.«

»Nehmen Sie sie mit nach Hause. Ich komme heute noch vorbei.«

»Hat Andries schwer leiden müssen?«, fragte Inas Schwester.

Laurien schüttelte den Kopf. »Der Tod ist unmittelbar eingetreten.«

»Das ist gut … Er war ein sympathischer Kerl, mein Schwager.«

Sie schaute ihnen nach: Ina, gestützt von ihrer Schwester, und Richard. Zwischen Vermuten und Wissen lagen Welten.

Sturm sah die ernsthaften Gesichter. Pier ließ Laurien reden und wendete sich ab, als sie von dem Zustand berichtete, in dem sie Zandvliet angetroffen hatten. Als Laurien Sturm aus Versehen mit ›Frau Sturm‹ anredete, glitt ein Lächeln über deren Gesicht, und sie erinnerte Laurien daran, dass sie Christa heiße.

Ein Hund kam auf das Grüppchen zugelaufen, Laurien streichelte seinen Kopf, und Christa Sturm tätschelte ihm die Flanke. Das Tier legte sich zwischen sie beide, mit dem Kopf auf Lauriens Fuß.

»Magst du Hunde?«, fragte Sturm.

»Überrascht es dich?«

»Wenn ich je darüber nachgedacht hätte, hätte ich es bei einer Kriminalbeamtin der Abteilung Schwerverbrechen nicht vermutetet, nein.«

»Passt es denn zu einer Leichenbeschauerin?«

»Wenn diese Leichenbeschauerin alleine wohnt, kann sie einen Hund als angenehme Gesellschaft empfinden. Ich habe einen Retriever. Und du?«

»Wir haben einen Mudi, einen kleinen ungarischen Hirtenhund.«

»Eine aggressive Rasse?«

»Im Gegenteil. So ungefähr das Friedlichste und Freundlichste, das man sich vorstellen kann.«

Ungefähr zwanzig Minuten später kam Willem unter dem Bogen hervor, grimmig, abweisend.

»Was für ein Schlachtfeld! So etwas habe ich noch nicht erlebt ... Es muss in der Tat Andries Zandvliet sein. Wie seid ihr daraufgekommen, hier zu suchen? Nur wegen der Initialen in dem Terminkalender?«

»Es war natürlich Lauriens Idee«, sagte Pier.

»Das kann nur eine kriminelle Ader in dir sein, als normaler Mensch kommt man nicht darauf.«

»Fledermäuse und Feuchtigkeit, Informationen von seiner Familie ... Du hättest ebenso gut dahinterkommen können.«

»Er hätte dort über Jahre hinweg liegen bleiben können. Sollen wir seine Frau bitten, ihn zu identifizieren?«, fragte Pier.

»Er liegt dort schon seit mehreren Tagen, und frisch sieht er nicht gerade aus.« Sie schauderte. »Aber sie wird es so wollen.«

»Das kannst du ihr nicht antun. Die Fliegen sind dabei, Ihre Eier abzulegen«, sagte Willem. »In ein paar Stunden krabbeln die ersten Maden auf ihm herum.«

»Meinetwegen soll es der Umweltdezernent machen, aber auch dann wird seine Frau darauf bestehen, ihn zu sehen.«

»Was sich da abgespielt haben muss, dürfte kein Zuckerschlecken gewesen sein. Ich denke, dass er höllische Schmerzen an seinen Schleimhäuten hatte.«

»Hast du Wunden entdeckt?«

»Nicht direkt.« Willem schaute Sturm an. »Frau Doktor, sind Sie sicher, dass Sie da hineinwollen? Es ist nicht die menschliche Leiche, die das Ganze so makaber macht, es sind all die toten Fledermäuse. Sie können Zandvliet auch hier in Augenschein nehmen.«

»Lassen Sie es mich zumindest versuchen.«

»Schutzkleidung anziehen, Christa!«, sagte Laurien streng. »Da drinnen geht es nicht mit rechten Dingen zu.«

Sie reichte Sturm große Handschuhe, die diese über die anderen Handschuhe ziehen musste, bevor sie in dem Loch verschwand.

Laurien suchte sich einen ruhigen Platz, um sich die Fotos anzuschauen, die Willem gemacht hatte. Der Mund stand weit offen, ebenso die Augen, doch lange hatte Zandvliet nicht leiden müssen, hoffte sie. Es war ihm nicht mehr gelungen, nach einem Kugelschreiber zu greifen. Hatte er den Namen des Mörders aufschreiben wollen?

Auf und neben der Leiche lagen Fledermäuse. Ein Foto zeigte eine Fledermaus, die sich im letzten Moment an Zandvliet geklammert hatte.

Zusammen mit Pier zählte sie die Anzahl verschiedener Pflanzenarten an dem gemauerten Bogen. Einige Blätter erkannte sie, wie die der Gewöhnlichen Pestwurz und die des Ampfers.

»Es ist besser, sich zu beschäftigen«, bemerkte Pier.

Sorgfältig suchten sie nach zerbrochenen Zweigen und markierten diese für die technische Untersuchung.

»Ich hoffe, dass die Kollegen etwas finden, das uns weiterhilft«, sagte Pier düster.

»Die Wahrscheinlichkeit, dass es etwas bringt, ist gering, aber wir sind auf die kleinsten Hinweise angewiesen.«

Sie erschrak, als ihr Hans Ekelmans auf die Schulter tippte, während sie sich gerade mit Pier über eine Pflanze beugte.

»Schon wieder ein Toter?«

»Zandvliet«, sagte sie kurz angebunden. »Ich sprach mit dir über sein Verschwinden.«

»Ich erinnere mich«, verteidigte er sich. »Das hier gefällt mir gar nicht.«

»Meinst du vielleicht, uns?«

»Ein weiterer alarmierender Artikel in der *Provinciale Zeeuwse Courant* schadet unserem Renommee.«

»Darum geht es doch wohl nicht«, sagte Pier. Doch Hans verstand ihn nicht.

»Der Vater von Belle Wisse ruft dreimal pro Tag bei mir an, um sich nach den Fortschritten zu erkundigen. Was soll ich ihm denn sagen? Er sähe es gerne, wenn der Fall einer höheren Instanz übergeben würde, da bestünde größere Aussicht, dass ein Verdächtiger verhaftet wird.«

»Ich denke, dass Vater Wisse jetzt wohl nicht mehr so große Töne spuckt«, meinte Laurien. »Du bist doch über die neuesten Entwicklungen informiert?«

»Ich habe nichts gehört.

»Du hast eine E-Mail von mir bekommen.«

»Sonntags lese ich die nicht.«

Laurien holte tief Luft, ehe sie antwortete. »Belle wurde vergiftet. Das Methylisocyanat befand sich in dem Portwein aus Belles Geburtsjahr und kam aus einem Schrank ihres Vaters in seinem Haus am Kaai. Das Gift muss, kurz bevor Belle mit ihrem Vater und Verlobten nach Hause kam, in die Flasche gefüllt worden sein.«

»Du meinst, dort wurde eingebrochen.«

»Nein, Hans, dort wurde nicht eingebrochen.«

»Weißt du das sicher.«

»Das Haus am Kaai verfügt über ein Alarmsystem, und bei ihrer Ankunft war die Alarmanlage eingeschaltet. Eingebrochen wurde nicht, das haben wir damals sofort überprüft.«

»Dafür wird es eine Erklärung geben.«

»Nach genau der suchen wir. Heute Morgen habe ich mit Wisse gesprochen. Nur eine kleine Handvoll Menschen kennt den Code«, sagte sie.

»Das bedeutet ja noch nicht, dass einer von ihnen das Gift in die Flasche getan haben muss.«

Laurien ging nicht auf seine Bemerkung ein. »Es sieht so aus, als sei Herr Zandvliet ebenfalls vergiftet worden. Ich neige zu der Annahme, dass die beiden Morde miteinander zu tun haben.«

»Das ist Unsinn. Belle Wisse wird Zandvliet nicht gekannt haben.«

»Belle vielleicht nicht, aber Wisse findet sich in Zandvliets Adressbuch.«

»Auch dafür wird es eine einfache Erklärung geben. Wenn es erforderlich ist, kann ich für Spezialisten sorgen.«

»Ach ja?« Lauriens Augen wurden zu Schlitzen. »Kannst du das? Für Spezialisten sorgen? Wir sind wohl Handlanger, was?«

Wäre der Staatsanwalt Teil ihrer Mannschaft gewesen, hätte sie ihn gefragt, ob er noch ganz bei Trost sei. So dachte sie es nur. Ein pochender Kopfschmerz meldete sich in rasendem Tempo.

»Das hast du gesagt.«

»Vorläufig schaffen wir das hervorragend alleine. Sobald das nicht mehr der Fall ist, gebe ich dir Bescheid. Übrigens schickt der Allgemeine Nachrichten- und Sicherheitsdienst morgen jemanden zu Gesprächen hierher. Der Geheimdienst zeigt großes Interesse an den Entwicklungen in Zeeland, vor allem daran, was uns über Wisse-Chemie bekannt ist.«

»Ich habe dir gesagt, dass das Unternehmen nichts mit der Ermordung von Belle Wisse zu tun hat.«

»Interessant. Du musst über ganz besondere Informationen verfügen, aber solange du nicht mit Beweisen kommst, schließe ich nichts aus.«

»Wenn nicht bald Resultate zu verzeichnen sind, entziehe ich dir den Fall.«

»Morgen berichte ich dir wieder.«

Manchmal staunte sie selbst über ihre Geduld.

Pier und Alex errichteten vor dem Eingang zum Gewölbe einen Sichtschutz. Sie machten Fotos. Der Direktor des Fort-Museums klopfte an die Pforte. Er schaute neugierig an Laurien vorbei.

»Ich habe gehört, hier sei ein Toter gefunden worden.«

»Das stimmt. Waren Sie am Mittwoch im Fort?«

»Da war ich nicht auf Walcheren.«

»Gibt es Schleichwege, über die man ins Fort gelangen kann?«

Er schaute sie an, als hätte sie eine Fangfrage gestellt. »In der Tat gibt es Schleichwege, aber bei dem Eintrittsgeld lohnt es sich nicht, die zu benutzen.«

Sie begleitete den Direktor, als dieser das Gelände verließ. Langsam ging sie zurück zur Überdachung. Sturm stolperte aus dem Gewölbe, Willem half ihr und nahm ihr die Kopfbedeckung ab.

»Tief durchatmen, Frau Doktor.« Er drückte ihr den Kopf bis hinab zu den Beinen und klopfte ihr sachte auf den Rücken. »Ruhig durchatmen, dann ist es gleich überstanden. Langsam.«

Mit pfeifenden Atemstößen presste sie die Luft aus der Lunge, erst unter heftigen Bewegungen, später etwas ruhiger. Laurien setzte sich zu ihr, streichelte ihr ab und zu den Rücken und murmelte, es sähe ziemlich übel aus.

»Ich habe es nicht einmal bis zu dem Toten geschafft, bei all diesen Fledermausleichen … Plötzlich bekam ich furchtbare Beklemmungen, schon durch diese Maske. Das war fast klaustrophobisch. Ich muss meine Untersuchung aufschieben, bis die Leiche herausgeholt worden ist. Tut mir leid!«

Der Staatsanwalt stellte sich zu ihnen. »Bestimmt eine andere Todesursache als bei Belle Wisse, was?«

»Dazu kann ich noch nichts sagen, Hans. Lass mich bitte erst einmal zu mir kommen.«

Sie nahm die Flasche Wasser, die Laurien ihr reichte, und wischte sie erst sorgfältig ab, bevor sie daraus trank. Pier zwinkerte Laurien zu. Willem setzte die Schutzmaske wieder auf und verschwand im Gewölbe.

20

Warum muss dieser Zandvliet so weit vom Strand entfernt liegen, und warum müssen wir so ein Pisswetter haben? Ich habe gerne eine Frau im Bikini in meinem Blickfeld, wenn ich von einer Leiche hochschaue. Tote können es sich einfach nicht angewöhnen, auch mal an die Annehmlichkeiten der Lebenden zu denken«, sagte Willem über die Funksprechanlage zu Klaas.

»Behalte deine schmutzigen Gedanken bitte für dich. Und würdest du bitte berücksichtigen, dass hier ein Toter zu beklagen ist, Vater von drei Kindern, wenn ich das richtig verstanden habe. Kein Wunder, dass deine Frau die Nase von dir voll hat.«

»Eine Frau mit großen Brüsten ist nichts Schmutziges, jedenfalls nicht in meiner Vorstellung.«

»Ich weiß nicht, welche Erfahrungen du mit deiner Ex-Frau gemacht hast, aber mich wundert es, dass sie es so lange mit dir ausgehalten hat. Heute ist Sonntag.«

»Darf man am Sonntag an nichts Schönes denken?«

»Jetzt hört endlich auf! Seid ihr fertig?« Es dauerte eine Weile, bis die beiden sie über ihren Streit und das Knacken der Funksprechanlage hinweg hörten.

»Wir kommen. Der Leichensack scheuert an allen Unebenheiten des Bodens. Hast du eine Decke zur Hand? Man weiß nie, ob nicht so ein Verrückter wie dieser De Haas oder Leversen irgendwo mit einem Teleobjektiv auf der Lauer liegt, um ein spektakuläres Foto zu schießen. Und sorgt dafür, dass da nicht irgendwelche Zuschauer sind.«

Willem fluchte über alle Fledermausleichen, die an dem Leichensack hängen blieben. Klaas schimpfte über die Flüche. Er kam als Erster rückwärts aus dem Gewölbe gekrochen, um die Decke in Empfang zu nehmen. Direkt am Ausgang wickelten sie die Leiche hinein.

Alex Boel hatte die beiden Aufseher zum Ausstellungsbereich des Forts gebracht. Laurien rief ihm zu, er solle die Tür schließen. Sie wollte nicht, dass jemand Andries Zandvliet sah.

Sie hätte gerne geholfen, doch Klaas machte ihr mit einem Brummen deutlich, dass sie mit bloßen Händen nichts anfassen dürfe. Als sie die Leiche zur Hälfte aus dem Gewölbe gehoben hatten, kroch Willem zurück in die Dunkelheit. Kurz darauf kam er wieder zum Vorschein und hielt die Taschen mit dem Material für die Laboruntersuchungen vor der Brust.

Willem und Klaas legten die Schutzmasken ab. Laurien reichte ihnen Handtücher. Sie keuchten. Waren sie etwa mit dem Gift in Berührung gekommen? Laurien ließ die Männer aufstehen und begutachtete die Anzüge, danach die Schutzmasken. Kein Stückchen Haut war unbedeckt gewesen.

Sturm steckte die Fledermäuse, die sie von der Decke holte, in Plastiktüten. Sie vermerkte Fundort und Datum. Gemeinsam mit Klaas schlug sie die Decke zurück und öffnete den Reißverschluss des Leichensacks. Ihre Finger glitten am Kinn entlang, befühlten die Füße.

»Die Leichenstarre ist vorüber, der Mann lag da schon mehrere Tage. Ist es der, nach dem du gesucht hast?«, fragte Sturm.

»Ja. Er heißt Zandvliet, Umweltbeauftragter.«

»Seit wann vermisst?«

»Seit Mittwoch.«

»Es wäre gut möglich, dass er Mittwoch zum letzten Mal Tageslicht gesehen hat.«

»Traurig.« Laurien fielen keine anderen Worte ein.

Pier kam mit Kaffee. Klaas und Willem tranken gierig, auch wenn Letzterer vorher noch eine Bemerkung über einen leckeren Schnaps loswerden musste.

In der Gruppe besprachen sie, was sie jetzt zu tun hatten. Sie beschlossen, erst in der Leichenhalle weiterzufotografieren und die Untersuchungen vorzunehmen, auch die der aufgesammelten Fledermäuse. Ypenburg musste informiert werden.

»Seid ihr in der Lage, heute weiter nach Hinweisen zu suchen?«, fragte Laurien.

»Was wäre denn die Alternative?« Klaas beugte sich zu ihr herunter.

»Hilfe anfordern. Von einem anderen Korps, und notfalls den Allgemeinen Nachrichten- und Sicherheitsdienst informieren.«

»Unsinn!«, sagte Willem. »Hier handelt es sich um einen gewöhnlichen Mord. Dafür brauchen wir doch nicht den Geheimdienst.«

Laurien zeigte auf die Fledermäuse. »Von einem gewöhnlichen Mord bin ich nicht überzeugt. Ich meine nicht den Mord selbst, aber die angewandte Methode ist beunruhigend.«

»Wie auch immer, Willem und ich können die technische Untersuchung problemlos bewältigen.«

»Das bezweifle ich ja auch gar nicht, Klaas, aber die Tour durch das Gewölbe war schließlich nicht ohne.«

Laurien ging zu Zandvliet, schlug die Decke zurück und betrachtete die Augen. Im Licht der Lampen hatte sie nicht alles gesehen, und später hatte sie gemeint, es sich nur eingebildet zu haben. Sie war über ihren Fund dermaßen erschrocken gewesen, dass sie nur an ein möglichst schnelles Zurückkriechen gedacht hatte. Was ihr bei Belle und den Fledermäusen aufgefallen war, entdeckte sie jetzt auch bei Zandvliet. Die Augen hatten ihre Farbe verloren, als habe sich der Augapfel gedreht, und die graue Rückseite sei nach vorne gerutscht. Sie zeigte es Christa.

In ihrem Büro ging sie mit Pier durch, was sie bis jetzt hatten. Vornehmlich blieb es bei Vermutungen. Sie hatten keinen Anhaltspunkt, in welcher Richtung sie sowohl bei dem einen als auch dem anderen Mord suchen sollten.

»Ich kann mich nicht erinnern, jemals so wenig Konkretes gehabt zu haben.«

»Vielleicht. Brauchst du mich noch?« Er gähnte hinter der vorgehaltenen Hand.

»Nein.«

Pier stand auf. In der Türöffnung drehte er sich um.

»Dann rate ich dir, auch nach Hause zu gehen. Nächste Woche haben wir alle Hände voll zu tun.«

Sie nickte. »Nach dem Gespräch mit dem Hauptkommissar.«

Bevor sie Ton anrufen konnte, klingelte das Telefon. Der Mann vom Allgemeinen Nachrichten- und Sicherheitsdienst wollte heute noch das gesamte Material haben.

Ton war zu Hause. Er hörte geduldig zu.

»Wenn es erforderlich ist, komme ich gerne ins Büro.«

Laurien schüttelte den Kopf. Das konnte er durchs Telefon natürlich nicht sehen. »Morgen früh reicht.«

»Hast du schon mit Hans Ekelmans gesprochen?«

»Warum?«

»Er will die Nationale Kriminalpolizei einschalten.«

»Wegen Wisse«, sagte Laurien. »Je höher die Instanz, desto zufriedener wird Wisse sein. Aber ob das Resultat dadurch besser wird, wage ich zu bezweifeln.«

»Es ist noch zu früh, da bin ich mit dir einer Meinung«, sagte Ton. »Gibt es irgendetwas, das ich morgen früh für dich tun kann?«

Laurien zögerte.

»Ich bin jederzeit erreichbar«, versprach er.

Erleichtert legte Laurien auf.

Sollte sie jetzt das gesamte Material dem Allgemeinen Nachrichten- und Sicherheitsdienst zuschicken, oder nicht? Sie hatte absichtlich nicht mit Ton darüber gesprochen. Wegen des arroganten Tons des Mitarbeiters beschloss sie, noch einen Tag damit zu warten.

Tiemen schaute sich das soundsovielte Fußballspiel der Woche an. Er brummte einen Gruß und fragte, ob sie ihren Mund halten könne, das Spiel sei wahnsinnig spannend.

Sie spürte, wie es in ihr zu brodeln begann. Sie presste die Lippen zusammen und zählte bis zehn. Auseinandersetzungen waren nicht ihr Ding, dann kramte sie Sachen hervor, die schon lange zurücklagen. Und die hatte sie schon so oft aufgerührt, dass ihr Tiemen die Sätze genüsslich vorkaute.

Sammy schaute sie erwartungsvoll an, doch Tiemen rief, sie sei eben draußen gewesen. Das kam ihr durchaus gelegen, denn sie musste noch zu Ina Zandvliet, und dabei konnte sie keinen Hund gebrauchen. Sie schluckte die Bemerkung herunter, es sei ja doch erstaunlich, dass er an Sammy gedacht habe.

Sie fuhr zu dem Platz an der Abtei. Sie stellte das Rad in den Ständer und blieb einen Moment stehen, um ganz ruhig zu werden, bevor sie Ina gegenübertrat. Was bedeutete denn schon ein ständig herunterrutschendes Autofenster im Vergleich zum Licht der Ewigkeit? Immerhin war Tiemen heute zu Maatje gefahren.

Die rauschenden Blätter der hohen Bäume dämpften das Brausen des Verkehrs. Einige Touristen standen vor der Informationstafel des Zeeuws Museum und lasen die Texte. Ein paar Jungen spielten neben der Statue Fußball, ein alter Mann vertrieb sie.

Sie mochte diesen Platz, die alten Gebäude, die Zeitlosigkeit, wenn sie die elektrische Beleuchtung und die Autos außer Acht ließ. Doch noch hatte sie sich nicht beruhigt. Rückschläge ertrug sie nicht, solange sie mit einem Fall beschäftigt war. Früher hatten sich die Jungen entsprechend verhalten. War noch keine Lösung in Sicht gewesen, hatten sie sich lieber jede Quengelei verkniffen.

Die Schwester öffnete die Tür und führte sie zu Ina, die auf dem Sofa saß. Die beiden älteren Kinder umringten sie, während der Kleinste auf ihrem Schoß schlief. Ihre Haut war beinahe durchscheinend bleich. Laurien setzte sich neben Ina.

»Es tut mir leid.«

»Hat er stark gelitten?«

»Er war auf der Stelle tot.«

»Wie ist er gestorben?

»Vorläufig gehen wir von einer Vergiftung aus. Eine Gaswolke, die in dem Hohlraum hängen blieb.«

»Gas? War da eine lecke Gasleitung?«

»Das vermuten wir nicht. Es könnte sein, dass Absicht im Spiel war.«

Sie schaute Laurien entgeistert an. »Wer hätte Andries denn töten wollen?«

»Da tappen wir noch vollkommen im Dunkeln. Auch wegen eines Motivs.«

»Andries kommt dadurch nicht zurück, aber ich wüsste doch gerne, warum er sterben musste.«

»Die Mitarbeiter des Technischen Dienstes kommen morgen früh, um die Sachen Ihres Mannes zu untersuchen.«

»Das wird wohl dazugehören.«

»Wo bewahrte Ihr Mann sein Werkzeug und ähnliche Dinge auf?«

»Auf dem Dachboden und in der Garage.«

»Darf ich mich da mal ein bisschen umschauen?«, fragte Laurien.

»Bitte, tun Sie das.«

Ina blieb sitzen. In der Garage zog Laurien Plastikhandschuhe an und suchte in einem Schrank mit kleinen Flaschen. Ihr fiel nichts Besonderes auf. Auf dem obersten Regal standen Büchsen mit Schmieröl. Dahinter lag ein Bündel Lumpen.

Sie wollte die Büchsen bereits zurückstellen, als sie etwas Hartes spürte. Da stand eine Schachtel, die mit Klebeband verschlossen war. Zur Sicherheit war sie auch noch mit breiten Klebestreifen an der Rückwand befestigt. Sie machte die Schachtel los und steckte sie in eine Plastiktüte, ohne sie zu öffnen.

Ansonsten befand sich in der Garage nichts, das ihre Neugier geweckt hätte. Auf dem Dachboden herrschte ein solches Durcheinander, dass sie nicht wusste, wo sie anfangen sollte. Sie ließ alles, wie es war – Arbeit für Klaas und Willem.

Sie klopfte an die Wohnzimmertür und zeigte, was sie mitnehmen wollte. Es war in Ordnung. Ina hatte die Schachtel noch nie gesehen. Daher wusste sie auch nicht, woher sie stammte. Laurien setzte sich für eine Weile neben sie und gab ihr erneut ihre Visitenkarte.

Tiemen hatte zu kochen begonnen. Sammy sprang an ihr hoch, lief im Kreis um sie herum und versuchte, Laurien zu einem Spiel zu verleiten.

»Ein Glas Wein?«

»Gleich.«

Laurien war müde, leer.

»Ein schwerer Tag?«

»Wir haben Zandvliet gefunden.«

»Tot?«

Sie nickte.

»Mord? Selbstmord? Natürlicher Tod?«

»Kein natürlicher Tod. Es wird wohl Mord sein, und zwar ein grausiger. Gib mir doch ein Glas. Lass uns lieber über etwas anderes reden als die Arbeit. Morgen muss ich mich wieder damit herumschlagen.«

Das war ihre Art, ihm deutlich zu machen, dass er seine Chance vertan hatte.

»In einer Woche trinken wir Chianti. Seit heute freue ich mich noch mehr auf Verona.«

»Warum?«

»Vor fünf Minuten rief mein Gesangslehrer an. Ob ich im November die Arien aus *Tosca* singen könnte, die wir im letzten Winter einstudiert haben.« Er strahlte, als habe er gerade ein tolles Geschenk bekommen.

»Wo?«

»In der Neuen Kirche. Der Bariton wurde mit Herzbeschwerden ins Krankenhaus eingeliefert ... Finanziell gäbe es ein Fiasko, wenn das Konzert abgeblasen werden müsste, denn die anderen Solisten haben einen Vertrag, und der Saal ist schon angemietet.«

»Gibt es keine anderen Baritone?«

»Natürlich, aber die meisten sind besetzt, bis zur Aufführung sind es nur noch ungefähr zehn Wochen. Mein Lehrer ist Mitglied des Chorvorstands.«

»Der hat dich vorgeschlagen?«

»Im letzten Jahr sagte er bereits, dass ich genauso gut die Partien übernehmen könnte, aber ein bekannter Name zieht mehr Publikum an, fand ich.«

»Schön für dich. Was hast du gesagt?«

»Ich brauchte nicht lange zu überlegen, unter der Voraussetzung, dass du zustimmst.« Er hob sie hoch.

»Für den Besitzer eines Musikgeschäfts ist das ein beachtlicher Aufstieg.«

»Was hältst du davon?«

»Machen!«

Die meisten Tagestouristen hatten die Stadt verlassen. Laurien ging mit Sammy eine Runde um den Vismarkt.

Aus dem Kastanienbaum flog eine Fledermaus herab, die dicht über sie hinwegstrich und flatternd eine Runde drehte, ehe sie wieder bei ihnen auftauchte, offensichtlich immer wieder den gleichen eigenwilligen Weg wählend.

Sie erinnerte sich dunkel an etwas aus dem Biologieunterricht über eine Echoortung und hohe Pfeiftöne, einen winzigen Vampirkopf mit großen Ohren, obgleich sie sich bei Letzterem nicht sicher war. Die Fledermaus tauchte einen Meter ab, stieg wieder, schwenkte von links nach rechts. Ein düsterer Geselle zu einem düsteren Moment des Tages. War es das gewesen, was Zandvliet so fasziniert hatte?

Tiemen stand schon unter der Dusche, als sie wieder zurückkam. Sie führte Sammy zu ihrem Korb, gab ihr ein Plätzchen und schloss die Küchentür ab.

Laurien entkleidete sich vor dem Fenster, sie löschte die Lichter und zog die Gardinen im Schlafzimmer auf. Ein rauchender Landstreicher richtete sich unter dem Tympanon der Überdachung für die Nacht ein.

Seit achtzehn Jahren wohnten sie jetzt schon am Vismarkt, und heute Abend waren ihr zum ersten Mal die Fledermäuse aufgefallen.

Tiemen stellte sich hinter sie, legte die Hände über sie hinweg und schaute mit ihr auf den Platz hinab, wo die Feuchtigkeit aus den Kastanienbäumen tropfte. Sanft streichelte er ihre Brüste.

21

Ihr Büro war für eine Besprechung mit dem gesamten Team zu klein, und daher waren sie in den kleinen Konferenzraum ausgewichen. Laurien wartete nicht auf Jans Erscheinen.

»Welchen Eindruck hast du, Klaas?«

»Zandvliet wurde durch eine Giftwolke getötet, die in diesem Gewölbe alles vernichtet hat. Aber erst die Autopsie wird die genaue Todesursache liefern können. Wird er nach Ypenburg überführt?«

»Auf Veranlassung von Hans wurde er schon hingebracht. Anna Vriens führt die Autopsie durch. Wer von uns fährt hin? Ich habe keine Zeit.«

»Ich kann Stevi mitnehmen«, sagte Pier.

»Möchtest du, Stevi?«

»Ja, natürlich«, sagte sie ohne aufzublicken.

»Das wäre also geregelt. Welchen Eindruck hattest du gestern, Willem?«

»Fort Rammekens ist ein seltsamer Ort zum Sterben«, sagte Willem bedächtig. »Wenn du mich gestern gefragt hättest, ob Zandvliet dort liegen könnte, hätte ich nein gesagt. Das Gewölbe hatte ich übersehen.«

»Noch etwas?«

»Dass eine Leiche mit Fliegen übersät ist, ist nichts Außergewöhnliches für uns, aber mit Fledermäusen? Es war wie in einem Horrorfilm.«

»Lucas, du?«

»Niemand hat Zandvliet gesehen, und trotzdem lag er dort tot. Haben wir schon herausgefunden, wie er und die Person, mit der er verabredet war, dorthingekommen sind?«

»Wer sich auf dem Gelände gut auskennt, braucht keine Eingangspforte. Außerhalb der Öffnungszeiten ist das Fort im Sommer wahrscheinlich der ruhigste Ort auf ganz Walcheren.«

»Mit wem war er verabredet?«, fragte Klaas.

Pier hob beide Hände. »Nicht so schnell. Wir befinden uns noch im Stadium des Sammelns.«

»Vielleicht war er gar nicht verabredet und hatte vor, alleine nach Fort Rammekens zu gehen. Wir müssen überprüfen, ob an jenem Morgen etwas vom Fledermausverein organisiert worden war. Hatte der Verein besonderes Interesse an diesem Ort?«

»Ich habe Kontakt mit ihnen aufgenommen«, sagte Pier. »Der Vorsitzende zeigte sich von Zandvliets Vorgehen überrascht.«

»Was ist über das Gift bekannt?«

»Wenig. Das Gift muss von irgendwoher stammen. Ich denke«, sagte Laurien, »dass wir uns noch einmal bei Wisse-Chemie umschauen müssen. Dort wird irgendetwas verheimlicht.«

»Intuition«, sagte Pier. »Darunter leidet Laurien häufiger.«

»Wir wissen etwas über das Gift, mit dem Belle getötet wurde. Methylisocyanat. Es könnte bei Zandvliet benutzt worden sein, aber dafür kommen auch noch andere Chemikalien von Wisse-Chemie in Betracht.«

»Du meinst dieses Zeug, aus dem Rattengift hergestellt wird, Thiodiglykol«, sagte Klaas.

»Das wäre eine Möglichkeit. Phosphoroxychlorid und Thiodiglykol sind Bestandteile für die Herstellung von Senfgas«, las sie aus ihren Unterlagen vor. »Aber dieses Thio … Thiodiglykol darf in Vlissingen nicht produziert werden.«

»Alles schön und gut«, sagte Willem, »doch ich gehe davon aus, dass man bei Wisse-Chemie nicht einfach so mit einer Dose Gift in der Tasche herausmarschieren kann.«

»Nein, die Sicherheitsmaßnahmen sind gut. Das geht auch nicht anders, in Anbetracht der Vorschriften. Möglicherweise ist es trotzdem jemandem gelungen, etwas herauszuschmuggeln. Das kann sowohl Betriebsangehörige als auch Externe betreffen.«

»Das ist doch überhaupt keine Kunst, etwas an den Kontrollen vorbei an sich zu bringen. Man muss nur den festen Willen haben, dann schafft man es auch«, sagte Stevi. »Wenn ich dort arbeiten würde und mir vorgenommen hätte, Zandvliet aus dem Weg zu räumen, würde ich einfach ein Fläschchen Gift mitgehen lassen. Wer merkt denn schon den Unterschied von ein paar Milligramm.«

Abgesehen von Laurien waren alle der gleichen Ansicht. »Vorschriften, die exakt eingehalten werden, können nicht straflos umgangen werden, auch nicht imaginär durch dich, Stevi.«

»Wisst ihr, wohin Wisse-Chemie vor allem exportiert?«, fragte Pier. Er schaute sich im Kreis um.

»In die USA? Ich rate einfach mal«, sagte Stevi.

»Nach Amerika geht nichts. Nein, Saudi-Arabien ist ein großer Abnehmer, genauso wie Bahrain und die Vereinigten Arabischen Emirate, Türkei, Iran, Syrien ...«

»Nicht nach Irak?«, fragte Laurien.

»Bevor die Sanktionen verhängt wurden, haben vor allem die Kunstdünger- und Textilindustrie gute Geschäfte mit Irak gemacht. Aber nicht die gesamte Ausfuhr nach Irak wurde gestoppt.«

»Kannst du das noch einmal wiederholen, Pier?«, fragte Laurien. »Dies könnte ein entscheidender Punkt sein.«

»Spekulation, Unsinn«, murmelte Stevi, nachdem Pier seine Worte wiederholt hatte.

»Wird die Grundsubstanz für Rattengift immer noch nach Irak exportiert?«, fragte Klaas. »Ich meine zum Beispiel, äh, Phosphoroxychlorid?«

»Das habe ich nicht herausbekommen«, sagte Pier.

»Das erscheint unwahrscheinlich«, sagte Lucas. »Das würde zu den größten Schwierigkeiten mit den Vereinten Nationen führen.«

»So absurd finde ich diesen Gedanken nicht.« Laurien zog die Mappe zu sich heran. »Saddam Hussein war in der Lage, sein Senfgas zu produzieren, und irgendjemand muss ihm die Stoffe dafür doch geliefert haben. Warum nicht Wisse-Chemie?«

Alle fielen über sie her.

»Phosphoroxychlorid und Thiodiglykol hat Saddam Hussein aus

Russland, China und Korea bezogen«, sagte Willem, »habe ich vor Kurzem gelesen. Außerdem, wenn ein Produktionsverbot besteht, kann das Zeug auch nicht exportiert werden, jedenfalls nicht aus den Niederlanden.«

»Verbote, Verbote«, insistierte Laurien. »Das heißt doch noch lange nicht, dass es nicht hergestellt wird. Ich zumindest würde kein Gift darauf nehmen ... Vergesst nicht, dass es dabei um viel Geld geht. Nochmals, ich werde das Gefühl nicht los, dass bei Wisse-Chemie irgendetwas faul ist, und die Reorganisation kann durchaus damit zu tun haben.«

Es wurde still.

»Glaubst du wirklich, dass ein Mann wie Bart Wisse sich am Töten von Kurden beteiligen würde?«, fragte Pier.

»Das habe ich nicht gesagt. Es kann ohne sein Wissen geschehen sein.«

»Davon hätte der Allgemeine Nachrichten- und Sicherheitsdienst doch wohl Wind bekommen. Ich halte es für ausgeschlossen, dass ein Niederländer unbemerkt an der Herstellung von so etwas mitarbeitet.«

»Ist das so?«, fragte Laurien schon wieder. »Jemand, den nur Euros interessieren und keine Menschenleben? Man produziert etwas, das man in eine Flasche stopft, man sieht nicht, dass damit Menschen getötet werden. Es sieht ganz unschuldig aus, und man kann sich sogar einreden, es werde für einen guten Zweck eingesetzt.«

»Laurien, logistisch ist das unmöglich«, beeilte sich Klaas zu sagen. »Für die Produktion von Senfgas hätte es um Tausende Tonnen gehen müssen. Der Zoll ist doch auch nicht auf den Kopf gefallen.«

»Wir müssen feststellen, wie der Transport gelaufen ist. Lucas, du bist bei Ina Zandvliets Arbeitgeber gewesen.«

»Es gab keinerlei Anzeichen für Spannungen oder Eheprobleme. Nachdem Zandvliet jetzt gefunden wurde, müssen eventuell erneut Nachforschungen angestellt werden, und diesmal etwas umfassender, doch ich denke nicht, dass dabei etwas herauskommt.«

»Hat sie einen Geliebten? Hatte er eine heimliche Liebschaft? Wie steht es mit seiner Arbeit? Mit dem Kontakt zu den Bauern?«, fragte Pier.

»Es gibt viel zu tun, Hans Ekelmans möchte gerne andere hinzuziehen.«

Sie diskutierten darüber und beschlossen, vorläufig auf die Hilfe einer anderen Regionalen Einheit zu verzichten. Durch die Zusammenarbeit mit einem anderen Team würden sich die Anzahl der Konferenzen und das Chaos nur noch vergrößern. Wenn man in den nächsten Tagen immer noch keine Hinweise gefunden hätte, könnte Laurien ja einen neuen Beschluss fassen.

Die Pressekonferenz war gut besucht. Eilig wurden zusätzliche Tassen aus der Kantine herbeigeschafft und mehr Stühle in den kleinen Saal gestellt.

Die Mutmaßung in der *Provinciale Zeeuwse Courant* war bei den überregionalen Zeitungen nicht unbemerkt geblieben. Die Frage, ob hier Terrorismus im Spiel sein könnte, tauchte immer wieder auf. Hans gab sie an Laurien weiter.

»Ich muss Ihnen die Antwort schuldig bleiben. Es kann einen Zusammenhang zwischen dem Acker und den beiden Morden geben, doch es muss nicht so sein.«

Peter de Haas lachte höhnisch. »Wie kann die Polizei einen Zusammenhang abstreiten?«

»Wie meinen Sie das?« Ihre Stimme klang höflich, aber abwehrend.

»Zandvliet hat sich an unsere Zeitung gewandt, nachdem er bei den zuständigen Stellen keine Unterstützung fand. Sein Tod ist kein Zufall. Muss den Terroristen nicht daran gelegen gewesen sein, alle Spuren zu verwischen?«

Sein verhaltenes Grinsen wurde zum Triumph, als andere Journalisten beim Wort ›Terroristen‹ hochschossen.

»Was unternehmen Justiz und Polizei, um eine Katastrophe zu verhindern?«, fragte De Haas höhnisch. »Bald haben wir hier ein zweites Tokio.«

»Ich weiß nicht, worauf Sie abzielen.« Sie forderte den nächsten Fragesteller auf.

Nachdem sich die Presseleute einmal in den kleinen Saal gezwängt hatten, wollten sie jetzt auch alles über Zandvliet, die Ermittlungen und vor allem über die Möglichkeit von Zeeland als terroristischem Versuchsfeld wissen.

Nach einer Viertelstunde schaute Laurien ostentativ auf ihre Uhr. »Zu meinem Bedauern kann ich Ihnen keine weiteren Informationen geben.«

»Muss der Mörder von Belle Wisse nicht in Amsterdam gesucht werden?«, fragte De Haas, während die anderen bereits aufstanden.

Laurien hatte Verständnis für die Frage: Der Gedanke, dass ein hübsches Mädchen aus Zeeland von einem Bewohner Zeelands getötet worden sein sollte, war vielleicht noch unerträglicher, als dass ein Amsterdamer Hand an sie gelegt haben könnte.

Wattel saß im Vernehmungszimmer. Lucas und sie nahmen ihm gegenüber Platz.

»Was wollt ihr von mir? Ich komme von der Fähre, und ihr schnappt mich, als wenn ich ein Verbrecher wäre. Schnappt euch lieber die Diebe.«

»Du hast uns letzte Woche nicht alles gesagt.«

»Oh.« Er spielte, nicht einmal schlecht, den total Überraschten.

»Über die Deutschen«, half ihm Lucas auf die Sprünge.

»Deutsche?« Er ließ die Mundwinkel sacken.

»Über das junge Paar, das du mit deiner Mistgabel verfolgt hast.«

»Waren das Deutsche? Letzte Woche habe ich doch schon mein ganzes Seelenleben vor dir und deiner Kollegin ausgebreitet.«

Laurien hörte leise Stimmen im Gang.

»Sie haben keinen Fuß auf das Kartoffelfeld gesetzt.«

»Sie waren auf meinem Land, und da hatten sie nichts zu suchen.«

»Du hättest sie bitten können, zu verschwinden. Deine Gewaltandrohung war ungerechtfertigt. Es waren entgegenkommende, aufrichtige Naturfreunde.«

»Naturfreunde? Das waren sie nicht.«

»Sie suchten nach der Braunroten Stendelwurz, einer in unserer Region seltenen Pflanze. Sie interessierten sich nicht für deine Kartoffeln, sie entdeckten am Rand des Ackers so eine Stendelwurz und beugten sich darüber. Mit dem Rücken zu deinem Feld. Das musst du doch gesehen haben.«

»Eine Pflanze? Sie suchten eine Pflanze?«

»So wurde uns berichtet.«

»Das haben sie überhaupt nicht gesucht. Die hatten eine kleine Schaufel dabei.«

Die Stimmen verschwanden.

»Wahrscheinlich zum Ausgraben der Braunroten Stendelwurz.«

»Bestimmt nicht. Die haben nach goldenen Münzen gegraben. Auf einem Feld etwas weiter wurde zweimal ein Beutel mit alten Münzen gefunden. Davon haben sie den *Goudvijver* gebaut, du weißt schon, das Schwimmbad von Serooskerke ... Da müssen noch viel mehr Münzen in der Erde sein ... Du müsstest mal gucken, wie viele Goldgräber jedes Jahr in unseren Äckern rumbuddeln.«

»Hast du sie gefragt, was sie dort wollten?«, fragte Lucas.

Wattel schwieg.

»So schwierig ist meine Frage doch nicht.«

»Ich hab doch selbst gesehen, was die da gemacht haben. Und außerdem hatte ich eine Warnung bekommen, dass da Leute wären, die auf dem Acker hinter meinen Münzen her wären.«

Laurien und Lucas richteten sich gleichzeitig auf.

»Wer hat Sie gewarnt?«, fragte Laurien.

»Weiß ich nicht. Der Nachbar kam und sagte mir das. Der hatte es von einem anderen.«

»Wer könnte denn so freundlich sein, zu deinem Nachbarn zu gehen, damit dieser dich auf die beiden jungen Leute aufmerksam macht?«, wollte Lucas wissen.

»So sind wir nun mal. Ich würde dasselbe tun. Keine fremden Leute auf unserem Land.« Wattel schaute ihn herausfordernd an.

»Keine Idee, wer Ihren Nachbarn darüber informierte, dass da jemand auf Ihrem Acker gesehen wurde?«

»Sag ich doch. Das kann jeder gewesen sein.«

Sie notierte den Namen des Nachbarn.

»Was hast du auf den Acker gestreut?« Lucas fragte es wie nebenbei.

»Nichts.«

»Was setzt du denn gewöhnlich auf deinem Feld ein?«

»Kunstdünger und Unkrautvernichter von Wisse-Chemie.« Seine Stimme schoss in die Höhe.

»Dann möchten wir gerne die Rechnungen sehen.«

»Komm sie dir holen.«

Sie versuchten noch etwas aus ihm herauszuholen, mit Freundlichkeit, etwas rauer, doch er blieb bei seiner Geschichte. Die beiden Deutschen hätten nach Münzen gesucht. Auf seinem Acker würde kein Zirkus veranstaltet. Es klang so bizarr, dass es wohl der Wahrheit entsprechen musste.

Laurien erkundigte sich, wessen Felder an Wattels Acker grenzten. Man nannte ihr zwei Namen, mit denen sie nicht gerechnet hatte: Buker und Achterveld. Wenn sie diese Information doch nur schon früher gehabt hätte.

Sie rief Pier an. Er war auf dem Weg ins Büro.

»Nicht der Nachbar wurde wegen der Touristen auf Wattels Acker angesprochen, sondern dessen Sohn.«

»Wie alt ist er?«

»Das Bürschchen ist sieben, er fuhr da mit dem Fahrrad in der Gegend herum, als ihm ein Mann sagte, er solle Wattel Bescheid geben, dass sich Touristen auf seinem Land herumtrieben.«

»Warum ging er denn nicht selbst zu Wattel?«

»Er hatte keine Zeit. Das Kind ist zu seinem Vater gelaufen, und der hat dann Wattel angerufen. Er hat erst noch auf der Straße nachgeschaut, wer mit seinem Sohn gesprochen hatte, aber da war niemand mehr.«

»Kannte der Junge den Mann?«

»Nein, er konnte ihn auch nicht beschreiben, denn der Knabe ist zu verlegen, um jemanden anzuschauen. Der Junge konnte mir nur sagen, dass der Mann schöne braune Schuhe anhatte, vorne spitz zulaufend und aus weichem Material gemacht. Keine Turnschuhe und auch nicht so ungeputzt wie meine.«

»Sehr ergiebig.«

»Ich habe ihn gefragt, ob er die Stimme erkannt habe. Das nicht, aber der Mann redete nicht normal, mehr mit einem Akzent wie die Leute aus der Region Holland, aber auch nicht ganz so. Eher so ein Holländisch wie ich.«

»Holländisch ist für ihn wahrscheinlich alles, was anders klingt als in Serooskerke.«

»Ja, das denke ich auch.«

»Kommst du bitte gleich in mein Büro?«

»Dann kann ich meine Pause wohl in den Wind schreiben. Mir ist schon ganz schlecht vor Hunger. Bis in einer Stunde!«

»In einer Viertelstunde! Es muss auch nicht lange dauern.«

Stevi war nicht da, sie würde gegen halb zwei wieder zurück sein. Jan war nach Hause gegangen.

»Drückeberger sind das«, sagte Lucas. Er betrat als Erster das Büro. »Jan ist am schlimmsten. Ich kapiere nicht, dass du an ihnen festhältst.«

»Sie sind in der Ausbildung.«

»Die zeigen doch keinerlei Engagement. Vor allem Jan, der macht, was er will, und anschließend präsentiert er es als gründliche Ermittlung.«

Langsam tröpfelten alle ins Büro. Pier kam als Letzter, mit einem Teller voll Apfelkuchen in der Hand. Laurien bat ihn ruhig, den Teller wegzustellen. Bockig schob er den Kuchen in die Mitte des Tisches.

»Der Personalchef von Wisse-Chemie«, sagte Lucas, »hat die Reorganisation auch nicht ganz verstanden.«

»Das Ganze macht keinen Sinn«, brummte Willem. »Mein Bekannter behauptet, da wurden ebenso viele Leute eingestellt, wie bei der letzten Reorganisation entlassen worden sind. Komisch daran ist, dass niemand gegen seine Entlassung vorgegangen ist.«

»Irgendetwas muss dahinterstecken«, sagte Pier.

»Hat er sich noch einmal zu der Kündigung von Achterveld geäußert?«, fragte Laurien.

»Die konnte der Personalchef noch eher nachvollziehen. Achterveld hat eine größere Erbschaft gemacht und wurde mit einer schönen Abfindung verabschiedet.«

»War ihm etwas über ein eigenes Unternehmen von Achterveld bekannt?«

»Das erschien ihm nicht unmöglich, und er hielt es bei jemandem mit dessen Elan auch für vernünftig. Nach dem Tod seiner Frau scheint für Achterveld das Zusammenkratzen von Kapital zum höchsten Lebensziel geworden zu sein.«

»Ich denke, dass wir die Ermittlungen bei Belles Freunden in Amsterdam in den Hintergrund schieben können«, sagte Laurien. Niemand protestierte.

»Ja, ich sehe jetzt auch einen Zusammenhang zwischen den drei Fällen«, sagte Klaas. Die anderen nickten.

»Eifersucht wegen der hübschen Belle«, begann Pier. »Zandvliet hatte bereits seit Langem ein heimliches Verhältnis mit Belle.«

»Ina, Zandvliets Frau, ist die Mörderin«, hakte Lucas ein. »Sie hat die Giftspritze mit nach Fort Rammekens genommen, nachdem Zandvliet ihr eröffnet hatte, dass er die Familie wegen Belle verlassen wolle.«

»Carla Beest ist die Täterin.« Willem schlug mit der Faust auf den Tisch, um seiner Feststellung mehr Nachdruck zu verleihen.

»Oder Freddie. Eifersucht und Enttäuschung. Er besitzt ein gutes Täterprofil. Ein bisschen weibisch, das erklärt den Einsatz von Gift.«

»Oder Wisse«, sagte Lucas. »Der konnte problemlos an das Gift kommen. Oder Buker.«

»Zandvliet wurde von Wattel getötet«, sagte Willem aufgeregt. »Durch den Wind bekamen auch die umliegenden Felder das Gift ab. Er sah, wie seine Kartoffelpflanzen verrotteten. Zufällig entdeckt Zandvliet die Schlammkartoffeln, als er ausgefüllte Formulare zurückbringt.«

»Ja«, pflichtete ihm Lucas bei, »einen Tag zuvor hat er die Kartoffeln noch in tadellosem Zustand gesehen.«

»Wattel bindet ihm einen Bären auf. Zandvliet, dem dramatische Szenen liegen, verbreitet laut und deutlich Zweifel an einer natürlichen Ursache in der Gegend, ohne den Zusammenhang mit Belle herzustellen.«

»Er setzt Wattel unter Druck, mit der Wahrheit herauszurücken, und der sieht keine andere Möglichkeit, als Zandvliet zu töten.« Willem schaute triumphierend in die Runde.

»Wie er an das Gift gekommen ist, ist noch ein Rätsel. Nach dem Mord reist er nach Schottland.«

»Möglich. Oder Wattel hat noch mit beiden Nachbarn ein Hühnchen zu rupfen und erwischt dabei unglücklicherweise auch einen Teil seines eigenen Ackers.«

»Oder die Deutschen sind hinter alten Münzen her und zerstören den Acker bewusst.«

Wie man sich die Zusammenhänge erklären sollte, wusste niemand. Als ihnen die Ideen ausgingen, blieb es für einen Moment still. Pier spielte mit einem Kugelschreiber, Klaas stellte sich ans Fenster und schaute nach draußen, Laurien schenkte Kaffee nach.

Keine der Theorien hielte einer Überprüfung stand, doch es war immerhin etwas, wo man ansetzen konnte. Laurien hatte nicht gesagt, was ihr durch den Kopf ging, und niemand hatte sie gefragt.

Laurien rief den Allgemeinen Nachrichten- und Sicherheitsdienst an.

»Dasselbe Gift auf dem Acker, in der Portweinflasche und im Fort?« Die Stimme am anderen Ende der Leitung klang interessiert.

»Wir haben zwar noch keine Beweise, aber die werden kommen«, sagte Laurien. »Was können Sie mir sagen?«

»Nicht viel. Der Dienst beschäftigt sich schon mit dem Acker und der Portweinflasche. Wir werden das Gewölbe des Forts sicher mit einbeziehen. Der Vorwurf, das Gift stamme von Wisse-Chemie, ist ziemlich schwerwiegend.«

»Ich wende mich ja auch nicht umsonst an Sie. Vielleicht können wir etwas gemeinsam unternehmen.«

»Sie nennen drei Namen: Wisse, Buker und Achterveld.«

»Korrekt.«

»Ich werde vorschlagen, die drei Herren in die Ermittlungen mit einzubeziehen. Sie können sich inzwischen auf Wisses Ex-Frau und den Amsterdamer Freund konzentrieren.«

Dass sie das nicht vorhatte, konnte er sich an fünf Fingern abzählen. Als sie aufgelegt hatte, war ihr klar, dass die Männer jetzt erst recht interessant wurden. Warum schirmte der Geheimdienst sie ab?

Sie ging zu Hans. Er telefonierte, zeigte auf den Stuhl, doch Laurien blieb stehen. Er legte schnell auf.

»Die Ermittlungen gehen in eine andere Richtung, als ich erwartet hatte. Verdächtigt dein Team Wattel? Wäre ja denkbar. Ich selbst vermute Belles Mörder eher in Amsterdamer Kreisen.«

»Darauf hast du schon früher gepocht. Ich habe den Allgemeinen Nachrichten- und Sicherheitsdienst eingeschaltet«, sagte Laurien.

»Warum?« Hans stand auf und beugte sich über den Schreibtisch hinweg.

»Ich habe sie über die Vergiftungen informiert. Die sollen mal sehen, was sie damit machen.«

Zufrieden lief sie die Treppen zu ihrem Büro hoch. Kurze Zeit später rief Ton an und bat sie zu sich.

»Was hat der Allgemeine Nachrichten- und Sicherheitsdienst gesagt?«

»Sie sind interessiert.«

»Nichts weiter?«

»Dass ich Achterveld, Buker und Wisse ruhigen Gewissens dem Geheimdienst überlassen könne.«

Ton lächelte. »Wie ich dich kenne, betrachtest du sie jetzt erst recht als deine Beute. Sei vorsichtig, Laurien. Der Geheimdienst hat einen langen Arm.«

In der Kantine besorgte sie sich ein Brötchen und fuhr mit Lucas zu Fort Rammekens. Abgesehen von ein paar Halbwüchsigen war der Strand verlassen, Austernfischer staksten würdevoll durch den Sand, Möwen kreischten über dem Wasser. Auf der gegenüberliegenden Seite ballten sich über dem Kernkraftwerk Borssele Wolken zusammen.

Zandvliets Fahrrad war abgeholt worden. Die Pforte war geschlossen, Absperrbänder der Polizei riegelten den Zugang zusätzlich ab. Ein Beamter des Reviers Serooskerke stand Wache.

Sie gingen auf der anderen Seite des Grabens um das Fort herum, bis sie zur Rückseite kamen. Dort lag ein Ruderboot, mit dem sie übersetzten. Die Mauer war hier und da abgebröckelt, der Boden davor war im Laufe der Zeit durch Sand und Lehm erhöht und über und über bewachsen. Das Klettern fiel ihr weniger schwer als vermutet.

Als sie auf dem Fort standen, sahen sie am Tisch des Aufsehers einen Polizeibeamten sitzen. Über eine Treppe stiegen sie hinab. Den Schatten einer Mauer nutzend schlichen sie zum Gewölbe. Der Polizist schaute sich immer noch nicht um oder hoch. Es war durchaus möglich, dass Zandvliet mit seinen Stiefeln und den Taschen in der Hand denselben Weg genommen hatte.

Es gab noch weitere Möglichkeiten. Man konnte auch an der Mauer des Forts entlanggehen und sich mehr westlich halten. Das war der kürzere Weg, bei dem man sich etwas mehr anstrengen musste. Zandvliets Fahrrad hatte am Eingang des Forts gestanden, und so hatte er wahrscheinlich diesen Weg gewählt, ohne sich der Gefahr, in der er sich befand, bewusst zu sein.

Zu Hause sei ihm morgens nichts anzumerken gewesen, hatte Ina Laurien versichert, sonst wäre ihr das aufgefallen. Aufgeregt sei er häufig gewesen, an jenem Morgen auch. Das läge an seinem freien Vormittag, den er ganz alleine genießen könne, hätte sie gedacht.

Laurien konzentrierte sich auf die letzten Minuten, bevor Zandvliet sich bückte, um in das Gewölbe zu kriechen. Hatte ihn jemand begleitet? Wenn ja, wer? Hätte er doch nur die Initialen seines Gesprächspartners im Terminkalender vermerkt.

Oder hatte er gar nicht vorgehabt, jemanden zu treffen, und deshalb nur die Initialen F. R. in den Kalender eingetragen? War das erwartete oder überraschende Gespräch mit seinem Mörder ruhig verlaufen, und war dann jeder seines Weges gegangen? War Zandvliet wie beabsichtigt in das Gewölbe eingestiegen, und war der andere ihm heimlich gefolgt? Oder war das Gespräch heftig verlaufen, und hatte Zandvliet sein Gegenüber danach einfach wie einen dummen Jungen stehen lassen und war dann in das Gewölbe hinabgestiegen?

Zandvliet war ahnungslos gewesen, so viel stand fest.

Der Polizist hatte sie noch immer nicht entdeckt. Sie kletterten an der Westseite die Böschung hoch. Für Zandvliet musste es auch mit dem Gepäck zu machen gewesen sein.

Oben auf dem Fort liefen sie bis zu der Stelle, wo Zandvliet hätte nach unten gehen können. Sie bückten sich. Der Boden war durch Fußstapfen aufgewühlt, große Fußabdrücke, bei einem Paar handelte es sich möglicherweise um Stiefel. Die Abdrücke bildeten einen Kreis, wie bei einem makabren Tanz.

Jemand war auf der rechten Seite des Weges abgerutscht, ins Wasser. Gestoßen? Derjenige, der ins Wasser geraten war, hatte sich am Schilf hochgezogen und war wieder nach oben geklettert.

Waren Zandvliet und sein Mörder in Streit geraten? Laurien rief Klaas und Willem an. Mit der Böschung hatten sie sich noch nicht beschäftigen können. Klaas seufzte tief, als sie fragte, ob er noch im Laufe des Nachmittags dafür sorgen könne, dass die Spuren gesichert würden.

Im Büro erfuhr sie über Wattel, dass dieser seine Kartoffeln während der letzten zwei Wochen ruhig ihrem Schicksal hatte überlassen können, sie wuchsen wunschgemäß. Trotz der feuchten Witterung hatte er keine Probleme mit Ungeziefer gehabt.

Pier hatte ihn zusammen mit Stevi kräftig in die Mangel genommen.

»Wattel war sich ganz sicher, dass er nichts auf die Pflanzen gesprüht hat. Er würde schon aufpassen, der Großhandel könnte nämlich die Abnahme der Ernte verweigern. Die Konsumenten würden immer mündiger und lästiger.«

»Von wo bezog er seine Pflanzenschutzmittel?«

»Erst als wir ihm mit dem Finanzamt drohten, gab er zu, dass er alles zu einem Freundschaftspreis von Achterveld und Buker bekommt. Achterveld hätte das bessere Zeug, besser als Buker, meinte er.«

»Aber Pier, nehmen sie es denn nicht aus der Fabrik mit?«

»Sie mischen es selbst, das ist billiger.«

»Buker und Achterveld verfügen über ein eigenes Labor?«, fragte Laurien überrascht.

»Verdammt, Laurien, du hast recht. Dem müssen wir nachgehen.«

22

Im Auto hörten Pier und sie eine CD, die ihr Tiemen in die Tasche gesteckt hatte. Bach. Er hatte einen Zettel dazugelegt: Sie solle sich vor allem *Bist du bei mir* anhören. Nach diesem einen Stück nahm sie die CD heraus und genoss die Stille. Pier hielt den Mund, seine Kiefer mahlten.

Achterveld öffnete die Tür.

»Hera, hierher!« Er legte dem Hund eine Hand auf den Kopf. »Sie sind ein Kollege von Frau Minnaar?« Pier zog seinen Dienstausweis. »Ich weiß zwar nicht, womit ich Ihnen dienen kann, aber kommen Sie herein.«

Hera ging mit nach drinnen. Frische Blumen auf dem Tisch, sorgfältig geordnet. Mit der Fernbedienung stellte Achterveld die Musik aus.

Laurien nahm ihren Notizblock und skizzierte schnell Wattels Acker mit dem umgepflügten Feld, Kreise deuteten ein paar Bäume an, Striche standen für die Grenzen. Achterveld schaute ihr unter seinen buschigen Augenbrauen interessiert zu.

»Dies hier ist Ihr Acker.« Sie wies auf den Rand des Papiers. »Ist Ihnen da etwas aufgefallen?«

»In den letzten Wochen bin ich nicht mehr dort gewesen. Ich habe da nichts mehr angebaut.« Der Hund legte sich mit einem Seufzer zwischen Laurien und Achterveld.

»Haben Sie bemerkt, dass ein Teil von Wattels Acker umgepflügt wurde?«

»Er hatte dort Kartoffeln stehen«, sagte er langsam. »Einen Teil hat er gerodet. Er war unzufrieden mit dem Wuchs der Kartoffeln.«

»Mit einem Teil der Gewächse?«

»Um genau zu sein, mit dem Teilstück seines Ackers, das im Schatten liegt. Ich habe mich nicht danach erkundigt, aber vielleicht waren dort ja Läuse, und Läuse verbreiten sich schnell. Er musste wählen: Spritzen oder umpflügen. Wattel entschied sich für Letzteres.«

»Ist das nicht eine etwas drastische Maßnahme?«, fragte Laurien.

»Wattel ist ein prima Kerl, vielleicht ein bisschen einfältig.«

»Ihr Acker wurde auch umgepflügt. Ebenfalls Ärger mit Läusen?«

»Nein.« Achterveld lachte. »Die Ernte meines Porrees war gerade beendet. Wattel hilft mir häufiger.«

Pier beugte sich nach vorne, der Dobermann hob den Kopf und wollte aufstehen. Achterveld setzte ihm einen Fuß auf den Rücken.

»Ich rieche keinen Porree mehr auf Ihrem Feld«, sagte Pier.

»Dann hat Wattel gut gepflügt.« Er streichelte dem Hund die Flanken. »Gutes Mädchen.«

»An wen haben Sie die Ernte verkauft?«

»An den Großhandel in Arnemuiden.«

Er ging zu seinem Computer, schaltete den Drucker an und kam wenig später mit der Adresse zurück. »Kann ich Ihnen sonst noch mit irgendetwas helfen?« Er blieb stehen.

»Ja, sicher. Setzen Sie sich ruhig wieder hin, wir haben noch ein paar Fragen bezüglich Belles Schwangerschaft«, sagte Pier.

»Ist sie an einer Abtreibunggestorben? Wisse sagte, es sei Gift gewesen. Sie hat doch nicht Hand an sich gelegt?«

»Wir wüssten gerne, wer Belle geschwängert hat und warum sie den Abbruch hat vornehmen lassen.«

»Ich würde es ihnen gerne sagen, aber ich fühle mich zum Schweigen verpflichtet. Belle hat mich ins Vertrauen gezogen. Und das gegebene Versprechen ist mir heilig. Außer wenn dadurch der Mord aufgeklärt würde.« Er schaute sie an.

»Das können wir erst sagen, wenn wir mehr darüber erfahren haben.«

»Sobald Sie mich davon überzeugt haben, dass die Schwangerschaft zu ihrem Tod geführt hat, stehe ich Ihnen zu Diensten.«

Achterveld tat entspannter, als er wirklich war. Sie sah es an dem kleinen Muskel, der neben seinem Mund zitterte, dem wachsamen Blick von Herrchen und Hund, dem Streichen der Hand an der Bügelfalte seiner Hose.

Während Pier und Achterveld diskutierten, schaute sich Laurien um. Alles war wertvoll, sowohl die Gemälde und Skulpturen, die auf Sockeln standen, als auch das gesamte Mobiliar.

»Noch eine letzte Frage«, sagte Laurien. »Herr Wattel bezieht von Ihnen und von Herrn Buker Kunstdünger. Ihrer ist der beste, behauptet er.«

»Natürlich. Ich danke Ihnen für das Kompliment.« Achterveld erhob sich halb. Laurien auch.

»Wattel sagte, dass Sie Ihre Produkte selbst herstellen. Dürfen wir einen Blick in Ihr Labor werfen?«

»Mit dem größten Vergnügen. Versprechen Sie sich nicht zu viel davon, ›Labor‹ ist ein großes Wort für das bescheidene Eckchen, in dem ich manchmal etwas Kunstdünger für Leute zusammenmenge, die ihn gut gebrauchen können ... Sie haben bemerkt, dass Wattel sich kaum über Wasser halten kann? Ich habe versucht, seine Betriebsführung ein wenig auf Vordermann zu bringen.«

»Ein aufgeräumter Hof und eine ordentliche Buchführung könnten nicht schaden«, sagte Laurien.

»Ich fürchte, seine Steuerunterlagen wandern immer noch in eine Kaffeedose ... Darf ich Ihnen vorausgehen?«

Er führte sie zu einer Scheune hinter dem Haus, in der ein Raum abgetrennt war. Glatte Wände, ein Spülbecken, ein paar Schränkchen, Kühlschränke und Abzugshauben. In der Mitte ein Arbeitstisch.

»Das ist alles. Sie sehen, hier ist die Sprinkleranlage. Die Leitungen der Abzugshauben führen zu einem zentralen Punkt, die Luft wird gefiltert, bevor sie nach draußen dringt. Auch wenn dieses Labor klein ist, es entspricht den strengsten Vorschriften.«

»Besitzen Sie eine Genehmigung?«

»Natürlich. Als ich noch bei Wisse-Chemie gearbeitet habe, habe ich manchmal abends nach einer Lösung gesucht. Dann hatte ich keine Lust, noch einmal nach Vlissingen zurückzufahren. Schauen Sie sich ruhig um, das haben Kollegen von Ihnen aus Serooskerke auch schon getan. Wenn Sie mich jetzt vielleicht für eine Minute entschuldigen würden, ich muss kurz telefonieren.«

»Schade, dass Klaas und Willem nicht mitgekommen sind«, sagte Pier, während er Schränke öffnete und schloss. »Ich sehe nichts Beunruhigendes, aber das besagt nichts.«

»Wenn es nötig ist, müssen sie hier mal ein bisschen herumschnüffeln. Ich traue ihm nicht.«

»Sind Sie Bauer oder Chemiker?«, fragte Pier, als Achterveld mit dem Telefon in der Hand zurückkam.

»Zurzeit spiele ich den ambitionierten Bauern, doch in Wirklichkeit treffe ich die Vorbereitungen für ein eigenes Chemieunternehmen. Wie Sie wissen, habe ich bei Wisse-Chemie gekündigt.«

»Wollen Sie hier anfangen?« Pier wies auf die Einrichtung des Raums.

»In den Niederlanden, mit all den Beschränkungen? Nein, herzlichen Dank.«

»An welches Land denken Sie denn?«

»China, vielleicht auch an den Mittleren Osten. Ich war für das Unternehmen viel in diesen Ländern. Deren Kultur interessiert mich, und das Terrain liegt brach.« Er schaute Pier mit schiefgelegtem Kopf an.

»Sie sind Chemiker?«

»Ja. Ich habe mein Fachwissen immer auf dem neuesten Stand gehalten, das kommt mir jetzt zugute.«

Laurien trat schnell auf den Hof, als ihr Handy die Melodie spielte, die ihr immer noch peinlich war.

»Machen die Ermittlungen Fortschritte?«, fragte der Mann vom Allgemeinen Nachrichten- und Sicherheitsdienst.

»Ich bin nicht unzufrieden«, sagte sie.

»Sie müssen Wisse-Chemie dem Geheimdienst überlassen. Mit Zustimmung meines Chefs darf ich Ihnen anvertrauen, dass es in gewissem Maße eine Zusammenarbeit zwischen dem Dienst und Achterveld gibt.«

»Was hat das mit den beiden Morden zu tun?«

»Mehr darf ich Ihnen nicht mitteilen.«

»Das ist ja interessant.«

Doch das hörte er nicht mehr, da er bereits aufgelegt hatte.

Als sie wieder zurückkam, bemerkte sie das Interesse in Achtervelds Augen.

»Wir verschwinden, Herr Achterveld. Aber wir kommen zurück, denn Sie reizen meine Neugierde. Sie verfügen über besondere Freunde. Ich würde Ihr Labor gerne später untersuchen lassen. Bestehen Sie auf einem Durchsuchungsbefehl?«

»Meinetwegen brauchen Sie keine Ermächtigung anzufordern.«

»Wir würden gerne in Kürze Gebrauch von Ihrer Bereitwilligkeit machen.«

»Was hatte das mit den ›besonderen Freunden‹ zu bedeuten?«, fragte Pier.

»Achterveld steckt mit dem Geheimdienst unter einer Decke. Lass uns zu Wattel gehen, bevor Achterveld ihn unter Druck setzen kann.«

Das Telefon klingelte in dem Moment, als sie in die Küche kamen. Pier hinderte Wattel daran, den Hörer abzunehmen. Er schaute auf das Display.

»Achterveld.«

Laurien hoffte, dass Wattel der schnelle Blick zwischen ihnen entgangen war.

»Was stand auf Achtervelds Acker, als Sie den umpflügen mussten?«

»Später Porree, der war voll mit Läusen.«

»Später Porree? Der wird doch erst im Herbst geerntet.«

»Da waren Läuse drin.« Er schaute sie misstrauisch an.

»Er hat den Porree nicht verkaufen können.«

»Das nicht, nein. Wohl, wenn er frühen Porree gehabt hätte, aber der stand da nicht.«

»Was war mit Ihren Kartoffeln?«

»Die wuchsen gut und sind kaputtgegangen.« Er zuckte mit den Achseln. »Berufsrisiko.«

Ein Bauer, der so unachtsam mit seinen Gewächsen umging? Das nahm sie ihm nicht ab, doch seiner Miene war nichts anzumerken.

»Was stand auf Bukers Feld?«

»Auch später Porree. Buker macht immer genau dasselbe wie Achterveld. Sein Porree hatte zuerst die Läuse.«

»Was unternahm er dagegen?«

»Keine Ahnung. Er hat mir nichts gesagt, aber das wird wohl irgend so ein Zaubermittel gewesen sein.«

»Ja, ja. Ein Zaubermittel, und Sie sind ein dummes Bäuerlein, das sich um nichts kümmert«, sagte Pier.

»Genau. Endlich kapierst du es, Junge.« Er streckte sein großes Kinn vor.

»Wenn auf einem Feld Zwiebeln oder Porree angepflanzt waren, bleibt immer ein Geruch zurück, aber vorige Woche war davon nichts mehr zu spüren.«

»Ist doch nicht meine Schuld.« Er grinste unverschämt.

»Sie wussten, dass Bukers Gift gefährlich sein konnte«, sagte Laurien ernsthaft. »Wenn die Deutschen zwischen Ihren Pflanzen nach der Stendelwurz gesucht hätten, wären sie möglicherweise gestorben. Sie haben dort kein Warnschild aufgestellt, Buker auch nicht.«

»Blödsinn!«

Mehr bekamen sie nicht aus ihm heraus.

»Warum lügt Achterveld, was seinen späten Porree betrifft? Mit welchem Gift wurden die Gewächse vernichtet? Warum wollte er mit Wattel reden?«, fragte sich Laurien.

»Ach. Ich möchte wissen, was das mit den Morden zu tun haben soll.«

»Achterveld spielt ein doppeltes Spiel. Wir müssen seine Vergangenheit durchforsten und herausfinden, wie er an sein Vermögen gekommen ist.«

»Du vermutest zu viel dahinter, Laurien.«

»Achterveld hat dich mit seinen guten Manieren eingewickelt. Aber hinter diesem unergründlichen Blick steckt …«

»Du übertreibst.«

»Achterveld hat sich nicht aus edlen Motiven von Belle zurückgezogen. Jemand hat ihn auf etwas hingewiesen, das für ihn wichtiger war als Belle. Dafür kommen nicht viele Personen aus ihrer direkten Umgebung in Frage.«

»Du sprichst in Rätseln.«

»Hat Bart Wisse deshalb auf einer Verlobung mit Buker bestanden? Um Max Achterveld deutlich zu machen, dass seine Tochter definitiv nicht mehr ihm gehörte?«

Schweigend fuhren sie nach Middelburg. Karel erwartete sie. Wo blieben die Notizen für das Dossier? Hans Ekelmans würde ihm die Schuld geben, wenn demnächst das Protokoll nicht in Ordnung wäre. Pier blieb in der Vrijlandstraat.

Im Rathaus waren bis auf den Portier bereits alle nach Hause gegangen. Es war ja auch schon halb acht. Sie setzte sich an Zandvliets Schreibtisch. Es war noch nicht lange her, dass sie hier nach einem Hinweis gesucht hatte.

Außer einem Kästchen mit Notizblättern, einem Schälchen mit Schreibstiften und dem Telefon war immer noch nichts auf dem Schreibtisch zu finden. Laurien drehte das oberste Notizblatt um. Zandvliet war so sparsam gewesen, dass er es auf beiden Seiten beschrieben hatte. Sie wählte die dort vermerkte Telefonnummer.

»Warum hat Zandvliet Sie angerufen?«, fragte sie.

»Er wollte einen Termin mit mir machen«, sagte Achterveld ohne zu zögern. »Das tat er jedes Jahr. Da ich bei Wisse-Chemie arbeitete und nebenbei meinen kleinen Bauernhof betrieb, zeigte Zandvliet besonderes Interesse an mir. Warum?«

Ohne zu antworten legte sie auf. Sie glaubte ihm nicht.

Sie grübelte noch immer darüber, als sie nach Hause kam. Tiemen war mit Sammy in seinen Laden zurückgegangen.

Wenn sie nicht so müde gewesen wäre, würde sie jetzt Maatje besuchen. In den letzten Wochen hatte sie ihre Schwester vernachlässigt, und nächste Woche würden sie Urlaub machen. Sie rief Els an, um zusammen mit ihr nach Vlissingen zu fahren, musste aber mit dem Anrufbeantworter vorliebnehmen.

Sie zog sich eine Weste über die Schultern und ging ein bisschen in der Gegend spazieren. In der Bentinkstraat schaute sie bei Haus Ceulen mit der Hand über den Augen durchs Fenster. Dort baumelten Geigen an Schnüren wie zum Tode Verurteilte am Galgen, doch es gab kein Anzeichen von menschlichem Leben.

Auf dem Rückweg ging sie am Binnenhafen entlang und bog in die Herenstraat ab. Die Tür der Synagoge stand offen. Sie lief den Gang hinunter bis zu dem geöffneten Badehaus. Dutzende Male hatte sie schon gelesen, wer alles zur Restaurierung beigetragen hatte, weil die ausgedünnte jüdische Gemeinde die Kosten nicht hatte aufbringen können. Die israelische Flagge hing über einem Stuhl, die Badewanne stand in der Mitte des kleinen Raumes.

Sie setzte sich auf den Rand der Wanne und spürte, wie müde sie war, wie frustriert. Manchmal hatte sie für einen Moment die Illusion, der Lösung ganz nahe zu sein. Ein Wort, ein Blick, eine Assoziation, doch sobald sie sich dessen bewusst wurde, entglitt es ihr, und es kam die Enttäuschung.

Das Positivste des heutigen Tages war das Verbot des Geheimdienstes gewesen, sich mit Achterveld zu beschäftigen. Er faszinierte sie mit seinen dunklen Augen und dem düsteren Blick, hinter dem sich eine unbekannte Welt verbarg.

Betrachtete sie die Sache nicht zu sehr aus der Sicht des Mörders und zu wenig aus der des Opfers. Ihre Gedanken sprangen weiter. Was hatten ihr die Opfer mitzuteilen? In welchem Zusammenhang stand ihr Tod mit Wisse-Chemie?

Plötzlich spürte sie eine feuchte Schnauze in ihrem Gesicht. Sammy leckte sie, am anderen Ende der Hundeleine stand Tiemen. Er lachte breit. Sammy tanzte um sie herum, sprang an ihr hoch und jaulte.

Als Tiemen gemerkt hatte, dass sie zu Hause gewesen und dann wieder gegangen war, hatte er Sammy befohlen, sie zu suchen. War sie vor Haus Ceulen stehen geblieben? Als der Hund dann weitergelaufen war, wusste er, dass er sie in der Synagoge finden würde. Er zog sie hoch, zusammen verließen sie das kleine Badehaus, bogen kurz nach links ab und schauten durch die hohen Fenster in das Bethaus.

23

Das Geschäft mit den Warenangeboten aus der Karibik in der Sint Jansstraat war noch geschlossen. Laurien überquerte die Straße, um zum Vismarkt zurückzugehen. Sie betrachtete die ergreifenden Artikel im Schaukasten von Terre des Hommes, spähte durch das Fenster des Billigladens nebenan, wo oft schon früh Hochbetrieb herrschte.

An der Ecke des Vismarkt blieb sie beim Friseurladen stehen. Es war noch nicht acht, doch die Tür war schon geöffnet.

Als die Friseurin sah, wie Laurien zögerte, wies sie mit weit ausholender Geste auf einen Stuhl. Keine zwanzig Minuten, und ihre Haare wären geschnitten. Heute morgen hatte sie ein Foto von Laurien in der Zeitung gesehen: Sie hatte sie schon erwartet. Sie kannte Lauriens Theorie, der zufolge sich ihre Haare legten, sobald sie sich nicht wohlfühlte.

»Dein Haar liegt platt an, weil es so lang ist. Hattest sicher keine Zeit, mal vorbeizukommen.«

Zum ersten Mal seit Wochen waren die Haare jetzt so, wie sie zu sein hatten, steil nach oben gerichtet. Tiemen hatte den Fernsehapparat in die Küche gestellt, um die Regionalnachrichten zu sehen, eine Wiederholung von gestern Abend. Die Morde waren Hauptgegenstand der Sendung. Lauriens flachliegende graue Stoppelhaare und ihre übermüdeten braunen Augen wirkten nicht gerade als Beweis für eine tatkräftige Truppe. Tiemen meinte, das sei ihre Interpretation. Sie käme professionell rüber, als jemand, der weiß, worüber er spricht und nicht mehr preisgibt, als ihm erforderlich erscheint.

Hans kam zu ihr.

»Bart Wisse möchte wissen, was unternommen wurde und was erreicht wurde«, sagte er aufgebracht.

»So, möchte er das?«

»Gibst du mir eine tägliche Zusammenfassung für ihn?«

»Wohl kaum. Wisse braucht sich nicht zu beklagen«, sagte Laurien, äußerlich ruhig. »Ich werde gleich mit ihm darüber reden, ich hatte nämlich sowieso vor, mit ein paar Fragen zu ihm zu gehen. Es wäre schön, wenn er diesmal mitarbeitet. In fünf Minuten trifft sich hier das Team. Bist du dabei?«

Lucas wusste zu berichten, dass Achterveld vor und nach dem Tod seiner Frau einige Jahre in Irak gewohnt hatte. Er hatte dort für Wisse-Chemie gearbeitet. Das besagte schon einiges. Niemand hing mehr gelangweilt in seinem Stuhl, wie noch vor ein paar Tagen.

»Er ist Informant des Allgemeinen Nachrichten- und Sicherheitsdienstes«, sagte Pier.

»Oder war es«, sagte Karel.

»Der Geheimdienst hält nicht umsonst seine schützende Hand über ihn.«

»Trotzdem besagt das nichts über die Morde. Wie bist du an die Information gekommen, Lucas?«

»Seine Frau, Heleen, war eine entfernte Verwandte meiner Frau. Der Bauernhof in Serooskerke stammte von ihrem Urgroßvater. Durch den Besitz des Hofes war sie relativ vermögend, und Achterveld war ein armer Junge aus Rotterdam, aber ein heller Kopf.«

»Und die Erbschaften, von denen der Personalchef sprach?«

»Darüber habe ich im Protokoll gelesen. Ich wüsste nicht, von wem er etwas hätte erben können.«

»Von seinen Schwiegereltern.«

»Die waren bereits gestorben, bevor Heleen ihn kennenlernte.«

»Dann von seinen Eltern?«

»Sein Vater war Hafenarbeiter. Ich habe mich gestern in der Familie umgehört. Niemand weiß etwas Genaues, aber er scheint ständig reicher zu werden, auch nach Heleens Tod.«

»Hast du sonst noch etwas gehört?«

»Über die Erbschaften nicht. Aber etwas über Heleens Tod vor ungefähr zehn Jahren. Ihr plötzlicher Tod gab Veranlassung zu Gerüchten.«

»Es liegt aber ein Totenschein mit der Bestätigung einer natürlichen Todesursache vor«, sagte Laurien.

»Als Kind scheint sie asthmatisch gewesen zu sein, was dann später wieder bei ihr auftrat. Meine Mutter hat einmal einen Anfall miterlebt. Sie glaubt, Heleen sei erstickt, doch der Rest der Familie traut dem Ganzen nicht. Mein Onkel meinte, er hätte damals zur Polizei gehen sollen.«

»Könntest du herausfinden, wann er aus Irak zurückgekommen ist?«

»Das war kurz vor dem Angriff der Amerikaner, und danach ist er nie mehr in der Gegend gewesen.«

»Gute Arbeit, Lucas«, sagte Laurien.

Klaas rührte vernehmlich in seinem Kaffee, sonst war nichts zu hören.

»Hältst du Achterveld für den Mörder?«, fragte Willem.

»Warum sollte er Belle oder Zandvliet aus dem Weg geräumt haben? Ich frage mich, ob es nicht zwei Mörder gibt«, sagte Laurien nachdenklich.

»Du reitest die ganze Zeit darauf herum, dass die Fälle miteinander zu tun haben, ich beginne mich an den Gedanken zu gewöhnen, und jetzt sollen wir plötzlich zwei Mörder ins Auge fassen.«

»Die Fälle haben miteinander zu tun, Pier, aber die Frage ist, ob die Morde von demselben Täter verübt wurden ... Belle wurde subtil und mit Bedacht umgebracht, bei Zandvliet wurde grobe Gewalt angewandt.«

»Aber mit Gift.«

»Siehst du, das ist der Zusammenhang. Was hatte Achterveld in Irak zu suchen? Welche Rolle spielt Buker? Kannte Wisse Zandvliet wirklich nicht?«

Erneut trat Stille ein.

»Ich bin heute Morgen bei Ina Zandvliet gewesen«, sagte Laurien. »Ihr Mann war einer Sache auf der Spur, aber das war er häufiger.

Das Aufspüren von Umweltvergehen gehörte schließlich mit zu seinen Aufgaben. Nur ganz selten sprach er über einen Fall, und auch nur dann, wenn er die Nase voll hatte.«

»Besuchst du Wisse?«

»Ja. Habt ihr noch etwas Besonderes an der Böschung gefunden?«

»Pariser«, sagte Willem.

»Mensch, hör doch auf!«, sagte Klaas. »Da gab es nicht mehr viel zu finden. Es hat geregnet, aber wir haben trotzdem Abdrücke von Zandvliets Stiefeln entdeckt. Schau mal.«

Er zeigte ihr mehrere Fotos und wies auf abgetretene Stellen am vorderen Teil des linken Stiefels sowie einen Schnitt, verursacht durch einen scharfen Stein, am rechten Stiefel. Abdrücke davon waren mit etwas Mühe im Matsch zu erkennen.

»Es gibt noch ein zweites Paar Abdrücke«, sagte Willem. »Von Arbeitsschuhen, du weißt schon, die man beim Bauernbund kauft, mit diesen verstärkten Kappen vorne.«

»Finde die Schuhe, und schnapp dir den Mörder«, sagte Pier. »Die Hälfte der ländlichen Bevölkerung auf Walcheren hat wohl noch irgendwo so ein Paar herumstehen.«

»Suchen wir nicht in der verkehrten Ecke?«, fragte Stevi. Sie gähnte.

»Wie kommst du denn darauf? Oder glaubst du etwa an diesen Terroristenquatsch aus der Zeitung?«, fragte Willem.

»Bei diesem Mord gibt es irgendwelche Ungereimtheiten«, sagte Laurien. »Und das passt einfach nicht zu all den Betroffenen.«

Von Wisse erfuhren sie nicht viel und dadurch gerade viel.

»Ihr müsst diesen Freddie im Auge behalten«, riet er ihnen.

»Worin bestand denn die Beziehung zwischen Belle und Freddie?«, fragte Laurien.

»Aus nichts, das frustrierte Freddie ja. Ich traue dem Jungen nicht, und damit basta!«

»Dafür müssen Sie doch einen Grund haben. Dass Sie ihn nicht mögen, reicht nicht.«

»Für mich schon.«

»Warum wurde Achterveld entlassen?«, fragte Lucas.

»Hören Sie mal, Sie können hier noch Gott und die Welt bemühen, aber kümmern Sie sich um diesen Freddie. Was wollen Sie hören?«

»Nun, Herr Wisse«, sagte Lucas ruhig, »wir sind nicht davon überzeugt, dass Achterveld freiwillig gekündigt hat. Sie mögen keine Leute, die ihre Nase überall reinstecken, das haben wir in den letzten Tagen zur Genüge erfahren, sonst hätten sie ihn der Justiz übergeben. Gerichte forschen tiefer, als Ihnen lieb ist.« Wisse lief rot an.

»Sie sind unfähig«, sagte er und zeigte mit einem Finger auf Laurien, »das habe ich Ihren Vorgesetzten bereits erklärt. Und Sie, mein Herr, Sie sind eine unverschämte Rotznase! Über diese Anschuldigungen ist das letzte Wort noch nicht gesprochen.«

»Weil wir Ihnen zu dicht auf den Fersen sind?« Lucas näherte seine Nase Wisses Gesicht. »Welche Gesetzwidrigkeit können wir bei Wisse-Chemie aufdecken?«

»Keine Angst, Herr Wisse, wir kommen schon noch dahinter, mit oder ohne Ihre Hilfe«, sagte Laurien freundlich. »Wir haben noch eine Frage an Sie: Haben Sie angeregt, dass Belle ihre Beziehung zu Herrn Achterveld abbrechen soll?«

Wisse antwortete nicht.

»Ihr Schweigen ist vielsagend. Bleiben Sie sitzen, wir finden auch alleine hinaus.«

Sie rief bei Tiemen an, um bei ihm zu Mittag zu essen. Tiemen war froh, dass sie kam, und versprach, ein paar Sandwiches zu holen. Sammy lag in der Ladentür. Sie wedelte mit dem Schwanz, als sie Laurien sah. Fünfundzwanzig Minuten reichten, sah sie später auf der Rückfahrt, um sich zu erholen.

Im Büro öffnete sie ihre Mailbox. Eine E-Mail von T. Maljaars, nicht von Tiemen. Darin war die Rede von einer arroganten Kriminalbeamtin, die nicht in der Lage war, einfache Mordfälle zu lösen, und sich interessant zu machen versuchte, indem sie den Allgemeinen Nachrichten- und Sicherheitsdienst einschaltete. Sie schickte die E-Mail an Klaas weiter und löschte sie danach in ihrem eigenen Computer.

Um das unangenehme Gefühl loszuwerden, ging sie in die Kantine und holte sich ein Stück Kuchen. Nach drei Bissen ließ sie den Rest stehen. Pier stellte sich neben sie.

»Wir kommen nicht weiter«, sagte er. »Wäre es nicht besser, jetzt die Hilfe eines anderen Regionalen Korps anzufordern?«

»Wer sagt denn, dass wir keine Fortschritte machen? Ich halte nichts davon, die Ermittlungen abzugeben. Erst wenn wir uns festgebissen haben, macht das Sinn.«

Piers Vorschlag war hilfreich. Zwang machte sie widerspenstig. Sie hörte, wie stur sie klang.

In ihrem Büro schob sie den Gedanken an die E-Mail beiseite. Warum hatte sie eben die Mailbox geöffnet? Jedes Mal, wenn sie in ihrem Computer die Tagesordnung einer Teambesprechung anklickte, spukte etwas in ihrem Kopf herum, das in den letzten Tagen immer wieder blitzartig auftauchte, das sie aber nie länger als den Bruchteil einer Sekunde festhalten konnte. Es war etwas, das während einer der Besprechungen erwähnt worden war. Es stand nicht in ihren Notizen, daher glaubte sie, es in einer E-Mail zu finden. Doch dort fand sie auch nicht, wonach sie suchte. Erpressung, spukte es in einem fort in ihrem Hirn herum. Erpressung … Wer erpresste wen? Und warum?

24

Michel Buker lief wie ein eingesperrtes Tier im Vernehmungszimmer auf und ab. Seine Haltung stand im Widerspruch zu seiner Aufmachung. Er steckte in einem engsitzenden Maßanzug, war gut rasiert und kam gerade vom Friseur. Blitzblank geputzte Schuhe, passende Farbe zum Oberhemd. Kein Fleck auf der Krawatte. Der verlor nicht gleich den Kopf durch den Tod einer jungen Frau.

Was verheimlichte er so hartnäckig? Seine Antworten waren nur schwer zu verstehen, sein Blick schoss unruhig von ihr zu Pier und wieder zurück.

»Herr Buker, wenn Sie weiter so undeutlich vor sich hinmurmeln, dauert unser Gespräch nur unnötig lange«, sagte Laurien. »Wir möchten die Wahrheit wissen.«

»Ich auch, was glauben Sie denn?«

»Wenn Ihnen unsere Fragen nicht gefallen, sollten Sie daran denken.«

»Warum drangsalierte Freddie Swaans Sie an jenem Samstagmorgen, indem er sich im wörtlichen wie im übertragenen Sinn in Ihr Fahrwasser begab?«, fragte Pier.

»Und ich würde Ihre Antwort gern bitte laut und verständlich hören«, fügte Laurien hinzu.

»Fragen Sie ihn.«

»Das werden wir tun. Wie reagierte Belle Wisse?«

»Sie lachte, bis ihr die Tränen kamen. Wirklich wahr. Sie redete in einem fort davon, wie talentiert er doch sei, wie hervorragend er kochen könne, wie gut er lachen könne, wie viel er trinken könne, wie toll er im Bett sei ... Das hielt sie für einen trefflichen Scherz, und sie hörte nicht auf zu lachen. Beschämend, Frau Minnaar, einfach beschämend ...«

»Sie ersparte Ihnen wenig Details.«

»Ich wusste, dass sie ihn vergessen würde, wenn sie mir die Chance gab, ihr zu beweisen, was ich wert bin. Freddie machte ihr Angst. Er zwang sie dazu, mir zu sagen, dass die Verlobung nicht stattfinden würde, und das war das Letzte, was sie dazu sagen wollte.«

»Es war also aus zwischen Ihnen und ihr?«, schlussfolgerte Laurien.

»Unsinn! Freddie war keinen Schuss Pulver wert, und das sagte ich ihr auch. Sie sollte nicht mit ihm auf Segeltour gehen.«

»Starkes Argument«, sagte Pier.

»Sie sagte, sie habe mich gern, aber das reiche nicht, um sich zu verloben. Ich war gegenteiliger Meinung, sie gehörte zu mir und nicht zu diesem halbgaren Künstler. Ich akzeptierte nicht, dass sie der Verlobung nicht zustimmen wollte.«

»Es gibt so etwas wie Wahlfreiheit.«

»Wenn es eine gute Wahl ist.« Er wischte seine Hand an der Seidenhose ab. »Glücklicherweise war ihr Vater zu Hause. Sie sind ein bisschen herumgefahren. Als sie nach Hause kam, entschuldigte sie sich für die Szene.«

»Wissen Sie, worüber zwischen Vater und Tochter gesprochen wurde?«

»Ich kannte das Ergebnis, das reichte.«

»Was war da los?«, fragte Laurien. »Warum zwingen Sie sie, und warum gelingt es Ihnen sogar? Erpressen Sie Bart Wisse vielleicht?« Sie kniff die Augen zusammen.

Er schaute sie fassungslos an. »Wenn Sie noch etwas von mir wollen, können Sie sich an meinen Anwalt wenden. Ich werde Klage gegen Sie erheben. Ich gehe!«

»Bitte schön!«

Laurien brachte ihn zum Ausgang.

»Heute oder morgen werden wir erneut miteinander reden. Vielleicht denken Sie in der Zwischenzeit einmal über Ihren Acker neben dem von Herrn Wattel nach.«

»Wieso?«

»Das ist ein interessantes Gesprächsthema, mit dem wir uns jetzt nicht haben beschäftigen können. Wir werden einen Termin bei Ihnen zu Hause machen, dann können Sie uns auch gleich Ihr Labor zeigen.«

Er wich zurück, öffnete den Mund, drehte sich um und lief mit großen Schritten zu seinem protzigen Geländewagen.

Laurien schaute ihm hinterher. Um ein Haar rammte er ein Auto, das auf den Parkplatz gefahren kam, und raste auf die Vrijlandstraat. Auch Buker war im Besitz eines Labors.

Pier saß in ihrem Büro, als sie zurückkam. Er lehnte sich in seinem Stuhl zurück und spielte mit einem Bleistift. Eine Zeitlang schwiegen sie.

»Buker hatte die Gelegenheit und ein deutliches Motiv.«

Laurien blätterte auf ihrem Computer das Dossier durch. »Es ist nicht unmöglich, aber vergiss nicht, dass Belle an jenem Abend seinen Ring annahm.«

»Du hast von Zwang gesprochen.«

»Im *Admiraal De Ruyter* hatte man auch nicht den Eindruck, als habe sie aufgemuckt, im Gegenteil, sie verspeiste Austern und redete von Schwangerschaft. Buker hatte keinen Grund, sie zu töten, nach der Fahrt mit ihrem Vater war sie lammfromm.«

Piers Telefon klingelte. Er ging auf den Gang und kam kurz darauf mit einem breiten Grinsen auf dem Gesicht zurück. Er umarmte Laurien.

»Ich bin mein Haus los. Das andere Haus in der Simpelhuisstraat ist noch zu haben, ich habe ein Angebot gemacht. Da muss noch viel dran getan werden, aber das Haus ist genau das, was ich suche.«

Mit Lucas und Willem zog sie sich in ihr Büro zurück. Sie gingen das Dossier noch einmal durch. Nach einer halben Stunde gähnte Laurien. Sie verschränkte ihre Hände im Nacken.

»Für heute mache ich Schluss. Ich habe Lust, mit Sammy einen Strandspaziergang zu machen.«

In diesem Stadium der Ermittlungen musste sie sich selbst bremsen, um in ihrer Hast nichts zu übersehen.

»Tu das«, sagte Willem.

Er hatte es kaum ausgesprochen, als Emma ihren Kopf durch die Tür steckte. Vor Schreck ließ Laurien ihren Bleistift fallen.

»Du bist doch auf Korfu.«

»Ich hatte keine ruhige Minute mehr. Wenn nicht Michel Buker anrief, dann suchte Bart Wisse den Kontakt zu mir. Ist ja auch verständlich. Die arme Belle.«

Die Kommissarin hatte Ton Manshoofd nicht erwähnt, bemerkte Laurien zu ihrer Erleichterung. Dann erst hätte sie sich hereingelegt gefühlt.

»Du weißt, was geschehen ist?«

»Ich habe mit Ton gesprochen.«

»Hat dich auch jemand über Andries Zandvliet unterrichtet?«, fragte Lucas förmlich. »Wir haben ihn in Fort Rammekens gefunden. Ebenfalls armer Zandvliet, Frau De Smet?«

»Noch ein Toter?«

»Wie Belle Wisse vergiftet«, sagte Laurien kurz. »Haben dir deine Freunde das nicht erzählt?«

»Wisse und Buker riefen mich auf Korfu an. Sie sind alles andere als zufrieden«, sagte Emma. »Hans stimmte ihren Klagen zu.«

»Die beiden haben dich angerufen?«, fragte Laurien neugierig. »Dann müssen es sehr gute Freunde von dir sein. Wir konnten dich nämlich nicht erreichen, weil wir deine Nummer nicht haben.«

Emma wurde rot.

»Bist du mit ihnen befreundet?« Lucas' Stimme klang ungeduldig.

»Darf ich das nicht?«

»Meinetwegen ja. Du bist also mit Bart Wisse und Michel Buker befreundet. Mit Max Achterveld vielleicht auch?«

»Ist das verboten?«

»Ich habe keine Probleme damit.«

»Hans möchte gerne, dass ich den Fall Wisse übernehme. Dann hast du die Hände für den zweiten Mord frei.«

Pier kam herein. Zur Begrüßung von Emma hob er lässig eine Hand.

»In Anbetracht deines Freundeskreises erscheint mir das nicht angebracht«, sagte Laurien.

»Das bestimme ich selbst. Kennen, kennen …«, sagte Emma. »Ich kenne Bart Wisse nicht genug, um die Ermittlungen nicht gut leiten zu können.«

Pier schaute von einem zum anderen.

»Ich weiß es zu würdigen, dass du deinen Urlaub unterbrochen hast, um herzukommen, aber da der Fall sowohl mit Wisse als auch mit Buker zu tun hat, erscheint es mir besser, wenn du dich da raushältst …«

»Außerdem hat dich jemand«, unterbrach Willem Laurien, »in inniger Umarmung mit Achterveld gesehen.«

»Was für ein Unsinn. Max ist ein guter Bekannter, den ich gerne mag. Nicht mehr und nicht weniger. Muss ich darum um Erlaubnis bitten?«

»Nicht so bissig. Flieg lieber zurück nach Korfu«, meinte Pier ruhig.

»Du kannst ja den Fall Zandvliet übernehmen«, sagte Laurien.

»In dem Dossier kenne ich mich nicht aus.«

»Im Fall Wisse genauso wenig.«

»Hans denkt anders darüber.«

»Weiß Hans, dass du ein Verhältnis mit Achterveld hast?«, fragte Pier verärgert.

»Wer hat denn diesen Quatsch behauptet. Max ist einfach nur ein Freund. Er hat nie etwas über Belle erzählt, aber wenn ihr so darüber denkt, wäre ich wohl besser in Griechenland geblieben.«

»Das ist das erste vernünftige Wort, das ich von dir höre«, sagte Pier. »Tschüss, Emma!«

»Wenn in drei Tagen noch kein Resultat erzielt ist, übernehme ich die Sache, ob es euch nun gefällt oder nicht.«

»Damit sind unsere Einwände dann immer noch nicht ausgeräumt«, sagte Laurien gelassen. »Kommst du mit zu Buker, Pier? Du kannst übrigens etwas zu den Ermittlungen beitragen, Emma.«

»Was denn?«

»Als Freundin könntest du mit Wisse über Belles Schwangerschaft reden. Darüber weiß er mehr. Uns gegenüber gibt er nichts preis.«

»Warum hast du Freddie Swaans nicht in Untersuchungshaft genommen?«

»Das sagst du doch nicht, weil es dir Wisse und Hans eingeflüstert haben, oder? Dafür bist du doch viel zu professionell.«

»Natürlich nicht.«

»Weil er den Mord nicht begangen hat. Das scheint mir ein ziemlich guter Grund zu sein.«

Laurien rief Buker an. »Es gibt da noch ein paar Dinge, die wir gerne mit Ihnen klären möchten.«

»Nur in Anwesenheit meines Anwalts.«

»Prima! Bitten Sie ihn zu sich, in einer Stunde sind wir bei Ihnen.«

»Worüber wollen Sie mit mir reden?«

»Unter anderem über Ihre Freunde im Mittleren Osten.«

»Dazu kann ich Ihnen direkt etwas sagen«, meinte er gelassen. »Freundschaft ist ein großes Wort, aber ich kenne in der Tat Iraker und Iraner namentlich. Wir stehen in Geschäftsbeziehungen zu Ländern des Mittleren Ostens. Ich reise regelmäßig dorthin.«

Sie achtete ganz genau auf Bukers Stimme. Er sprach langsam, fast schleppend.

»Und dann haben wir noch ein paar Fragen zu Zandvliet. Wann haben Sie ihn zuletzt gesehen?«

»Sie meinen den Umweltbeauftragten.« Er seufzte. »Das ist schon eine ganze Weile her.«

»Was hat er bei Ihnen gemacht?«

»Kontrolliert, ob meine Papiere in Ordnung sind.«

»Wollte er Ihr Labor sehen?«

»Was faseln Sie denn da immer von einem Labor? Nein, das wollte er nicht sehen.«

»Weil er nicht wusste, dass Sie eins haben?«

»Zandvliet hat mir Löcher in den Bauch gefragt, aber soweit ich mich erinnere, gehörte die Frage nach einem Labor nicht dazu. Wir können gleich weiterreden, Frau Minnaar.«

Als sie den Hörer auflegte, dachte sie, es wäre besser gewesen, unangemeldet bei ihm zu erscheinen.

Sie rief die Stadtverwaltung in Domburg an. Genau wie sie es vermutet hatte. Für ein Labor war keine Genehmigung erteilt worden. Ebenso wenig für die scheußliche Garage.

Unterwegs nach Gapinge ließ sie Pier über das Haus in der Simpelhuisstraat reden. Sie selbst schwieg. Pier schaute sie von der Seite an.

»Mach dir nichts aus Emma.«

»Sie fand es nicht nett, dass wir quergeschossen haben. Für mich und Willem bedeutet das nicht viel, aber wenn du und Lucas Karriere machen wollt, dann kann Emma euch ein Bein stellen.«

»So schnell geben wir nicht auf. Schließlich haben wir noch Ton«, sagte Pier. »Diese Emma! Ich würde gerne ihr Gesicht sehen, wenn sie die Passage über Achtervelds verstorbene Frau liest.«

Buker öffnete nicht. Das Auto, mit dem sie ihn in der Vrijlandstraat hatte wegfahren sehen, stand nirgends. Sie liefen um das Haus herum.

»Alles ganz schön verrammelt und verriegelt«, sagte Laurien.

»Und dazu unter Garantie noch eine zuverlässige Alarmanlage.«

Laurien schaute durch das Gartenzimmerfenster nach drinnen. »Von Buker nirgends etwas zu sehen. Der ist in größter Eile abgehauen, denn beim letzten Mal war das Haus viel aufgeräumter.«

Einer der beiden kleinen Hunde reckte sich.

»Die Hunde sind zu Hause.«

»Wenn er regelmäßig ins Ausland fährt, dürfte er jemanden haben, der auf sie aufpasst.«

»Unten sind alle Türen abgeschlossen.«

»Stimmt«, sagte Pier. »Aber schau mal hoch.« Er wies auf ein geöffnetes Fenster.

Gespannt gingen sie weiter. Sie spähten durch das Rückfenster der Garage. Die Hunde kläfften und sprangen wild umher.

»Da steht sein Auto auch nicht ... Schau mal, Laurien, diese Seitenmauer muss ungefähr fünf oder sechs Meter dick sein.«

»Komisch. Wenn jemals solche Mauern gebaut worden sind, auf Schlössern oder Burgen vielleicht, dann geschieht das doch heute zumindest nicht mehr.«

»Eigentlich müsste in der Wand da drinnen eine Tür sein, aber da ist keine. Siehst du, über die gesamte Länge steht eine Werkbank davor.«

»Vielleicht haben wir eine Außentür übersehen.«

Sie liefen noch einmal um die Garage herum. Nur glatte Mauern.

»Da muss es einen zusätzlichen Raum geben«, sagte Laurien.

»Du hast über das Labor zu reden begonnen, und er will nicht, dass wir es sehen. Buker glaubt wahrscheinlich, dass er uns los ist, wenn er verduftet.«

»Ich hätte ihn nicht anrufen dürfen. Ich vermute, dass er illegal ein Labor eingerichtet hat.«

»Könnte Zandvliet da hinterher gewesen sein?«

Pier schnitt den Hunden, die sich immer ungebärdiger aufführten, Fratzen.

»Schon möglich.«

»Soll ich durch das Fenster da oben ins Haus klettern?«

»Das wäre Einbruch. Und was meinst du, was dann mit dem Alarmsystem ist?«

»Wenn der Alarm losgeht, bleiben uns immer noch ein paar Minuten, bevor wir abhauen müssen.«

»Warum so kompliziert? Ich bitte Hans um einen Durchsuchungsbefehl.« Laurien setzte sich auf einen Gartenstuhl.

»Den stellt er nie aus. Wir könnten drinnen nachschauen, ob Buker einen Grund hat, nicht zu Hause zu sein. Wenn er ein Labor hat, ist er dran.«

»Ein Mann wie Buker dürfte einen guten Anwalt haben. Der macht Hackfleisch aus uns, wenn wir einbrechen. Ich rufe Hans an. Mit etwas Bluffen springt dabei ein Durchsuchungsbefehl für uns heraus.«

Zunächst nahm sie Hans das Versprechen ab, nichts von diesem Gespräch nach außen dringen zu lassen, auch Emma durfte nichts davon erfahren.

Sie berichtete ihm von Bukers überzogener Reaktion und sagte, sie habe die Befürchtung, er könne sich etwas antun. Sie zupfte hier ein bisschen, schob dort ein wenig zurecht und präsentierte Vermutungen als Fakten.

Hans protestierte laut und heftig, aber das Ende seines Klageliedes war, dass er Lucas, Klaas oder Willem den Durchsuchungsbefehl überbringen lassen würde. Sie betonte diese drei Namen, niemand anderem durfte der Auftrag erteilt werden.

Bevor Hans auflegte, ging sie zur Eingangstür und las ihm die Telefonnummer der Alarmzentrale vor. Sie wollte, dass er bei der Zentrale anrief, damit das System umgangen werden konnte. Kurz darauf rief Hans zurück. Er hatte mit der Alarmzentrale vereinbart, dass sie einen bestimmten Code benutzen konnten, sobald sie das Haus betreten hatten. Klaas würde auch den entsprechenden Code mitbringen.

»In einer Viertelstunde können wir rein«, sagte sie zu Pier.

Klaas wedelte mit dem Durchsuchungsbefehl. Zusammen mit Pier brach er das Schloss der Eingangstür auf. Bevor sie die Tafel der Alarmanlage gefunden hatten, begann die Sirene im Haus zu heulen. Klaas gab den Code ein, doch für die kläffenden Hunde hatte er keinen Code.

Währenddessen versuchte Laurien in die Garage zu kommen, doch die als Brandschutz konstruierte Eingangstür war abgeschlossen und konnte nicht geöffnet werden. Sie suchte im Dielenschrank nach Schlüsseln. Da lagen keine. Sie warf einen flüchtigen Blick in die Schubladen der Küchenschränke, sah sich im Vorratsraum und im Wohnzimmer um.

Dann ging sie zum Eingang, rief Pier und Klaas. Gemeinsam schoben sie den Schrank von der Wand, und dort entdeckten sie Haken, an denen Schlüsselbunde mit Schildchen daran hingen.

Sie betraten die Garage. An der blinden Wand war oberhalb der langen, aus fünf Teilen bestehenden Werkbank ein ebenso langes Regal für das Werkzeug angebracht. Die einzelnen Arbeitstische der Werkbank standen auf jeweils zwei Paar Beinen. Auf dem Zementfußboden waren genau in der Mitte der Werkbank drei Schleifspuren zu sehen. Sie schauten sich an.

»Treffer!«, sagte Pier.

Sie zogen den mittleren Teil der Werkbank weg. In den hölzernen Tischbeinen waren Räder eingelassen, die mühelos über die Spuren rollten. Die anderen Teile der Werkbank waren in der Wand verankert.

Laurien nahm eine Handlampe. Als sie das Licht schräg auf die Wand richtete, entdeckten sie winzige Schlitze. Sie versuchten, irgendwo einen Knopf, einen Schalter oder dergleichen zu finden, über den sich die Schiebetür öffnen ließ. Es gab nichts.

Stück für Stück nahmen sie das Werkzeug aus dem Regal, bis sie es anheben konnten.

Laurien tastete mit ihren Fingern die Wand ab, sie spürte eine Unebenheit und drückte darauf. Fast geräuschlos glitt die Tür zur Seite und rollte auf Rädern hinter das Regal. Ein Eingang von zwei Metern Breite tat sich vor ihnen auf.

Pier ergriff die Handlampe und fand einen Schalter. Neonleuchten gingen eine nach der anderen an und ließen sie immer mehr von dem Labor sehen. Hier hatte man sich wohl einen Überraschungseffekt ausgedacht, indem sich der Raum für einen Besucher langsam vor dessen Augen entfaltete. Als folgten sie einem Drehbuch, betraten sie zögernd das Labor.

»Mindestens sechzig Quadratmeter«, schätzte Pier.

»Aber locker.« Laurien schnalzte mit der Zunge.

Auf an der Wand befestigten Borden standen Flaschen, Körbe und Glasbehälter mit Aufschriften, die ihr nichts sagten. Ein langer

Tisch in der Mitte des Raums war voll mit Reagenzgläsern, und hinter gläsernen Schiebetüren standen noch viel mehr. Die Klimaanlage summte laut. An der hinteren Wand waren mehrere Kühlschränke aufgestellt.

Auf dem Schreibtisch in der Ecke stand ein Telefon mit einem Faxgerät. Sie warf einen Blick auf die Faxe: Sie waren englisch abgefasst, die Namen schienen arabisch zu sein. Über den Bildschirm eines Computers flogen Zahlen, ein Drucker spuckte die Zahlenreihen aus.

»Wozu brauchen Vorstandsmitglieder eines Chemieunternehmens ein Labor in ihrem Haus?«, fragte Pier.

»Das von Achterveld ist ja nichts im Vergleich zu dem hier. Warum benötigt Buker ein professionell eingerichtetes Labor, wenn in Vlissingen die fähigsten Leute für ihn arbeiten?«

»Buker steht nicht im Ruf eines begnadeten Chemikers, Achterveld dagegen sehr wohl«, sagte Klaas.

»In den Labors bei Wisse werden Produkte für die Firma erfunden, und Max tüftelt abends zu Hause noch mal daran herum. Daraus macht er kein Geheimnis, und außerdem hat er dafür eine Genehmigung beantragt und erhalten. Aber von diesem Mini-Unternehmen hier weiß keiner. Wisse dürfte wenig erfreut darüber sein«, sagte Pier.

»Das können wir ja herausfinden«, sagte Laurien. »Klaas, glaubst du, dass Buker in der Lage wäre, hier ein Gift wie Methylisocyanat herzustellen?«

»Durchaus möglich, doch so dumm wird er nicht sein. Wir sollten ihn mal vernehmen.« Klaas stand auf.

»Gerne«, sagte Pier.

»Wo ist er?«

»Keine Ahnung. Weit weg kann er nicht sein«, sagte Laurien und schaute auf ihre Uhr, »vor gut einer Stunde habe ich ihn noch zu Hause an seinem Telefon erreicht.«

»Buker ist kein Mörder, aber irgendetwas führt er im Schilde.«

»Wirklich?« Sie spürte, dass ihre Unsicherheit Pier irritierte. »Die

Bezeichnungen auf den Flaschen sagen mir nichts. Der Inhalt kann sowohl gefährlich als auch ungefährlich sein. Oder die Bezeichnung ist nichtssagend, und der Inhalt ist teuflisch.«

Die Zentrale ermittelte das Kennzeichen von Bukers Geländewagen, Marke Saab, Farbe schwarz. Alle verfügbaren Streifenwagen wurden losgeschickt.

Lucas holte mit Stevi Bart Wisse ab. Zu dritt fuhren sie zu Bukers Bauernhof. Lucas und Stevi hatten den ausdrücklichen Auftrag bekommen, ihm nichts über das Ziel und den Zweck ihrer Fahrt zu verraten.

Schimpfend stieg Wisse aus dem Auto.

»Ich dachte, ich sei jetzt endlich von Ihnen erlöst, und Michel auch. So lautete die Absprache mit Frau De Smet. Ist sie hierüber informiert?«

»Das wird sie wohl sein.«

Sie ging Wisse zur Garage voraus. »Möglicherweise interessiert Sie unser Fund. Ich dachte mir, es sei vielleicht unangenehm für Sie, erst in der Zeitung davon zu erfahren.« Sie artikulierte so deutlich, als spreche sie zu einem Schwerhörigen.

»Hat die Kripo nichts Besseres zu tun?«

»Wissen Sie, wo sich Herr Buker aufhält? Ich war hier mit ihm verabredet, und an seinem Arbeitsplatz ist er auch nicht.«

»Wie kommen Sie denn dann in sein Haus, wenn er nicht da ist?«

»Wollen Sie den Durchsuchungsbefehl sehen? Wir waren beunruhigt und haben uns auf Ersuchen von Herrn Ekelmans Zugang verschafft. In emotional unruhigen Zeiten geschieht leicht ein Unglück.«

Er las das Schreiben sorgfältig durch. Laurien führte ihn zu dem Labor.

»Allmächtiger!« Wisse wurde blass.

»Zu welchem Zweck hat Buker das hier eingerichtet, glauben Sie? Um Erdnussbutter herzustellen?« Sie drehte sich zu Klaas um, der ihnen folgte.

»Kannst du Herrn Wisse erklären, was du davon hältst, Klaas?«

»Es handelt sich um ein gut ausgestattetes Labor mit modernster Apparatur. Es wurde von jemandem installiert, der sich auskennt.«

»Und was halten Sie davon?« Laurien hatte sich Wisse zugewandt.

»Ich kann nichts dazu sagen«, meinte er langsam. »Chemiker bleiben im Grunde ihres Herzens immer Alchimisten, auch wenn sie Managerfunktionen übernommen haben.«

Er ging an den Borden vorbei, betrachtete die Aufschriften und murmelte die Namen vor sich hin. Er reckte sich und tippte Klaas auf die Schulter. »Es ist zwar sehr gut ausgestattet, aber Außergewöhnliches befindet sich nicht darin.«

»Von den Möglichkeiten her ist es für mehr eingerichtet als das, was wir momentan sehen«, sagte Klaas. »Was hier jetzt nicht steht, kann vorher durchaus hier gestanden haben.«

»Kennen Sie diese Adressen?« Laurien gab ihm einen Stapel Faxe.

»Ja. Kunden von uns im Mittleren Osten.« Er legte einen Teil der Faxe zur Seite. »Diese Namen hier kommen mir nicht bekannt vor.«

Er setzte sich auf den Hocker vor dem Schreibtisch, faltete die Hände im Schoß und schaute Laurien an.

»Was haben die Adressen von Wisse-Chemie-Kunden in einem privaten Labor zu suchen?«, fragte Laurien.

»Ich weiß es nicht. Bin ich etwa schon so alt, dass ich ausmanövriert werde, dass ich nicht mehr weiß, was sich in den Köpfen meiner Mitarbeiter abspielt?«

Er stand wieder auf und ging langsam an den Regalen entlang. Er schüttelte den Kopf, blieb bei den Instrumenten stehen. »Das dient nicht der Schwarzbrennerei von Schnaps. Wofür es gedacht ist, weiß ich nicht. Das gefällt mir überhaupt nicht.«

Wisse schaute zu den Lüftungsschächten hoch. »Nicht übel, nein, keineswegs Kinderspielzeug. Es ist mir ein Rätsel, was er damit vorhat ... Da muss mehr sein, oder die Aufschriften stimmen nicht. Oh, oh.«

Sein Erschrecken war nicht gespielt. Er wiegte den Kopf langsam von einer Seite zur anderen.

»Ich wusste nicht, dass …«

»Hat Herr Buker nie Andeutungen gemacht, dass er mit etwas Großem beschäftigt ist?«, fragte Laurien.

»Nein. Ich kenne ihn seit Jahren, und das hätte ich nie bei ihm vermutet. Wie kamen Sie darauf, hier nach einem Labor zu suchen?«

»Wir versuchen, hinter die Wahrheit zu kommen, Herr Wisse. Wir wollen wissen, wer ihre Tochter ermordet hat und warum. Dass Sie kein besonderes Interesse daran haben, es zu erfahren, heißt noch lange nicht, dass wir uns damit zufrieden geben.« Piers Stimme klang messerscharf.

Laurien fiel etwas ein, das sie noch einen Moment für sich behalten musste.

»Arbeitet Buker mit Achterveld zusammen?«, fragte Klaas. »Besteht da vielleicht die Absicht, ein neues Kunstdüngerunternehmen zu gründen? Beide besitzen Land, auf dem sie ihre Produkte testen können.«

»Unmöglich.«

»Warum? Sie sind beziehungsweise waren führende Mitarbeiter Ihres Unternehmens.«

»Die können sich nicht ausstehen.«

»Solange Sie in der Nähe sind, aber in Ihrer Abwesenheit?«

»Die würden sich sofort in die Haare kriegen. Achterveld hält Buker für dumm, und Buker hält Achterveld für heimtückisch. Beide haben recht.«

»Warum hat Achterveld seinen Hut genommen? Wollen Sie uns nicht endlich die Wahrheit erzählen, Herr Wisse?«, fragte Laurien behutsam.

»Max hatte keine Lust mehr. Vielleicht war er ausgebrannt. Seit dem Tod seiner Frau hat er nur noch gearbeitet.«

»Herr Wisse, Sie sehen, dass wir die Wahrheit herausfinden, auch wenn Sie uns nicht helfen«, sagte Pier. »Stecken die beiden nicht doch unter einer Decke?«

»Nicht sehr wahrscheinlich. Als ich Michel in die Unternehmensleitung nahm, kündigte Max. ›Wo Dummheit regiert, habe ich nichts mehr zu suchen‹, sagte er.« Wisse wandte sich an Laurien. »Ich sagte eben, ich wüsste nicht, wohin Michel verschwunden ist, aber es gibt einige Möglichkeiten. Er kann sich mit dem Auto abgesetzt haben, oder mit dem Boot.«

»Der Belle van Veere?«

»Die gehört ihm nicht. Nein, er besitzt eine seetüchtige Jacht, die er *Grootvader* getauft hat. Belle und ich haben uns hinter seinem Rücken noch über den komischen Namen lustig gemacht.«

»Wo liegt sie?«

»Er hat einen Liegeplatz in Vlissingen, sodass er nach der Arbeit noch bequem eine Fahrt machen kann. Über die Westerschelde ist man im Nu auf offener See. Die *Grootvader* liegt am äußersten Ende des Hafens ... Jetzt verstehe ich auch den Grund«, murmelte er. Wisse fuhr sich mit der Hand über den Kopf und seufzte.

»Was verstehen Sie?«

Er schaute sie an, schwieg aber.

»Stevi, bring ihn nach Hause. Schade, dass Sie noch immer nur teilweise zur Mithilfe breit sind.«

Wisse hatte Bukers Haus noch nicht verlassen, als sie auch schon bei der Wasserschutzpolizei in Vlissingen anrief. Sie brauchte Unterstützung. In kurzen Sätzen erklärte sie, worum es ging. In einer halben Stunde würde sie mit ein oder zwei Kollegen am Kai sein. Pier kannte die Besatzung. Hendrik und Mees. Er traf sie regelmäßig im *De Mug*.

»Ich komme nicht mit, Laurien«, sagte Pier. »Mit dem Wasser habe ich es immer noch nicht.«

Laurien schaute Lucas an, der nickte.

»Noch ein kurzes Telefonat, dann brechen wir auf.« Sie rief den Personalchef von Wisse-Chemie an.

»Steht Bukers Wagen auf dem Parkplatz am Ruyterplein?«, fragte sie.

Zwei Minuten später meldete sich der Personalchef.

»Sie haben recht. Bukers Auto steht dort.«

»Danke.«

Laurien lachte breit. »Komm, Lucas!«

25

Das Polizeiboot wartete bereits. Hendrik, der Hauptwachtmeister, gab ihnen Schwimmwesten. Der Hafenmeister, meinte er, hätte die *Grootvader* vor einer Dreiviertelstunde hinausfahren sehen. Bukers Vorsprung war beträchtlich.

»Bleiben wir innerhalb der Hoheitsgewässer?«

»Ich habe keine Lust auf Ärger mit Belgien oder England«, sagte Laurien kurz angebunden.

Sie sprangen an Bord, Hendrik machte die Leinen los. Das Boot schoss aufs Wasser hinaus.

Mees, der Kommissar, saß am Funkgerät. Er setzte die Kopfhörer ab. »Der Zoll hat ein wachsames Auge auf die *Grootvader*. Die Küstenwache hat ein Schiff auf dem Wasser, und außerdem ist noch ein Boot von uns unterwegs. Wir haben eine Chance.«

Laurien und Lucas spähten über das Wasser. Große Containerschiffe aus aller Herren Länder fuhren träge vorbei. Die meisten waren auf dem Weg nach Antwerpen. Mees streckte eine Hand hoch. »Da kommt die Meldung eines Fischerbootes rein, das ganz in der Nähe der *Roompot*-Fahrrinne unterwegs ist. Eine Jacht ist quer über dessen Netze gerauscht.«

Laurien ließ sich von Mees die Stelle präzise auf der Karte zeigen. Es konnte die *Grootvader* sein. Das Fischerboot befand sich nicht weit entfernt von einem anderen Schiff mit Archäologen an Bord, die sich mit der *Roompot* beschäftigten, einem im neunzehnten Jahrhundert gesunkenen Schiff mit Getreide an Bord.

Sie donnerten über die Wellen hinweg. Laurien war froh, vernünftig gegessen zu haben. Mit leerem Magen hätte sie jetzt bereits über der Reling gehangen, obwohl sie die Westerschelde noch nicht verlassen hatten.

Mees empfing die angeforderten Daten zur *Grootvader*. Er befahl Hendrik, ein paar Knoten zuzulegen, die *Grootvader* verfügte über einen starken Motor. Das Schiff stampfte und nahm jede kleine Welle mit, das Wasser spritzte um sie herum.

»Was wisst ihr über die *Grootvader*? Wie viel Besatzung ist an Bord, und warum muss sie angehalten werden?«

Bevor sie antworten konnten, hörte Mees über Funk, dass die *Grootvader* die Mündung der Oosterschelde überquerte. Mees grinste. »Mit vier Schiffen in der Nähe kreisen wir sie ein.«

Sie verließen die Schelde am Oostgat, was sie daran spürte, dass die Wellen ihr Schiff immer stärker in den Griff nahmen. Mees und Hendrik sprachen sich mit ihrer Zentrale an Land ab und beschlossen, dicht unter der Küste von Walcheren zu bleiben, um nicht durch den Golfstrom gebremst zu werden.

»An Bord der *Grootvader* befindet sich nur ein einziger Mann.«

»Bewaffnet?«

»Wahrscheinlich.«

Fast eine Viertelstunde lang reagierten die beiden Männer nicht auf das Knacken aus dem Funkgerät. Dann kam eine Meldung von der Radarstation an der Westkapelse Kreek – einer Bucht hinter dem Deich. Bei dem Schiff, das man für die *Grootvader* gehalten hatte, schien es sich um eine Jacht mit einem Kranken an Bord zu handeln, die deshalb mit so hohem Tempo fuhr, weil man möglichst schnell den Heimathafen erreichen wollte.

»Was jetzt?«

»Könnte es sein, dass die *Grootvader* im Schatten eines anderen Schiffes nach Süden tuckert? Vielleicht fährt Buker langsam, um Treibstoff zu sparen, während wir nach einem rasend schnellen Boot Ausschau halten«, sagte Laurien.

»In nördlicher Richtung hat er mehr Möglichkeiten, uns zu entwischen. Im Kanal herrscht so viel Verkehr wie an einem Samstagnachmittag auf der Lange Delft.«

»Buker kann über Funk mitgehört haben, dass die Jagd auf ihn eröffnet ist, und nachdem er die verschiedenen Gefahren abgewogen hat, fährt er jetzt vielleicht nach Süden und geht bewusst das Risiko ein, in eine Falle zu geraten. Er braucht ja nur ein paar Seemeilen zu schaffen, dann verlässt er unsere Hoheitsgewässer, und es kostet Zeit, ehe international operiert werden kann. Das weiß er auch. Lasst uns wenden und in Richtung Belgien fahren.«

»Du hast das Sagen«, meinte Mees widerwillig.

Es wurde still in der Kajüte. Mees beobachtete den Radarschirm. Plötzlich beugte er sich dicht über ihn. Er wies auf einen Punkt, der sich beinahe in einem größeren auflöste. »Drei Meilen südlich, kurz vor dem Swin. Siehst du?«

Er nahm das Mikrofon des Funksprechgeräts und gab die neuen Daten durch.

»Buker hat uns geleimt. Sein Motor ist stärker als unserer, und die anderen sind zu weit weg, um ihn zu jagen«, sagte Mees. Er setzte die Brille ab und lehnte sich mit den Händen im Nacken zurück.

»Können sie nicht beidrehen?«

»Das hat keinen Sinn. Bukers Vorsprung ist zu groß.«

»Wahrscheinlich auch für uns«, sagte Hendrik.

»Wir versuchen, ihn zu schnappen, aber die Aussichten sind schlecht«, sagte Mees. Er setzte die Brille wieder auf.

»Was ist das?«, Lucas zeigte auf einen Punkt zwischen der *Grootvader* und ihnen.

»Ein Containerschiff aus China, das passieren wir an Backbord. Dann können wir direkt gegen die Strömung anfahren. Wenn wir eine größere Kurve machen, hilft es uns überhaupt nichts, dass unser Boot erheblich leichter als die *Grootvader* ist. Buker dürfte größere Mühe haben, den gleichen Weg zurückzulegen.«

»Eine kleine Chance haben wir noch. Aber wenn die *Grootvader* erst einmal in der Nähe von Zeebrügge ist, sind wir auf unsere belgischen Kollegen angewiesen«, sagte Hendrik.

»Wie kommt es, dass wir die Jacht erst jetzt entdeckt haben?«, fragte Lucas.

»Wahrscheinlich ist Buker im Fahrwasser eines großen Schiffes entkommen.«

Danach wurde kein Wort mehr gewechselt, die Lautstärke des Funkgeräts wurde gedrosselt. Laurien konzentrierte sich auf das Stampfen des Motors und das rhythmische Klatschen des Rumpfs auf das Wasser. Die Männer schnauzten sich an, als sich das Schiff sträubte und Hendrik fluchend am Ruder riss, um den Kurs zu halten.

Ein paar Minuten später tauchte der Chinese vor ihnen auf. Hendrik ließ das Horn heulen, es wurde gewunken, und das Polizeiboot fuhr leicht an Backbord vorbei. Hendrik suchte mit einem Fernglas den Horizont ab.

»Zwanzig Grad steuerbord.«

Er zeigte Laurien einen hellen Fleck am Horizont.

»Er versucht offenbar mit aller Macht, aus unseren Gewässern zu kommen, und vergisst dabei, sein Radar im Auge zu behalten.«

Hendrik legte das Megafon zurecht. Die Jacht fuhr auf sie zu. Um einem Frachter auszuweichen, musste Buker ein Stück gegen die Strömung ankämpfen, wodurch sein Boot nicht mehr geradeaus, sondern schräg zum Polizeiboot fuhr.

Jetzt mussten sie ihrerseits gegen die Strömung halten. Der Abstand verringerte sich, doch es lag immer noch eine halbe Seemeile zwischen ihnen und der *Grootvader*. Buker beugte sich verbissen über das Steuerrad, schaute sich ab und zu um, um zu sehen, ob er verfolgt wurde, und bemerkte erst jetzt das Polizeiboot.

Langsam holten sie auf, das Schiff stieß und stampfte, bis sie längsseits kamen.

Laurien sah Bukers kahlen Kopf, die zusammengekniffenen Lippen, die hochgestreckte Faust. Er riss am Ruder, drückte den Gashebel durch, konnte das Polizeiboot aber nicht abschütteln.

Mees kletterte auf das Vorderdeck und forderte Buker über Megafon auf, zu stoppen. Der versuchte hintenherum zu entkommen, indem er Gas wegnahm. Hendrik drehte ruhig bei.

»Mees, springst du rüber? Ich lege längsseits an ... Na, Bukerchen, spielst du mit? Nein? Du musst es ja selbst wissen.«

»Sei vorsichtig! Möglicherweise ist er bewaffnet«, warnte Laurien.

Wieder griff Mees zum Megafon. Buker reagierte immer noch nicht. Mees kam zurück in die Kajüte, holte aus einer verschlossenen Schublade eine Pistole und steckte sie in sein Halfter.

»Ich fahre längsseits, und du hast zehn Sekunden, um rüberzuspringen.«

»Zieh eine kugelsichere Weste an.«

Mees zögerte.

»Ich erlaube dir nicht, ohne kugelsichere Weste zu springen«, sagte Laurien.

»Ich versuche noch einmal, ihm Vernunft beizubringen.«

»Soll ich es nicht machen?«, fragte Laurien.

»Du könntest über Bord gehen.«

Mees begab sich wieder auf das Vorderdeck. Er gab Buker eine letzte Chance, sonst würden sie sein Boot entern. Buker streckte einen Arm aus. Laurien schrie, Mees solle sich ducken. Er tat es, doch zu spät: Durch die Wucht der Kugel wurde er halb über die Reling geschleudert.

Laurien stürmte nach draußen, fasste Mees an der Schulter und zerrte ihn in die Kajüte. Buker schoss erneut, diesmal auf Laurien, und sie ließ sich hinter Mees in die Kajüte rollen.

Das Blut strömte aus Mees' Schulter. Sie presste die Wunde zusammen, Lucas legte einen Druckverband an. Laurien drückte weiter mit einer Hand auf die Wunde und hoffte, das Blut so stillen zu können.

Hendrik forderte über Funk ärztliche Hilfe an. Ein Hubschrauber konnte nicht auf ihrem Boot landen, und darüber schweben, um Mees heraufzuhieven, würde mehr Zeit kosten, als nach Zeebrügge zu fahren, wo sie der Hubschrauber erwarten konnte.

Laurien schob Mees ein Kissen in den Rücken. Sie fühlte in seinem Mund, ob die Zunge nicht das Gaumenzäpfchen blockierte.

Lucas informierte die belgische und britische Wasserschutzpolizei. Als sie die Westerschelde halb überquert hatten, hörten sie, dass die *Grootvader* noch nirgends geortet worden war. Laurien und Lucas schauten sich verblüfft an. Das war doch kaum möglich.

Mees verwundet und Buker entkommen! Schlimmer konnte es fast nicht kommen. Warum ging Buker ein derartiges Risiko ein? War es doch er gewesen, der Belle ermordet hatte?

Eine halbe Stunde später liefen sie in den Hafen von Breskens ein. Ein Arzt beugte sich über Mees. Drei Minuten später startete der Hubschrauber. Zusammen mit Hendrik fuhren sie zurück nach Vlissingen. Noch bevor sie den Hafen erreicht hatten, erfuhren sie, dass Mees stabil und außer Lebensgefahr war. Hendrik wurde sofort freundlicher.

In der Vrijlandstraat erwartete sie Pier, Klaas und Willem waren noch in Gapinge beschäftigt.

»Alles weist darauf hin, dass Buker der Täter ist.«

»Welches Motiv hatte er, Belle zu töten?«

Eine Weile blieb es still.

»Sollte Belle sein Labor entdeckt haben?«

»Nein. Wisse war überrascht. Hätte Belle es gewusst, hätte sie es ihrem Vater erzählt. Dann hätte sie nämlich einen Grund gehabt, sich nicht verloben zu müssen. Ich bin ja auch der Meinung, dass Buker etwas zu verbergen hat, aber was …«

Es war still im Raum. Durch die offenen Fenster drangen Verkehrsgeräusche und die Stimme eines einzelnen Kindes, das noch draußen spielte, weil Ferien waren.

Laurien schaute zum Himmel empor, dichte Wolken, morgen würde es regnen. Was das Badewetter betraf, war auch dies ein verlorener Tag, doch solange man nicht erfror, würde es der Kirmes auf dem Markt nicht schaden.

»Wir sollten noch einmal in aller Ruhe darüber reden. Morgen früh Besprechung in meinem Büro.«

Auf dem Nachhauseweg rief Els an.

»Du hast mich doch Samstag gebeten, mich mal bei Kollegen nach Wisse-Chemie zu erkundigen.«

»Hast du etwas in Erfahrung gebracht?«

»Sicher. Das Unternehmen steht weniger gut da, als es den Eindruck erweckt.«

»Die Wirtschaftsprüfer von Wisse-Chemie hielten sich uns gegenüber bedeckt.«

»Es ist nicht so, dass ein Bankrott bevorsteht, aber es wird alles unternommen, um sich über Wasser zu halten. Es gibt Gerüchte über Unregelmäßigkeiten. Das könnte der Grund für Achtervelds Ausstieg sein. Er will nichts mit illegalen Praktiken zu tun haben … Aber bewiesen ist nichts.«

»Jetzt kann ich die Verschwiegenheit der Wisse-Wirtschaftsprüfer besser einordnen. Danke für die Informationen.«

Sie vereinbarten, dass sie sich noch vor Lauriens Urlaub sehen wollten.

Sie klopfte an Olmers Tür. Unwillig rief er, sie könne hereinkommen. Er saß an seinem Computer, ein Rennwagen schoss über den Bildschirm. Seine schmalen Schultern bewegten sich mit, sein Rücken war halb gekrümmt, die Augen waren auf den Bildschirm gerichtet. Sie strich ihm über die Haare. Schweigen war schwieriger als reden, doch sie begann es zu lernen.

Bevor sie zu Bett gingen, rannte Sammy noch eine Runde um das Standbild, sprang an dem Mädchen hoch, blieb stehen, als ein großer Hund vorbeikam, und hüpfte dann weiter. Olmers Hund verschaffte ihnen unkomplizierte Freude. Keine Sorgen bezüglich Kiffen oder Trinken oder unzureichenden Leistungen in der Schule, keine Prüfungen, keine halbdurchwachten Nächte.

Später, im Bett, sagte Tiemen, dass er das Gespräch auf das Abschlussjahr und die Klausuren gebracht habe. In der nächsten Woche wollte Olmer damit anfangen, etwas für die Schule zu tun. Zum Beispiel Bücher lesen, was ja wohl die bescheuertste Aufgabe wäre, die man sich vorstellen könnte, außerdem Mathematik und Physik nachholen. Er würde sich nicht zum Spaß auf die Schularbeiten stürzen, sondern täte es nur, weil ein weiteres Jahr auf der Nehalennia-Schule die reinste Horrorvorstellung sei. Er hasste die

Regeln und den Schulbetrieb. Und die Lehrer hätten ihn alle auf dem Kieker.

Tiemen hatte ihm vorgeschlagen, etwas weniger zu kiffen. Da war er wütend geworden. Seine Eltern täten so, als wenn er ständig rauchte, schnupfte, spritzte oder sich was reinzog. Er kiffe, ja, aber er schnupfe nicht, spritze nicht und ziehe sich nichts rein. Er war der bravste Junge des ganzen bürgerlichen Middelburg.

Erst als Tiemen ihn nach seinen Wunschvorstellungen für die Zukunft gefragt hatte, war er wieder ruhig geworden. Raus aus Middelburg, das war klar. Falls er den Studienplatz bekommen sollte, wolle er Tiermedizin in Utrecht studieren, sonst würde er ein Jahr in der Weltgeschichte herumziehen. Jobs gäbe es genug und überall.

26

Um halb drei schreckte sie hoch, sie hatte von Belle geträumt. Warum war sie ermordet worden? An Schlaf war vorerst nicht mehr zu denken. Vorsichtig hob sie Tiemens Arm an, schob ihn zur Seite und legte ihr Kissen darunter. Undeutlich sah sie, dass er lächelte.

In der Küche schnarchte Sammy, schaute kurz zu Laurien hoch, wedelte ein paar Mal mit dem Schwanz, ohne den Kopf zu heben, und schlief weiter.

Sie trank Milch und stellte sich ans Fenster. Die Blätter der Kastanienbäume wiegten sich leicht im Wind, das Mädchen stand regungslos und wartete. Nachts gehörte der Platz ihr und dem Landstreicher unter dem Tympanon.

Eine halbe Stunde, bevor der Wecker klingelte, schoss sie erneut hoch. Zur Abwechslung war es mal trocken. Tiemen schaute sie schläfrig an.

»Gestern Abend habe ich vergessen, dir zu erzählen, dass Warre angerufen hat. Er kommt heute Abend mit seiner Freundin.« Sie lächelten beide. »Soll ich noch etwas Besonderes besorgen?«

»Champagner«, beschloss Laurien.

Erneut lächelten sie. Tiemen sah müde aus, er hatte den Urlaub genauso nötig wie sie.

Die Zeitung lag zwischen ihnen. Keine beunruhigenden Schlagzeilen, nicht einmal über das geflüchtete Vorstandsmitglied eines klammen Chemieunternehmens. De Haas und Leversen hatten sich die Chance entgehen lassen.

Sie radelte zum Büro. Mees war gestern Abend notoperiert worden, bleibende Folgen der Schusswunde waren nicht zu befürchten. Seine

Frau erzählte, er brenne schon voller Ungeduld darauf, wieder arbeiten zu dürfen.

Von Buker gab es noch keine Spur. Laurien forderte eine Beschreibung der Jacht an und schickte diese per E-Mail an sämtliche Häfen, die er anlaufen könnte. Im letzten Moment fiel ihr ein, dass Buker unterwegs an seinem Schiff einen anderen Namen angebracht haben könnte.

Klaas ließ sich in einen Stuhl vor dem Schreibtisch fallen. Er war gestern Abend am Acker vorbeigefahren. Dort war ein Absperrband gezogen worden. Hatte Laurien dies veranlasst? Sie hatte es nicht.

Langsam trudelte einer nach dem anderen ein. Sie vermisste Jan; der soundsovielte Vermerk in seiner Akte.

Sie vereinbarten, Stevi solle zum Acker gehen. Falls dort jemand vom Allgemeinen Nachrichten- und Sicherheitsdienst an der Arbeit sein sollte, durfte sie versuchen, ihm mit einer Charmeoffensive zu entlocken, was man bislang herausgefunden hatte.

»Heute Nacht fiel mir ein, dass wir noch einmal die Beziehungen der Personen untereinander verfolgen müssen«, sagte Pier. »Heute Morgen habe ich mich darüber hergemacht. Könnte Karel das nicht vortragen?«

Laurien war nicht die Einzige, die sich nachts mit der Arbeit beschäftigte. Sie wusste von Pier, dass auch er Papier und Bleistift auf seinem Nachtschränkchen liegen hatte, um sich Dinge zu notieren, die ihn im Dunkeln überfielen.

»Und, bist du dadurch schlauer geworden?«

»Nicht wirklich. Aber sollten wir uns nicht noch einmal um Ina Zandvliet kümmern? Sie hat Belle als Insulin-Patientin betreut.« Er schaute Laurien unsicher an. »Du glaubst nicht daran?«

»Nicht aufgrund einer Betreuung, die schon Jahre zurückliegt. Aber geh der Sache nach.«

»Wurde Buker schon verhaftet?«, fragte Klaas.

»Noch nicht. Die Übermittlung der Informationen verläuft schleppend.«

»Die Kommunikation zwischen den Polizeieinheiten, zwischen uns und der Küstenwache und zwischen uns und Europol ist wegen der unterschiedlichen Systeme so schwierig«, moserte Pier.

»Und wegen solcher Kindereien geht uns ein Scheißkerl wie Buker durch die Lappen«, ergänzte ihn Willem.

»Musst du ihn denn gleich Scheißkerl nennen?«

»Nein, lass uns über diesen Engel reden, der einem Kollegen eine Kugel in den Leib jagt. Womit beschäftigt sich der Mann? Das Labor muss eine Stange Geld gekostet haben, es ist mit den modernsten Dingen ausgerüstet.«

»Weißt du, welche Flüssigkeiten Buker dort in erster Linie gelagert hat?«, fragte Klaas lachend.

»Etwas Gefährliches?«

»Reiner Alkohol. Nicht schwer zu beschaffen. Man sollte ihn nicht gleich literweise trinken, aber das ist es auch schon. Die Einrichtung des Labors ist für das, was dort gelagert ist, völlig überdimensioniert.«

»Vielleicht experimentiert er, wie noch saubereres Heroin gewonnen werden kann, oder er hofft mit einer neuen Ecstasy-Pille steinreich zu werden, aber Substanzen, mit denen er das erreichen könnte, wurden bisher nicht gefunden«, sagte Karel. »Ich möchte die Unterlagen so schnell wie möglich auf meinem Schreibtisch haben.«

»Wird gemacht.« Klaas schaute von Karel weg.

»Komisch«, sagte Laurien überlegend. »Warum flieht Buker? Der haut doch nicht grundlos ab.«

»Natürlich nicht. Er ist Belles Mörder. Nachdem wir dahintergekommen sind, versucht er zu entkommen«, sagte Lucas. Unruhig scharrte er mit seinen Schuhen auf dem Linoleum.

»Stimmen Aufschrift und Inhalt bei den Flaschen überein?«, fragte Laurien.

»Bis jetzt ja. Ich würde gerne mal seine Jacht unter die Lupe nehmen. Möglich, dass dort etwas zu finden ist. Das würde auch seine heftige Reaktion erklären«, sagte Klaas.

»Habt ihr sonst noch irgendwelche Dinge in dem Labor entdeckt?«

»Nichts. Das finde ich bemerkenswert. Ich gehe davon aus, dass es noch Flaschen mit anderem Inhalt gibt. Aber wo sind die abgeblieben?« Willem hob seine Hände.

»Was ist mit den Faxen?«

»Auch so idiotisch. Als ob er uns zum Narren halten will. Ein Fax enthält einen medizinischen Bericht des Absenders, ein anderes einen Reisebericht mit ausführlichen Landschaftsbeschreibungen. Was daran auffällt, ist die Tatsache, dass sie aus verdächtigen Ländern stammen.«

»Und laut Wisse sind die Absender zum Teil Abnehmer von Wisse-Chemie. Vielleicht verbergen sich darin Code ... Habt ihr noch mehr?«

Klaas und Willem schauten sich an. »Gestern haben wir Jan an den Computer gesetzt. Er hat ungefähr eine Stunde reingeschaut«, brummte Klaas.

»Was hat er gefunden?« Laurien hatte keine Lust, sich vor dem Team über ihn zu äußern.

»Neben der gebräuchlichen Software befinden sich vor allem viele Vorlagen für neue Spiele in dem Computer.«

»Verbirgt sich dahinter vielleicht ein Code?«

»Wir haben uns dann selbst an die Arbeit gemacht.«

»Es gibt da noch etwas Bemerkenswertes«, sagte Klaas. »In einem Schuppen hinten im Garten haben wir einen Overall gefunden. Das ist nichts Ungewöhnliches, nur klebte daran nicht echter, fetter, grauer Zeeland-Lehm, sondern gelber Sand.«

»Der Overall war zwar ausgeschüttelt worden, doch in den Taschen steckten noch mehr als nur ein paar verirrte Körnchen. Es ist ziemlich frischer Sand, wie es aussieht. Nicht feucht, sondern klamm. Wir haben ihn nirgends sonst gefunden, weder im Garten noch bei der Terrasse, denn dort ist alles aus Gussbeton. Sogar rund um den Swimmingpool ist alles ausbetoniert.«

Laurien dachte kurz nach. »Könnte der Sand aus einem Schacht unter dem Haus kommen?«

»Da sagst du was. Das wäre eine Möglichkeit ... Nein, das Haus ist unterkellert.«

»Der Anbau, aber nicht der ursprüngliche Bauernhof. Dort wird nur ein kleiner Keller gewesen sein.«

»Sobald wir Zeit haben, gehen wir der Sache nach.«

Laurien gab Lucas Fotos von Buker und Achterveld.

»Würdest du die bitte Wattels Nachbarjungen zeigen? Ich möchte wissen, wer Wattel gewarnt hat.«

Willem gab sie ein Foto von Buker. »Ich habe eine E-Mail für die Hafenmeister geschrieben, und ich möchte, dass du dieses Foto als Anhang erstellst.«

»Irgendetwas geht dir nicht aus dem Kopf, oder?«, fragte Lucas, als sie alleine waren.

Sie schaute überrascht auf. »Ja. Gestern, es hat mich erstaunt, dass das Labor Wisse so sehr erschreckt hat ...«

»Da bist du ganz still geworden. Ich wollte dich noch danach fragen, aber es kam nicht mehr dazu.«

»Bart Wisse hat seinen Schrecken nicht gespielt«, sagte Laurien. »Ich frage mich, was ihn so erschreckt hat.«

»Ich dachte, dass es darauf zurückzuführen sei, dass er etwas gesehen hat, das er nicht erwartete.«

»Das war überdeutlich. Aber was hatte er nicht erwartet?« Sie nahm einen Apfel aus der Tasche und rieb ihn ab.

»Das Labor. Er hatte geglaubt, Buker vertrauen zu können.«

»Das weiß ich nicht. Kann man Wisse denn vertrauen?«

»Wieso?«

»Warum hat sich Achterveld abgesetzt?« Sie nahm einen Bissen.

»Der will selbst etwas aufbauen.«

»Das ist die Folge. Aber worin liegt die Ursache für seinen Ausstieg?«

»Buker, der in die Unternehmensleitung aufrückte.«

»Warum?« Je mehr Fragen sie stellte, desto undeutlicher wurde das Ganze für sie.

»Tja.« Lucas zuckte mit den Achseln.

»Erschrak Wisse nicht vielleicht, weil er sah, wie weit Buker in seinen kriminellen Aktivitäten bereits vorangekommen war?«

»Was?«

»Wisse unternimmt alles, um sein Unternehmen zu retten, legal und illegal. Und dann entdeckt er, dass Buker, den er in die Unternehmensleitung geholt hat, um zu verhindern, dass dieser illegal produziert, ein eigenes Labor besitzt ... Wisse erschrak am heftigsten, als er die Adressen der Faxe las.«

»Daran habe ich nie gedacht.« Lucas schaute sie entgeistert an.

»Ich kann danebenliegen. Es ist totale Spekulation. Vorläufig möchte ich, dass es unter uns bleibt, auch um Buker nicht zu warnen. Im Team kann ein Leck sein, bewusst oder unbewusst.«

Emma schminkte ihre Lippen, als Laurien eintrat. Um zehn Uhr würde sie mit Hans eine Pressekonferenz abhalten.

»Im Nachhinein ist Bart davon überzeugt, dass Buker wahrscheinlich einen guten Grund hatte, ein Labor einzurichten. Er wollte irgendetwas mit Düften ausprobieren.«

»Wisse erschrak aber ziemlich heftig, als er es sah.«

»Das hatte mit dem gewaltigen Polizeiaufgebot zu tun und mit dem gewichtigen Auftreten von dir und deinem Team.«

»Welche Erklärung hat er denn für Bukers Flucht?«

»Deine einschüchternde Haltung. Er hat den Eindruck, dass du dich lieber mit dem Drangsalieren von Leuten beschäftigst, als dich mit vollem Einsatz um den Fall zu kümmern. Für Verhöre möglicher Täter hast du ja keine Zeit.« Sie betrachtete sich kritisch in dem kleinen Spiegel ihrer Puderdose.

»Wisse möchte vor allem, dass ich ihm nicht in die Quere komme. Er hat Angst, dass wir etwas entdecken, das eventuell mit dem Mord zu tun hat. Das gefällt ihm nicht.«

»Beschränke dich auf den Fall. Wisse ist ein einflussreicher Mann.« Emma lächelte.

»Ich werde mal wieder mit Achterveld reden müssen. Schade, dass du die drei Herren nicht davon überzeugen kannst, mitzuarbeiten. Es kostet Zeit.«

Emma spielte mit dem Lippenstift. »Lass Max in Ruhe, er hat nichts mit dem Fall zu tun. Und Laurien, tritt niemandem auf die Füße!« Ihre Stimme klang böse.

»Buker kennen wir hier nicht beim Wirtschaftskontrolldienst. Wo arbeitet der?« Sie hörte, wie jemand weitertippte.

»Wisse-Chemie.«

»Wisse-Chemie?« Die Stimme am anderen Ende klang plötzlich sehr viel deutlicher. »Meinen Sie Wisse-Kunstdünger in Vlissingen?«

Jetzt hörte Laurien, wie dort mit Papier geraschelt wurde.

»Geben Sie mir Ihre Nummer. In fünf Minuten rufen wir Sie zurück.«

Nach genau fünf Minuten ertönte die Stimme des Beamten vom Wirtschaftskontrolldienst.

»Was wissen Sie über Buker, Frau Minnaar?«

»Er ist Mitglied der Unternehmensleitung und besitzt ein geheimes Labor. Er ist auf der Flucht.«

»Bei euch da unten stinkt es gewaltig, und zwar nicht nur nach Kunstdünger und Plastik. Aber der Name Buker sagt mir nichts.«

»Er ist noch nicht lange im Vorstand. Wissen Sie vielleicht mehr über Achterveld, früheres Vorstandsmitglied bei Wisse-Chemie?«

»Achterveld? Ein knallharter Geschäftsmann mit den falschen Freunden. Heute oder morgen bekommen wir ihn zu packen.«

»Verkehrte Freunde?«

»Mehr kann ich Ihnen nicht sagen ... Faxen Sie mir die Angaben zu Buker zu?«

»Wenn Sie uns die Ihren zusenden, gerne. Auch das, was Sie über Achterveld haben.«

»Ausgeschlossen!«

»Macht nichts. Ich glaube nicht, dass meine Informationen die Ihrigen bereichern würden. Sobald ich etwas Wichtiges für Sie habe, werde ich erwägen, Sie davon zu unterrichten.«

Die Beamten vom Wirtschaftskontrolldienst täuschten sich. Buker war ihr Mann, vielleicht auch Wisse, doch es konnte ja nicht schaden, wenn sie deren Behauptungen einmal überprüfte.

Auf ihrem Schreibtisch lag ein Bericht des Allgemeinen Nachrichten- und Sicherheitsdienstes. Sie rief den Geheimdienst an.

»Die Regionale Einheit Zeeland muss die Ermittlungen bei Wisse-Chemie abbrechen. Mit diesem Gewühle stören Sie unsere eigenen Ermittlungen«, sagte der dortige Mitarbeiter.

»Woher rührt denn Ihr Interesse an Wisse-Chemie?«, fragte Laurien.

»Nächste Frage.«

»Ist Buker ein guter Freund von Saddam Hussein, oder ist Hussein der Freund von Achterveld?«

Der Mann am anderen Ende der Leitung atmete schnell.

»Haben Sie noch mehr Fragen?«

»Das macht wohl wenig Sinn, wenn Sie mir nicht antworten.«

»Ich rate Ihnen mit allem Nachdruck, Frau Minnaar: Lassen Sie Wisse-Chemie in Ruhe!«

In ihrem Büro las Laurien die Dossiers durch, langsam und konzentriert. Es gab da etwas, das sie übersehen hatte, etwas, das der Geheimdienst voll durchschaute und das möglicherweise mit den Morden zu tun hatte. Ab und zu nahm sie einen Schluck Kaffee, abwechselnd mit Wasser. Blockierte sie sich selbst, weil sie die Fälle zu schnell gelöst sehen wollte?«

Als Pier ihr Büro betrat, sagte Laurien, was sie heute auf jeden Fall erledigen wolle.

»Vor allem möchte ich dem Unternehmen einen Besuch abstatten.«

»Es ist fast zwölf Uhr«, sagte Pier. »Was willst du bei Wisse-Chemie herausfinden?«

»Das kann ich nicht genau sagen, vielleicht gibt es dort einen Hinweis.«

»Bringt es etwas, wenn ich nachfrage?«

»Ich fürchte, nein«, antwortete sie. »Du weißt, dass ich darüber reden werde, sobald meine Ideen und Vermutungen konkretere Formen angenommen haben.«

Laurien und Pier gingen mit dem Personalchef durch die Produktionshallen. Maschinen summten, ein paar Männer in weißen Anzügen waren bei der Arbeit. Die Abmessungen der Produktionsanlagen und Abteilungen waren beeindruckend und nicht sehr übersichtlich.

»Bart Wisse war nach Belles Tod noch nicht im Büro, und Buker ist heute Morgen ohne Angabe von Gründen nicht erschienen. Wir können einen Blick in die Büros der Vorstandsmitglieder werfen, aber mit niemandem reden«, sagte der Personalchef.

In den großen Fenstern spiegelte sich das Wasser der Westerschelde. Ein Südamerikaner fuhr vorbei. Schiffe, die an dem Unternehmen angelegt hatten, nahmen vor diesen Fenstern Kurs aufs breite Fahrwasser. Dicke Teppiche dämpften die Geräusche, auf den Gemälden tanzten Seeschiffe über hohe Wellen.

Im größten Büro stand ein Foto von Belle auf dem Schreibtisch, neben Stapeln von Papieren und einem Computer.

Im zweiten Büro lag Post auf dem Schreibtisch, daneben stand ebenfalls ein Foto von Belle sowie ein Bild mit zwei anderen jungen Leuten.

Im dritten Büro war der Schreibtisch ziemlich leer, keine Fotos, aber die Stiftschale war gefüllt, auf einem Notizblock stand ein Name, selbst der Computer war nicht ausgeschaltet. Die Schubläden waren abgeschlossen, der Personalchef besaß keinen Schlüssel. An der Wand gerahmte Fotos von ertragreichen Feldern. Tief gebeugte Frauen ernteten maisartige Früchte.

Laurien wandte sich an den Personalchef.

»Dieses Büro sieht nicht danach aus, als habe hier jemand nach reiflicher Überlegung beschlossen, seinen Hut zu nehmen.«

Er zuckte mit den Achseln. »Ich war an den Beratungen und der

Entscheidung nicht beteiligt, die Reorganisation kam auch für mich überraschend, und ganz gewiss war sie nichts Angenehmes.«

»Wurde für Herrn Achterveld eine Abschiedsfeier organisiert?«, fragte Pier.

»Nein. Die Mitarbeiter wurden lediglich informiert, genauso wie über die Ernennung von Herrn Buker.« Der Personalchef drehte sich zu ihm um. »Es gab keinerlei Proteste, weder von Seiten der Mitarbeiter noch von den Gewerkschaften.«

»Wie erklären Sie sich das?«

»Keine Ahnung.«

Klaas und Lucas warteten in ihrem Büro auf sie. Sie lasen Zeitung. Leere Teller und Tassen auf dem Schreibtisch. Sogar Klaas lachte.

»Habt ihr etwas in dem Schacht unter Bukers Haus finden können?«

»Wir mussten ein wenig suchen, bevor wir die Luke entdeckt haben. In der hintersten Ecke standen etliche Fässer und Flaschen mit anderen Flüssigkeiten als in seinem Labor.«

»Wir haben sofort einen Laboranten hinzugerufen«, sagte Lucas. »Seiner Meinung nach handelt es sich um übles Zeug. Das heißt, er hat den Eindruck, dass da noch ein paar Zusätze fehlen.«

»Wenn Buker über die anderen Substanzen verfügt, kann er mit ein wenig Mühe etwas produzieren, das nicht nur für Walcheren, sondern auch für andere Teile Zeelands zur Katastrophe führen könnte«, erklärte Klaas. »Wir müssen noch weiter suchen. Willem ist damit beschäftigt. Wir sind hier auf Walcheren wirklich an einer großen Katastrophe vorbeigeschrammt, Laurien.«

Sie schauten sich fassungslos an.

»Das hatte ich nicht erwartet.«

»Was denn dann?«

»Drogen.«

Sie schwiegen, um das Ganze ein wenig sacken zu lassen.

»Buker muss geisteskrank sein«, sagte Klaas.

»Inwieweit sind die vorhandenen Chemikalien verboten?«

»Der Geheimdienst wird nicht sonderlich glücklich über den Fund sein. Was wir gefunden haben, ist in den Niederlanden verboten, und ganz sicher in einem Schacht unter einem Wohnhaus.« Klaas ballte die Fäuste.

»Du hättest den Laboranten hören müssen«, sagte Lucas. »Die USA werden sich für den Fund interessieren.«

»Schlecht für den Ruf unseres Landes«, sagte Pier.

»Das ist noch nicht das Schlimmste. Die Vorstellung, dass Buker mit so etwas in seinem Kopf herumläuft ...«, sagte Lucas.

»Der Laborant glaubt, Buker habe sich noch in der Vorbereitungsphase der Produktion befunden. Wäre er damit weiter vorangeschritten gewesen, dann wäre er nicht geflohen, sondern hätte uns bedroht, und wir hätten ihn laufen lassen müssen.«

»Dachrinnen, Regenrohre, Wassertonne untersucht? Kühlschrank, Weinkeller? Schöne Verstecke für hässliche Dinge.«

»Darum kümmert sich Willem. Wir gehen ihm gleich wieder helfen, aber wir wollten das nicht übers Telefon erzählen«, sagte Lucas. »Außerdem musste Klaas die Flaschen hier abliefern.«

»Buker hat sich selbst verraten. Hätte er seinen Overall sorgfältiger ausgeschüttelt und an einen Haken in der Garage gehängt, wären wir gar nicht erst argwöhnisch geworden.«

»Ich denke mal, dass er in Zeitnot war«, sagte Pier. »Laurien hatte ihm gesagt, dass wir kämen. Wir wollten uns sein Labor ansehen. Er fühlte sich ertappt und aufgescheucht.«

»Könnte es sein, dass Belle und Zandvliet Opfer von Bukers Hobby wurden?«

»Das habe ich auch den Laboranten gefragt. Diese Substanzen sind erst hochgiftig, wenn andere Stoffe beigemengt werden.«

»Dumm, dass er diesen Schacht benutzte.«

»Buker hatte keine große Wahl. Er wusste, was er da versteckte. Er musste vorsichtig sein, die Stoffe können explodieren, wenn sie zu sehr geschüttelt werden. Es kann sein, dass er ein paar Flaschen mit auf sein Boot genommen hat, um sie auf See loszuwerden.«

»Wenn wir von einem Fischsterben hören, wissen wir, dass Buker die Flaschen geleert hat«, sagte Pier.

»Ich kapiere das nicht, Laurien. Um ein solches Risiko einzugehen, muss man schon ganz schön krank sein«, sagte Lucas.

»Bist du dazu gekommen, dich der Schachtel anzunehmen, die ich aus Zandvliets Schuppen mitgenommen habe?«

»Sicher«, sagte Klaas. »Da war eine kleine Flasche drin. Gut, dass du die Hände davon gelassen hast.«

»Meine Neugier kennt Grenzen.«

»Ach ja?« Klaas konnte plötzlich sogar lächeln. »Das Zeug ist absolute Spitzenklasse, laut Auskunft des Laboranten gefährlich. Gefährlicher als das, was wir bei Buker gefunden haben. Auf dem Etikett war zu Recht ein Gefahrenhinweis.«

»Hast du bei seiner Frau in Erfahrung bringen können, wie Zandvliet daran gekommen ist und was er damit vorhatte?«, fragte Lucas.

»Nein, sie kannte das Päckchen nicht. Ich glaube auch nicht, dass sie gelogen hat.«

»Du solltest ihr noch einmal auf den Zahn fühlen. So eine Flasche darf nicht im Schuppen eines Privathaushalts stehen, sondern gehört mit einem Totenkopf darauf in den Kühlschrank eines Labors.«

»Wie gut Zandvliets Absichten auch gewesen sein mögen, wir müssen dennoch noch einmal mit dem Umweltamt reden. Wer etwas Beunruhigendes findet, darf es nie mit nach Hause nehmen.«

»Was hat der Laborant damit gemacht?«

»Er hat es sofort dem Allgemeinen Nachrichten- und Sicherheitsdienst geschickt. Zur Sicherheit haben wir aus dem Graben hinter Bukers Bauernhof Proben genommen und das Wasserwerk angewiesen, besonders aufmerksam zu sein.«

»Könnte der Inhalt von Zandvliets Flasche durch Buker produziert worden sein?«

»Möglich. Vielleicht auch nicht … Aber wo sonst? Außer denen von Zandvliet befinden sich keine anderen Fingerabdrücke darauf.« Klaas zog die Kaffeekanne zu sich heran.

»Sollte Zandvliet es von Achterveld bekommen oder es ihm gestohlen haben?«

»Was wissen wir über Achterveld?«, fragte Pier.

»Wenig. Er wird vom Geheimdienst abgeschirmt, und das gefällt mir immer weniger.« Über Emmas Druck schwieg Laurien.

»Davon lässt du dich doch nicht abhalten.«

»Wofür hältst du mich?«

27

Die Polizei von Calais meldete sich.

»Wir haben die von Ihnen gesuchte Jacht gefunden. Über den Namen *Grootvader* war ein anderer geklebt, sie heißt jetzt *Victoire*. Das Boot wurde an die Kette gelegt, und der Mann darauf ist verhaftet.«

Das Gespräch verlief schleppend. Ihr Französisch war unzureichend, und sein Englisch war womöglich noch stümperhafter. Sie verstand, dass sie in Calais willkommen sei, und der französische Kollege verstand, so hoffte sie zumindest, dass er und der Hafenmeister einen hervorragenden Beweis ihrer Fähigkeiten geliefert hätten. So schnell wie möglich würde jemand nach Calais kommen, um Buker zu verhören. In der Zwischenzeit würden die Formalitäten für den Auslieferungsantrag erledigt.

»Fährst du nach Frankreich?«, fragte Emma.

Laurien schüttelte den Kopf. »Keine Zeit. Du solltest fahren, dein Französisch ist hervorragend, und nach dem Urlaub ist dein Terminkalender wahrscheinlich noch nicht so voll.«

Emma sträubte sich weniger, als Laurien es bei ihr gewohnt war.

»Ich habe die Dossiers durchgearbeitet. Warum lässt du Frits Zoon aus Sint Laurens nicht vorladen? Du suchst nicht wirklich nach dem Mörder«, sagte sie freundlich.

»Wir ermitteln in zwei Mordfällen und untersuchen dafür die Hintergründe der Opfer. Irgendwo auf diesem Weg begegnen wir dem Profil des Täters oder der Täter.«

»Du fixierst dich auf Wisse-Chemie, Laurien, und darüber vernachlässigst du das Umweltamt, die Familie Zandvliet, die Filmhochschule, den Segelclub ...«

»Die Fragen werden von Wisse-Chemie aufgeworfen, und die anderen Aspekte haben wir ausgezeichnet im Blick. Sobald wir genügend wissen, um uns von Wisse-Chemie abwenden zu können, werden wir die anderen Dinge wieder aufgreifen. Das Gift, das möglicherweise bei Wisse-Chemie hergestellt wurde, ist die Verbindung zwischen den beiden Morden.«

»Das bezweifle ich. Die Morde an Belle und Zandvliet sind nicht miteinander zu vergleichen.«

»Wirklich? Zandvliet wird dem Gift in Form einer Gaswolke ausgesetzt, und Belle wird es als Flüssigkeit zugeführt.«

»Buker kann nicht der Mörder sein, sein Alibi für Samstagabend ist hieb- und stichfest.« Emma nahm ihr Make-up-Täschchen aus der Schublade.

»Das ist möglich. Wir haben noch nicht alles sortieren können, aber Karel gibt sich größte Mühe.«

»Belle war Diabetikerin, daher ist es durchaus möglich, dass sie an diesem Abend etwas Falsches gegessen hat. Die Flasche lag im Glascontainer. Wurde dieser Container selbst untersucht, und kann es nicht sein, dass ein Passant da etwas hineingeworfen hat, das auf den Resten gelandet ist? Die Putzfrau? Buker und Wisse waren angetrunken, die waren gar nicht in der Lage, etwas zu bemerken«, meinte Emma.

»Wer sagt das? Der Taxifahrer nicht, und der Restaurantbesitzer genauso wenig. Ein kleiner Cognac setzt Männer wie Wisse und Buker nicht außer Gefecht.«

»Denk doch nur an dieses Meer von toten Fledermäusen. Wenn Belle mit demselben Gift wie Zandvliet getötet wurde, dann dürften die beiden auch nicht mehr existieren.«

»Belle wurde aber nicht mit Gas getötet, sondern durch eine Flüssigkeit.« Laurien unterdrückte einen Seufzer.

»Warum untersuchst du nicht, ob in dem Gewölbe Gas war? Zandvliet kann an eine Gasleitung gekommen sein. Es kann Jahre her sein, dass jemand den Raum betreten hat, er stößt gegen ein verrostetes Rohr, mit all den üblen Folgen, die sich daraus ergeben.« Emma nickte heftig, sie war sehr überzeugt von dem, was sie sagte.

»Du siehst es lieber, wenn ich meine Ermittlungen in eine andere

Richtung lenke. Ich werde mit Ton darüber reden, der hat die beiden Fälle begleitet.«

»Tu das, wenn du kein Vertrauen in mein Urteil hast.«

Laurien stand auf. »War sonst noch etwas?«

»Ja. Du sagtest doch, dass du Max Achterveld aufsuchen wolltest.«

»Und?«

»Ich hatte ihn eben an der Strippe. Er muss morgen mit seiner Mutter in Rotterdam ins Krankenhaus, es kann den ganzen Tag dauern. Er ist jetzt schon zu ihr unterwegs. Das erspart dir eine Fahrt.«

»So wichtig ist es nicht, aber trotzdem vielen Dank.«

Dass sie stocksauer war, weil Emma hinter ihrem Rücken Kontakt mit Achterveld aufgenommen hatte, ließ sie sich nicht anmerken.

Auf dem Vismarkt blieb sie vor dem Haus stehen. Töne aus Tiemens Klarinette wehten nach draußen, begleitet von zögerlichen Geräuschen aus Warres Saxofon. Gar nicht schlecht für jemanden, der erst seit einem halben Jahr Saxofonunterricht hatte.

Laurien pfiff, Sammy stürmte auf sie zu, schwanzwedelnd und jaulend legte sie sich auf den Rücken. Olmer zappte gelangweilt von einem Sender zum nächsten. Sie setzte sich zu ihm.

»Wenn ihr in Italien seid, gehe ich ganz bestimmt nicht vier Mal am Tag mit Sammy raus. Warre ist doch auch noch da.« Als Laurien nicht reagierte, setzte er sich aufrecht hin. »Ihr habt sie verwöhnt, so oft mit ihr auf die Straße zu gehen. Manche Hunde verfügen über eine unglaubliche Selbstbeherrschung, eine starke Blase und einen kräftigen Schließmuskel. Warum nehmt ihr sie nicht mit?«

»Es ist dein Hund.«

Ohne etwas zu sagen verschwand er auf sein Zimmer. Erst als Warre mit Nora auftauchte, kam er mit einem weniger mürrischen Gesicht nach unten. Laurien hörte Tiemen in der Küche mit ihnen reden.

Verlegen kam Nora hinter Warre ins Zimmer. Sie besaß freundliche braune Augen, leicht gewelltes Haar. Tiemen trug ein Tablett mit Gläsern, Warre den Champagner in einem Kühler.

»Nora.« Sie streckte ihre Hand aus.

»Wir haben viel von dir gehört«, sagte Laurien. Es war kein sehr sinniger Einstieg. Laurien trat einen Schritt zurück, sodass Tiemen ihr die Hand geben konnte. Doch sie hatten sich bereits in der Küche miteinander bekannt gemacht. Unbehaglich standen sie im Kreis herum.

»Ich kenne deine Eltern«, sagte Tiemen. »Sie kommen regelmäßig in meinen Laden. Du ähnelst deiner Mutter. Meine Frau und ich kennen auch deine Schwester, vor allem meine Frau.«

Er schaute Laurien schief von der Seite an. »Nora ist eine Sturm«, sagte er.

»Du hast mich schon an jemanden erinnert.«

Nora lief bis zum Hals rot an. »Das ist möglich. Christa ist meine älteste Schwester.«

Laurien hatte Mühe, nicht lauthals zu lachen. »Ich arbeite häufig mit ihr zusammen, Christa beherrscht ihr Handwerk.«

»Das sagt sie auch von Ihnen«, meinte Nora erleichtert.

Sie setzten sich, Warre nahm Nora in den Arm. Er erzählte, dass sie in Tilburg nach einer gemeinsamen Wohngelegenheit suchten, das Pendeln zwischen zwei Buden sei auch nicht das Wahre. Er schaute Laurien herausfordernd an, so als erwarte er Widerstand, doch der blieb aus. Nora kraulte Sammy.

»In diesem Haus ist der Hund der Gradmesser. Wen Sammy mag, der hat bei meiner Mutter gute Karten.«

»Woher stammt er?«

»Aus Ungarn«, sagte Tiemen, »es ist ein kleiner Hirtenhund.«

Kurze Zeit später redeten sie über Musik. Nora gehörte in Tilburg einem Studentenchor an.

»Im November singe ich in der Neuen Kirche. Möchtest du eine Karte haben?«, fragte Tiemen.

Warre zwinkerte Laurien zu. Von Verlegenheit war kaum noch etwas zu spüren.

»Das erinnert mich an deinen ersten Besuch bei mir zu Hause«, sagte Tiemen, als Warre Nora nach Hause brachte. »Du warst zunächst auch verlegen, meine Eltern benahmen sich unsäglich ungeschickt, aber trotzdem war ihnen anzumerken, dass sie mit meiner Wahl einverstanden waren. Nach der Hälfte des Abends wurdest du dann locker. Obwohl es bei uns keine Haustiere gab, also auch kein Gesprächsthema, und im Übrigen graute dir nicht nur vor Chormusik, sondern vor jeglichem, was vor den Beatles entstanden war.«

»Du warst Stones-Fan. Und hast klassische Musik geliebt. Trotzdem sind wir zusammengekommen.«

»Warre und ich haben den gleichen Geschmack. Nora ähnelt dir sogar äußerlich, klein und dunkelhaarig.«

Laurien nickte. »Das haben Männer wie Warre und du wohl nötig.«

»Sie kann bei allem mitreden.«

»Endlich eine zweite Frau im Haushalt, die Männerwelt ist durchdrungen.«

»Tja. Daran müssen wir uns erst gewöhnen ... Nora ist ein nettes Mädchen. Ähnelt sie ihrer Schwester?«

»Nein. Nora ist viel lockerer als Christa.«

Im Bett fiel ihr ein, dass sie schon wieder kein Schreibheft gekauft hatte. Warum wollte sie eigentlich schreiben? Um im Nachhinein dahinterzukommen, wie ihre Mutter wirklich gewesen war? Es war schon erschütternd, erkennen zu müssen, dass sie ihre Mutter in ihrem Wesen nicht gekannt hatte. Diese Bestürzung würden ihre Söhne auch irgendwann erleben.

Vielleicht sollte sie sich lieber Notizen zu ihrer Arbeit machen, über das Ungreifbare und letztlich Unbegreifliche eines Mordes, mochte man auch noch so viele rationale Gründe anführen. Bis zu ihrer Pensionierung mehr oder weniger Fingerübungen, und danach konnte sie dann eine Serie über die von ihr gelösten Mordfälle schreiben.

Sie hörte den Wetterbericht. Die Aussichten für morgen waren schon wieder schlecht, durchgehend bewölkt, ab und an Regen, nur der Wind sollte etwas nachlassen.

28

Auf dem Vismarkt standen bereits die ersten Besucher vor den Ständen des Antikmarktes. Sie hatte nicht daran gedacht, dass heute *Toller Donnerstag* war. Kirmes, Verkaufsstände, Markt und Antikmarkt, der Tag mit den meisten Besuchern des Jahres in Middelburg.

Nach einer Tasse Kaffe schlenderten sie an den Ständen vorbei. Laurien entdeckte einen Notenständer aus Ebenholz. Tiemen hatte bald Geburtstag. Warre war einer Meinung mit ihr, dass der Ständer gut aussah. Der Preis gefiel ihr allerdings nicht.

Als Warre und sie eine Viertelstunde später auf der Bank vor ihrem Haus saßen, kam der Verkäufer langsam auf sie zu. Sollte der Ständer vor diesem Fenster stehen? Laurien schenkte Kaffee ein. Der Mann ging mit dem Preis um ein Fünftel herunter.

Sie kraulte Sammy, die ihren Kopf zwischen ihre Beine gelegt hatte. Laurien flüsterte, sie sei ein lieber Hund und irgendwann würde Sammy ihre Polizeigehilfin werden. Der Hund legte sich auf ihre Füße und ließ sich voller Hingabe liebkosen.

Warre schmuggelte den Notenständer in dem Moment durch die Hintertür ins Haus, als Tiemen schläfrig aus der Eingangstür trat.

Das Telefon klingelte. Emma rief aus Calais an. Über die französischen Kollegen wusste sie nur Gutes zu berichten. Über das Gespräch mit Buker weniger.

»Buker gibt dir die Schuld an der Schießerei. Du hättest ihn zu sehr unter Druck gesetzt. Wegen des Labors hätte er nicht zu fliehen brauchen, dort sei nichts, das es zu verbergen gäbe.«

»Nein, im Labor selbst nicht. Hast du ihn nach dem Schacht gefragt?«

»Für einen Moment war er sprachlos, dann behauptete er, er wüsste nichts davon. Andere könnten diesen Schacht missbraucht haben.

Als ich nachhakte, wollte er mir zunächst einreden, es könnte Achterveld gewesen sein.«

»Glaubst du das?«

»Natürlich nicht. Er kapierte wohl selbst, dass er Unsinn erzählte. Deshalb schob er die Schuld auf seine Kinder. Es könnte ja sein, dass die heimlich Drogen in seinem Labor produzierten.«

»Hat der Mann noch alle Tassen im Schrank?«

»Ich fürchte, nicht.«

»Welchem Zweck dient das Labor? Ein Mann wie er richtet nicht ein professionelles Labor ein, um an einem regnerischen Samstagnachmittag den Gestank verfaulter Eier nachzubilden. Das kann er auch auf seinem Küchentisch machen.«

»Er behauptet, er wolle eine eigene Parfumserie herausbringen. Die ›Serie Belle‹.«

»Wenn wir den Schacht nicht entdeckt hätten, wäre mir das noch nicht einmal als so unwahrscheinlich erschienen.« Laurien nickte einem Passanten zu.

»Die ›Serie Belle‹. Er schwärmte von fantastischen Düften, die er produzieren wollte. Und erst in Frankreich sei ihm so richtig klargeworden, dass Belle ja gar nicht mehr existiert.«

»Hat er dir einen Grund genannt, warum Wisse gerne wollte, dass sich Belle mit ihm verlobt?«

»Du wolltest, dass ich ihn das frage.« Es knackte in der Leitung. »Buker wurde wütend, dass wäre sicher so eine tendenziöse Unterstellung von dir. Dem konnte ich nicht widersprechen.«

»Hat er denn geantwortet?« Sie ging ins Haus.

»Belle war in ihn verliebt, und das konnte er sich auch gut vorstellen, denn er besaß eine ganze Anzahl hervorragender Qualitäten, sowohl im Bett als auch sonst ...« Emma lachte leise. »Bart Wisse hält sich ja auch Freundinnen in Belles Alter. Manche Frauen lieben eben erfahrene Männer, behauptet Buker.«

»So wie manche alten und andere eher jungen Gouda-Käse mögen.«

»So ungefähr.«

»Hast du ihn gefragt, warum er eine derart gut ausgerüstete Jacht unterhält? Dient die nicht dazu, auf offener See unsaubere Produkte umzuladen? Laut Auskunft des Hafenmeisters fährt er nur alle sechs Wochen an einem Wochenende raus, ansonsten liegt das Boot nur im Hafen herum.«

»Nein, auf die Jacht selbst bin ich nicht eingegangen.«

»Wenn du noch einmal mit ihm redest, hätte ich gerne eine Antwort von ihm darauf. Haben die französischen Kollegen vor, das Boot auf den Kopf zu stellen?«

»Weiß ich nicht ... Gehst du davon aus, dass Buker Belle getötet hat?«

»Dessen bin ich mir nicht sicher, aber ich bin davon überzeugt, dass er das Labor nicht zum Spaß eingerichtet hat. Ich habe dem Geheimdienst und dem Wirtschaftskontrolldienst eine E-Mail über den Fund im Schacht geschickt. Die sollen sich mit Bukers Aktivitäten beschäftigen.«

Eine Weile blieb es still. Warre brachte ihr eine Tasse Kaffee.

»Du bekommst von mir eine E-Mail mit einem vorläufigen Protokoll des Verhörs. Gleich führe ich das zweite Gespräch, und danach gehe ich mit dem hiesigen Kommissar die formellen Einzelheiten für die Auslieferung durch. Wir sehen uns im Laufe des Tages.«

Nachdem sie das Telefonat beendet hatte, erkundigte sich Warre nach dem Stand der Dinge in den beiden Fällen. Sie lächelte nur.

»Ich verstehe ja, dass du dich nicht dazu äußern darfst.«

»Hast du denn in der Kneipe nichts von Stevi darüber gehört?«

»Leider nicht. Ich fand deine Arbeit immer unheimlich spannend.«

»Wegen der Geheimnistuerei?«

»Das hat sicherlich damit zu tun«, sagte er. »Wenn ich fertig bin, bewerbe ich mich bei der Polizei, und wenn das nicht klappt, werde ich Staatsanwalt. Das erscheint mir auch ganz gut.«

Im Büro trommelte sie das Team zusammen.

»Ist es in Ordnung, wenn ich in einer halben Stunde mit Niels zum Hausarzt gehe?«, fragte Lucas. »Es dauert auch nicht lange.«

»Natürlich.«

»Niels hat solche Angst vor Ärzten, dass Lydia nicht alleine mit ihm fertig wird.«

Jan schaute flüchtig zu Stevi hinüber. Laurien beschloss, noch vor dem Urlaub mit Emma über ihn zu sprechen. Wie diese darüber dachte, war ihr nicht klar, doch Laurien hatte keine Lust, noch viel Energie in ihn zu investieren.

Sie besprach die Ergebnisse des Verhörs in Calais.

»Mit Bukers Verhaftung sind die Morde für uns aufgeklärt«, sagte Pier. »Zandvliet hat das Labor entdeckt. Als Beweis hat er dann ein Fläschchen aus dem Labor mitgenommen. Dafür hat er mit dem Leben bezahlen müssen.«

»Und warum wurde Belle getötet?«, fragte Stevi.

»Sie gab ihm wegen eines Künstlers einen Korb, und das war mehr, als sein Ego verkraftete«, sagte Lucas.

»Emma versteht sich wirklich auf Verhöre, die wird schon ein Geständnis aus ihm herausholen«, sagte Klaas.

Willem wollte aufstehen. Er schaute Laurien an und ließ sich wieder auf seinen Stuhl fallen.

»Du denkst natürlich anders darüber.«

Sie nickte. »Das ist mir zu augenscheinlich.«

»Wer hat denn dann Belle ermordet? Betrachtest du Bart Wisse etwa als Mörder seiner eigenen Tochter?«

»Ich weiß es nicht«, sagte sie nach kurzem Zögern. »Wisse bestreitet, von Belles Schwangerschaft gewusst zu haben. Als ich ihn danach fragte, wurde er fuchsteufelswild. Im Nachhinein habe ich das Gefühl, dass er sich erneut darüber aufregte. Dass er seine Tochter getötet hat, bezweifle ich allerdings.«

»Ein jähzorniger Mensch hat sich nicht immer in der Gewalt.«

»Aber er benutzt auch kein Gift. Eine Pistole oder ein Messer sind wahrscheinlicher. In dem Fall hätte der Mord kurz nach dem

Abbruch der Schwangerschaft stattgefunden, nicht erst ein paar Wochen später.«

»Trotzdem hast du Wisse immer noch auf der Rechnung«, sagte Pier.

»Ja. Carla Beest sagte, für Bart sei Wisse-Chemie noch wichtiger gewesen als Belle. Damit komme ich nicht klar. Die Verlobung hängt mit Wisse-Chemie zusammen. Buker erpresst Bart ...«

»Bist du dir dessen sicher?« Klaas wirkte schockiert.

»Zu neunzig Prozent. Was soll Belle mit diesem Mann? Wenn sie Geld nötig hätte, könnte ich es noch verstehen, aber für sie spielte Geld keine Rolle. Es muss etwas geben, weshalb Belle sich diesen Buker aufdrängen ließ, etwas zwischen Wisse und Buker.«

»Du spekulierst. Das ist gefährlich.«

»Du warst eben bei der erzwungenen Verlobung«, meinte Klaas, als habe Stevi gar nichts gesagt.

»Wenn Belle sich in der Verlobungsfrage querlegte und das zulasten von Wisse-Chemie gehen sollte, könnte Bart in einem Anflug von Geistesverwirrung seiner Tochter durchaus etwas angetan haben. Das möchte ich jedenfalls nicht völlig ausschließen.«

Klaas öffnete den Mund, schloss ihn aber wieder.

»Stimmt denn irgendetwas nicht mit Wisse-Chemie?«, fragte Jan. »Der Laden läuft doch wie geschmiert.«

Laurien streckte beide Arme in die Luft. »Und dann haben wir immer noch unseren eifersüchtigen Freddie, der seinen Rivalen krankenhausreif geschlagen hat. Sein Opfer hat sich noch immer nicht bei uns gemeldet.«

Es blieb lange still. Mit den Fingerkuppen aneinandergelegt überlegte Laurien weiter.

»Achterveld kommt ebenfalls als Täter in Frage«, sagte Willem.

»Er hat nicht selbst gekündigt, sondern wurde dazu gezwungen.«

»Möglich. Aber warum dann erst jetzt die Tat, warum nicht direkt nach der Kündigung?«

»Buker passt sehr gut zu unserem Täterprofil, mit der Flucht als verstärkendem Faktor«, meinte Pier. »Ich weiß es nicht.«

»Verschweigst du uns nicht etwas, Laurien?«, fragte Lucas. »Welche Namen gehen dir durch den Kopf? Du siehst zwei Täter.«

»Manchmal schießen mir ein paar unzusammenhängende Gedanken durch den Kopf, lose Fetzen, nicht mehr. Sie sind noch unsortiert. Dafür müssen sie noch ein festeres Fundament bekommen. Das kommt schon noch. Sobald sie genauere Formen angenommen haben, erfahrt ihr als Erste davon.«

»Das hilft uns also auch nicht weiter«, sagte Stevi. »Ich war gestern bei dem Acker. Da war niemand. Danach habe ich noch einmal mit Wattel gesprochen. Der faselt ständig von den Schatzsuchern.«

»Schlaues Kerlchen«, sagte Laurien.

»Ein Dummkopf ist das.«

»Kommt ganz darauf an, wie man es betrachtet ... Da ist noch etwas: Der Allgemeine Nachrichten- und Sicherheitsdienst will die Ermittlungen bei Wisse-Chemie selbst durchführen, ebenso wie bei Wisse, Buker und Achterveld.«

»Was ist das denn für ein Unsinn? Daran halten wir uns doch nicht, Laurien? Wieso mischt sich der Geheimdienst da ein, schließlich sind wir es doch, die die Mordermittlungen führen, oder was glauben die?« Alle redeten durcheinander, »Nachdem wir die Morde jetzt fast aufgeklärt haben, wollen die sich mit fremden Federn schmücken. Das könnte denen so passen.«

»Wir scheren uns nicht sonderlich darum, doch es besteht die Möglichkeit, dass wir den Befehl bekommen, uns zurückzuziehen. Dann haben wir keine andere Wahl.«

»Nein? Du hältst dich dann daran, Laurien?«

»Die nicht, Pier. Die geht immer ihren eigenen Weg«, sagte Klaas.

»Wenn die Aufforderung vernünftig begründet ist, werde ich mich entsprechend verhalten. Um uns bei einem eventuellen Verbot einen Vorsprung zu erarbeiten, werden wir vorläufig all unsere Bemühungen auf das Wisse-Trio konzentrieren. Erst wenn wir die drei als Täter ausgeschlossen haben, widmen wir uns dem nächsten Trio: Ina, Carla und Freddie. Pier, besuchst du noch einmal Bart Wisse?«

»Kann Emma Buker nicht noch ein weiteres Mal in Calais verhören? Dann kommen wir schneller voran, als wenn wir auf ihn warten müssen.«

»Das ist bereits mit Emma besprochen. Karel wertet das erste Verhör aus Calais aus. Achterveld ist heute leider nicht in Serooskerke, aber umso ungestörter können wir uns deshalb mal auf seinem Gelände umschauen. Ich schlage vor, dass Lucas mich begleitet.«

»Kannst du nicht mit Hans verhandeln, ob wir einen Blick in Achtervelds Scheune werfen dürfen?«, fragte Stevi.

»Das ist einen Versuch wert.«

Mit Lucas vereinbarte sie, dass er sich so schnell wie möglich nach Serooskerke aufmachen sollte. Nach ihrem Gespräch mit Hans würde sie dann auch kommen.

Nachdem Lucas das Büro verlassen hatte, schaute Stevi Laurien böse an. »Wenn Jan sich um seinen Sohn kümmern muss, reagierst du sauer.«

»Ich glaube nicht, dir darüber Rechenschaft ablegen zu müssen«, antwortete Laurien ruhig.

»Dies war das erste Mal, dass Lucas darum gebeten hat.« Piers Stimme klang scharf. »Jan fragt nicht, sondern verschwindet oder bleibt einfach weg … Ich kapiere nicht, dass du es überhaupt wagst, das anzusprechen.«

Stevi stand auf, raffte ihre Sachen zusammen und machte sich davon.

»Sollen wir die Sitzung damit mal beenden?«, schlug Laurien vor.

Bevor sie bei Hans anklopfte, ermahnte sie sich zur Ruhe. Wenn sie aufgeregt hineinstürmte, würde er ihr schon im Vorhinein jeden Wunsch abschlagen.

Hans war in seine Papiere vertieft. So freundlich wie möglich fragte sie ihn, ob er ein paar Sekunden für sie Zeit habe – ohne zynischen Unterton, wie sie hoffte.

Er legte den Stift weg und schaute sie an.

»Nach der Entdeckung des Labors und der gefährlichen Substanzen in dem Schacht bei Buker würde ich auch gerne einen Blick in das Labor von Achterveld werfen.«

»Warum?« Er schaltete die Schreibtischlampe aus.

»Es ist nicht auszuschließen, dass auch bei ihm unzulässige Substanzen gelagert sind, und das Wohlergehen der Bevölkerung von Walcheren geht sowohl dir als auch mir über alles.«

»In der Tat.«

»Die Presse kann jeden Moment Wind davon bekommen, was wir bei Buker gefunden haben. Ich möchte die Bevölkerung und die zuständigen Stellen von vornherein beruhigen können, denn die Verbindung zwischen Buker und Achterveld ist schnell hergestellt.«

»Da hast du recht. Wir wollen natürlich jede mögliche Unruhe vermeiden. Das ist doch selbstverständlich.«

»Und auch jedes Risiko«, sagte sie mit Nachdruck.

»Was willst du von mir, Laurien.«

»Leider ist Herr Achterveld heute nicht anwesend. Wir möchten uns in seiner Scheune umschauen, nicht in seinem Wohnhaus. Herr Achterveld hat uns vorher schon seine Zusammenarbeit angeboten.«

»Was erwartest du dort denn zu finden?«, murrte Hans. »Beschäftigt sich nicht der Allgemeine Nachrichten- und Sicherheitsdienst damit?«

»Mit den Ermittlungen in den Mordfällen? Das kann ich mir nicht vorstellen.«

»Schon gut. Dann geh in die Scheune, und schau dich dort um. Aber eigentlich verstehe ich nicht, was du da zu suchen hast. Emma hat seine Genehmigungen überprüfen lassen, und die sind in Ordnung.«

29

Während sie zum Ausgang des Dienstgebäudes ging, überlegte sie sich, dass sie genauso gut mit ihrem eigenen Auto fahren und Sammy mitnehmen könnte. Daher fuhr sie mit dem Rad nach Hause. Sammy sprang begeistert ins Auto.

Zunächst fuhr sie zum Acker. Mit Sammy an der kurzen Leine lief sie um das Kartoffelfeld herum. Am umgepflügten Teil blieb sie stehen. Sie hielt Sammy die Schnauze zu, denn in Fort Rammekens hatte sie gesehen, was Gift anrichten konnte. Sie schüttelte den Kopf, um das Bild von Zandvliet loszuwerden.

Langsam ging sie weiter, an den Feldern von Achterveld und Buker vorbei, die genauso dunkel dalagen. Kein Geruch von Zwiebeln oder Porree, dessen war sie sich sicher, da sie ihre Erkältung überwunden hatte.

Nicht die verdorrten Kartoffelpflanzen hatten Zandvliet so sehr beunruhigt, es waren die zermatschten Knollen gewesen. Diese Entdeckung war fatal für ihn, möglicherweise wurde er mit dem gleichen Gift ums Leben gebracht. Es ärgerte sie, dass die Ergebnisse der Laboruntersuchungen noch eine Zeitlang auf sich warten lassen würden. Wie kam eigentlich jemand darauf, eine Kartoffelpflanze auszugraben? Wahrscheinlich musste man dafür ein Umweltfanatiker sein.

Als sie zu Achtervelds Bauernhof fuhr, begann es leicht zu nieseln. Sie stellte das Auto an einem Seitenweg in der Nähe ab. In der Ferne krächzte eine Krähe, ein Specht bearbeitete einen Baum, die Stille vibrierte. So viel Ländlichkeit machte misstrauisch.

Beim letzten Mal war ihr der große, prunkvoll angelegte Garten gar nicht aufgefallen. Jedes Beet verbreitete seine eigene Atmosphäre in Rosa, Lila oder Rot. Soweit sie das sehen konnte, hatte Unkraut hier keine Chance.

Ihr blieben noch etwa zehn Minuten, bevor sie mit Lucas rechnen konnte. Achtervelds Auto stand nicht neben dem Haus. Hatte er Hera mitgenommen? Der Hund bellte nicht. Das Ausbleiben des Bellens machte die Stille fast unheimlich. Mit Sammy an der Leine ging sie auf dem Seitenrand der Auffahrt, um den Kies nicht knirschen zu lassen. Durch drei offene Türen hindurch hatte sie volle Sicht auf die aufgeschlagene Zeitung und die leere Kaffeetasse auf dem Tisch im Salon.

Es war Zeit, auf Lucas zu warten. Sammy protestierte lautstark, als Laurien sie ins Auto sperrte und das Fenster auf der Fahrerseite einen Spalt herunterließ.

Warum brannte sie so darauf, hier zu recherchieren, und warum war sie so froh, dass Achterveld nicht anwesend war? Sie unterdrückte ihre Angst. Hätte sie gleich eine halbe Mannschaft mobilisieren sollen? War Achterveld ein Mörder? Dieser Gedanke war ihr in den letzten Tagen immer wieder gekommen. Aber warum?

Während sie Sammy durch die Windschutzscheibe beschwörend anschaute, fügten sich die Puzzlestücke zusammen. Es war nicht unmöglich, dass Achterveld Belle getötet hatte. Und hatte er ein Alibi, was Zandvliet betraf?

Gespannt schaute sie auf ihre Uhr. Lucas hätte eigentlich schon da sein müssen. Sie rief ihn an. In fünf Minuten glaubte er vor Ort zu sein. Laurien erklärte, woran sie dachte. Lucas gab einen Pfiff von sich. In der Tat, das war eine Möglichkeit.

Zur Sicherheit klingelte sie, doch niemand öffnete. Laurien lief um den Bauernhof herum. Dann ging sie zu der Scheune mit dem Labor. Sie klopfte an die Tür.

Während sie nach der Klinke griff, kam Sammy laut bellend und knurrend um die Hausecke gerannt. Die Ohren waren flach angelegt, die Haare standen ihr bis zum Schwanz zu Berge.

Die Tür gab nach. In dem Moment, als sie aufging, sprang Sammy an ihr hoch, wodurch Laurien das Gleichgewicht verlor. Von der Leiste über der Tür fiel eine kleine Flasche. Sie zerbrach auf der Erde. Ein paar Tropfen der Flüssigkeit kamen auf Sammys Fell. Hätte Sammy sie nicht umgestoßen, wäre die Flasche genau auf Laurien gefallen.

Sie rappelte sich hoch, schnappte sich Sammy und rannte weg. Erst kurz vor dem Auto wurde sie langsamer. »Gute Sammy, beste Sammy, liebe Sammy«, sagte sie ein ums andere Mal. Sie fütterte sie mit sämtlichen Hundekuchen, die sie im Auto hatte. Im Wagen warteten sie auf Lucas.

Der Regen kam von Westen und tropfte herein, das Fenster ging nicht mehr zu. Sammy hörte nicht auf, ihr Fell zu lecken.

Aus dem Auto konnte man wegen der Büsche kaum etwas von dem Bauernhof sehen. Laurien öffnete die Tür, und bevor sie selbst aussteigen konnte, war Sammy bereits hinausgesprungen und schleppte die Leine hinter sich her. Sie lief nervös hin und her, rieb sich an einem Pfahl. Laurien kraulte sie hinter den Ohren. Sie gab ihr ein Schälchen Wasser, das Sammy hastig leer schlabberte.

Sammy ließ sich fallen. Sie winselte und rollte sich im Sand, immer wilder. Das Winseln wurde zum Jaulen. Nur mühsam bekam Laurien die Leine zu fassen. Auf dem Rücken entdeckte sie feuerrote Wunden. Sammy heulte jetzt in einem fort.

Plötzlich riss sie sich los und rannte auf das Weideland, weg vom Bauernhof. Bevor Laurien es über den Zaun der Wiese geschafft hatte, sah sie etwas aufblitzen und hörte einen lauten Knall. Hinterher konnte sie nicht mehr sagen, was sie zuerst wahrgenommen hatte, das Geräusch oder das Lichtermeer, das in der Luft zerstoben war.

Von der Druckwelle wurde sie zu Boden geschleudert. In ihren Ohren rauschte es, und sie kniff die Augen zu, als weitere Blitze hochschossen. Genauso plötzlich, wie das Knallen und Blitzen gekommen war, hörte es auf.

Die Windschutzscheibe des Autos war in tausend Stücke zersprungen, ein unentwirrbares Puzzle. Es schien, als riefe sie tonlos nach Sammy, die Geräusche erreichten ihr Inneres nicht. Sie war taub.

Aus der Scheune und kurz darauf auch aus dem Wohnhaus schossen hohe Flammen empor, heiße Glut schlug ihr entgegen, das Feuer sog den Sauerstoff auf, sie musste weg, so schnell wie möglich weg von hier. Sie kroch unter dem Stacheldraht des Zauns hindurch. Am Ende der Weide sprang sie über einen Graben, geriet mit einem Fuß ins Wasser, krabbelte das Ufer hoch und rannte über die nächste Wiese.

Sammy trabte vor ihr her, die Schnauze ging auf und zu. Laurien rief sie, immer wieder, mal mit lockender, dann mit befehlender Stimme.

Ab und zu schaute sie nach hinten, die Flammen schlugen zum Himmel empor. Quer durch eine aufgescheuchte Rinderherde rannten sie vor dem Flammenmeer davon, bis Sammy umfiel und Laurien sie wieder anleinen konnte. Sammy biss in das Leder und schnappte nach Laurien, als diese sie zu beruhigen versuchte. Sie zerrte wie eine Besessene an der Leine, aus der Schnauze lief Speichel, die Augen waren wirr und wild.

So hatte sie Sammy noch nie erlebt. Die Nasenlöcher geweitet, keuchend. Die Zunge nur noch eine blutige Masse. Der Inhalt der Flasche war ihr und Lucas zugedacht, nicht Sammy. Nicht einem unschuldigen Hund.

Laurien schrie es heraus. »Sammy!« Sie setzte sich neben sie, kraulte und streichelte sie. »Ich hätte dich nicht mitnehmen dürfen. Sammy, Sammy, arme Sammy.«

Sammy keuchte, schnappte nach Luft, röchelte und sackte in sich zusammen. Sic riss die Augen auf, öffnete die Schnauze weit, um Luft zu bekommen.

Laurien hörte kein Auto kommen, sie bemerkte Lucas erst, als dieser ihr die Hand auf den Rücken legte. Sie zeigte auf ihre Ohren und schrie, Lucas solle einen Tierarzt anrufen, die Feuerwehr, die Kollegen. Lucas antwortete ihr, doch sie verstand ihn nicht.

Kurz darauf tauchte ein ganzes Meer von Blaulichtern auf. Sie winkte, der Krankenwagen sollte hierherkommen, so schnell wie möglich. Wo blieb der Krankenwagen, verdammt noch mal? Verstand man sie denn nicht? Ein Arzt, ein Tierarzt, ganz egal, irgendjemand musste ihren Hund retten.

Lucas kniete neben Sammy nieder.

»Du musst einen Arzt holen! Siehst du denn nicht, wie viel Mühe Sammy das Atmen macht?« Unentwegt streichelte sie Sammy. »Noch einen Moment durchhalten, Sammy, dann kommt Hilfe. Ich darf dich nicht verlieren. Halte durch! Du darfst nicht sterben!«

Langsam kehrte das Hörvermögen zurück, von ferne drangen wieder Wortfetzen zu ihr durch. Sie hörte Sammy jaulen, übertönt vom Geräusch lodernder und knisternder Flammen. Unter einer der Pappeln hatte ihr Auto gestanden. Wäre sie doch nur taub geblieben, dann hätte sie Sammys Jaulen nicht zu hören brauchen.

»Wo bleibt der Arzt?«

Sammy seufzte noch ein Mal und entspannte sich.

»Mein Hund ist tot! Von Achterveld umgebracht ... Einen Hund umbringen ...«

Laurien verbarg ihr Gesicht in Sammys Fell. Der Wirtschaftskontrolldienst hatte ihr gesagt, Achterveld gehe über Leichen, aber dass er auch über die Leiche ihres Hundes gehen würde, hatte sie nicht einkalkuliert.

Lucas gab die Marke von Achtervelds Auto durch. Laurien nahm von dem Sanitäter eine Decke an, die er aus dem Krankenwagen geholt hatte, und legte sie über Sammy. Man musste eine Autopsie vornehmen.

»Hast du den Hund berührt?«, fragte Gijs. Sein weißer Anzug war mit Rußpartikeln übersät.

»Ich habe sie gestreichelt, aber nicht an den Stellen, wo sie mit der Flüssigkeit in Berührung gekommen ist. Da ließ sie mich nicht ran.«

Gijs untersuchte ihre Handflächen. »Nichts Besonderes zu sehen.«

Erst als ihr einfiel, was da eventuell in die Luft gehen konnte, setzte ihr Herz für einen Moment aus.

»Entschuldige, Gijs!«

Sie sprang auf und rannte in Richtung Bauernhof. Die Zuschauer standen zu dicht beim Feuer, das möglicherweise ernstlich verunreinigt war. Sie trieb die Umstehenden zurück. Laurien schnauzte einen Feuerwehrmann an und zeigte ihren Ausweis. Wo war sein Chef? Als er nicht schnell genug reagierte, schüttelte sie ihn. Schnell! Er nahm den Schutzhelm ab und rief über die Funksprechanlage seinen Feuerwehrhauptmann herbei.

Laurien warnte vor Chemikalien. Da gebe es ein Labor. Sie zeigte ihm, wo die Scheune sein musste. Dort sei sicher das eine oder andere gelagert.

Der Feuerwehrhauptmann wollte, dass sie es noch einmal ruhig wiederholte. Laurien schnauzte ihn an, dazu sei keine Zeit. Ihr Hund sei durch ein paar Tropfen Gift getötet worden. Und wer könne wissen, was da sonst noch in der Scheune liege.

Jemand kam auf sie zu. Sein Ausweis machte deutlich, dass er vom Allgemeinen Nachrichten- und Sicherheitsdienst war.

»Sie leiten hier die Operation? Minnaar?«

»Korrekt.«

»Unser Dienst hat sich bereits mit Wisse-Chemie beschäftigt, das werden Sie inzwischen ja wohl bemerkt haben. Wir haben Sie gebeten, uns nicht in die Quere zu kommen.«

»Hier wurden Morde verübt. Mord ist mein Gebiet. Sie hätten mit mir zusammenarbeiten sollen ... Hierüber ist das letzte Wort noch nicht gesprochen.«

Ohne zu antworten oder zu grüßen stiefelte der Mann davon. Laurien ging ein paar Schritte weiter, um Tiemen anzurufen. Trotz des großen Abstands waren die Geräusche der lodernden Flammen derart laut, dass sie es drei Mal wiederholen musste, bevor er verstanden hatte, dass Sammy tot war. Er legte auf, nachdem er gesagt hatte, er käme sofort mit den Jungen.

Schweigend blieb sie neben Sammy sitzen, während Klaas und Willem Fotos machten und Christa Sturm sich zu ihr hockte.

»Tut mir leid mit deinem Hund!«

Tiemen und die Jungen kamen gerade noch rechtzeitig, um zu sehen, wie Sammy in das Auto des Technischen Dienstes gelegt wurde. Klaas und Willem würden sie in die Leichenhalle bringen.

Im Auto sprachen alle vier kein Wort. Zu Hause wartete ein leerer Hundekorb auf sie. Laurien presste ihre Fingernägel so tief wie es eben ging in die Handflächen. Aus dem Augenwinkel sah sie Olmer heulen. Sie streckte die Hand nach ihm aus. Er stieß sie weg.

Das Gewühl auf dem Vismarkt ließ sie zurückschrecken. Der *Tolle Donnerstag* hatte mehr Besucher denn je angelockt. Dieser nicht zu warme, relativ trockene Tag sorgte dafür, dass sämtliche Touristen von Walcheren in die Stadt strömten.

Tiemen schenkte ihr einen kräftigen Genever ein, doch sie nippte nur ein paar Mal daran. Sie wollte noch in die Vrijlandstraat.

30

Sie hatte ihr Büro gerade erst betreten, als Stevi ihr mitteilte, Wisse und dessen Ex-Frau seien im Haus. Sie wollten mit ihr reden. Laurien rief Pier dazu, nahm Wisse und Carla Beest in einen Raum mit etwas bequemeren Sitzgelegenheiten mit und holte eine Kanne Kaffee sowie eine Schale mit Gebäck. Die beiden sahen grau und erschöpft aus. Wahrscheinlich nicht anders als sie selbst.

»Was ist mit dem Bauernhof von Max passiert?«, fragte Bart Wisse. »Ist er …?«

»Herr Achterveld war zum Zeitpunkt der Explosion nicht zu Hause. Er war mit seiner Mutter im Krankenhaus.«

»Mit seiner Mutter? Die ist bereits vor Jahren gestorben.«

»Die Ermittlungen laufen noch.« Sie merkte, wie abweisend ihre Stimme klang.

»Das hat doch nichts mit Belles Tod zu tun?«

»Darüber können wir leider noch nichts sagen. Ich habe ein paar Fragen an Sie.«

Pier kam herein.

»Wir sind zu müde, um uns einer erneuten Vernehmung zu unterziehen.«

Laurien nahm schnell einen Schluck Kaffe, da sie sonst eine spitze Bemerkung gemacht hätte.

»Wenn wir dir behilflich sein können, tun wir das gerne«, sagte Carla nach einem Blick auf Bart.

»Danke, Carla. Herr Dingemanse fragte im Zusammenhang mit dem Gift in der Portweinflasche, wer Zugang zu Ihrem Haus am Kaai hatte … Warum wollten Sie nur in Gegenwart Ihres Anwalts darauf antworten?«

»Ich war der Meinung, Sie sollten sich um Freddie kümmern.«

»Warum verdächtigen Sie Freddie?«

»Ach ... Der war nichts für Belle.«

»Sie haben Erkundigungen über ihn eingezogen. Warum haben Sie uns nichts über diesen Vorfall mit der Hirnverletzung erzählt?«

»Sie sind doch wohl selbst dahintergekommen.«

»Wollten Sie sehen, ob wir unsere Arbeit machen?«

»Das auch.« Wisse schaute zu Boden.

»Haben Sie mit dem Opfer gesprochen?«

»Nein.«

»Aber ich«, sagte Carla. »Nachdem Bart mir berichtet hatte, Belle habe Umgang mit einem Mörder. Es war ein Unfall, an dem Freddie keine Schuld hatte. Jeder war davon ausgegangen, dass Freddie ihn gestoßen hätte, und zunächst hatte er es auch dabei belassen. Später meldete sich dann sein Gewissen.«

»Und das wussten Sie, Herr Wisse?«

Er antwortete nicht.

»Ich habe es ihm erzählt«, sagte Carla verächtlich. »Bart wusste, dass der Junge noch lebte und dass Freddie keine Schuld hatte.«

»Und wusste Belle das auch?« Gespannt schaute Laurien sie an.

»Ich habe nie mit ihr darüber gesprochen. Wenn Freddie ihr etwas zu berichten hatte, dann war das seine Sache. Belle wäre wütend geworden, wenn sie erfahren hätte, dass wir hinter ihrem Rücken Erkundigungen über ihn eingezogen hatten. Zu Recht ... Wir vereinbarten, ihr nichts davon zu sagen.« Sie schaute ihren Ex-Mann an. »Du hast also doch mit ihr darüber geredet ... Und bestimmt hast du ihr nicht alles erzählt.«

Er antwortete immer noch nicht. Laurien beobachtete Wisse und wusste plötzlich, was er getan hatte. »Sie gaben dem Jungen Geld für eine schöne Weltreise. Als er weg war, sagten sie Belle, Freddie habe ihn lebensgefährlich verletzt und dafür im Gefängnis gesessen.«

Wisse beugte den Kopf noch tiefer. »Er war keine gute Partie für Belle.«

»Bart, das ist doch nicht wahr?« Carla betrachtete ihn mit noch mehr Abscheu.

»Ich habe mich getäuscht … Ich hätte es nicht tun dürfen.«

»Du glaubst, alles mit Geld kaufen zu können, aber Freddie hat bestimmt nichts von dir annehmen wollen«, sagte Carla.

»Nein.« Er flüsterte fast.

»Ich verachte dich, Bart Wisse. Belle ermordet. Das verzeihe ich dir nie.«

»Du hast ja recht.«

»Ich schlage eine kurze Unterbrechung vor«, sagte Laurien.

Schweigend stand sie mit Pier auf dem Parkplatz. Immer wieder tauchte Sammys Bild vor ihr auf. Am liebsten hätte sie die ganze Sache jemand anderem übergeben, doch sie wusste, dass es ihr später leid tun würde.

»Wer besitzt den Code von Ihrem Haus?«, fragte Pier, als sie zehn Minuten später wieder in dem Raum saßen.

Carla hatte sich halb von Wisse abgewendet. Die Stille war geladen.

»Die Putzfrau, der Gärtner, meine Tochter und meine Freundin.« Flache Stimme.

»Könnte jemand von denen Ihre Tochter vergiftet haben wollen?«

»Warum sollten sie?« Er klang müde.

»Deine Putzfrau, der Gärtner und deine Freundin nicht«, sagte Carla Beest. »Aber was hältst du von Michel? Ein Labor in seiner Garage war doch wohl das Letzte, was du von ihm erwartet hattest.«

»Was hat das mit Belle zu tun?« Er drehte sich zu seiner Ex-Frau um.

»Belle hat Freddie gesagt, dass sie sich mit Michel verloben wollte, um dir einen Gefallen zu tun … Michel hatte dich in der Zange, sie wusste zwar nicht, warum, aber sie wollte noch dahinterkommen.« Mit ihrem schwarz gefärbten Haar und dem schwarzen Kleid mit schwarzen Spitzen an den Ärmeln wirkte sie noch blasser, als sie ohnehin schon war.

»Du redest Unsinn!«

»So, rede ich Unsinn? Mein Kind ist tot. Ich kann es immer noch nicht ganz fassen, so schlimm ist das. Nie mehr ihr Schlüssel in meinem Türschloss, nie mehr ein fröhliches ›Hallo, Carlachen‹. Wenn ich daran denke, werde ich verrückt. Und was hast du in den ersten Tagen nach ihrem Tod getan? Du hast dafür gesorgt, dass Michel und Wisse-Chemie außerhalb der Schusslinie bleiben.«

»Ich kann mir nicht vorstellen, dass Michel ihr etwas hat antun wollen.«

»Michel ist ein Engel. Schau mir in die Augen, Bart! Mit deiner ganzen Autorität hast du ohne nachzudenken Freddie die Schuld gegeben.«

»Herr Wisse«, sagte Laurien, »Sie waren über die Adressen, die wir in Bukers Labor gefunden haben, erstaunter als über das Labor selbst.«

»Ach.«

»Das war eine arge Enttäuschung für Sie. Sie hatten Buker vertraut, und plötzlich wurde Ihnen klar, dass Sie Ihre Tochter an einen unaufrichtigen Mann verkauft hatten«, sagte Pier.

Laurien wollte ihn korrigieren, die Wortwahl gefiel ihr nicht, doch dann hielt sie den Mund. Kaufen und verkaufen, diese Sprache verstand Wisse.

Wisse schaute sie etwas töricht an. »Ich habe Belle nie schaden wollen.«

»Belle ließ sich an Buker verschachern, so sehe ich das, weil es für dein Unternehmen von entscheidender Bedeutung war. Die Verlobung fand statt, um die Firma zu retten«, sagte Carla.

Lauriens Aufmerksamkeit wanderte für einen Moment zu Sammy ab. Könnten Zandvliet und Sammy noch leben, wenn Wisse mitgeholfen hätte?

»Ist das so, Herr Wisse?«, fragte Pier.

»Aus keinem anderen Grund.« Carla antwortete statt seiner. »Für Buker war Belle ein Spielzeug für seine alten Tage, und er dachte nicht daran, sie Freddie zu überlassen. Am Samstagmorgen sagte sie ihm, dass er für sie ein fieser, alter Kerl wäre und dass sie sich nur wegen ihres Vaters mit ihm verloben würde. War es nicht so?«

»Ich dachte, dass Freddie sie getötet hätte, weil sie sich mit Buker verlobte. Oder dass Zandvliet dahintersteckte.«

»Zandvliet?« Laurien und Pier schossen hoch.

»Er war kurz vor Belles Tod dahintergekommen, dass im Unternehmen auch verdammt gefährliches Zeug hergestellt wurde, wie er es nannte. Wenn ich nicht innerhalb einer Woche die Polizei informieren würde, würde er es tun.«

»Bei uns ist keine Anzeige eingegangen«, sagte Laurien. »Belle ist bereits seit mehr als einer Woche tot. Was für Spielchen treiben Sie hier, Herr Wisse?« Sie versuchte ihre Erregung zu unterdrücken.

Wisse schob ein Papier hin und her. »Ich dachte, Zandvliet saugt sich das aus den Fingern. Die Reorganisation war abgeschlossen, die Probleme waren gelöst. Es hatte wirklich den Verdacht von Unregelmäßigkeiten gegeben, aber weder der Geheimdienst noch der Wirtschaftskontrolldienst konnten den Verdacht erhärten, ich auch nicht.«

»Daher hielten Sie es also nicht für nötig, zur Polizei zu gehen.«

»Nein. Eventuelle Unregelmäßigkeiten mussten mit Achterveld verschwunden sein. Zandvliet kam mir nicht gelegen. Ich sagte, ich würde Schritte unternehmen, ließ aber offen, welche das sein würden.«

»Und welche Schritte meinten Sie?« Pier überprüfte das Diktafon.

»Ich habe mich bei seinem Chef über ihn beklagt.« Das Diktafon konnte die leise Stimme nicht erfassen.

»Würden Sie bitte lauter sprechen?«

Wisse rutschte näher an das Diktafon heran.

»Ich bin zum Dezernenten gegangen.«

»Sobald Ihnen etwas nicht passt, beschweren Sie sich«, stellte Laurien fest.

»Hättest du mal auf ihn gehört, dann könnte mein Kind noch leben.« Carla Beest klang matt.

»Zandvliet und Frau Minnaars Hund auch«, sagte Pier.

»Welche Anschuldigungen konnte der Geheimdienst nicht erhärten?«, fragte Laurien, bevor Wisse auf das Vorhergehende reagieren konnte. Sie wollte nicht, dass über Sammy geredet wurde.

»Dass von Wisse-Chemie auch Grundsubstanzen nach Irak exportiert wurden, die nicht auf den Ausfuhrgenehmigungen vermerkt waren.« Er seufzte.

»Was sagen Sie da?« Laurien stand auf. »Chemikalien nach Irak? Und das erzählen Sie so ganz frisch, fromm, fröhlich, frei? Haben Sie noch nie gehört, womit Saddam Hussein die Kurden besprüht hat? Es darf doch nicht wahr sein, dass Kurden mit den Chemikalien von Wisse-Chemie ermordet wurden. Dass Sie das nur Agenten … Das ist doch nicht wahr?!«

Sie brüllte es fast heraus. Pier zog sie zurück. Sie ließ sich auf ihren Stuhl fallen.

»Ich wusste von nichts«, sagte Wisse.

»Seit wann wussten Sie es denn dann?«, fragte Pier.

»Das kann ich nicht mehr sagen.«

»Wir kommen schon noch dahinter, Herr Wisse. Da brauchen Sie sich keine Sorgen zu machen. Sie werden Jahre Zeit haben, um in aller Ruhe und Abgeschiedenheit darüber nachzudenken. Was soll da exportiert worden sein?«, fragte Laurien.

»Thiodiglykol, eventuell auch Methylisocyanat für die Unkrautvernichtung sowie möglicherweise Phosphoroxychlorid zur Rattenbekämpfung. Thiodiglykol wird in der Textilindustrie verwendet … Alle drei Grundsubstanzen stehen für Irak auf der Verbotsliste. Der Geheimdienst ging davon aus, dass jemand geplaudert haben muss, sodass Vorsichtsmaßnahmen ergriffen werden konnten … Ich hatte nur mit Max darüber gesprochen.«

»Das hast du dem Geheimdienst natürlich nicht erzählt«, sagte Carla bitter.

»Nein. Später erklärte ich Max, dass ich ihn in Verdacht habe. Max lachte, seiner Meinung nach bräuchte ich dem Geheimdienst gegenüber nur seinen Namen zu erwähnen, dann wäre alles klar. Aber in diese Falle ging ich nicht … Sonst hätte der Geheimdienst noch gedacht, ich wüsste mehr über die Sache.«

»Und Sie zogen Buker ins Vertrauen.«

»Dummerweise ja. Er konnte sich unauffälliger unter den Mitarbeitern bewegen als ich und herausfinden, was da eigentlich los war.

Da lag vieles im Argen. Grundsubstanzen waren produziert und nach Irak exportiert worden, für die die Behörden niemals eine Ausfuhrgenehmigung erteilt hätten, aber das war ohne mein Wissen geschehen ... Du musst mir glauben, Carla.«

»Hätte ich dir nur weniger vertraut!« Ihre Gesichtszüge waren hart.

»Michel schlug vor, den Kontakt zum Geheimdienst aufrechtzuerhalten, aber Max müsse verschwinden. Er stelle eine Gefahr für den Fortbestand von Wisse-Chemie dar. Je schneller er weg sei, desto besser. Ich sah ein, dass Michel recht hatte ... Da war noch etwas ...«

Wisse schwieg.

»Was war da noch, Herr Wisse?«

»Ich hatte Belle gebeten, mal einen Blick auf Max' Bankauszüge zu werfen. Er konnte sich finanziell wirklich alles erlauben. Und ›alles‹ war viel für jemanden, der weniger verdiente als ich ... Sie stellte fest, dass sein Vermögen exorbitant war.«

»Wie gelang ihr das?«

»Auf die linke Tour.« Er schob den Kaffee von sich fort. »Du hättest es nicht besser machen können, Carla. Die Atmosphäre zwischen Max und mir wurde frostig, und ich bat Belle, zu ihm auf Distanz zu gehen. Ich bat sie, ihn nicht mehr zu treffen. Bis dahin hatte ich gedacht, dass er nur mit ihr ausging, mehr nicht.« Seine Stimme klang jetzt verbittert.

»Waren die entlassenen Mitarbeiter alle mit der Herstellung der verbotenen Produkte beschäftigt?«, fragte Pier.

»Ja«, sagte Wisse.

»Als Belohnung erhielt Michel Belle von dir.« Carla war wütend. »Oder war sie ein Teil der Abmachung zwischen dir und ihm? Er sollte herausbekommen, was im Betrieb vor sich ging, und als Belohnung winkte ihm Belle. Sie hat sich über Michel lustig gemacht, sie nannte ihn einen komischen Kauz, freundlich, aber Michel wollte mehr ...«

»Ich weiß.«

»Später nannte sie ihn ›Bibber-Buker‹, und ihr graute vor ihm. Ihr Vater als Zuhälter!«

Er schaute sie an. »Für sein Schweigen wollte er Belle. Sonst würde er zum Geheimdienst gehen. Bitte versteh mich doch, Carla!«

»Wie kannst du es wagen, mich darum zu bitten?«

»Was musste er verschweigen?«, fragte Pier.

»Die illegale Produktion. Ich dachte, dass Max dahintersteckte. Niemand nannte seinen Namen, doch alles wies darauf hin ... Als ich dann Michels geheimes Labor sah, wusste ich Bescheid. Michel war das oberste Glied dieser Produktionskette.«

Laurien zweifelte daran. Oder war Bukers Labor doch voll funktionsfähig gewesen? Sie hatte nicht den Eindruck gehabt.

»Ich bin kein Zuhälter.«

»Als was würdest du dich denn selbst bezeichnen? Du hast Belle zur Verlobung mit Michel gezwungen«, schimpfte Carla. »Du wusstest, dass Freddie und sie schon lange eine Beziehung hatten.«

»Ich brauchte etwas Zeit, um Wisse-Chemie zu verkaufen. Danach konnte Michel reden, mit wem er wollte.«

»Du hast vor nichts Respekt, Bart!«

Laurien holte tief Luft. »Warum wollten Sie, dass sie ihre Schwangerschaft abbricht?«

»Fangen Sie schon wieder damit an? Ich wusste nichts davon.« Er machte eine wegwerfende Handbewegung.

Laurien wechselte das Thema. Im Beisein seiner Ex-Frau war es ihm wahrscheinlich zu peinlich, aber sie würde darauf zurückkommen.

»Was lief an jenem Samstag auf dem Veerse Meer schief?«

»Freddie verfolgte sie. Er schrie Michel zu, er solle mit seinen schmutzigen Pfoten von seiner Freundin wegbleiben«, sagte Wisse. »Belle und Michel gerieten wegen Freddie in heftigen Streit.«

»Belle machte mit Michel Schluss, sie wollte ihre Beziehung mit Freddie nicht länger aufs Spiel setzen. Sie haben sie dann überredet, sich doch mit Michel zu verloben«, sagte Pier.

Wisse rieb sich die Stirn. »Ich bat Belle, es als ein Theaterstück zu betrachten. Entsprechend zog sie am Abend ihre Show ab. Selbst ich bin darauf hereingefallen.«

»Sie befürchten, dass Herr Buker nicht darauf hereinfiel und etwas in ihren Portwein getan hat?«

»Nein. Belle war ja die Liebenswürdigkeit in Person. Sie schlug sogar vor, sich von ihm schwängern zu lassen, wie sie es nannte. Es herrschte wieder Friede und Einigkeit.«

»Von wem stammte das Gift, Herr Wisse?«

Er streckte die Hände in die Luft. »Keine Ahnung. Wenn sich das Gift im Portwein befand, war es für mich bestimmt, nicht für mein Kind. Sie trank selten Alkohol, und Portwein schon mal gar nicht ... Auf sie kann es niemand abgesehen haben, während es in meinem Fall genügend Möglichkeiten gibt.«

»Vielleicht ein entlassener Mitarbeiter? Frits Zoon. Verdächtigen Sie ihn?«

»Das kann ich mir nicht vorstellen. Wer damals entlassen wurde, kannte den Grund.« Er nahm einen Schluck lauwarmen Kaffee. Ein alter Mann, der seine Tasse auf die Untertasse zurückstellte und nicht merkte, dass der Kaffee über den Rand schwappte.

»Und alle stimmten zu?«

»Niemand stimmte zu. Sie hatten getan, was ihnen aufgetragen worden war. Es befriedigt und befriedigte mich nicht, vielleicht war ja auch alles gar nicht wahr. Ich habe mich dann hinter die Kunden im Mittleren Osten geklemmt, die in den letzten Jahren nichts mehr von uns abgenommen haben.« Er schwieg.

»Und?«, fragte Laurien.

»Zu meiner Überraschung glaubten sie, noch immer Geschäfte mit uns zu machen. Der Briefkopf war etwas verändert. Nicht mehr Wisse-Chemie oder Wisse-Dünger, sondern Wissen-Chemie. Wissen.«

»Mit wem wickelten sie die Geschäfte ab?«

»Mit Wissen-Chemie. Keine Namen. Ich dachte, es sei Achterveld. Er lachte mich aus, lachte mir mitten ins Gesicht, bezeichnete mich als stockblind, wollte mit dem ganzen Krempel nichts mehr zu tun haben und kündigte. Ich gab ihm eine ordentliche Abfindung. Je weniger Aufsehen, desto besser für das Unternehmen.«

»Als Dank für geleistete Dienste kam Michel in die Unternehmensleitung.«

»Der gehörte mittlerweile schon dazu. Vielleicht war da auch gar nichts los, schließlich hat der Geheimdienst nichts finden können ... Es war ein Fehler von mir, mich von Michel erpressen zu lassen. Diese Feigheit hat mein Kind das Leben gekostet.«

Er ließ den Kopf in die Hände sinken. Niemand sagte etwas, niemand bewegte sich.

Nachdem sie Bart Wisse und Carla Beest zum Ausgang gebracht hatte, kam ihr Alex Boel entgegen.

»Ich habe Achterveld am Bauernhof abgefangen.«

»Gute Arbeit, Alex. Wie hat er reagiert?«

»Er brach zusammen, als er die rauchende Ruine sah. Er jammerte um Heleenchen, ihr Lebenswerk, die Erinnerungen ... Ich habe ihn sanft drängen müssen, um ihn hierher mitnehmen zu können, wie du es gewünscht hattest.«

Achtervelds Reaktion überraschte sie. Sollte sie sich doch getäuscht haben?

Kurz vor der Pressekonferenz hielt der Feuerwehrhauptmann Laurien auf.

»Die Sicherheitsmaßnahmen in Achtervelds Labor haben Walcheren und Umgebung vor einer großen Katastrophe bewahrt«, sagte er mit ernster Miene.

Laurien schnürte es die Kehle zu. Es dauerte einen Moment, ehe sie ihn fragen konnte, was er meinte.

»Da standen Giftfässer, doch glücklicherweise waren sie in einem feuersicheren Schutzraum gelagert. Wahrscheinlich hat Achterveld mit einer zu starken Hitzeentwicklung gerechnet. Oder er hat sich verrechnet, wie viel Sprengstoff er anbringen musste. Die Explosionen wurden über einen Zeitzünder ausgelöst. Dieser Zeitzünder war sehr fachmännisch mit der kleinen Flasche auf der Türleiste verbunden.«

»Was befand sich in den Fässern?«, fragte Laurien heiser. Eigentlich wollte sie es gar nicht wissen.

»Senfgas«, sagte er. »Wenn Achterveld die hemmende Wirkung der Wände berücksichtigt hätte, säßen du und ich nicht mehr hier. Durch deine Warnung vor möglichem Gift haben sich meine Männer zunächst voll auf die Scheune konzentriert und den Bauernhof abbrennen lassen.«

Er gab ihr eine Mappe mit Fotos des Zeitzünders. Entsetzt schauten sie sich an.

»Das ist ein Albtraumszenario.«

»Da hast du wohl recht«, sagte der Feuerwehrhauptmann.

»Was jetzt?«

»Ich überlasse es dem Allgemeinen Nachrichten- und Sicherheitsdienst, was der Öffentlichkeit mitgeteilt wird. Die haben den Minister informiert.«

»Und weiter?«

»Wir sind jetzt unter Leitung des Geheimdienstes mit Bukers Bauernhof beschäftigt«, sagte der Feuerwehrhauptmann. »Der hätte nicht den gleichen Trick wie Achterveld anwenden dürfen. Bukers Labor entspricht keiner einzigen Vorschrift.«

Sie informierte zunächst Pier, Lucas, Klaas und Willem, danach holte sie Hans hinzu. Walcheren war um Haaresbreite an einem Super-GAU vorbeigeschrammt. Pier wollte die Presse unterrichten, die anderen nicht. Sie sah, wie Klaas' Hände nach ein paar Minuten zu zittern begannen.

Hans und sie hielten die Pressekonferenz so kurz wie möglich ab. Der Staatsanwalt erklärte, dass die Vernehmungen noch nicht abgeschlossen seien, dass Kommissarin De Smet nach Calais gefahren sei, um einen möglichen Verdächtigen zu verhaften. Ein Auslieferungsantrag würde gestellt werden. Er machte viele Worte, um wenig sagen zu müssen.

Laurien überließ Hans das Beantworten der Fragen. Selbst Leversen und De Haas gelang es nicht, sie aus der Reserve zu locken.

Emma war aus Calais eingetroffen. Lucas und Stevi saßen in Emmas Büro. Laurien und Pier brachten sie nach dem Gespräch mit der Familie Wisse auf den neuesten Stand. Emma hatte noch nichts über die Vorgänge auf Achtervelds Bauernhof gehört. Laurien konnte darüber berichten, bis sie bei Sammy angelangt war. Da stockte sie. Lucas übernahm den restlichen Teil des Berichts. Emma fragte, ob Laurien nicht lieber nach Hause gehen wolle, sie könne ja das Verhör von Achterveld durchführen. Bei Laurien reichte es nicht einmal mehr zu Entrüstung. Sie fühlte sich schlapp, sie hatte keine Lust, sich mit Emma zu streiten.

»Ich mache das Verhör, Emma.«

»Aber wenn es dir zu viel wird, kann ich es weiterführen.«

»Die Diskussion ist abgeschlossen. Wir stehen dicht vor der Wahrheit, und das ist wichtig für Ina Zandvliet, für Carla Beest und ... für mich.«

»Und für Bart Wisse?«, fragte Lucas neugierig.

»Mit dem habe ich weniger Mitleid, auch wenn seine Tochter gestorben ist. Als ob Trauer vom Maß der Schuld abhängig sein könnte, aber so empfinde ich es nun einmal ... Hast du noch etwas bei Buker erreicht, Emma?«

»In Kenntnis dessen, was wir jetzt wissen, hätte ich ein besseres Verhör machen können.«

»Du warst also nicht erfolgreich«, stellte Laurien fest.

»Das habe ich nicht gesagt. Ich sprach ihn auf die genähte Wunde an seiner Hand an. Ein Biss von Achtervelds Hund, sagte er, nach einem Wortwechsel. Als ich nach dem Grund für den Streit fragte, zuckte er nur mit den Achseln, im Nachhinein habe es nichts zu bedeuten gehabt, er habe schon vergessen, worum es gegangen sei.«

»War das glaubhaft?«

»Er war nicht bereit, es zu erzählen ... Ich vermute, dass der Streit schon lange andauerte, Monate, vielleicht Jahre. Erst wegen geheimer Lieferungen, später eventuell auch wegen Belle.«

»Darüber würde ich mich gerne noch einmal mit ihm selbst unterhalten. Wann wird er ausgeliefert?«

»Ich denke, dass es schnell gehen wird.«

»Müssen wir nicht für ein drittes Verhör nach Calais?«

»Ich glaube nicht.«

Sie besprachen die Strategie für das Verhör von Achterveld. Zunächst sollten Pier und sie beginnen, Lucas und Stevi sollten hinter der Spiegelwand zuhören. Falls es ihnen nicht gelang, Achtervelds Widerstand zu brechen, würde Lucas Pier ablösen. Stevi war enttäuscht, dass sie schon wieder übergangen wurde.

Achterveld kreuzte die Arme und schwieg.

»Mein Anwalt kommt nicht vor morgen früh.«

»Schaffst du es nicht ohne Hilfe?«, sagte Pier. »Du bist doch ein großer Junge, der sonst auch ohne Unterstützung Schweinereien zuwege bringt. Und was für Schweinereien! Bist du nicht in der Lage, deine Meinung zu sagen? Hast du so viel zu verbergen?«

Achterveld schaute stur durch ihn hindurch. Um seinen Mund lag ein verächtlicher Zug.

»Sie dürfen eine Nacht in der Zelle verbringen«, schlug Laurien vor. »Es bedarf nur einer kurzen Fahrt, dann haben Sie eine Unterkunft für diese Nacht.«

»Danke, Frau Minnaar.«

»Ich hoffe, dass du keine einzige Nacht mehr in Freiheit verbringst«, sagte Pier.

Die Zahl der Besucher in der Stadt war zurückgegangen, doch der Trubel war kaum geringer geworden. Angetrunkene Jugendliche schaukelten durch die Straßen. Auf dem Tisch lagen Fotos von Sammy. Nora war gekommen, sie hatte einen Arm um Warre gelegt. Thomas und Lotje waren da, zusammen mit Els. Selbst Olmer war nicht auf der Kirmes.

Laurien schenkte etwas ein und leerte den Geschirrspüler. Jetzt, da Sammy nicht den Kopf auf ihre Knie legen würde, zögerte sie den Moment, sich setzen zu müssen, hinaus.

31

Auf dem Vismarkt wurden die letzten Gerüste weggeräumt, die Bürsten einer Kehrmaschine bearbeiteten die Pflastersteine. In einer Stunde würde hier nichts mehr an den Trubel des gestrigen Tages erinnern.

Zum Schlafen war sie kaum gekommen, nur widerwillig war sie aus dem Bett gestiegen, überraschend war es dann allerdings gewesen, sich neben Nora die Zähne zu putzen.

Der Wachtmeister hatte auf Achtervelds Wunsch hin dessen Anwalt anrufen müssen. Achterveld wollte ihn doch erst zu einem späteren Zeitpunkt hinzuziehen. Laurien wunderte sich darüber.

In ihrem Büro wartete ein Mann des Geheimdienstes auf sie.

»Haben Sie etwas dagegen, wenn ich der Vernehmung hinter der Spiegelwand beiwohne?«

»Keineswegs.« Sie ließ es nicht sonderlich entgegenkommend klingen.

»Bezüglich der Morde dürfen Sie ihn verhören. Den Rest überlassen Sie uns.«

»Alles hängt miteinander zusammen.«

»Sie kennen Ihren Spielraum. Über den Export nach Irak vernehmen wir ihn.«

Pier saß bereits in der Kantine. Er schaute sie prüfend an. »Geht's einigermaßen?«

»Ja, wenn ich mir vorstelle, welcher Gefahr Walcheren entronnen ist.«

»Und was Sammy betrifft?«

»Vor einem Jahr hätte ich noch nicht gedacht, dass ich wegen eines

Hundes einmal derartige Trauer empfinden könnte. Wir alle … Gut, dass ich arbeiten muss.«

»Dein letzter Tag vor dem Urlaub, Laurien. Schaffen wir es heute?«

»Wir müssen.«

»Emma will die Sache von dir übernehmen … Entschuldige, war nur ein Scherz.«

»Ich habe heute Nacht noch einmal nachgedacht. Was haben wir zwar gesehen, aber nicht verstanden?«

Pier spießte ein verirrtes Apfelstückchen auf. »Sollte Wisse seine Tochter ermordet haben? Eine tote Tochter bedeutete keine Bedrohung für sein Unternehmen, eine lebende umso mehr.«

»Nein.« Sie schob den Stuhl zurück.

»Buker? Aber der konnte kein Interesse an Belles Tod haben.«

»Der ist nicht umsonst mit seinem Boot abgehauen.«

»Er ist geflohen, weil wir seinem Geheimlabor zu nahe kamen.«

»Belle wurde umgebracht. War das Gift für sie bestimmt? Wer füllte es in die Flasche? Ein paar Tage später wird auch Zandvliet vergiftet. Der erste Mord war durchdacht und nahezu zartfühlend, der zweite war gewalttätig. Das weist auf einen anderen Täter hin. Aber angenommen, der Mörder geriet in Panik und ging deshalb so brutal vor, dann könnte es sich doch um denselben Täter handeln …«

»Oder der Mörder geht beim zweiten Mal bewusst gewalttätiger vor, um uns irrezuführen … Welche Verbindung gibt es zwischen Zandvliet und Belle?«

»Warum wurden beide mit Gift umgebracht?«, fragte Laurien. Sie massierte mit den Zeigefingern ihre Schläfen. »Weil das Gift leichter verfügbar ist, unproblematischer als eine Pistole. Das scheint mir der nächstliegende Grund zu sein.«

Lucas setzte sich zu ihnen. »Niels hat eine Lungenentzündung bekommen. Ich habe mich die ganze Nacht um ihn kümmern müssen.«

»Maatje war als Kind auch oft krank. Jetzt nicht mehr, selbst wenn sie häufig behauptet, dass sie Herzbeschwerden hat.«

»Das ist typisch für Patienten mit Down-Syndrom.«

»Sie macht nur deine Mutter nach«, sagte Pier.

»Maatje kompensiert ihre geringere Intelligenz durch Schläue. Die Menschen in ihrer Umgebung betrachtet sie als ihre Dienerschaft.«

»Die meisten Leute um sie herum lassen alles für sie stehen und liegen.«

»Außer Olmer«, sagte Pier.

»Nein, der nicht.«

»Wenn dein Niels es so lange schafft wie Maatje«, sagte Pier, »hat er später weniger Stress als deine Tochter.«

»Ein schwacher Trost«, sagte Lucas.

Laurien holte ihren Terminkalender heraus. Sie vereinbarten einen Sonntag Ende September: Lucas sollte mit Frau und Kindern auf ein Glas Wein zum Vismarkt kommen. Pier lud sich selbst dazu ein. Er war Lauriens drittes Kind, ihr Sorgenkind.

Klaas kam mit dem vorläufigen Bericht zu dem Gewölbe in Fort Rammekens herein. Es fand sich nichts darin, das nicht schon bekannt war, außer dass über eintausendneunhundert tote Fledermäuse gezählt worden waren und die Naturschutzbehörde dies als großen Verlust bezeichnet hatte.

»Zandvliet oder die Fledermäuse?«

»Die Fledermäuse«, sagte Klaas unbeirrt. »Bei dem Gift handelt es sich wahrscheinlich auch um Methylisocyanat. Während der Untersuchungen hing uns ständig der Allgemeine Nachrichten- und Sicherheitsdienst im Nacken. Die haben den Ernst der Lage jetzt wohl auch erfasst. Ich habe gesehen, wie gleich mehrere Leute auf dem Acker herumgewühlt haben. Der Geheimdienst hat das Gebiet abgesperrt. Einer von denen erzählte mir, dass sie vor einer Woche nichts gefunden hätten, jetzt aber tiefer buddeln wollten.«

»Dann lasst uns jetzt mal Achterveld vernehmen. Ist Stevi da?« Pier schob den leeren Teller weg.

»Nein«, sagte Klaas. »Ich war eben noch in der Kantine. Willem hat doch kürzlich in der Kneipe mit jemandem über Wisse-Chemie gesprochen.«

»Ich erinnere mich.«

»Der Mann ist Taxifahrer. Er hat gestern Willem angerufen und ihm gesagt, er hätte vielleicht etwas Interessantes für ihn. Willem hat ihn hierherkommen lassen.«

»Und dann unterhält er sich in der Kantine mit ihm?«

»Willem befürchtete, dass ihn ein Vernehmungszimmer abschrecken könnte, auch wenn er dem Ganzen einen offiziellen Anstrich geben wollte. Deshalb hat er sich mit ihm nicht in der Kneipe verabredet. Manchmal ist er klüger, als du denkst.«

»Worum handelt es sich?«

»Um einen Streit in seinem Taxi.«

»Wenn es wichtig ist, werden wir es ja erfahren.« Laurien schaute auf die Uhr. »Sollen wir auf Stevi warten?«

»Das können wir uns sparen, sie weiß doch, wo sie hinmuss«, sagte Pier. Plötzlich hatte Laurien es eilig. Es wäre gut, die Fälle heute noch unter Dach und Fach zu bringen.

Emma rief an. Buker war bereits auf dem Weg nach Middelburg. Manchmal arbeitete der internationale Justizapparat schneller als erwartet.

Den Notizen des Wachtmeisters entnahm sie, dass Achterveld um eine Schlaftablette gebeten hatte. Er hatte die Kleider über den Stuhl gehängt und sich schlafen gelegt.

Achterveld gab ihr und Pier die Hand. Lässig band er sich den Pullover um den Hals. Sie musste sich beherrschen, ihn nicht anzufahren, daher fragte sie ihn überfreundlich, ob er gut geschlafen habe.

»Dank der pharmazeutischen Industrie.« Er lächelte.

»Ihr Hund wurde ins Tierheim gebracht.«

In seinem Gesicht flackerte Interesse auf. »Ich werde sie gleich abholen.«

»Kann das nicht jemand anderes für Sie erledigen? Vorläufig sind Sie unser Gast.«

»Ach, ja? Habe ich etwas verbrochen?«

Laurien antwortete nicht.

»Ich kann meine Schwester bitten, Hera abzuholen.«

»Wenn Sie uns ihre Nummer geben, rufen wir sie an.« Sie drückte auf die Taste des Diktafons. »Für wen war die Flasche auf der Leiste bestimmt?«

»Welche Flasche, welche Leiste? Oh, Sie meinen meine kleine Alarmanlage in der Scheune. Wenn ich weggehe und Hera mitnehme, sorge ich dafür, dass niemand ungestraft meine Scheune betritt.«

»Und dafür benutzen Sie eine Flasche mit tödlichem Gift.«

»Nur wer dort nichts zu suchen hat, handelt sich Ärger mit der Flasche ein. Der Richter wird es als Notwehr einstufen. Meine Putzfrau und der Gärtner wissen, dass sie in der Scheune nichts zu suchen haben und dass Ungehorsam bestraft wird.« Er kniff die Augen zusammen und beließ es bei dieser Antwort.

»Sie haben dort nicht nur die Flasche deponiert, sondern auch noch eine zweite Vorsichtsmaßnahme getroffen.«

»Was denn?« Achterveld rutschte auf dem unbequemen Stuhl hin und her.

»Sie haben einen Zeitzünder installiert, der für eine Explosion sorgte, nachdem die Tür geöffnet worden war.«

»Wie kommen Sie darauf?«

»Der Brand ist in der Scheune entstanden.«

»Warum sollte ich mein Eigentum zerstören wollen, Frau Minnaar?«

»Um zu verbergen, was Polizei und Justiz nicht wissen dürfen.« Sie öffnete die vor ihr liegende Mappe, ließ Achterveld jedoch nichts sehen.

»Wie wollen Sie das Gericht denn davon überzeugen, dass Sie keine Zigarette in die Nähe der Flüssigkeit geworfen haben?«

»Ich rauche nicht.«

»Dann eben ein Streichholz, aus Wut über den Schreck. Die Flasche gebe ich zu, den Rest nicht.«

»Die Feuerwehr fand das hier in den schwelenden Resten der Scheune.« Laurien nahm ein Papier mit einem Foto des versengten Zeitzünders aus der Mappe. »Leugnen lohnt nicht, Herr Achterveld.«

»Ich weiß nicht, worauf Sie hinauswollen.«

»Wir haben nicht den ganzen Tag Zeit«, sagte Pier. »Wen hast du in der Scheune erwartet? Wisse? Buker?«

»Wisse nicht, der würde meine Scheune nicht betreten. Der versteht etwas von Geschäften, nicht von Chemie.«

Laurien sprang fast von ihrem Stuhl. Jetzt langsam die Daumenschrauben anziehen. »Herrn Buker dann?«

»Was ist mit ihm?«

»Sie hofften, dass er kommt. Sie sind ein Konkurrent von ihm.«

»Von Buker? Sie glauben doch wohl nicht im Ernst, dass der sich mit mir messen kann?« Er bückte sich, um eine Fussel von der Hose zu fegen. Sie hatte vollen Blick auf sein dichtes Haupthaar.

»Haben Sie am Samstagabend Hera auf Buker gehetzt?«

»Buker beschuldigte mich des Mordes an Belle. Er wollte sich mit mir prügeln, und das gefiel Hera nicht. Sie hat ihn zur Räson gebracht.«

»Worum drehte sich der Streit?«

»Streit ist zu viel gesagt. Meinungsverschiedenheit.«

»Weswegen.«

»Es gibt wirklich nichts, bei dem wir einer Meinung sind. Nicht, was den Kurs von Wisse-Chemie betrifft, den Führungsstil in einem Unternehmen oder seine Beziehung mit Belle ... Buker verfügt über eine gewisse Bauernschläue, aber das hat nichts mit Intelligenz zu tun.«

»Wie meinen Sie das?«

»Er ist nicht imstande, weiter zu blicken als bis zu dem, was er oberflächlich wahrnimmt. Er behauptete, ich hätte geschummelt, und dabei hat er sich nicht gefragt, wie das in Gottes Namen bei all den staatlichen Kontrollen vonstatten gehen sollte. Er war eifersüchtig auf mich, eifersüchtig wegen meines Umgangs mit Belle.«

»Und du? Warst du auf Buker eifersüchtig?« Pier presste die Lippen aufeinander.

»Warum sollte ich?«

»Er hat sich mit Belle verlobt.«

»Du konntest Belle nicht kriegen«, sagte Pier. »Deshalb hast du sie getötet.«

Achterveld zog die Mundwinkel hoch, als täte er sein Bestes, um den Witz darin zu erkennen.

»Du hast Belle nicht getötet?«, insistierte Pier.

»Warum hätte ich das tun sollen?«

»Wegen ihrer Beziehung mit Buker.«

Er lachte und warf den Kopf in den Nacken. »Glauben Sie das wirklich? Die einzige, für die ich einen Mord begangen hätte, war meine Frau. Sie war meine große Liebe.«

»Ich habe gehört, dass sie an einer Lungenkrankheit gestorben ist.«

»Heleen war schwer asthmatisch.«

»Ist sie erstickt?«, fragte Laurien.

»Wollen Sie den Namen des Hausarztes?«

»Gerne, und den Todestag.«

»Hartog. 18. November 1994, um drei Minuten nach sieben. Der November war immer ein schlimmer Monat. Wenn möglich, fuhren wir dann ein paar Wochen in die Berge, die dünne Luft tat ihr gut. In dem Jahr erlaubte es mir meine Arbeit nicht, und sie wollte nicht alleine reisen … Nach all den Jahren ist sie immer noch jemand aus einem schönen Traum, aus dem man am liebsten nicht aufwachen möchte.«

Er legte den Stift, mit dem er sich ein paar Notizen gemacht hatte, gerade vor sich hin. Parallel zum oberen Rand des Papiers.

»Ich bin sofort wieder zurück«, sagte Laurien zu Pier.

Draußen im Flur rief sie den Hausarzt an. Hartog erinnerte sich an Heleen Achterveld. Er holte die Unterlagen.

»Sie starb während eines Asthmaanfalls. Es war der erste und letzte Anfall, den sie auf Walcheren hatte. Die Seeluft hat ihr jahrelang gutgetan.«

»Sind Sie sich Ihrer Diagnose ganz sicher?«

»Absolut. Aus den Unterlagen meines Vorgängers ging hervor, dass sie große Schwierigkeiten mit Asthma hatte, und sie war in spezieller Behandlung, sie nahm ständig Medikamente.«

»Haben Sie sich nie gefragt, ob es auch etwas anderes hätte sein können?«

»Nein. Da der Tod so unerwartet eingetreten ist, wurde eine Autopsie vorgenommen.«

Lucas kam zu ihr. Heleen Achterveld war eingeäschert worden, die Asche verstreut. Sie gingen zurück in Richtung des Vernehmungszimmers.

»War das damals der erste Asthmaanfall Ihrer Frau auf Walcheren, Herr Achterveld?«

»Was unterstellen Sie mir? Ich habe meine Frau geliebt, warum sollte ich sie getötet haben?«

Er faltete die Hände.

»Und du bastelst in deinem Privatlabor nur so ein bisschen herum?«, fragte Pier.

»Wie kommen Sie darauf?

Flache Stimme, zusammengekniffene Augen. Der Wirtschaftskontrolldienst hatte recht, Achterveld war gefährlich.

»Warum hast du deinen Job bei Wisse-Chemie aufgegeben?«

»Immer dieser Ärger mit unzufriedenen Mitarbeitern, Spannungen mit dem Aufsichtsrat.«

»Das ist doch nichts Ungewöhnliches.«

»Den Rest gab mir diese sinnlose Reorganisation, die auf Bukers Mist gewachsen war. Da wurden Mitarbeiter kurz vor der Rente einfach auf die Straße gesetzt.«

»Man hat Sie entlassen, Herr Achterveld.«

»Wie kommen Sie denn darauf, Frau Minnaar? Einen Achterveld entlässt man nicht, der geht von selbst. Fragen Sie doch Wisse.« Er erhob sich halb.

»Sie wurden zur Kündigung gezwungen.«

»Niemand zwingt einen Achterveld.«

»Außer wenn er bei unsauberen Dingen erwischt wird.«

»Ich sagte Ihnen doch, dieser Buker ist ein niederträchtiger Kerl.« Er ließ sich wieder auf den Stuhl fallen. »Buker streute falsche Gerüchte, weil er meinen Sessel haben wollte. Ehrgeiz ohne entsprechende Qualifikation. Er wollte Wisse ablösen, und er wollte Belle. So viel Dummheit ertrage ich nicht. Unter seiner Leitung wird das Unternehmen zugrunde gehen. Das wollte ich nicht miterleben.«

»Vor allem Wisse wollte Sie loswerden.«

»Buker muss Bart die scheußlichsten Dinge eingeredet haben. Ich durfte selbst Belle nicht mehr sehen. Wir haben uns nicht darum gekümmert ... Belle war ein liebes Mädchen. Sie hatte etwas von meiner Frau, dieses Entwaffnende, den guten Geschmack.«

Sie schaute ihn scharf an. Er schlug die Augen nieder.

»Wenn Sie nicht selbst den Hut nähmen, wollte er zur Polizei gehen. Er hatte die Nase voll. Ein einziges Wort zum Geheimdienst, und Sie hätten den Rest Ihres Lebens hinter Gittern verbracht.«

Achterveld lachte. »Sie schenken den falschen Leuten Ihr Ohr.«

»Wenn man dahintergekommen wäre, welche Rolle Sie gespielt haben, hätte das Unternehmen gewaltige Strafen zahlen müssen. Wisse wollte die negativen Dinge intern regeln. Er gab Ihnen sogar eine hohe Abfindung.«

»Rufen Sie doch beim Allgemeinen Nachrichten- und Sicherheitsdienst an, dann werden Sie etwas anderes über mich hören.«

»Wirklich? Als Sie in Irak wohnten, haben Sie sich dort für den Geheimdienst umgeschaut. Der ging davon aus, dass Sie ausschließlich für Wisse-Chemie arbeiten und nicht für sich selbst.«

»Wie kommen Sie denn darauf? Wir verkaufen weltweit Pflanzenschutzmittel und Grundsubstanzen für die Herstellung von Kunstdünger, Textilien und Farben ... Unschuldiger und gesellschaftlich nützlicher geht es doch fast nicht ... Dank der Hilfe unseres Unternehmens gibt es weniger Hunger in der Welt, weil auf den Feldern jetzt ein höherer Ertrag pro Hektar erzielt wird.«

»Ja, aber Sie haben zwischen diesen schönen Dingen noch andere Produkte versteckt, und die waren in Irak begehrt. Ein Regierungsvertreter machte Ihnen einen Vorschlag, den Sie nicht zurückweisen konnten, wenn Sie nicht Dieb Ihrer eigenen Privatschatulle sein wollten.«

Laurien massierte ihren Hals, um wach zu bleiben. Ihr Kopf war vor Müdigkeit schwer. Der Mann ihnen gegenüber saß stocksteif.

»Sie suchten sich ein paar vertrauenswürdige Mitarbeiter«, fuhr Laurien fort, »die nichts dagegen hatten, etwas nebenbei zu verdienen. Zum Beispiel Frits Zoon. ›Made in Holland‹ und ›Grüße aus Vlissingen‹, und Sie bekamen eine Karte mit Bauchtänzerinnen darauf zurück. Jeder war zufrieden. Bis sich die CIA einschaltete und der Wirtschaftskontrolldienst in Vlissingen zu schnüffeln begann.«

»Sie haben eine blühende Fantasie.«

»Ihr Chef war so unschuldig wie ein neugeborenes Lamm. Aber die Leute aus Den Haag rieten ihm an, noch mal gründlich über Unregelmäßigkeiten nachzudenken. Wisse lief eine Nacht lang unruhig auf und ab, steckte dann seine Nase in die Unterlagen seiner Mitarbeiter und blieb bei Ihnen hängen. Sie schwiegen ganz geheimnisvoll.«

»Ach, ach.«

»Wisse setzte die schöne Belle auf Sie an. Einem waschechten Zeeland-Mädchen konnten Sie nicht widerstehen. Vielleicht erhöhte der Papa ja auch ihre Apanage, wenn sie Sie mit halb oder ganz entblößter Brust verrückt machte ... Während Sie noch ein Glas Champagner einschenkten, beschäftigte sich Belle mit Ihren Bankauszügen und notierte sich ein paar Beträge, bei deren Anblick es Papa Wisse fast umhaute.«

Achterveld lächelte. »Ach, ach.«

»Wisse wusste, was Sie verdienten. Immer weniger als er, doch danach sah es nicht aus. Die Wirtschaftsprüfer fanden heraus, dass Sie Bankkonten in der Schweiz hatten, auf denen sich unglaubliche Beträge befanden. Führte Wisse nicht ein Gespräch mit Ihnen?«

»Wenn Sie alles so genau wissen, kennen Sie meine Antwort.«

»Sie zeigten sich ob so großen Misstrauens schwer beleidigt, schließlich hatten Sie ja eine gewaltige Erbschaft von einem entfernten Großonkel aus den USA gemacht. Doch mit dem heißen Atem des Wirtschaftskontrolldienstes im Nacken grub Wisse weiter, er stieß auf Mitarbeiter im Unternehmen, mit denen Sie häufiger gemeinsam die Pause verbrachten als mit anderen.«

»Liebe Frau Minnaar, wir verfügen über eine Kantine. Es ist doch wohl nicht verboten, sich unter das Personal zu mischen.«

Laurien hörte das Scharren von Füßen auf dem Flur. Ton Manshoofd schaute durch das kleine Fenster.

»Wisse schaltete Buker ein und versprach ihm den Aufstieg im Unternehmen, falls er herausfand, was für ein Spiel Sie da spielten. Als Bonus sollte er Belle bekommen. Buker blies zur Jagd.«

»Sie können schön Geschichten erzählen.«

»Nein, jemand packte Buker gegenüber aus.« Das Gesicht des Hauptkommissars verschwand wieder. Sie sah die Umrisse eines anderen Gesichts.

»Buker? Der ist allgemein unbeliebt. Er war in Belle verknallt, und um sie zu bekommen, hätte er jeden falsch aussagen lassen … Ein geschickter Manipulator ist das, ein unausstehlicher Kerl mit seinen Maßanzügen, aber gleichzeitig ein gefährlicher Bursche. Er versuchte, mich zu erpressen. Mich.«

»Ist es ihm nicht gelungen?«, fragte Pier.

»Ich bitte Sie, bei mir gab es doch nichts zu verbergen. Das wusste nicht jeder im Betrieb. Er setzte Arbeiter unter Druck. Die erzählten dann, was er hören wollte, und zur Belohnung bekamen sie einen Betrag, der ihr Jahreseinkommen übertraf. Mich hat es nicht beeindruckt«, sagte Achterveld verächtlich.

»Wirklich?« Pier spielte mit seinem Kugelschreiber.

»Das stimmte alles nicht.« Achterveld legte die Fingerspitzen aneinander. »Buker machte sich lieb Kind bei den Amerikanern. Die wollen unsere Produkte übernehmen. Um des lieben Friedens willen bestimmte Produkte aus dem Handel heraushalten. Wer glaubt das denn?«

»Sie fühlten sich nicht schuldig wegen Ihrer Lieferungen? Die dienten dazu, Senfgas herzustellen, Herr Achterveld. Unschuldige Frauen, Kinder und alte Menschen wurden damit ermordet.«

»Ich habe in Irak spindeldürre ausgehungerte Kinder gesehen. Bush ging es nicht um arme Kinderchen und alte Opas, dem ging und geht es ums Öl, und dafür geht er über Leichen. Ich habe lediglich Grundsubstanzen für Kunstdünger verkauft.«

»Uns kommen die Tränen, Herr Achterveld, aber Sie haben kein Schiff mit Getreide geschickt!« Pier schlug mit der Faust auf den Tisch.

»Mir wurde garantiert, dass das Methylisocyanat ausschließlich für Kunstdünger verwendet werden würde. Unmissverständliche Garantien. Ich bin doch nicht blöd. Schriftliche Garantien, Herr Dingemanse!«

»Buker und Wisse kamen dahinter, was und an wen Sie lieferten.«

»Buker wollte auf meine Kosten Karriere machen. Recherchieren Sie mal richtig, dann werden Sie erfahren, dass nicht ich, sondern Buker diese gefährlichen Grundsubstanzen in Länder des Mittleren Ostens verkauft. Er operiert unter dem Namen Wissen-Chemie, mit einem N dazwischen. Fragen Sie ihn doch mal nach seinem Boot, der *Grootvader*. Das hat er nicht für eine Spazierfahrt im Mondschein bauen lassen.«

Achterveld lachte hohl und schob den Stuhl nach hinten.

»Er hat Ihren Trick übernommen.«

»Sind Sie noch ganz bei Trost? Ohne die Genehmigungen einzuholen und ohne jegliche Kontrolle hat er ein großes Labor in seinem Haus einrichten lassen. Das würde ich nie tun.« Er zeigte sein braves Gesicht.

»Hat er es Ihnen gezeigt?«

»Ach, jemand wie Buker kann schlecht den Mund halten. Er wollte eine eigene Parfum-Serie kreieren, aber selbst das schaffte er nicht … Er hat viel in seine Garage investiert.«

»Er suchte nach einer Möglichkeit, die Unkosten wieder hereinzuholen, und nahm sich Sie als Vorbild. Er kam dahinter, was Sie im Unternehmen produzieren ließen und woher der Wind wehte.«

»Er erschien im falschen Moment. Er riet mehr, als dass er wirklich etwas gewusst hätte, aber das wurde mir zu spät klar.«

Pier lachte geringschätzig. »Da hast du Pech gehabt.«

»Das hatte ich. Heute glaube ich, dass er bereits seit Längerem unter dem Namen Wissen-Chemie exportierte, allerdings in geringerem Umfang für kleine Abnehmer von Wisse-Chemie. Irgendwelche ungefährlichen Pflanzenschutzmittel. Er wollte meine Produktion übernehmen und begann, meine Stoffe zu Hause herzustellen. Er hatte Angst, entdeckt zu werden.«

»Lebensgefährlich«, murmelte Laurien.

»Ich habe ihn gewarnt, aber er ist von seinem Können überzeugt. Das zeugt von seinem Unvermögen und seiner Unwissenheit.«

»Es blieb bei der Warnung?«

»Ich war nicht in der Position, ihm etwas verbieten zu können. Buker ist ein niederträchtiger Kerl. Vor ein paar Monaten kam er zu mir. Im Tausch gegen Belle und einschlägige Adressen wollte er Wisse gegenüber meine Exportgeschichten verschweigen. Ich sagte ihm, dass er mir gestohlen bleiben kann. Er lief zu Papa Wisse und erzählte ihm brühwarm, dass Achterveld böse Dinge tut. Damit kam der Ball ins Rollen.«

»Was teilte Buker Wisse mit?«

»Wenn die Iraker zu diesem und jenem imstande wären und außerdem noch das eine oder andere tun und dann meine Substanz benutzen würden, dann könnten sie möglicherweise mit sehr viel Glück eines schlechten Tages etwas total Verkehrtes zusammenbrauen. Und damit würden wir unsere guten Beziehungen zu den Amerikanern aufs Spiel setzen.«

»Und das entsprach der Wahrheit?«

»Nein, natürlich nicht. Das war Geschwätz, mit dem man einen Angsthasen beeindrucken konnte. Wisse wollte, dass ich damit aufhöre. Buker stand daneben und nickte. Er schlug vor, dass sie schweigen würden, wenn ich die Produktion einstellen und ihnen als Entschädigung einen Teil meines Gewinns geben würde.«

»Und keine Polizei oder Anklage?«

Im Vernehmungszimmer war es warm, doch das Fenster durfte nicht geöffnet werden.

»Warum hätte ich einen Teil des Gewinns abgeben sollen? Wisse würde nicht zum Geheimdienst marschieren. Das hätte ihn sein Unternehmen gekostet.«

»Bei Buker waren Sie sich nicht so sicher.«

Laurien presste ihre Hände in die Hüfte und streckte den Rücken. Am liebsten hätte sie in das aalglatte Gesicht ihr gegenüber geschlagen. Er hatte Sammy getötet, und kein Gericht würde ihn deshalb zu einer angemessenen Strafe verurteilen. Sie durfte ihren Abscheu nicht zeigen, auf der anderen Seite des Spiegels wurde sie genau beobachtet.

»Bei Buker klingelte die Kasse. Er zwang mich, Adressen herauszurücken, sonst wollte er mich anzeigen ... In seinen Faxen finden Sie zweifelsohne codierte Adressen aus Libyen, Nord-Korea, Pakistan, Iran ... Die hat er alle von mir.«

»Das sind aber komische Adressen. Ich würde sie nie benutzen«, sagte Laurien. Sie blätterte im Dossier und las ein paar vor.

»Sie sind schlauer, als Sie aussehen.« Er lachte schallend. »Adressen von Geheimdiensten. Über meine Kontakte erfahre ich, was er anbietet. Stoffe zur biologischen Kriegführung, und nicht wie ich die besten Grundsubstanzen für Kunstdünger. Zu meiner Verblüffung klagten ihn die Geheimdienste nicht an, sondern gingen darauf ein.«

»Wenn Sie das gewusst hätten, hätten Sie die Adressen nicht herausgerückt.«

Sie wusste mit Sicherheit, dass Ton zusammen mit dem Mann vom Allgemeinen Nachrichten- und Sicherheitsdienst im Nebenraum saß. Sie zwinkerte zu dem verspiegelten Fenster hinüber.

»Frau Minnaar, ich liefere keine gefährlichen Stoffe.« Er grinste. »Mit den Angeboten war Buker erfolgreich, mit der Produktion wohl weniger, denn er schlug vor, dass wir zusammenarbeiten. Vor Wut lief er rot an, als ich ihm sagte, dass ich nur die Besten für mich arbeiten lassen würde. So richtig giftig wurde er aber erst, als er im

Hinausgehen Belles Jacke an meiner Garderobe hängen sah. Buker verlangte, dass ich sie ihm überlasse.«

»Hatte Belle selbst denn auch noch etwas zu sagen?«

Bei jedem Wort musste sie sich zwingen, freundlich zu bleiben.

»Nein, aber ihr Vater verbot ihr jeden weiteren Umgang mit mir.« Er breitete die Arme weit aus. »Was sollte sie machen?«

»Hat ihr Vater sie zu der Abtreibung gezwungen?«

»Das wissen Sie auch schon?« Er wirkte überrascht. »Das werde ich ihm mein Leben lang nicht verzeihen. Meine Frau und ich blieben kinderlos.«

»Und Sie schwängerten Belle?«

»In der Tat. Als Buker ihre Regenjacke sah, hatte sie mir gerade erzählt, dass sie die Abtreibung hatte vornehmen lassen. Aufgrund von Bukers Fabelei wollte Bart kein Enkelkind von mir haben.«

»Sie nahmen es Belle übel, dass sie es hat abtreiben lassen?«

»Sie hätte wenigstens mit mir darüber reden können.«

»Und da warst du so wütend, dass Belle deiner Frau folgen musste«, sagte Pier.

»Eine unqualifizierte Bemerkung, mein Herr! Ich hätte Belle nie etwas antun können.«

»Aber deiner Frau.«

»Jetzt gehen Sie zu weit, Herr Dingemanse!« Seine Augen sprühten Feuer.

»Was sagte Wisse dazu, dass Sie Ihren Gewinn nicht teilen wollten?«, fragte Laurien.

Sie legte den Stift auf den Tisch. Es schien so, als wolle Achterveld mitarbeiten, doch bis jetzt hatte er nur zugegeben, was sie ohnehin wussten. Dennoch zappelte er schon am Haken: Sie mussten ihn langsam heranziehen, bevor er ihnen entwischen konnte.

»Bart wollte keinen Anteil vom Gewinn, das war Bukers unsinnige Idee. Keinen Hinweis auf die heimlichen Irak-Lieferungen. Stellen Sie sich vor, jemand hätte von dem Bankkonto erfahren, oder noch schlimmer, ich würde das Geld auf das Firmenkonto überweisen. Nein, Wisses Name und der des Unternehmens mussten sauber bleiben.«

»Er entließ die beteiligten Mitarbeiter unter Ausflüchten und hielt Belle von dir fern. Du hast dich nicht einfach so vor die Tür setzen lassen. Du hattest etwas in der Hand. Wenn er dich entließ, würdest du Wisse-Chemie mit in den Abgrund reißen.«

Pier schwitzte auch, unter seinen Achselhöhlen bildeten sich dunkle Flecken auf dem Hemd. Achterveld verschränkte wieder einmal die Arme und schwieg.

»Welchem Zweck diente Ihr Labor?«, fragte Laurien.

»Forschung. Sämtliche Produktverbesserungen der letzten fünfzehn Jahre im Unternehmen stammen von mir.«

»Wisse wird dich noch ernsthaft vermissen.«

»Das wird er ganz gewiss. Den jungen Chemikern fehlt es an Weitblick. Sie sehen nicht die Zusammenhänge. Sie lernen, in die Tiefe zu blicken, nicht in die Breite oder Ferne.«

»Ihrer Meinung nach hat Wisse seine Tochter an Buker verkauft.«

»Abscheulich, nicht wahr?«

»Verwerflich, wenn wahr ist, was Sie sagen.«

»Aber Sie täuschen sich, wenn Sie glauben, dass Belle sich auf dem Kopf herumtanzen ließ. Von Bart hatte sie eine ansehnliche Belohnung bekommen, und weiter wollte sie das Spielchen nicht mehr mitmachen. Belle wollte mit Freddie verreisen. Sie war so etwas wie eine Beruhigungspille für Buker.«

»Und der hat das erst am Samstag auf dem Veerse Meer kapiert?«

»Sie sagen es. Nachdem Freddie es Buker zugebrüllt hatte. Bart machte die Fahrt mit Belle, um sie zu beschwichtigen. Zweifellos hat er ihr noch Zusätzliches für jeden Tag versprochen, den sie es mit Buker aushielt. In der Zwischenzeit kam Buker zu mir. Er dachte, ich hätte Freddie gegen ihn aufgehetzt. Er drohte mir, nachträglich zur Polizei zu gehen.«

»Sie sagten ihm, das könne er ruhig tun.«

»Natürlich.«

»Haben Sie eigentlich keine Angst vor dem Geheimdienst, Herr Achterveld?«, fragte Laurien.

»Warum sollte ich?«

»Woher kennen Sie die Adressen von Geheimdiensten im Mittleren Osten?«

»Das kann ich Ihnen nicht mitteilen.«

»Der Allgemeine Nachrichten- und Sicherheitsdienst verhalf Ihnen dazu. Dort wusste man, womit Sie sich beschäftigten.« Laurien behielt die Tür im Auge.

»Schlaues Mädchen«, sagte Achterveld.

»Bart und Michel wissen nicht, dass Sie Wisse-Chemie missbrauchen, Herr Achterveld.«

»Missbrauchen? Ich habe Ihnen doch nicht umsonst dringend empfohlen, sich mit dem Geheimdienst in Verbindung zu setzen. Die hätten Ihnen erklären können, dass sie informiert waren.«

»Deshalb wollte der Geheimdienst, dass die Polizei Wisse-Chemie in Ruhe lässt«, sagte Pier.

»Dämmert es Ihnen jetzt auch langsam?«, fragte Achterveld.

»Der Geheimdienst wusste viel, aber nicht alles, Herr Achterveld.« Laurien kniff die Augen zu schmalen Schlitzen zusammen. »Sie schafften auch schon mal etwas hinter dem Rücken des Geheimdienstes nach Irak, während der Zoll glaubte, der Dienst sei über alles informiert. Sie spielten Ihr Spiel äußerst raffiniert ... Warum haben Sie Wisse nichts davon erzählt?«

»Das war nicht nötig. Je weniger Menschen involviert waren, desto besser.«

»Stank es dir nicht, dass Buker dir Belle wegschnappte?«, fragte Pier.

»Und ob, mein Herr. Als ich Wisse vor ein paar Wochen über die Transaktionen unterrichtete, glaubte er mir nicht. Ich wollte, dass er mit dem Geheimdienst Kontakt aufnimmt, doch er war nicht dazu bereit.«

»Sie hatten einige Mitarbeiter, die zu festgelegten Zeiten für Sie arbeiteten. Wussten die auch von nichts?«, fragte Laurien.

»Sie machten Überstunden, kannten aber den Grund nicht. Ich hatte zwei Vertraute in der Verwaltung, das war alles.«

»Wie wurden die Mitarbeiter bezahlt?«

»Dafür sorgte die Verwaltung.«

»Die Kosten gingen zulasten von Wisse-Chemie. Der Abnehmer zahlte Ihnen.«

»Die Produktion durfte nicht über die Bücher laufen.« Achterveld zog die Lippen zu einer Grimasse hoch. »Ich sorgte dafür, dass Wisse-Chemie die Grundsubstanzen bekam. Der Gewinn floss in das Unternehmen zurück. Erkundigen Sie sich mal beim Geheimdienst.«

»Das glaube ich Ihnen gerne, soweit es den Export betrifft, von dem der Geheimdienst wusste. Der Gewinn ihrer eigenen Exportschiene gehörte Ihnen.«

Ton betrat den Raum und gab ihr ein Zeichen, sie solle auf den Flur kommen. Er sagte ihr, der Allgemeine Nachrichten- und Sicherheitsdienst dürfe nicht Gegenstand des Verhörs sein. Laurien nickte. Sie werde sich daran halten, sofern dieser für die Vernehmung irrelevant sei.

»Sie haben recht«, sagte Achterveld, »ich habe keine Angst vor dem Geheimdienst. Aber wenn Sie Einzelheiten wissen wollen, müssen Sie sich direkt an den Dienst wenden. Ich kann Ihnen nicht alles erzählen.«

Er hatte erraten, was auf dem Flur besprochen worden war.

»Pro forma wird man Sie vielleicht rügen, aber hinter den Kulissen zwinkert man Ihnen zu, und in Iran oder Nord-Korea, den nächsten Brandherden, setzt man Ihnen ein Denkmal.«

»Ihre Geschichte wird Ihnen vom Geheimdienst bestätigt werden, Frau Minnaar. Meine Hochachtung!«

Er erhob sich halb, machte eine kurze Verbeugung in Richtung der verspiegelten Scheibe und setzte sich wieder.

»Aber vor der Justiz und meiner Abteilung Schwerverbrechen hatten Sie größere Angst. Zu viel öffentliches Aufsehen konnten Sie nicht gebrauchen. Sie wollten den Export nach Irak auch noch nach Ihrer Kündigung fortsetzen. Baten Sie den Allgemeinen Nachrichten- und Sicherheitsdienst nicht um ein wenig Unterstützung?«

»So schnell geben Sie nicht auf«, sagte Achterveld. Er seufzte.

»Sie mussten zu verhindern versuchen, dass Wisse oder Buker zu uns kämen. Nicht zu denken an die Dinge, die Sie hinter dem Rücken des Geheimdienstes nach Irak verfrachteten. Auf ein ausführliches Gespräch zwischen Buker und dem Geheimdienst waren sie auch nicht sonderlich scharf. Beim Dienst wusste man zwar, dass Sie Saddam Hussein ab und zu mal etwas hatten zukommen lassen müssen, aber man kannte den Umfang nicht.«

»Halten Sie mich für so dumm?«

»Wenn ich Ihre Bankkonten in Betracht ziehe: Ja, Herr Achterveld. Wusste der Geheimdienst von Ihren Lieferungen nach Iran, Pakistan, Korea? Wahrscheinlich doch wohl nicht. Sie hofften, mit Ihrer freiwilligen Kündigung die Gemüter zu beruhigen. Wisse wusste nicht, dass er Sie noch nicht los war.«

»Nein?« Achterveld schaute sie interessiert an.

»Sie wollten mit einem neuen Unternehmen Wisse-Chemie wegfegen. Ihre Pläne konnten nur aufgehen, wenn Wisse uns gegenüber schwieg, und dessen waren Sie sich nicht sicher.«

»Und deshalb wurde Belle ermordet. Sie sollten sich mal selbst hören. Sie faseln dummes Zeug.«

»Die paar Tropfen Methylisocyanat waren ja auch nicht für Belle bestimmt. Sie gingen davon aus, dass der Geheimdienst Ihnen helfen würde, wenn Wisse starb, schließlich war dem Dienst ja auch an einem schweigenden Wisse gelegen, aber Belle stand auf einem anderen Blatt. Wenn sie starb, konnte der Dienst Ihnen nicht helfen.«

»Was für ein Unsinn!« Auf seiner Stirn standen Schweißperlen.

»Denken Sie doch mal an das Getränk. Belle trank nie Portwein. Aber an jenem Tag war sie außer sich und musste ihren Vater provozieren. Das tat sie, indem sie seinen Portwein in sich hineinkippte.«

Er ballte die Fäuste, schwieg aber.

»Der Portwein war ihr Tod«, fuhr Laurien ruhig fort. »Wir hatten zunächst die Austern im Verdacht, die sie an demselben Abend gegessen hatte. Frits Zoon, einer der entlassenen Mitarbeiter, hatte sie ins Restaurant gebracht.«

»Selbst wenn ich es gewollt hätte, Frau Minnaar, ich hatte keinen Zutritt zu Wisses Haus.«

»Das frage ich mich. Herr Wisse hatte den Code der Alarmanlage nicht mehr verändert, seit Sie von der Bildfläche verschwunden waren. War das nicht Belles Geburtsdatum? Selbstverständlich hatten Sie in Ihrer Belle-Zeit eine Kopie des Schlüssels anfertigen lassen.«

Drückte sie zu sehr aufs Tempo? Sie schaute zu Pier hinüber, sein Blick verriet keinerlei Ablehnung.

»Sie spekulieren.« Mit dem rechten Daumen rieb er die Innenfläche seiner linken Hand.

»*Sie* hatten richtig spekuliert! Es gelang Ihnen, die Alarmanlage auszuschalten. Sie waren davon überzeugt, dass nur Wisse und anlässlich der Festlichkeit eventuell auch Buker von dem Portwein trinken würden. Das wäre überhaupt das Größte gewesen: zwei Fliegen mit einer Klappe.«

»Sie sagen, dass es sich um Methylisocyanat gehandelt haben soll. Sie sind keine Chemikerin, aber das Zeug ist eine flüchtige Substanz, die sich in Flüssigkeit schnell auflöst. Welches Bild haben Sie vor Augen? Dass ich neben der Portweinflasche stehe und Wisse und Buker frage, ob sie einen kleinen Schuss Gift in ihrem Getränk haben möchten? Ich bitte Sie, benutzen Sie doch Ihren Verstand!«

»Herr Achterveld, Sie füllten etwas Methylisocyanat in jenem Moment in die Portweinflasche, als Sie Wisses Taxi ankommen sahen. Das Gift ist in Flüssigkeit aufgelöst nicht lange haltbar, aber immer noch lange genug für Ihre Absichten. Sie machten, dass Sie wegkamen, indem Sie das Haus durch die Hintertür verließen.«

»Bei Alarmsystemen bleibt einem eine Minute Zeit, um das Haus zu verlassen. Nehmen wir einmal an, ich würde Methylisocyanat in die Flasche füllen und die Alarmanlage aktivieren, während die Familie Wisse aus dem Taxi steigt. Dann würden sie den Alarm hören, sobald sie an der Eingangstür stehen.« Um seinen Mund spielte ein verächtlicher Zug.

»Du hörst das Taxi, aktivierst den Alarm, füllst das Gift ein, spurtest aus dem Haus, und als die anderen an der Eingangstür erscheinen, bist du schon verschwunden und schweigt die Alarmanlage«, sagte Pier.

»Das kann niemand beweisen, und selbst wenn, was besagt es?«

»Dass Ihre Vorbereitungen gut waren und es dennoch schiefging.«

»Viel Geschwätz, kein Beweis.«

Laurien kniff die Augen halb zu. Sie spürte Piers Knie an ihrem Bein und schluckte eine scharfe Erwiderung herunter.

»Nein, Sie kannten die Gewohnheiten. Wisse würde einen Portwein trinken und Buker ihm nacheifern, weil der seinem Vorgesetzten immer alles nachmachte.«

»Und das soll ich Ihnen glauben?«

»Ihre Sekretärin erzählte uns, dass Sie sich oft darüber lustig machten. Wenn Sie geschäftlich unterwegs waren, bestellte Buker beispielsweise jedes Mal das Gleiche wie Sie. Sie hofften, dass Buker genau wie Wisse ein Glas trinken würde, dann wären Sie auf einen Schlag beide los. Ein tolles Fest wäre das gewesen. Der Tisch war schon gedeckt.«

»Beweisen Sie es doch.« Seine Augen funkelten.

»Das kommt schon noch. Wie sieht es mit Zandvliet aus?«, fragte Pier.

»Was soll mit Zandvliet sein?«

»Sie testeten eine neue Generation von Herbiziden auf Ihrem Feld mit dem späten Porree ...«, sagte Laurien. »Das Gift griff aber nicht nur Ihre Pflanzen an, sondern auch die von Wattel und Buker. Zu allem Überfluss kamen auch noch Touristen vorbei, und Sie sagten dem kleinen Nachbarsjungen, er solle Wattel Bescheid geben, dass da Fremde auf seinem Feld seien. Wattel vertrieb sie dann.«

»Sehr witzig. Sie sollten sich wirklich mal selbst hören. Ich will ein paar Menschen retten und gleichzeitig ein paar ausrotten.«

»Tote Touristen hätten unangenehme Fragen aufgeworfen. Was können Sie uns über Zandvliet erzählen?«

»Was hat der mit Unkrautvertilgung zu tun?«

»Er entdeckte, dass Wattels Kartoffeln zu Mus geworden waren.

Er informierte uns. Er ging der Sache auch selbst nach und nahm ein Fläschchen aus Ihrer Scheune mit.«

»Laut Zeitungsbericht sagte Zandvliet etwas von Terroristen.«

»Leversen bauschte den Aspekt des Terrorismus auf und verschwieg die anderen Möglichkeiten.«

»Und schon sind wir wieder bei Zandvliet. Ihre Fantasie ist wirklich toll«, sagte er sarkastisch.

»Vergessen Sie das Fläschchen nicht, das er besaß und das Sie zurückhaben wollten. Sie hatten auf das Etikett geschrieben, was sich darin befand, außerordentlich gefährliches Zeug, und Sie wollten nicht, dass das allgemein bekannt wurde. Sie erreichten bei Zandvliet, dass er auf neutralem Boden mit Ihnen darüber reden würde. Er verabredete sich mit Ihnen in Fort Rammekens, und Sie ermordeten ihn, indem Sie Gift in das Gewölbe sprühten.«

Achterveld zog die Lippen zusammen, um ein Lachen anzudeuten.

»Ein Teil Ihrer Geschichte stimmt, Frau Minnaar, aber längst nicht alles. Den ganzen Mittwoch über war ich in Amsterdam mit einem Makler unterwegs. Hier in Zeeland hält mich nichts mehr, ich habe ein Auge auf ein Labor in Ijmuiden geworfen und suche eine Wohnung in Amsterdam.«

»Den ganzen Tag? So wie Ihr Besuch mit Ihrer Mutter im Krankenhaus in Rotterdam? Wie steht es denn mit dem Samstagabend?«

»Für Belles Tod habe ich kein Alibi. Ich saß mit Hera zu Hause, und die kann nicht für mich aussagen, nehme ich an ... Ich glaube, es wird Zeit, dass ich meinen Anwalt hinzuziehe. Sie haben derart seltsame Ideen ... Das Fläschchen wurde mir in der Tat gestohlen, und darüber war ich wenig erfreut. Darin befindet sich nämlich eine Substanz der neuen Generation von Pestiziden in sehr hoher Konzentration. In den Händen von Laien absolut lebensgefährlich. Deshalb wollte ich auch keine ungebetenen Gäste mehr in meiner Scheune haben.«

»Soll ich etwa glauben, dass du das einfach so in deiner Scheune herumstehen hattest?«, fragte Pier.

»Nein. Hinter Schloss und Riegel. Zandvliet ist bei mir eingebrochen. Ich habe den Geheimdienst informiert und Zandvliet geraten, sich an den Dienst zu wenden. Dieser hatte mir versprochen, Zandvliet mal ordentlich auf die Finger zu klopfen.«

»Um welche Art Pestizid handelt es sich?«

»Kurz nach meinem Weggang von Wisse-Chemie erhielt ich von der Welternährungsorganisation den Auftrag, nach einem Mittel zur Bekämpfung der Heuschreckenplage in Afrika zu forschen. Mein Labor ist zwar nicht groß, aber äußerst gut ausgestattet. Wenn Sie sich so intensiv über mich erkundigt haben, dann werden Sie wissen, dass ich einen guten Ruf als Forscher genieße und im letzten Jahr mehrere Lehrstühle abgelehnt habe.«

»Kann man bei Ihnen so leicht einbrechen?«

»Das ist der einzige Fehler, den Sie mir zur Last legen können, Frau Minnaar. Wirklich dumm von mir! Ich glaubte, durch die Alarmanlage und Hera genügend geschützt zu sein. Das hätte übel ausgehen können. Gute Ungeziefervertilgungsmittel können verheerende Folgen für Menschen haben, es sei denn, man betrachtet den Menschen als Ungeziefer.«

»Alles eine Frage der Definition.«

»Ich war damit beschäftigt, die toxische Wirkung zu reduzieren. Ich habe Zandvliet gesagt, was ich von seinem Vorgehen hielt. Wir haben uns gestritten, das dürfen Sie ruhig wissen, aber ich habe ihn nicht ermordet. In gewisser Weise mochte ich ihn.«

32

In ihrem Büro gratulierte ihnen das Team. Laurien war das noch zu früh, die Beweise fehlten.

Klaas würde Achterveld die Fingerabdrücke abnehmen und mit denen auf den Scherben der Portweinflasche vergleichen. Davon versprach sich Laurien nicht viel, im Gegensatz zu den Fußabdrücken in Wisses Garten.

»Stimmt die Vermutung einer Verbindung zwischen Achterveld und Allgemeinem Nachrichten- und Sicherheitsdienst«, fragte Emma.

»Zum Teil ist es Spekulation, zum Teil aber auch das Resultat unserer Ermittlungen«, gab Laurien zu. Sie nannte der Kommissarin keine Details.

»Längst nicht alles findet sich in dem Dossier. Ist Karel im Rückstand, oder habt ihr Informationen zurückgehalten?«, fragte Emma.

»Während der letzten Stunden überschlugen sich die Ereignisse. Lucas, kümmerst du dich bitte um Achtervelds Bankkonten.«

»Ich werde mich mit dem Geheimdienst in Verbindung setzen«, sagte Emma.

»Der sitzt bei Ton, Emma.«

»Hat Achterveld den Mord aus Wut über die Abtreibung begangen, oder wollte er nicht, dass Wisse zur Polizei geht?«, fragte Lucas.

»Emotionen passen nicht zu Achterveld. Er hat sich ausgerechnet, was es ihn kostet, wenn Wisse bei uns auspackt, und das belief sich auf mehr, als ihm lieb war«, sagte Pier.

»Der Mord an Belle war ein Versehen. Wisse war der Mann, den er treffen wollte«, sagte Lucas.

»Außer wenn er doch nicht der Mörder ist«, sagte Laurien.

»Warum gibt er dann Belles Ermordung mehr oder weniger zu?«, fragte Karel.

»Der Geheimdienst hat ihm wahrscheinlich größtmöglichen Schutz zugesagt«, vermutete Pier. »Je weniger über sie in die Öffentlichkeit dringt, desto lieber ist es ihnen. Über den Allgemeinen Nachrichten- und Sicherheitsdienst hat Achterveld ja auch nichts rausgerückt.«

Karel tippte Laurien auf die Schulter. »Du musst gleich mal einen Blick in das Dossier werfen. Während ihr Achterveld verhört habt, hatte Willem ein interessantes Gespräch mit einem Taxifahrer, den er aus seiner Kneipe kennt.«

Eine Stunde später wurde Buker hereingeführt. Sie begrüßte ihn freundlich, fragte ihn, wie der Aufenthalt in Calais gewesen sei, und setzte sich. Bis sein Anwalt erschien, las sie weiter im Dossier. Die letzte Information veränderte viel. Buker sprang auf, als Lucas mit dem Anwalt den Raum betrat.

»Bitte setzen Sie sich, Herr Buker. Lassen Sie uns anfangen«, sagte sie nach einem Blick auf die Uhr. »Sie wollen doch sicher wissen, wie es dem Kollegen von der Wasserschutzpolizei geht, nicht wahr?«

»Natürlich«, antwortete der Anwalt.

Sie schaute ihn verärgert an und wandte sich danach ostentativ an Buker.

»Er schwebt nicht mehr in Lebensgefahr.«

»Ich hatte ja auch nicht die Absicht, ihn lebensgefährlich zu verletzen.« Seine Glatze glänzte.

»Der Angriff auf einen Polizeibeamten macht sich nicht sehr gut in ihrem Strafregister. Daher empfehle ich Ihnen, mit uns zusammenzuarbeiten, um es nicht noch schwieriger für Sie zu machen.«

»Was für ein Aufstand wegen eines Streifschusses«, sagte Buker.

»Dann lassen Sie eben die Kooperation mit uns.«

»Sie versuchen, meinen Klienten einzuschüchtern.«

Sie schwieg einen Moment, um die Irritation zu überwinden. »Gut, dann sollten wir jetzt mal beginnen. Wie sind Sie hinter die Unregelmäßigkeiten im Unternehmen gekommen?«

»Ich erwischte einen Arbeiter bei einer Tätigkeit, für die er nicht zugeteilt war. Er stellte CH_3NCO her, Methylisocyanat. Er dürfte gar nicht gewusst haben, was er da machte ... Das ist das Verflixte an der Automatisierung: Man sieht das Produkt nicht mehr.«

Er schwieg.

»Sie wurden aktiv?«

»Selbstverständlich. Der Mann konnte das ja nicht aus freien Stücken gemacht haben, und die Spuren führten schon bald zu Achterveld. Ich entdeckte, dass das Gift für den Export bestimmt war. Der Zoll stand direkt daneben, wenn die nicht deklarierten Produkte zusammen mit den offiziellen Exportartikeln verschifft wurden.«

»Wann erwischten Sie ihn?«

»Vor ungefähr einem Jahr.«

»Wenn ich richtig informiert bin, lief das Ganze bis vor ein paar Monaten einfach weiter.«

»Ich wollte meiner Sache sicher sein, bevor ich damit zum Chef ging. Es war schließlich keine geringfügige Anschuldigung. Vorher hatte sich der Allgemeine Nachrichten- und Sicherheitsdienst bereits auf Ersuchen der CIA bei uns umgeschaut.«

»Bei Wisse-Chemie?«

»Ja.«

»Als ich dort war, fiel mir der große Anteil arabischer Mitarbeiter auf.«

»Wir haben eine große Anzahl irakischer und afghanischer Mitarbeiter. Alle überprüft, auch wenn es sich dabei um Strohmänner von Achterveld handeln dürfte. In der Buchhaltung konnte der Geheimdienst nichts Unrechtmäßiges finden.«

»Was hielten Sie davon?«

»Ich fand es erstaunlich.«

»Sie informierten Ihren Chef erst nach vielen Monaten. In diesem Frühling, um genau zu sein.«

»Ich wollte ihn nicht beunruhigen.«

»Wie nobel von Ihnen. Aber stimmt das auch? Sie hatten einen anderen Grund, Wisse nicht auf Achterveld aufmerksam zu machen.«

»Interessant. Erzählen Sie doch mal.«

»Sie versuchten, Achterveld zu erpressen. Als er nicht bezahlen wollte, gingen Sie zu Wisse.«

»Sie legen meinem Klienten etwas in den Mund.« Der Anwalt tat, als sei er verärgert.

»Wisse wollte, dass Sie den Mund halten. Wenn der Allgemeine Nachrichten- und Sicherheitsdienst oder, noch schlimmer, die CIA dahinterkommen sollte, bedeutete dies das Ende seines Unternehmens. Sie waren bereit, zu schweigen, aber nicht umsonst.«

»Sie reimen sich doch nur etwas zusammen«, sagte Buker.

»Glauben Sie? Als Gegenleistung flogen Achterveld und die Mitarbeiter der zweiten Produktionsreihe raus. Sie rückten in den Vorstand auf, und Wisse legte ein gutes Wort für Sie bei seiner Tochter ein. Um sein Unternehmen zu retten, war Wisse zu vielem bereit.«

»Wie kommen Sie denn darauf? Ich wurde aufgrund meiner Fähigkeiten in den Vorstand berufen.«

»Und die sind?«

»Fragen Sie mal Wisse.«

Laurien gab Lucas ein Zeichen, er solle die Vernehmung übernehmen.

»Sie kannten Heleen Achterveld?«, fragte dieser.

»Ich besuchte sie regelmäßig, auch wenn Max auf Reisen war. Eines Tages zeigte sie mir eine Liste mit Produkten. Grundsubstanzen, die sowohl für nützliche als auch gefährliche Zwecke eingesetzt werden konnten ... Ich konnte es nicht richtig einordnen.«

»Produkte von Wisse-Chemie?«

»Jede Grundsubstanz, die wir herstellen, hat zwei Seiten. Damals besaß ich noch nicht die Übersicht, was wir alles produzierten. Ich arbeitete im Labor an der Entwicklung bestimmter Produkte. Im Nachhinein weiß ich nicht mehr, was alles auf der Liste stand. Es kann durchaus sein, dass alles legale Produkte waren, nur handelte es sich bei den Ländern nicht gerade um unbeschriebene Blätter.« Er warf ihr einen scheuen Blick zu.

»Sie machten Heleen andeutungsweise klar, dass ihr Mann doch nicht der saubere Geschäftsmann war, für den sie ihn immer gehalten hatte?«

Eine dumpfe Schwüle herrschte im Vernehmungsraum. Buker lockerte die Krawatte ein wenig, behielt das Jackett aber an.

»Das konnte sie daraus ableiten, ja. Als ich sie das letzte Mal sah, sagte sie mir, dass sie mit Max darüber gesprochen habe und dass er zwischen ihr und seinen illegalen Praktiken wählen müsse. Dass er alles abstritt, beeindruckte sie nicht, mich übrigens auch nicht ... Achterveld fragte mich, wie ich darauf komme. Er tue nichts Illegales.«

»Das war ungefähr 1995?«

»Ja, kann gut sein, denn nicht lange danach starb Heleen.«

»Haben Sie ihn später noch wegen dieser Sache angesprochen?«

»Er sagte, Heleen habe Unterlagen von Wisse-Chemie für Papiere eines eigenen Unternehmens gehalten und ich sei es gewesen, der sie so verrückt gemacht habe. Er meinte, so viel Dummheit habe sie verunsichert und unruhig gemacht, wodurch ihr Asthma zurückgekehrt sei.«

»Er nahm Ihnen Ihr Handeln also übel.«

»Mehr noch: Irgendwann würde er mir das heimzahlen, versprach er.« Buker kicherte.

»Sie finden das witzig?«

Buker lächelte säuerlich. »Ich weiß mit Sicherheit, dass Achterveld damals schon seine unsauberen Geschäfte betrieben hat.«

»Woher kennen Sie Zandvliet?« Laurien übernahm wieder das Verhör.

»Zandvliet, dieser Umweltbeauftragte? Dieses kleine Kerlchen mit dem übersteigerten Ego? Der kam regelmäßig zu mir, um zu kontrollieren, ob ich alle Vorschriften einhielt. Seine Vorschriften!«

»Sie mochten ihn nicht.«

»Mich konnte er nicht einschüchtern.«

»Bauern wie Gert-Jan Wattel wohl?«

Der Anwalt wollte, dass Buker schwieg, doch der ignorierte seinen juristischen Berater.

»Die sind nichts gewöhnt. Jemand wie Wattel schluckt solche Indianergeschichten von Zandvliet doch als Tatsachen.«

»Zum Beispiel Kartoffeln, die innerhalb weniger Stunden zu Matsch wurden. Zandvliet warnte Wattel, er wisse nicht, worum es sich dabei handelt, auf jeden Fall sei ihm die Sache nicht geheuer. Die Kartoffeln seien vergiftet. Wattel ließ Ihren Namen fallen.«

Buker wischte sich mit dem Taschentuch den Kopf trocken. »Sie scherzen, Frau Minnaar. Vergiftete Kartoffeln ... Wie kommen Sie denn darauf?«

»Sie bastelten an Ihrem eigenen Herbizid herum. Sie waren stolz wie ein Kind und mussten Wattel davon erzählen. Er kennt Sie gut.«

»Nein, Frau Minnaar!« Buker schlug mit der Faust auf den Tisch. »Das stimmt nicht. Ich habe ein kleines Feld neben Wattel, und deshalb liegt es für ihn nahe, mich zu erwähnen.«

»Sie waren davon überzeugt, mit Ihrem neuen Mittel Achterveld übertrumpft zu haben. Ihr Versuchsfeld war knapp bemessen, und es war ziemlich windig, doch das hielt Sie nicht davon ab, Ende Juli das Mittel an ihrem späten Porree zu testen.«

Buker nahm eine andere Sitzposition ein und blickte seinen Anwalt spöttisch an. »Sie erzählt Märchen, nichts als Märchen.«

»Der Wind kam von Nordwesten, Herr Buker, Sie sprühten reichlich von Ihrem Wundermittel. Unbeabsichtigt geriet das Zeug auf Achtervelds Feld, er hatte das Gleiche wie Sie gepflanzt, späten Porree. Gleichzeitig wurde es auch auf einen Teil von Wattels Kartoffeln geweht. Äußerst hilfreich von Ihnen.«

»Das klingt, als seien Sie dabei gewesen.«

»Danke schön. Sie erkannten sehr schnell, dass Sie von diesem oder jenem wohl eine Prise zu viel beigemischt hatten. Ihre Porreepflanzen sackten wie ein Soufflé in sich zusammen, genauso wie Achtervelds Porree und Wattels Kartoffeln. Das Wundermittel vernichtete demnach mehr als nur Unkraut.«

»Was Sie da beschreiben, erinnert ja schon fast an Napalm.«

»Davon hat es in der Tat einiges. Es roch nicht gut, oder Sie sahen sofort, dass die Pflanzen schlecht aussahen. Sie bemerkten, wie dort

Touristen herumschnüffelten, und gingen zu einem Jungen aus der Nachbarschaft. Der sollte Wattel sagen, dass Leute zwischen seinen Kartoffeln nach alten Münzen suchen.«

»Sie können viel behaupten.« Er rückte seine Krawatte gerade.

Zufällig kommt eine Stunde später Zandvliet vorbei. Er sieht, dass da etwas nicht stimmt, kümmert sich um Wattels Kartoffelfeld, übersieht jedoch die Schäden in Ihrem Bereich. Er holt Wattel, der nichts versteht. Ganz im Gegensatz zum Umweltbeauftragten. Ebenso wie wir informiert er sich, wem die anderen Felder gehören.«

Buker schob seinen Stuhl zurück und setzte sich breitbeinig hin. »Spannend.«

»Zandvliet kommt zu Ihnen. Sie streiten alles ab, doch er sieht, dass Sie lügen, oder Sie verraten sich. Er sagt, dass Sie ein Umweltverbrechen begangen haben und dass er die Behörden davon in Kenntnis setzen muss.«

»Ein Frosch mit aufgeblähtem Hals, so kommt der einem vor.«

»Zandvliet bleibt Ihnen auf den Fersen, er behauptet sogar, Sie seien Mitglied einer terroristischen Vereinigung.«

»Der Mann war unleidlich.«

»Mit Ihren seltsamen Unterstellungen schüchtern Sie meinen Klienten ein«, sagte der Anwalt.

»Fühlen Sie sich unter Druck gesetzt, Herr Buker? Dann gönnen wir Ihnen fünf Minuten Pause, das ist kein Problem. Es liegt an Ihnen.«

»Je eher Sie fertig sind, desto lieber ist es mir. Ich muss dringend nach Hause.«

»Zandvliet wollte wissen, was Sie da ausprobierten. Er machte Ihnen Angst, dass Ihnen eine lange Gefängnisstrafe drohe. War das Gift eine biologische Waffe? Diese Vorstellung verfestigte sich immer mehr bei ihm.«

»Der Mann war wirklich krank.«

»Er rief bei Ihnen zu Hause an, während Sie zur Arbeit weg waren, und tat gegenüber der Putzfrau so, als habe er die Zustimmung, in Ihren Sachen herumzustöbern. Er fand in Ihren Unterlagen arabische Namen und zog daraus seine eigenen Schlüsse.«

»Das hatte er bereits getan.«

»Gut«, sagte Laurien, »damit sah er seine Vermutungen bestätigt. Er war der Meinung, ich schenke der Angelegenheit nicht genügend Beachtung, und marschierte damit zur *Provinciale Zeeuwse Courant*. Abends kam er zu Ihnen und erzählte Ihnen, was er entdeckt hatte. Sie stritten alles ab.«

»Ein Mann wie Zandvliet ließ sich dadurch nicht beirren«, sagte Lucas. »Das machte ihn höchstens noch misstrauischer. Sie boten ihm Geld an, um ihn loszuwerden, aber das wirkte wie das rote Tuch auf den Stier. Der Mann war durch und durch integer; ein Wort, dessen Bedeutung Ihnen nicht einmal bekannt sein dürfte.«

Der Anwalt protestierte, Laurien gab ihm recht.

»Er ritt die ganze Zeit darauf herum, dass Sie die Umweltkatastrophe den Behörden hätten melden müssen. Das hätten gerade Sie wissen müssen«, sagte sie. »Das Feld hätte abgesperrt werden müssen. Er hätte tote Hasen und Mäuse gefunden, und die Bauernhöfe hätten evakuiert werden müssen.«

»Der Mann machte ein Drama daraus.«

»Das kam sicher nicht gut an«, sagte Lucas.

Buker stand auf und schaute verblüfft von seinen Schuhen auf die Hose. »Seitdem Sie mich verfolgen, bin ich total verwirrt. Sehen Sie nur! Ich trage eine graue Hose und braune Schuhe dazu. Das passiert mir nur, wenn ich äußerst erregt bin. Ich hätte meine schwarzen Schuhe anziehen müssen.«

»Das ist ja schrecklich ... Je länger Zandvliet darüber nachdachte, desto seltsamer fand er das Ganze. Niemand wollte etwas davon hören, bis ich selbst nachgeschaut habe«, sagte Laurien.

»Sie lieben auch dramatische Szenen. Jedenfalls machen Sie den Eindruck auf mich.«

Laurien verzog kurz ihren Mund. »Inzwischen suchte Zandvliet Sie erneut auf. Er schaute durch das hintere Fenster Ihrer Garage und sah Sie in Ihrer Laborkleidung aus dem geheimen Raum kommen. Den Eingang ließen Sie in der Eile offen. Als Sie kurz darauf die Garagentür öffneten, schob er Sie zur Seite, stürmte in die Garage und sah Ihr Labor.«

»Wenn … wenn das geschehen sein sollte, dann war das Hausfriedensbruch und hat sich dieser Zandvliet strafbar gemacht«, sagte Buker. Er keuchte und wischte sich erneut den Schweiß aus dem Gesicht.

»Sie ließen sich das nicht gefallen und versuchten ihn rauszuschmeißen, aber Zandvliet, ein Bauernsohn, war stärker als Sie. Hätten Sie ihn nicht lieber anzeigen sollen, Herr Buker?«, fragte Lucas.

»Sie glauben doch wohl nicht, dass ich auf diesen billigen Trick hereinfalle.« Er lachte verächtlich.

»Bei Ihrem Versuch, ihn hinters Licht zu führen, werden Sie bestimmt etwas von der Suche nach umweltfreundlichen Bekämpfungsmitteln gemurmelt haben, von mir aus auch etwas über umweltfreundliche Methoden, ohne Anwendung von Gentechnologie die Ernteerträge zu verbessern.«

»Ha, gratuliere zu Ihrem Vortrag!«

»Es gefiel Ihnen gar nicht, dass ein Mann wie Zandvliet misstrauisch blieb. Aber wie argwöhnisch der auch sein mochte, eigentlich spielte das keine Rolle mehr, denn der Beweis war von Wattel bereits gründlich untergepflügt worden.«

»Würden Sie sich bitte an die Fakten halten«, bat der Anwalt.

Laurien kniff die Lippen zusammen. »Soll ich Wattel herholen lassen? Oder Achterveld? Das ist schnell geschehen.«

Buker war unschlüssig. Laurien blickte ihm starr in die Augen. Bevor er sich mit seinem Anwalt beraten konnte, wiederholte sie die Frage.

»Fahren Sie mit Ihren Unterstellungen ruhig fort«, sagte Buker.

»Die Vernichtung der Pflanzen war von Ihnen nicht beabsichtigt, das ist nur ein bisschen dumm gelaufen. Schwamm drüber. Kein Hahn hätte danach gekräht, wenn dieser Zandvliet nicht so panisch reagiert hätte.«

»Tolle Hypothese.«

Laurien zog das Dossier zu sich heran. »Am nächsten Tag riefen Sie Zandvliet bei sich zu Hause an, um sich mit ihm zu verabreden. Sie müssten noch einmal in Ruhe gemeinsam darüber reden. Das Telefonat dauerte zwei Minuten und zehn Sekunden. Am Mittwochmorgen um halb zehn wollten sie sich in Fort Rammekens treffen.«

»Damit liegen Sie total daneben.«

»So steht es aber in seinem Terminkalender. Mittwoch, 3. August, in Fort Rammekens. Stammte die Idee von Ihnen oder von ihm?«

Buker starrte die Wand an.

»Wie auch immer, Fort Rammekens passte Ihnen ausgezeichnet. Hätte er Ihnen das frei zugängliche Naturschutzgebiet Rammekenshoek vorgeschlagen, dann hätten Sie dort möglicherweise mit Spaziergängern rechnen müssen, die Ihre Aufmachung doch etwas seltsam gefunden hätten. Das Fort hingegen war morgens geschlossen«, sagte Laurien zufrieden.

»Das weiß doch jedes Kind. Und Sie tischen das hier als große Neuigkeit auf.«

»Zandvliet kommt aus Walcheren, er kennt das Fort von klein auf, er hat dort gespielt und wusste, wie man da hineinkommt, wenn man nicht durch die Pforte gehen will. Er war häufiger dort, um die Fledermäuse zu beobachten. Sie hatten Glück, dass Zandvliet Sie in aller Ruhe aushorchen wollte.«

Langsam, ganz langsam kam sie voran. Sie trieb ihn auf ihre Art in die Ecke. Emma würde sie zu Recht kritisieren, doch so bekam sie ihn genau dorthin, wo sie ihn haben wollte.

»Warum sollte er das gewollt haben? Erzählen Sie mir das mal, Frau Minnaar.«

»Er wollte sein schlechtes Ansehen beim Reichsinstitut für Volksgesundheit und Umwelt aufpolieren. Zu oft hatte er mit seinen wilden Spekulationen danebengelegen. Und bis jetzt hatte er ja noch nichts Konkretes von Ihnen erfahren.«

»Er hatte einen versteckten Terminkalender gefunden«, sagte Buker niedergeschlagen.

»Wenn Sie ihm berichteten, womit Sie sich beschäftigten, konnte er endlich mit konkreten Fakten aufwarten, und dann musste man ihn ernst nehmen. Nachdem er Ihnen erklärt hatte, wie Sie dorthingelangen konnten, ohne dass man Sie sehen würde, verbargen Sie Ihren Anzug schon vorher hinter dem Fort.«

»Hm. Haben Sie noch etwas Konkretes für mich?«

Laurien betrachtete besorgt Bukers rot angelaufenen Kopf. Musste sie das Verhör nicht abbrechen, um einen Arzt nach ihm schauen zu lassen? Sie winkte Lucas hinaus auf den Flur. Lucas war der Meinung, sie könnten weitermachen. Nur noch kurze Zeit, dann würde Buker durchdrehen. Wenn sie ihm jetzt eine Pause ließen, könnte er sich wieder fangen. Buker stünde direkt davor, zusammenzubrechen. Sie betraten wieder den Vernehmungsraum.

»Das Gespräch verlief in einer Atmosphäre heftigen Streits«, fuhr Laurien fort. »Dummerweise erzählte Zandvliet Ihnen, dass er noch bleiben wolle, um sich in dem Gewölbe umzusehen. Ein verbotenes Terrain in einem Fort, das morgens sowieso schon nicht betreten werden durfte. Die Chance, dass es hier Zuschauer geben würde, war minimal. Das war Ihr Glück. Sie zogen sich um, sprühten Gift in das Gewölbe und machten sich aus dem Staub.«

»Glauben Sie wirklich, ich hätte es nötig, einen mickrigen kleinen Beamten aus dem Weg zu räumen?«

»Sie gehen von Ihrer eigenen Wahrheit aus«, sagte der Anwalt. »Sie haben eine Hypothese, die Sie als richtig betrachten. In der Wissenschaft würden Sie damit nicht weit kommen.

»Ja, Sie müssen sich schon einen anderen Sündenbock suchen«, sagte Buker.

»Dieser mickrige kleine Beamte des Umweltamts konnte Ihnen viel vermasseln.«

»Quatsch!«

»Wie kamen Sie an die Adressen?«, fragte Lucas streng.

»Durch Achterveld. Er wollte etwas kürzer treten.« Er befeuchtete mit der Zunge seine Lippen.

Laurien wollte das Verhör übernehmen, denn sie wusste nicht, ob

Lucas die letzten Entwicklungen bekannt waren. Lucas nickte Laurien zu. Es lief gut, Buker kam aus sich heraus.

»Weswegen hatten Sie Streit mit Belle?«

Buker hielt den Mund.

»Ging es darum, dass Belle das ganze Fest abblasen wollte? Wurden Sie von ihr ausgelacht?«

Er wendete sein Gesicht ab. »Sind Sie endlich fertig?«

»Noch nicht. Sie wussten nicht, was Sie von ihr halten sollten. Auf dem Boot machte sie Ärger. Ihr Vater brachte sie wieder zur Räson. Beim Essen lief es ein paar Stunden gut. Aber dann kam es.«

»Was kam?«

»Wollen Sie es mir nicht erzählen?«

»Haha!«

»Als Sie mit den Wisses im Taxi nach Hause fuhren, winkte Freddie Swaans Ihnen heftig zu. Das war am Polredijk, kurz bevor der in den Langedam übergeht.«

»Ach ja?«

»Belle sah ihn und sagte, sie habe es sich überlegt. Sie wolle keine Verlobung, und das sei ihr letztes Wort zu der Angelegenheit.«

»Na, na.«

»Der Taxifahrer erinnert sich nur allzu gut daran. Belle schrie, dass sie das beschlossen hätte und«, zitierte sie aus dem Dossier, »dass sie diese Entscheidung auch nicht mehr rückgängig machen würde und dass sie von Freddie schwanger werden wollte und dass Herr Buker deshalb mit seinen Fingern von ihr wegbleiben sollte und dass sie sich nicht von ihrem Vater verkaufen lassen würde und dass es sie einen Scheißdreck interessieren würde, ob sein Scheißunternehmen Pleite machen würde. Sie würde diese Sauerei nicht länger mitmachen.« Laurien machte eine kurze Pause und blickte vom Dossier hoch. »Für Sie kam das Ganze wohl nicht überraschend, denn Belle machte bereits seit Wochen Schwierigkeiten. Je mehr sie aufmuckte, desto mehr wollten Sie sie haben. Aber seit diesem Morgen waren Sie auf alles vorbereitet. Falls sie zu weit gehen sollte, konnten Sie Ihre Maßnahmen ergreifen.«

Lucas starrte sie mit großen Augen an.

»Belle gehörte mir. Sie liebte mich. Wirklich wahr. Dieser Freddie stiftete Unruhe.«

Vorsichtig lehnte Laurien sich zurück. Buker kam endlich aus sich heraus, er wollte beichten, und sie waren seine Beichteltern. Jetzt nur keinen Fehler begehen.

»Sie sagte ihrem Vater, ein Mal hätte er sie zum Schwangerschaftsabbruch zwingen können, ein zweites Mal würde ihm das nicht gelingen. Sie schmiss den Ring auf den Boden, Sie hoben ihn wieder auf. Wisse bezahlte das Taxi, und Sie gingen zu dritt ins Haus. Normalerweise gelang es ihrem Vater, sie wieder zur Vernunft zu bringen, diesmal klappte es nicht.«

»Er brüllte, sie sei eine blöde Kuh, die ihr Leben an einen elenden Tölpel wegwerfe. Da war ich einer Meinung mit Bart«, sagte Buker.

»Sie wollte etwas trinken, einen Abschiedstrunk, einen Portwein. Sie nahmen die Flasche aus dem Schrank im Nebenzimmer, wo Herr Wisse sich abends an seinem Schreibtisch meistens noch ein Gläschen genehmigte. Sie ließen einen Tropfen Gift hineinfallen und gingen mit der Flasche zurück ins Wohnzimmer. Belle hatte inzwischen ein Weinglas geholt, füllte es bis zum Rand und goss es in einem Zug herunter. Sie wollte noch eine andere Flasche Portwein, denn dieser hatte ihr nicht geschmeckt.«

»Ich holte eine neue Flasche und schenkte ihr ein.«

»Obwohl es keine Verlobung geben würde, schliefen Sie in einem Bett.«

»Belle rutschte an den Rand des Bettes. Als wenn ich eine ansteckende Krankheit hätte«, sagte Buker mit düsterem Blick.

»Als sie Sie ein paar Stunden später wachrüttelte, weil sie sich krank fühlte, sagten Sie ihr, sie solle ein Buch nehmen, dann würde es ihr besser gehen. Der Tod trat schnell ein. Sie steckten ihr den Ring an den Finger.«

»Wer sagt das?«

»Der pathologische Anatom.«

»Gewäsch!«

»Morgens holten Sie ihren Vater an Belles Bett«, sagte Lucas.

»Was ich gerne von Ihnen wissen würde«, sagte Laurien bedächtig, »wie reagierte Wisse am Abend vor dem Tod seiner Tochter auf die Situation? Es muss ihm doch äußerst unangenehm gewesen sein, als die Szene begann.«

»Dem? Überhaupt nicht.« Buker machte eine wegwerfende Handbewegung. »Bart lachte mich aus. Mich!«

»Sie also«, sagte Lucas.

Sie warnte Lucas mit einem kurzen Blick. Er durfte Buker nicht zu sehr piesacken.

»Bart schlug mir auf die Schulter und meinte stolz, was für ein Temperament seine Tochter doch hätte. Er hätte sein Bestes getan und ich hätte eben mehr Viagra schlucken sollen.«

»Das sagte er im Beisein seiner Tochter?«, fragte Laurien ungläubig.

»Belle kreischte, sie habe nicht gewusst, dass sie es mit so einem verdammten Viagra-Schlappschwanz zu tun gehabt habe. Wisse lachte in einem fort. Belle war wütend, sie wollte mich nicht mehr sehen. Sie hat mich beleidigt, bis ins Mark getroffen ... Sie war ein Luder, ein Aas ... Sie hat ihren Tod verdient!«

»Sie haben sie getötet?«

»Ich wollte sie nicht töten, aber mir blieb keine Wahl. Ich konnte mich doch Achterveld gegenüber nicht zum Narren machen lassen. Er würde mich fürchterlich auslachen, wenn Belle direkt vor der Verlobung kneifen würde. Wenn in der Flasche genug für zwei Gläser gewesen wäre, hätte es Wisse auch noch erwischt.«

Er blickte sie triumphierend an. Plötzlich fand sie, es sei genug. Sie klappte ihren Schreibblock zu und ließ ihn in eine Zelle abführen.

33

Nach Bukers Geständnis hatten sie alle zusammen etwas im *St John's* getrunken. Über Buker hatten sie nicht geredet, stattdessen über den Urlaub und das Wetter. Noch ein paar Tage, dann würde sich auch die Sonne endlich wieder einmal blicken lassen. Über das, was Walcheren und Umgebung hätte zustoßen können, schwiegen sie. Jenen, die es wussten, stand die Fassungslosigkeit noch ins Gesicht geschrieben. Stevi quasselte, Jan saß geistesabwesend daneben.

Gleich würden sie wegen Buker noch eine letzte gemeinsame Besprechung haben, und danach begannen für Laurien drei Wochen ohne die Vrijlandstraat.

Sie kam als Erste in Emmas Büro. Auf dem ansonsten leeren Schreibtisch lag ein Lippenstift. Emma suchte irgendetwas im Internet.

»Es ist gut, dass ich dich noch sehe, bevor die anderen da sind«, sagte Laurien. »Ich wollte mit dir über Jan sprechen.«

»Warum?« Emma starrte auf den Bildschirm.

»Wenn ich aus dem Urlaub zurückkomme, hoffe ich ihn nicht mehr im Team zu sehen. Er bringt nichts mit, um ein guter Kriminalbeamter zu werden. Mit Stevi möchte ich es noch einmal versuchen, vielleicht klappt es mit ihr ohne Jan besser.«

»Was hast du gegen die beiden einzuwenden?«

»Jan ist unfähig und bequem. Stevi ist zwar faul, aber sie besitzt Fähigkeiten. Wenn ihr Engagement nicht größer wird, bekommt sie in ein paar Monaten ebenfalls eine negative Beurteilung.«

Emma versuchte noch, für Jan Partei zu ergreifen, doch Laurien schlug vor, Alex Boel ins Auge zu fassen.

Bis auf Jan war das gesamte Team anwesend.

»Ich bin nicht unzufrieden«, sagte Emma, »aber nochmals, alles muss noch bewiesen werden.«

Laurien interessierte das nicht mehr wirklich. Ob sie am Flughafen wohl ein dickes Schreibheft mit festem Umschlag bekommen würde, sodass sie in Verona nicht nur lesen, sondern sich auch Notizen machen konnte? Jetzt erst spürte sie, wie müde sie war.

»Von deinem Auto ist nicht viel mehr übrig als das Fahrgestell«, sagte Klaas.

»Ich bin froh, dass ich es los bin. Ich müsste jedes Mal an Sammy denken.« Was sie darüber hinaus dachte, sagte sie nicht.

»Das vorläufige Untersuchungsergebnis aus Ypenburg besagt, dass Zandvliet vergiftet wurde, möglicherweise mit dem gleichen Gift wie Belle Wisse. Wusstest du das schon, Laurien?«, fragte Pier. »Wir dachten, es sei Methylisocyanat, und darum handelt es sich auch, aber darin befindet sich noch mehr.«

»Du hast Achterveld aufs Geratewohl beschuldigt«, sagte Emma verärgert. »Davon bleibt wenig übrig.«

»Glaubst du? Wie viele Kurden wurden mit Senfgas ermordet? Im Vergleich zu ihm ist Buker ein unbeschriebenes Blatt. Hans wird schnell Anklage gegen ihn erheben. Wenn es nach ihm geht, sieht Achterveld nie mehr etwas anderes als einen vergitterten Himmel. Ein Mal sind wir uns endlich einig … Welche Rolle der Geheimdienst spielt, liegt noch im Dunkeln. Damit müssen wir wohl bis zur Gerichtsverhandlung warten, denn die Leute werden kaum mitarbeiten.«

»Oder die Wahrheit kommt vielleicht nie ans Licht«, sagte Lucas.

»Ich glaube nicht, dass Hans Anklage erhebt«, meinte Emma.

»Da täuschst du dich, Mädchen«, sagte Pier. »Hans ist da anderer Meinung. Die Staatsanwaltschaft ist bereits mit einem großen Fall beschäftigt. Verbotenes Gift in Fässern.« Er ging nicht weiter darauf ein. »Versuchter Totschlag gegenüber einer Beamtin in Ausübung ihrer Pflicht. Die Explosion war mehr als nur ein kleines Feuerwerk … Aber Buker hat in der Tat sowohl Belle als auch Zandvliet ermordet. Er ist verrückt.«

»Wir werden Hans empfehlen, ihn im Pieter-Baan-Zentrum in Utrecht psychiatrisch untersuchen zu lassen. Er hat seine Gefühle nicht unter Kontrolle«, sagte Emma.

»Meinst du, dass seine Eifersucht auf Achterveld das wichtigste Motiv ist?«, fragte Lucas. »Das macht nur einen Teil aus.«

»Er wollte mehr Macht haben«, sagte Pier. »Darum ging es ihm genauso. Und vergiss seine Wut nicht. Belle gab sich lieber mit Freddie ab als mit ihm. Die gleichen Triebfedern wie bei Achterveld, aber bei dem reichte es nur zu versuchtem Mord.«

»Wenn man es genau betrachtet, ist Achterveld genauso verrückt wie Buker«, meinte Laurien.

»Achterveld braucht keine psychiatrische Untersuchung, das erscheint mir überflüssig«, sagte Emma. »Hans darf ihn nicht zu hart angehen.«

»Sie macht heute einen komischen Eindruck«, flüsterte Pier Laurien zu. »Müssen wir ihr nicht …«

»Lass den Blödsinn, Mensch!«, sagte Emma. »Max ist ein guter Bekannter. Wir essen manchmal zusammen, das ist alles.«

Für einen Moment wurde es still.

»Ich frage mich, was passiert wäre, wenn Buker nicht zu morden begonnen hätte«, sagte Laurien. »Achterveld wollte seine schmutzigen Geschäfte fortsetzen und noch mehr Geld verdienen – wenn man das ›verdienen‹ nennen kann.« Sie atmete schwer.

»Das ist doch reine Spekulation«, sagte Emma. »Ich bin da ganz anderer Meinung.«

»Das überrascht mich nicht. Wisse wollte nichts mit Exporten nach Irak zu tun haben. Deshalb entließ er bestimmte Mitarbeiter, auch wenn diese vielleicht nichts wussten. Er ließ Achterveld ziehen, ungeachtet dessen, was das für das Unternehmen bedeutete. Er wollte nicht einmal, dass Belle ihn weiter traf.«

»Das machte Max sauer«, sagte Pier.

»Noch wütender wurde er, als er merkte, dass Wisse Belle zur Abtreibung geraten hatte. Achterveld hätte gerne ein Kind gehabt. Oder nicht. Vielleicht hat ihn das später noch beschäftigt. Achterveld mag es nicht, wenn ihm jemand in die Quere kommt ... Und Wisse ist ihm gehörig in die Quere gekommen.«

»Belle wurde getötet, nicht Bart.«

»Wahrscheinlich findet Achterveld, dass Bart dadurch genug gestraft ist.«

»Warum sollte Buker Zandvliet ermordet haben?«

»Buker hatte Angst, dass Zandvliet zur Polizei gehen könnte. Dann würden wir hinter die illegale Herstellung und Ausfuhr der Chemikalien kommen. Wenn Zandvliet zu reden begonnen hätte, wäre nicht nur Achterveld, sondern auch er verloren gewesen. Beide Männer scherten sich einen Dreck um das Unternehmen.«

»Wie wirkt dieses Methylisocyanat genau?«, fragte Emma.

»Wenn es mit Wasser in Berührung kommt, entsteht ein tödliches Gas, man bekommt Atembeschwerden. Wenn es an die Augen kommt, erblindet man. Es greift auch die Genitalien an. Lass Ypenburg zur Sicherheit noch einmal Zandvliets Geschlechtsorgane untersuchen, Pier, und ruf das Krankenhaus in Köln an.«

Er brummte irgendetwas, das Laurien als Zustimmung betrachtete.

»Wie steht es mit dem deutschen Paar?«, fragte Emma.

»Die Frau ist blind. Versuchst du herauszubekommen, ob auch deren Genitalien in Mitleidenschaft gezogen sind, Pier?«

»Buker benutzte ein starkes Herbizid«, sagte Emma. »Es wehte kräftiger Wind, und die Äcker von Wattel und Achterveld wurden dadurch ebenfalls besprüht. Er sah die Touristen bei den Kartoffeln herumwühlen und ließ Wattel Bescheid geben. Buker war sogar noch einigermaßen stolz darauf, Wattel zu den beiden hingeschickt zu haben. Dass es zu spät war, ließ ihn ziemlich kalt. Hat Hans noch etwas zu Wisse?«

»Kaum. Ich hoffe, dass Wisse angeklagt wird.« Laurien schaute Emma schief an. »Durch sein Schweigen hat er sich mitschuldig gemacht. Das zu beweisen wird allerdings nicht leicht sein. So, Leute, ihr habt gut gearbeitet«, sagte Laurien. »Danke!«

Laurien lehnte sich mit den Händen im Genick zurück. Sie unterdrückte ein Gähnen. Die Sache war noch nicht abgeschlossen. Die Medien würden sich darauf stürzen, Tatsachen mit Gerüchten vermischen und als Wahrheit präsentieren. Zunächst würde der Allgemeine Nachrichten- und Sicherheitsdienst in die Schusslinie geraten, später der Minister. In Den Haag würde man Fragen stellen. Tatsächlich hatte es ja jetzt schon begonnen, doch nicht für sie, sie flog nach Italien.

Pier bot sich an, den Papierkram zu erledigen.

Die drei Männer saßen in der Küche. Olmer hatte eine CD von Coldplay eingelegt. Die ruhige Musik war nicht zu laut gestellt.

Tiemen hatte für Verona gepackt. Morgen früh würden sie aufbrechen, Warre übernahm so lange den Laden. Olmer hatte versprochen, sich in den Tagen vor Beginn der Schule auf seine Bücher zu stürzen. Als er vorsichtig über Sammy zu reden begann, wollte sie zu ihm gehen, doch ihr war, als sei sie aus Blei.

Später am Abend saß Laurien mit Tiemen auf der kleinen Bank vor dem Haus. Es war so viel gesagt worden, und es würde noch so viel gesagt werden – jetzt schwiegen sie. Das Mädchen verharrte in vornübergebeugter Haltung. Langsam begann es zu regnen, doch die Wetteraussichten waren gut.

Danksagung

Mein Dank gilt all jenen, die mir mit allen möglichen Informationen über die Polizeiarbeit geholfen haben. Hier muss vor allem F. J. Bos von der Regionalpolizei Zeeland genannt werden; er hat sein Wissen mit mir geteilt und meine Fragen zu internen Abläufen und Polizeitechniken immer wieder geduldig beantwortet. Auch den Herren R. W. H. Kersten und Ad Beenhakker möchte ich für ihre kritischen Beiträge herzlich danken.